新潮文庫

ちょちょら

畠中　恵著

新潮社版

9771

目次

序 7
第一章 新米留守居役 10
第二章 思い、思われ 69
第三章 月下をゆく 126
第四章 お手伝い普請 178
第五章 印旛沼 231
第六章 菓子と金 287
第七章 嫁 339
第八章 黒雲 398
第九章 明日はくるか 451
解説 立川談四楼
挿画 林幸

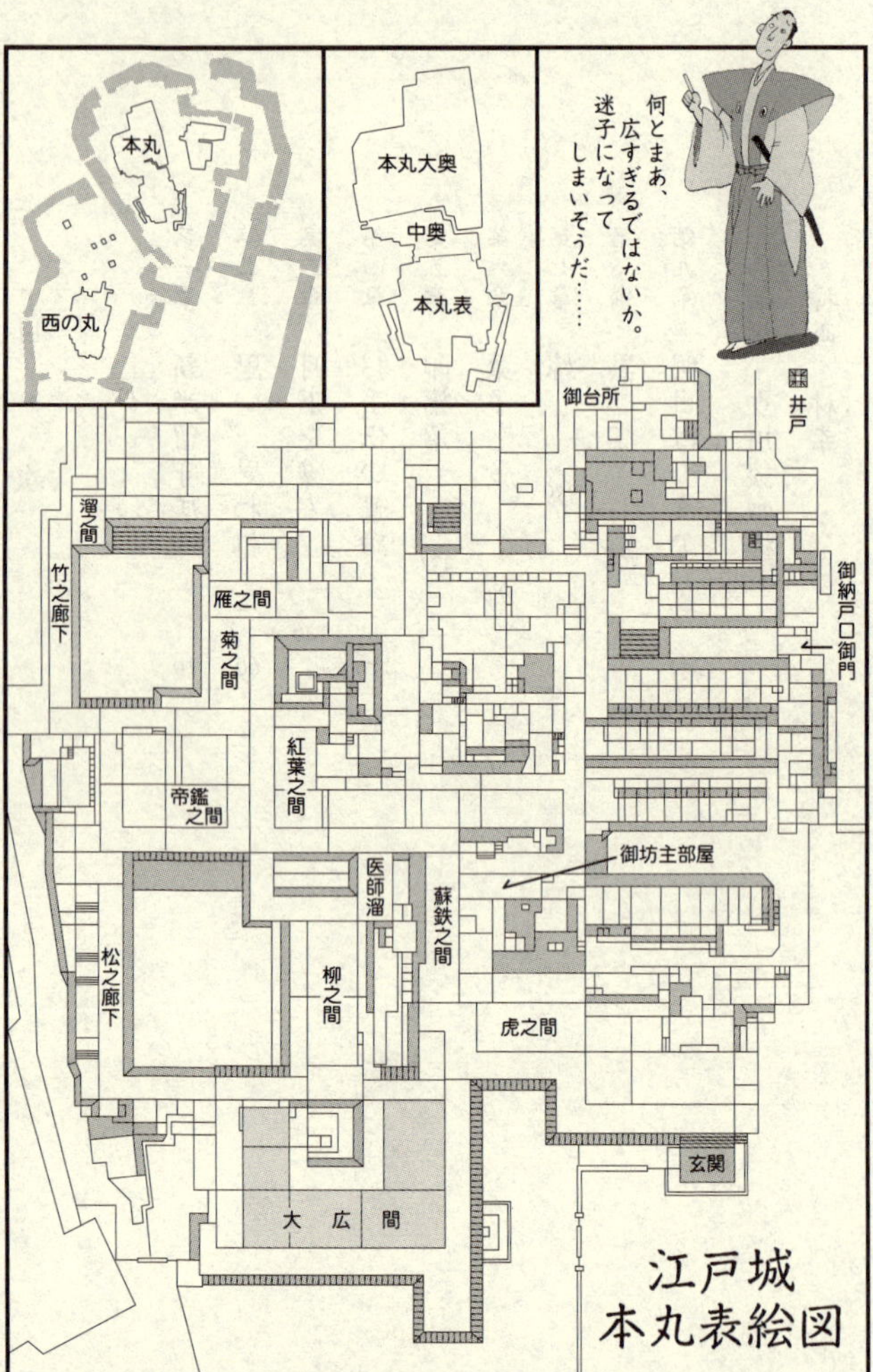
何とまあ、広すぎるではないか。
迷子になってしまいそうだ……
本丸
西の丸
本丸大奥
中奥
本丸表
御台所
井戸
溜之間
竹之廊下
雁之間
菊之間
紅葉之間
帝鑑之間
御納戸口御門
御坊主部屋
医師溜
蘇鉄之間
柳之間
松之廊下
虎之間
玄関
大広間
江戸城
本丸表絵図

ちょちょら

『ちょちょら』　弁舌の立つお調子者。いい加減なお世辞。調子の良い言葉。

東京堂出版　江戸語辞典より

序

兄上へ。一筆啓上つかまつり候《そうろう》。

私《わたくし》、間野新之介《まのしんのすけ》は今月、播磨《はりま》の国、多々良木《たたらぎ》藩の江戸留守居役《るすいやく》を拝命いたしました。

驚かれましたか。そうなのです、兄上と同じ江戸留守居役に、私がなってしまったのです。はい、今は諸方へ、新任の挨拶《あいさつ》回りをする日々でございます。

ああもしかして、とてつもない心配をおかけしたでしょうか。何しろ私ときたら、兄上のように切れ者ではありません。弟なのに見目麗《うるわ》しい美丈夫《びじょうふ》ではないし、剣の腕は劣る上、山と友のいる人気者でもないのです。

はい済みません、要するに限りなく並の男なのであります。誰の知り人にも一人は必ずいる、飛び抜けて良くも悪くも無い者。そんな男だという自覚は、ちゃんとございます。

そして、多々良木藩の江戸家老本庄平八郎《ほんじょうへいはちろう》様は、私よりもっと、そのことを理解しておいでででした。本日、上屋敷内の奥座敷にて、江戸留守居役就任を命ぜられた折り、御家老様は、殿、浅山日向守隆正《あさやまひゅうがのかみたかまさ》様に、私のことを、こう説明なさったのです。

平々凡々。

ただの平々凡々では言い足りなかったのだと、つい笑ってしまいましたところ、御家老様が青筋を浮かべました。そして藩中に困難多々ある今、江戸留守居役という重責を担《にな》う者が、軽い態度を取ること、まかりならんと言われたのです。私を、大事なお役につけてしまうことへの不安と不満と迷いが、その言葉からにじみ出ておりました。

ならばどうしてと、平伏しつつ、思わず問いそうになりました。何故《なにゆえ》にこの間野新之介を、そんな大役にお就けになるのかと。

いや急な話である故《ゆえ》、そして、藩財政が大きく傾いている危うい時期故に、他にこれという引き受け手が見つからなんだ為と、承知してはおります。本当は皆、兄上にお役を続けてもらいたかったのです。

手本とすべき人であられた兄上……。

兄上は、どうして亡《な》くなってしまわれたのですか。

文政《ぶんせい》六年　某日。

不肖未熟の弟が、今、唯一《ゆいいつ》気持ちを打ち明けることのできる、兄上様へ。

第一章　新米留守居役

1

江戸留守居役とはどんなお役目かと聞かれたら、新之介《しんのすけ》はまず、相手がどちらの江戸留守居役のことを尋ねているのか、聞き返すことにしていた。時々、江戸留守居役には二通りあるのを知らず、ごっちゃにして問うてくるお人がいるからだ。

片方の江戸留守居役は、平たく言えば大名家家老など、ご身分の高い方がなる役職で、藩主不在時などに藩を守り統《す》べるのが役目だ。

今ひとつの江戸留守居役は、聞番《ききばん》、御城使《おしろつかい》などともいわれるお役で、これには新之介のような中程度の藩士がなる。藩の外交面を引き受ける者で、仕事はそれ以外にも、多岐にわたっていた。

（世間に、江戸留守居役として知られているのは、我らの方だな。でもそのことが、嬉《うれ》しいとは限らない）

眉《まゆ》を顰《ひそ》めるような噂《うわさ》が、この江戸留守居役にはついて回っているのだ。

世に曰《いわ》く、江戸留守居役は藩の財政を傾ける程に金を使い、豪遊の限りをつくす、とんでもない者共である。曰く、盛り場などで騒ぎをおこす迷惑な輩《やから》だなどというものだ。

江戸留守居役達は、他藩の同役と組合を作るが、幕府よりその寄合を禁止されたこともある程だから、悪評は噂とばかりは言えなかった。

しかし、だ。噂をする者たちが、江戸留守居役の全《すべ》てを心得ているかといえば、そんな筈《はず》もなかった。お役を継いでほぼ一月《ひとつき》、当の江戸留守居役、間野《まの》新之介とて、未《いま》だに摑《つか》み切れておらぬ、そういうお役なのだ。

「世間の噂というのは、外れてはおらぬが……当たってもおらぬような」

新之介は、多々良木《たたらぎ》藩の留守居役役宅に、配下が多く出入りすることにすら、馴《な》れていなかった。亡《な》き兄の千太郎《せんたろう》が、若くして江戸留守居役に抜擢《ばってき》されたとき、この役宅に移ったのだが、それから半年あまり経《た》っている。あの時から間野家の暮らしは、がらりと変わっていった。

多々良木藩江戸留守居役の役宅は、藩邸内の江戸家老宅の近くにあった。

間野家が賜ったのは、大きな棟を三つに区切ったうちの東の一角で、多々良木藩五万五千石の中でもそこそこの武士、二百石取りの住まいにしては広い。間野家は代々江戸定府《じょうふ》で、元はもっとこぢんまりとした定府長屋の一隅に、一家で住んでいたのだ。役宅には添役《そえやく》という、兄千太郎の補佐や配下が、何人も出入りするようになった。千太郎は、駕籠《かご》を使い馬に乗る身となったのだ。

「江戸留守居役は、殿のお側《そば》近くにお仕えする。並の武士が生涯行くこともないような、豪華な料理屋にも出入りするのであろう？」

食事の時など、父が嬉しげに兄へ話しかけるのを聞くと、千太郎の出世が何やら眩《まぶ》しく、ちょいと羨《うらや》ましい。しかし千太郎はお役に就いてから急に、顔色が冴《さ》えなくなっていた。

「兄上、ここ最近、お忙しすぎるのではありませんか」

兄が、夜更《よふ》けまで起きていることが増えたのを知ると、新之介は自分で茶など運んで、気遣った。心配そうな顔を向ける弟に、千太郎は久々に笑みを向け、肩に手を置く。

「私はいつだって大丈夫だ。心配するな」

しかし重いお役目に就いてから、千太郎は新之介に、仕事のことを喋《しゃべ》ったりしなくなっているから、嫌でも気にかかるのだ。そして新之介達家の者も、幕政のことまで知る役職に就いているという思いから、千太郎に対し、つい口が重くなっている。

「疲れているように見えるよなぁ。兄上ぇ、誰にも話しませんから、私にこぼして下さればいいのに」

部屋住《へやずみ》でお役の無い新之介が、昼間から役宅の庭でぼやいているとき、千太郎と同じ江戸留守居役、入江《いりえ》貞勝《さだかつ》の娘千穂《ちほ》が、届け物を持って姿を見せた。

千穂は江戸育ちで、藩内でも器量が良いと評判の娘であった。病がちな母の面倒を、よくみる優しさもある。他の大勢の藩士と同様、新之介も千穂を良き娘御と思っていた。いや、大層かわいいと思っていた。

新之介のぼやきが聞こえたのか、千穂は少しばかり笑って、庭へ入ってきた。新之介が思わず赤くなると、千穂は「内緒よ」と言って、あることをこっそり教えてくれたのだ。

「実は最近、父が他出ばかりしているの」

千穂は気に掛かって、訳を尋ねたという。

「それがね、お手伝い普請《ぶしん》が、またどこかの藩に言いつけられそうなんですって」

お手伝い普請とは、幕府が諸大名へ言いつける、大規模な工事のことだ。指名されれば大金を出すことになるから、各藩の江戸留守居役達は、それを逃《のが》れようと活発に動いているらしい。どこの藩の財政も苦しいのだ。

特に多々良木藩は凶作が続いた上、領内で大火事があった後故《ゆえ》、何としても逃れたいに違いない。だが藩からは、留守居役達が接待に使う金子《きんす》すら、満足に出ていないという。

「それ故、父は酷《ひど》く苦労しているらしくて」

同役の千太郎も、同じ件で忙しいに違いないと、千穂は話をくくった。

「そういうことですか」

事情を聞いて納得はした。だが幕府相手の仕事となれば、部屋住の新之介に兄を手伝えるはずも無く、肩を落とす。

しかしそれでも、思いがけず庭で千穂と話せたのは嬉しかった。千穂は一人娘で兄弟もなく、先々養子を迎えるだろうから、その意味でも藩内の次男三男にとって、大輪の花であるのだ。

「新之介さんは良い方ね。千太郎さんのことを心配して」

千穂にそう言われると、心が騒ぐ。己の髪や着物がどう見えるか、妙に気になった。

しかし。

何ヶ月か後、千穂の目がどちらへ向いているのか、新之介は知ることとなった。入江家は親戚《しんせき》筋の男が継ぐことになり、千穂は来年、兄嫁となることが決まったのだ。

（そうか、それで兄のことを心配する私に、良い方などと言ったのか）

目出度《めでた》い話であった。しっかり落ち込みもした。相手があの兄では、仕方がないとも思い、ため息が出た。

おまけに吉事のある脇《わき》では、暗雲も湧《わ》くらしい。ある日父五郎右衛門《ごろうえもん》が、屋敷の縁側にて険しい表情を浮かべつつ、新之介に教えてくれたことがあったのだ。

「この度、関東諸河川普請手伝いを、幾つかの藩が命じられた。その中に、よりによって多々良木藩が入ったらしい」

五郎右衛門が、ちらりと千太郎の部屋へ目を向ける。留守居役の千太郎は、今回のお手伝い普請から逃げ損ねたのだ。

「接待の金が、足らなんだのでしょうか」

咄嗟《とっさ》に新之介はそう口にした。金を山と使うといわれる留守居役にも、藩により格差は存在した。江戸留守居役の禄《ろく》と、役料の十数両、米数十俵の内から諸事算段する小藩もあれば、年に千両使うと噂の外様《とざま》もあるのだ。

「多々良木藩は、留守居役への出費を惜しんだのだ。そのあげく、遥《はる》かに高額な普請代金を受け持つ羽目になってしまったな」

五郎右衛門が、深いため息を吐く。

「我が藩が貧乏くじを引いたとして……それで父上、その御用金は、如何《いか》ほどになるのですか」

「五千両にも及ぶと聞いたが」

「ご、五千両！」

新之介は一寸《いっすん》息を呑《の》み、また兄の部屋を見る。昨今のお手伝い普請は、実際に工事を行うことはほとんど無く、申しつけられた藩が、その費用を負担するのだ。

「父上、今の多々良木藩が、どうやってその大金を作るのでしょう」

兄の配下達が、ご用の金子不足を嘆いている程だから、金など藩のどこを探しても無い筈だ。すると、縁側の縁から庭を眺めつつ語る父の声に、苦々しさが混じった。

「普請費用の捻出《ねんしゅつ》、〝借上制〟で補うしかあるまい」

「これ以上の俸給借り上げとは……」

財政が傾いている多々良木藩では既に、藩士の俸給が減額されていた。それを更に半分程の支給にするという話が、出ているという。当然禄の少ない者に、より負担がかかることになる。

間野家にとっても、一大事であった。新之介が養子に行くための持参金など、これでは貯《た》めることもできないかもしれない。ため息が出る。

「兄上が、今回のことを気に病まねばよいのですが」

父が渋い顔で頷《うなず》いた。通常、留守居役が一々、お役の責任を問われることはない。事あるごとに責任を言い立てたら、留守居役は何人いても足りぬし、藩が、幕府の命に不服有りと思われかねぬからだ。

ところが。そんなある日、兄の同役にして千穂の父入江貞勝が、唐突にお役を辞した。そして、藩から消えてしまったのだ。

「何があったんだ？」

妻の病気療養に行くという名目で、入江は千穂も伴い、一家で藩を出てしまった。

驚いた新之介が父に聞いても、留守居役まで勤めた男に何があったのか、どうにも分からない。新之介はうろたえた。

「あの、兄上と千穂殿との婚礼は、行うのですよね？」

このことこそ気に掛かり、新之介はわざわざ父の部屋へ顔を出し、どうする気なのか問うた。しかし返事は冷たいものであった。

「当人がおらぬのに、婚礼の話をしても始まらぬではないか」

両親は前途洋々たる千太郎へ、別の嫁を貰《もら》いたいと、早くも望み始めているのだ。

(だが、それでは千穂さんはどうなるのだ)

腹が立った。とにかく入江家を探そうと心を決め、千穂の行方を求め始めた。

入江家の三人と、間野家の全員で集まり、先々のことを話すしか無いと思った。だが兄は今、とても我が身のことに、時を費やす余裕など無かろう。ならば千穂は、新之介が探さねばならなかった。千穂の味方は、今この世に、新之介しかいないではないか。

(千穂さんには、ちゃんと幸せになって欲しい)

そうでなくては、座っていても立っていても、何とも落ち着かないのだ。

ところが。

探し始めてから幾らも経たぬある日、新之介は突然、それどころではなくなってしまったのだ。そして新之介の生涯は、ここから大きく、うねり始めていった。

2

千穂がいなくなってから、二月と過ぎていない、ある日の昼間のことであった。新之介は己の屋敷内の、兄千太郎の部屋で、立ち尽くしていた。

目に映っているものが、何かは分かっているのだが、どうしてそんなものを見ているのか、理解できない。寸《すん》の間《ま》、言葉すら出てこなかった。

そして……つっかえて声にならなかった思いが、口から飛び出た時、それは泣きわめくような声に変わった。

「兄上、兄上っ、どうして、なんでっ」

生まれながら諸事に恵まれ、全てが羨ましいほど順調であった千太郎に、何があったのだろうか。千太郎は己の部屋にて、刀を腹に突き刺し、血溜《だ》まりの中に転がっていたのだ。

辺りに、むせかえり顔が強《こわ》ばるような、血の匂《にお》いが満ちていた。新之介は、膝《ひざ》を突いて己も血にまみれつつ、千太郎の身を起こし抱いた。

血と共に抱き上げた途端、首ががくりと垂れて、己の身に震えが走るのが分かった。

(これはもう……駄目だ)

叫び声と共に、ただ血まみれの体にすがった。半狂乱の声を聞き、親が駆けつけて来たとき、新之介までもが血で染まっていた。

「何故《なぜ》だ。どうして兄上がこんな……」

分からない。一番身近にいたはずの新之介にして、全くその死の訳が分からなかった。優しい親がいる。打ち込んでいるお役もある。その千太郎が突然自刃するなど、考えられないではないか。いつも情けのない弟、新之介をかわいがってくれた。自慢の兄だったのだ。

「どうしてっ」

誰も、何も答えられないままであった。父までもが声も無く立ちすくみ、呆然《ぼうぜん》としたまま、動くこともできずにいたのだ。ただ千太郎の死という事実だけが、重苦しいほど確かなものとして、血の匂いと共に部屋内にあった。

若い江戸留守居役の唐突な死を、多々良木藩は外に、病死と説明した。藩の江戸留守居役が一人、急に辞めたばかりであった。こんな時、もう一人が自死したなどとは、言えたものではなかった。

(だが……兄上は、病で死んだのではない！)

新之介には分かっている。兄が血まみれとなっていたことを、生きていけぬ程苦しかったことを、承知しているのだ。

(あの頃己は、何かを見落としていたのか？)

落ち込む両親を支えて葬儀を済ませ、細々したことを引き受け、野辺送りを行っていた間、新之介はただ知りたいと思っていた。何としても、理由を得心したかった。だから後日、思いがけず千太郎のお役を継ぐ話が来たとき、無謀と承知で諾《だく》と言った。同じお役をこなせば、分かることがあるかと思ったのだ。千太郎へ問いかける、兄への文まで書いた。

気になったのはその頃、『今、江戸留守居役になると、藩を潰《つぶ》し己も死ぬ』という噂《うわさ》が、多々良木藩を巡っていたことだ。

（江戸留守居役の禄は、たかだか二百石程だ。その程度の者が、五万五千石の藩を一人で潰してしまえるというのか。馬鹿な）

さすがに無茶な噂だと、新之介の頭でも分かる。それがまことしやかに語られたのは、入江貞勝と千太郎、二人の江戸留守居役が、続けてお役を去ったからだろうか。

（何か……妙だ）

もしかして千太郎は、若くして出世し、留守居役へ就任したのを妬《ねた》まれ、藩の誰ぞにいびり殺されたのだろうか。

もしくは、新しいお役のせいかとも思う。留守居役には組合があり、そこは大層新参者に厳しいという話であったから、兄もその組合の誰ぞに、死ぬまでいびられたということもあり得る。

いやそれとも、突然千穂が藩から去ったことで、酷く気落ちしたのかもしれない。

(知りたい。いや、何としても兄の死の訳を、知らねばならぬ)

思いは募る。

だが新之介は、その訳を調べることが、直《す》ぐにはできなかった。冷や飯食いで無くなると言うことは、己の時が、大いに削られるということであったのだ。

いざ江戸留守居役というお役目についてみると、早朝から暮れた後まで、勤めに振り回された。新之介はまず、江戸中へ挨拶《あいさつ》回りをすることになり、次男坊の平凡な暮らしは、あぶくのように弾《はじ》けて消えてしまった。慣れぬ仕事に、あたふたとした。

(江戸留守居役が、かくまで忙しいとは)

兄の仕事を目にしていたので、留守居役となった者は、同役で作る組合へ入ることになると承知していた。そして新之介が組合に入ってみると、そこでは久居《ひさい》藩以外、皆同役がおり、二人でお役を勤めていたのだ。

(なるほど、それくらい、多忙ということなんだな)

だが多々良木藩には今、新米の新之介一人しか留守居役がいない。これでは、千太郎のことを聞いて回る余裕など、ある筈《はず》がなかった。

ため息をかみ殺し、新任の挨拶をしていたところ、また留守居役組合の集まりへの招集がかかる。新之介の感覚からいうと、この招集は驚く程頻繁にかかっていた。

（つまり、またまた夜まで、組合の付き合いを優先せねばならない訳か）

しかも、どのお役でも同じだが、新参者は虐《いじ》められるものと相場が決まっている。そして留守居役組合は、その虐め方に気合いが入っているのだ。

（ああ、今日も気が重い）

それでも新之介は、行き付けぬ料亭へ出かけなければならなかった。役宅の前から、駕籠《かご》を担《かつ》ぐ者にも配下にも気を使いつつ、乗り慣れぬ留守居駕籠に乗り込めば、きぃっと軋《きし》んで持ち上がる。

頭をぶつけ、一寸うめいた。

新之介が駕籠を飛ばし行き着いたのは、深川八幡《ふかがわはちまん》近くの、平清《ひらせい》という料理屋であった。

「おう、さすがは名のある店だ」

洒落《しゃれ》た柴垣《しばがき》のある門の奥に、二百石取りの陪臣《ばいしん》などにはとんと縁の無いはずの、高名な料理屋が建っていた。飛び石のある庭には松や灯籠《とうろう》が配され、二階屋の店は、障子の桟に至るまで贅《ぜい》を尽くしてある。玄関脇《わき》の棚に置かれていたのは、秘色《ひそく》の香炉だ。

役目とはいえ、初めて平清の客となった新之介は、思わず心の臓を高鳴らせていた。

しかし。

玄関で足音を聞き振り返ると、同じ留守居役組合の一員、久居藩の岩崎が、何故だか厳しい表情を浮かべやってきていた。途端、新之介の笑みは引っ込んでしまう。岩崎はその並外れて整った顔《かんばせ》で、亡《な》き千太郎を思い起こさせる男であった。

(はて、これから何かあるのだろうか？　江戸留守居役といえば、このような店で面白おかしく遊ぶものだと聞いているが)

岩崎より少し後ろから、庭を見下ろせる二階の、外廊下に上がった。すると目の先で廊下に面した障子が開き、部屋から見慣れぬ武家が出てきた。

それを見た岩崎が、唇を噛《か》む。武家は岩崎を目に留めると片眉《かたまゆ》を上げ、僅《わず》かに笑って挨拶をしたが、立ち止まりはしなかった。

「岩崎か。せっかく呼んでもらったのに、話もできず、済まぬな。急ぎの所用ができた」

すれ違いざま、今日はこれで帰ると言い、武家は早々に平清の二階から姿を消す。

部屋に飛び込んだ岩崎は、立ったまま、集まっていた者達に問うた。

「どうしてこんなに早くに、帰したのだ。それで奥御右筆《おくごゆうひつ》は、何か教えて下さったのか？」

「お、奥御右筆？」

今すれ違ったのは、そういう身分のお方だったのかと、新之介は部屋の前から、武家が消えた廊下の端へ目をやる。それから慌《あわ》てて部屋へ入り、内にいた者達へ、とにかく挨拶をした。

人払いでもしたのか、部屋には芸者の一人すらいない。座に集まっていたのは同じ留守居役組合の者達だけであった。最古参の留守居役、新発田《しばた》藩の大男赤堀重蔵、大《おお》洲《ず》藩の算盤《そろばん》達人戸田勘助、岡《おか》藩の年長者大竹伝右衛門《おおたけでんえもん》、臼杵《うすき》藩の剣の達人、平生左助《ひらおさすけ》の四人だ。

酒肴《しゅこう》を前に、皆、怖い顔をして畳を睨《にら》んでいるばかりで、返答がない。岩崎が苛立《いらだ》った目を向けると、渋々赤堀が口を開いた。

「駄目だ、ろくに話もできなんだ。志賀《しが》に、はぐらかされたわ」

赤堀は、組合の六人の内で最も頼りがいのある男とされていたが、今は重いため息が言葉に添っている。

「志賀藤四郎《とうしろう》の奴《やつ》、我らと同じ道場で学んだ仲間のくせして、出世をしたら冷たいではないか。何かしら教えてくれても良いものを」

こう続けたのは戸田で、どうやら留守居役の内何名かは、先の奥右筆《おくゆうひつ》と知り合いらしい。

「御老中から、話を漏らさぬよう、口止めをされているのであろうか」

岩崎が唇を尖《とが》らせ、どかりと座り込む。整った顔が不機嫌になると、なかなか恐ろしかった。

「ええい、今日こそ奥御右筆から話を聞き出し、事をはっきりさせようと思うたのに」

顔をしかめる留守居役達の話が、新米の新之介には見えてこない。一体何のことかと、千太郎が残してくれた仕事に関する書き付けを、急いで頭に思い浮かべた。

(今日急に集まったのは、私との顔合わせというより、奥御右筆を接待する為だったのか。そうだ、確か奥御右筆というのは、幕府の内でも、それは重要な役職であったな)

禄高《ろくだか》でいうと、奥右筆は江戸留守居役達と大して変わらぬ者が多い。諸役人、諸大名から老中や若年寄《わかどしより》へ、書類や願書などが出されたとき、老中が判断をする前に、一通り調査することとなる。それを行うのが奥右筆の役目なのだ。

そういう立場であるから、時として重要な幕府の問題について、老中などから意見を求められる。つまり老中から言い渡されるような物事が、実は奥右筆の考えによって判断され、決まっていることも多いのだ。

小禄であっても、幕政に日常的に参画している故《ゆえ》、握っている権力はそれは大きかった。

(今、奥御右筆から聞き出したい重要な用件など、あったかな。いや、あるに違いない な)

先程、奥右筆が話をせず帰ってしまったと、岩崎が悔しがっているではないか。余程、手に入れたい情報があるのだ。

(で……それは何だ?)

恐ろしいことに新之介には、その件が何なのか、さっぱり分からなかった。藩の対外的な付き合いや情報の収集は、江戸留守居役が担《にな》う。つまり新之介がその調子ということは、他藩が知っている何かを、多々良木藩はまるきり摑《つか》めていないということであった。

(拙《ま》い……)

何とか先達《せんだつ》達の考えが聞けぬかと、新之介は座の端から耳を澄ます。ところが直ぐに、ぶるりと身を震わせることとなった。

留守居役組合は、武家社会での他のお役目と同様、新入りには大層厳しかった。古参は新人に、まるで藩主が家臣に対するがごとくに振る舞うという噂話を、以前千穂から聞いたことすらある。

そして今、先達の岩崎が不機嫌な目を、新之介へ向けてきていた。案の定というか気晴らしの為か、他の留守居役達からも、新参者に謂《い》われのない文句が降ってくる。

「これはこれは、新参の間野殿、おいでだったか。なあ、拙いとは思わぬか。高直《こうじき》な料理屋平清に集まったものの、今日はお勤めの上での収穫は無しだ。今宵の料理屋のかかり、どうするのだ？」

「おう、この始末は面白くないな。これはきっと、新参者が遅れてきたせいに違いない」

岩崎の言葉に、一番年上に見える大竹が乗ってきたものだから、新之介は首をすくめる。

「あの、遅れはしなかったはずですが」

ただ、他の皆が随分と早くに集まっていただけだ。その証拠に岩崎は、ほぼ同時に料亭へやって来ている。だが都合の悪いことは、皆思い出さないつもりらしい。

しかし、ただ叱《しか》られていても仕方がない。新之介はとにかくこの会合がどういうものなのか知っておこうと、ここは素直に正面から聞いてみた。

「あの……本日は奥御右筆に、何をお聞きになる算段だったのでございますか？」

するとこの言葉が、留守居役組合の先輩方から、一層嫌みな笑いを引き出してしまった。

「おやおや。多々良木藩の留守居役は、この大事な接待の理由も知らぬようだぞ」

「赤堀殿、間野は暢気《のんき》なことでありますなぁ。我らを働かせ、得た情報だけは教えてもらう気であったようだ」

赤堀と戸田が顔を見合わせ、大仰に嘆く。

「新参の間野は、未《いま》だに留守居役の仕事のことを、よく承知していないようだ」

新之介の顔を覗《のぞ》き込んできた岩崎が、不意に唇の両端をくいとつり上げた。そして不吉な笑いを含んだ声で、喋《しゃべ》りだしたのだ。

3

留守居役組合の先達としては、頼りなき新参を放って置いたのでは、この忙しい時、己達にとって迷惑となると言う。

「のう方々。お疲れではあろうが、これから早急に、新参を鍛えてやろうではないか」

「鍛える？　どうする気だ？」

　赤堀の問いに、岩崎は部屋の端に置かれていた品を指さした。接待に使う気だったのか、三味線だの手遊《てすさ》びの品だのが、衝立《ついたて》の脇に置いてある。留守居役たるもの、茶屋遊びの一つもできねば拙いと、岩崎は言葉を続けた。この機会に、間野に遊びを教えようと優しく言う。ただ。

「もしその遊びに間野が負けたら、役目を勤める準備が足らぬことへの、反省を促さねばならん。つまり今日の平清の料金は、全《すべ》て間野に払って貰《もら》うしかあるまいて」

　ここまで言葉少なになっていた座が、どっと沸いた。新之介が顔を引きつらせた周りで、皆が苦笑をうかべている。

「おい岩崎、新入りがそんな金子を、持ってきていると思うか？」

「構わんさ、投扇興《とうせんきょう》でもやろうかの。それとも赤堀、手軽に拳遊《けんあそ》びがいいか」

「岩崎、新参を鍛えるならば、遊ぶだけでは足らぬな。江戸留守居役のお役目とは何か、遊んでいる間にあれこれ聞いてはどうか」

　ここで重々しく喋りだしたのは大竹だ。新之介が隅から、必死に口を挟んだ。

「ちょ、ちょっとお待ち下さい。岩崎様、赤堀様、皆様。どうして何故に、そんな話になるのでございますか」

留守居役は、水のように金子を使い遊ぶというが、少なくとも多々良木藩の留守居役は、そんな御仁《ごじん》らとは別の生き物なのだ。多々良木藩江戸留守居役が使える金子は、お役についた時、役料として頂いた、五十石のみだ。一石が一両と大ざっぱに換算すると、年に五十両、一月に使えるのは、四両と少しということになる。

留守居役達が集まる聞番《ききばん》茶屋の払いは、一晩銀十匁《もんめ》、一両の六分の一だ。大工の手間賃の二日分、長屋の一月分の家賃、というところであった。

長屋で暮らす者からすれば、とんでもない額であろう。大藩の留守居役にとっては僅かな金額の筈だが、新之介は必要な支払いができぬことにならぬよう、いつも頭をひねっていた。半泣きで文句を続けたが、岩崎の手に、さっと口を塞《ふさ》がれてしまった。

「何だ、先達が遊んでやろうと言っているのだぞ。もしかして負けて金子を払うより、裸踊りでもして、皆の気鬱《きうつ》を晴らしてくれる方がいいのか？　我はそれでもいいがの」

「それは面白い。裸踊りが見せたくば、芸者にも見せてやろう。呼ぶか？」

ここで平生が楽しそうに、更にとんでもないことを言い出した。新参者が要《い》らぬことを言ったら、それがいかに真っ当な主張だろうと、十倍になって返るらしい。

「勝負など面倒だ。裸踊りをしたくば、さっさと踊ったらいいではないか」

酒を注ぎつつ平生が急《せ》かしてくる。横から嫌そうな声が上がった。

「男が裸でくねくねしても、気持ちが悪いだけではないか！　まず真っ当に拳で勝負だ」

「何だ赤堀、お手前は新入りを庇《かば》うのか。優しいな」

（これは……ど、どうしたらいいのか）

思いきり腰が引けたが、気が付けば周りを他の五人の留守居役達に囲まれ、逃げられなくなっている。皆が奥御右筆に、何を問いたかったのかすら分からぬ内に、新之介は慣れぬ茶屋遊びをやる羽目になっていた。

岩崎が、隅にあった三味線を手に取る。そして直ぐに、見事な撥捌《ばちさば》きで、切れ良く三味線を弾き始めた。

「これは……お上手な」

新之介が驚いている内に、座敷の真ん中では赤堀と平生が向き合った。直ぐに、はいっ、さてっ、さてなっ、などと調子の良い声を出し、手を様々な形に変え、構えを取り始める。

「間野は知らぬか？　あれは狐拳《きつねけん》だ」

戸田が手短に説明をしてくれた。

「耳の横に手をやるのは狐。庄屋に勝つ。胸の前で鉄砲を構える仕草は猟師。狐に勝つ。膝《ひざ》に手を置くのは庄屋で、猟師に勝つ」

三味線と歌に乗って構えを変えていき、合図と共に動きを止め、その時の身振りで勝負を決めるのだという。じゃん、じゃじゃんと楽《がく》が高まったと思ったら「はいっ」と声が掛かった。赤堀が狐、平生が猟師の身振りを取り、ぴたりと止まる。

「おお、平生殿の勝ちぃ」

軽い笑い声が上がる。「しくじったり」赤堀が己の頭をぺしりと叩《たた》く。手慣れた遊び様を目にし、新之介はつい見入ってしまった。

「それ、やり方は分かったであろう。代われ」

赤堀が座を立ち、その席に新之介を座らせた。撥を手にした岩崎が、新之介にこう教えてくる。

「留守居役たる者、芸の一つもこなし、接待相手に楽しんで頂かねばならん。おお、一つ留守居役の心得を教えてしまったな」

「あの、本当に遊びながら、なおかつ留守居役のお役目について、答えるのですか？」

呆然《ぼうぜん》とした新之介の横で、岩崎はさっさと三味線をかき鳴らし始める。

「それ、いくぞっ」

「わあっ」

今日は、三度続けて拳に負けると敗者になることに決めようと言われ、新之介は必死に相手の動きを見つめた。「はいっ」「それっ」「はっ」歌と楽に合わせて何とか三つの格好を作った後、勝負に出る。戦う相手は平生であったから、負けると本当に裸踊りをしろと言われかねない。

庄屋、狐、猟師、庄屋、猟師。やっと調子が分かり面白く思え始めた時、横から思わぬ問いが降ってきた。大竹であった。

「それでは自分が新参に問う。江戸留守居役がなすべき任は何か、全て並べよ」

「へっ」と言い、新之介は遊びから気を逸らしてしまう。岩崎の声がした。

「止まったら間野の負けだぞ」

慌てて狐の耳の形を取ったものの、必死に留守居役のことを考え始めたからか、あっさり負けてしまった。

(拙いっ、裸踊りはご免だ)

平生の動きに見入っていたら、「質問の返事っ」と言い、赤堀が扇子を顔に突きつけてきた。頭と体が、ばらばらに解けそうであった。鉄砲の構えを取ってから、何とか返答をする。

「江戸留守居役の一のお役目は、幕府の法令やご命令を、藩に伝えることであります」

各藩の留守居役は、老中役宅に出向き、伝達を受けるのだ。だが最近は、幕府大目付《おおめつけ》より廻状《かいじょう》が回され、諸事伝えられることも増えてきている。岩崎がつまらなそうに「ふん」と言ったので、無事に一つ答えられたと分かった。

新之介だとて、江戸留守居役となったからには、真っ当に職務をこなしたいと、兄が残した書き付けを読んだり、周りから教わったりもしているのだ。やるべき役目が何か分からなければ、即刻困るのは己であった。

「おやおや、間野が一つ答えたぞ」

笑い声が上がったその時、狐の拳を出した新之介の前で、平生が猟師になった。

「おお、後一回で我の勝ちだな」

顔が引きつる。横から赤堀がお役目のことで、真面目《まじめ》に言葉を足してきた。

「間野よ、昔ならばいざ知らず、今の留守居役は、ただ言われたことを伝えるだけでは事足りぬ。幕府の命が、どういう意図をもってどんな狙《ねら》いで発せられたのか、伝達時に藩内御重役方へ言えるようでなくては、な」

新之介は頭を下げつつ庄屋の姿を取って、何とか猟師となった平生を退けた。そして急ぎ、更なる江戸留守居役の役目を口にする。

「それからその……ああ、藩主の江戸城登城に随行しまして、殿を補佐します」

「その際、やるべきことは？」

狐の格好の平生が、真正面からすぱりと聞いてくる。庄屋の構えで負けた新之介は、抜けが無いよう慎重に役目を数え上げた。

「まずは殿の江戸城登城日をきちんと心得、日時を間違えぬこと。その日は主《あるじ》より先に登城しておくこと」

儀式の種類と藩主の官位、年齢に合わせて、藩主に適切な衣装を身につけて頂くこと。将軍家へ献上する品の種類や、座順など、城中での決まり事をお教えすること。

ここまで言った時、新之介は庄屋の構えで負けてしまった。また二連敗であった。

「他に、江戸城内御廊下などでのご挨拶《あいさつ》は、家名と面子《めんつ》が掛かっております。留守居役は落ち度なきよう、殿をお助けせねば」

城中の廊下などですれ違う相手が、どんな身分の幾つの誰であるか。そしてこちらとの関係上、相手へどんな礼をせねばならないか、ということを伝えるのだ。大名家の家格を保持し、かつ無礼から災いを招かぬよう、せねばならない。的確な挨拶をすることは、武家の大事な心得であった。

（やっ、良かった。連敗脱出）

狐の構えの新之介が、ほっと息をついた時、団子鼻で算盤《そろばん》の達人の戸田勘助が口を挟んできた。とにかく戸田は細かそうな男だ。

「おいおい、確かに殿への随従も、大切な仕事ではある。そっちは良く覚えているようだが、もっと先に言うべきことがあった筈《はず》だな」

（え……あったか？）

そう思った途端、岩崎がにやりと笑い、三味線を一際《ひときわ》大きくかき鳴らした。

「おお、返答につっかえておる。間野はじきに裸踊りをすることになるかの。この先、一生そのことでからかえるな」

言われてすぐ拳に負け、座に笑い声が立つ。新之介は考えを巡らせた。

「お、お待ち下さいっ。今、答えます」

冗談かと思っていた裸踊りを、本当に踊る羽目になるのであろうか。武士たる者が、そんな恥ずかしいことをするのか？

（兄上、まさか兄上も、こんなことをされたのですか）

実際、無理に裸になれと言われたら、兄なら小刀にでも手を掛けそうで、何とも怖い。この組合での付き合いの最中、兄が怒りを押し殺していたことが、何度もあったような気がして、新之介は拳《こぶし》を握りしめた。それから、膝に手を置き庄屋の拳を取りつつ、優秀な千太郎が、部屋に何を残していたかを思い起こす。数多《あまた》あったのは……そう、紙の束だ。書類の山であった。

「そうでした。各藩が幕府へ提出する様々な書類。それを届け出るのは、留守居役のお役目です」

「その書類は、いかなるものか？」

三味線の音が続く中、平生が畳みかける。

「家督相続や婚姻、飢饉《ききん》や災害の報告、参勤交代時の旅行日程の変更等、山とあります」

上手《うま》く言えたと思った。ほっとして膝に手を置いたら、たまたま勝てた。

「書類はどういう形で出すのだ？　間野、それが言えねば組合の仲間に迷惑をかけるよ」

「あ、幸運な」

喜んだ途端、遊びがおろそかになり、負けてしまう。おまけに何も浮かばない。何か言い忘れたであろうか。

「おお、拳と質問と同時にこなすのが、難しくなったか？　では踊るか？」

座に、またまた大きな笑い声が湧《わ》き、冷や汗が流れた。だがここで思わぬことに、何と岩崎が助け船を出してきた。

「仕方のない奴《やつ》だな。願書などには常に、先例書を付けねばならぬだろうが」

幕府に願い事をするときは、まず同じような先例がないかを調べるものなのだ。先例はきちんと願書に付け提出せねばならない。

「かくありたい留守居役の姿だな」

ここで新之介は、連敗するのを免れた。そういえば仕事を手伝ってくれる添役の杉浦から、書類には常に先例書を付けるよう、最初に言われた気もした。

4

(ああ、そうだ。私は先例を後生大事にすることが、好きではなかったのだ)

目の前に出された案件を考えることより、以前、似た件がどう扱われたかで事を決めるというやり方が、どうもしっくりこなかった。納得できなかったので、あっさり忘れてしまっていたのだ。その考えを見透かしたように、赤堀が口元を歪《ゆが》める。

「先例、先例と昔のことを持ち出すのが、気に喰わぬのかな、若いの」

「いえ、そんな……」

言いかけたところを赤堀に、べしりと扇子で叩かれた。見れば岩崎も、こちらをせせら笑うような顔で見てきている。

「若輩者は、これだからの。いいか、幕府は先達の政治を敬し、先例を大切にする。そしてそれは、大変有りがたいことなのだ」

「赤堀殿、有りがたい、ですか」

「同格かそれ以下の藩が、似た物事で承諾を頂いていれば、我らはその先例書を付けて願書を出す。さすればその件の承諾は、幕府から頂けるに違いないのだ」

先例付きの願書であれば、伺いを出した時の奥右筆や老中が誰かということに、左右されないでいられる。上の者の好みや贔屓《ひいき》が入る余地が、ぐっと減るのだ。

「先例があるということは、同じ事を願うどの藩にも、公平な対応がされるということなのだよ。一種の法のようなものだな」

「……なるほど」

だから先例は大切にされる。そしてそれは山のようにある故《ゆえ》、扱う留守居役は、記憶力が良くなくては勤まらぬのだ。

「分かっておらぬ奴だ。大丈夫かぁ、これで」

酔った赤堀から伝法《でんぽう》に言われ、留守居役達の輪からは、「踊れ踊れ」とからかうような声が上がる。新之介は狐になりつつ、身を縮めた。そしてちらりと前にいる平生に目をやると、僅《わず》かに首を傾《かし》げる。

（不思議だ。これだけ気を散らしながら拳をしているのに、まだ負けが決まっていない）

「それで終わりか？」

声が座から掛かり、新之介は慌《あわ》てて残りを思い出しにかかった。

「他には……そうだ、他藩の領民などとの諍《あらそ》い事が、幕府へ持ち込まれたとき、付き添い役として己の藩の者に、同道せねばなりません」

相手の留守居役も当然顔を見せるから、その場で言い負けたりすれば、己の藩が係争ごとで不利となる。

「ええと、屋敷地の変更など大名間の折衝事に当たるのも、江戸留守居役の役目でした」

狐になる、庄屋になる、また狐になる。何とか一つ勝ってから、殿の外出の付き添いや、奉札《ほうさつ》、つまり殿の意を伝える書状を書くのも、多くは留守居役がやるものだと続ける。そして表坊主《おもてぼうず》や奥御右筆《おくごゆうひつ》との交際、それに進物を贈るのも大事な仕事だ。

これというお方への進物は、巻物などの品が多かった。表坊主衆へは、一人につき金一分《いちぶ》を、忘れぬように贈る。こちらは特に大切な情報源であったから、どの藩も金子を贈り、表坊主は内福《ないふく》であるという話であった。

「今、御老中の一のお悩みは何だ？」

こういうことへも、留守居役達は気をくばっておかねばならない。

「上様のお子様方の、婚礼のことかと」

人数が多い故に、その縁組み先を探すのに、大層苦労しているという噂《うわさ》であった。

「他には？」

江戸留守居役の役目を幾つ数え上げたか、新之介はもう分からなくなってきた。言葉が途切れる。すると平生が身振りを止め、岩崎の三味線の音も、すっと終わった。

岩崎が新之介に問うてきた。

「それで全《すべ》てか？」

「わ……分かりません」

今度こそ、はっきりお手上げの状態となり黙り込む。その時大きなため息と共に、赤堀が酒杯で新之介の額を突いた。

「おい、忘れていることがあろう。今日間野がこの料亭に来たのは、どうしてなのだ？　留守居役組合の付き合い故、来たのではないのか？」

言われて新之介は、顔をさっと赤くした。

（あまりに外せぬこと故、忘れていた）

江戸留守居役にとって、留守居役組合は欠かせぬ付き合いであった。大名家にとって重要な情報は、この組合を通して、廻状という形で回ることが多いのだ。

留守居役組合は幾つもあり、大抵の留守居役は、控えの間組合や近所組合などに重複して入る。新之介も三つほどに加わっていた。その内江戸城内で、藩主の控えの間を同じゅうする留守居役達が集まったのが、同席組合だ。一番こまめに顔を出すのは、この集まりであった。

「……済みません、失念していました」

消え入りそうな声を出しうなだれると、うんざりしたような「やれやれ」という声が返ってきた。これでは本当に、裸踊りをせよと言われかねない。情けない思いばかりが押し寄せてきた。

（狐拳に早く負けていたら、留守居役のことを、ほとんど答えることもできないところであったな）

だが随分と粘ったおかげで、それでも新之介は江戸留守居役の役目について、大分答えを言うことができた。

(そう……思った以上に、大層粘れた)

その時新之介は顔を上げると、拳の相手をしていた平生の顔をもう一度見た。すると、楽しげに笑っているではないか。岩崎も、唇の端を引き上げているし、大竹は妙なことを、小声で言っている。

「思ったよりも、答えられたではないか」

新之介が本当に必死だったのに対し、皆、態度に余裕がある。その時、頭の奥で、光る思いがあった。ゆっくりと目を見開くと、驚きを抱えつつ問う。

「平生殿、もしかして今の拳、勝ちも負けもせぬよう手心を加え、ずっと勝負を長引かせて下さったのか?」

そもそも単純な遊びなのに、あれだけ長く勝負が決まらないというのも、不思議な話であった。平生は相手に分からぬよう勝敗を動かすという、驚きの技を使っていたのだ。

「皆様が私に教えようとしたのは、単に狐拳の形ではなかったのですね」

先達が見せたかったのは、接待を行う側の心得だ。勝つも負けるも自在に操り、座を盛り上げ接待相手を満足させる、そのやり方を見せてきたのだ。

「あの……一段上の遊び方を教えて下さって、ありがとうございました」

深々と新之介が頭を下げると、平生が満足そうに笑い声を上げた。

「そこを察したのは、上々だな」

「接待する相手を、ようく見るのだ」

留守居役仲間達が、そろりと教えてくる。拳で勝ち、また故意に負けようと思えば、相手が次にどう動くか、見て取れるようでなければならない。大きく動く前に、目の前の者の手がどういう形を作るか察することができれば、こちらは鉄砲を構えたり庄屋になったりして、勝ち負けを選べる。

「そしてな、その御仁が楽しんでいるようであれば、どういうことを楽しむのか、覚えておけ。僅かでも退屈や不快な様子があれば、直ぐに次の手を打たねばならぬ」

江戸留守居役は、豪遊する者と言われている。それは、間違いではない。だが、使うその金子は、金が余っている訳でもない、藩内から集められたものであった。

「それを忘れては、留守居役が藩を潰《つぶ》しかねぬ」

仲間達は、この言葉を、釘《くぎ》を刺すかのように、強く言ってくる。

（ああ、何だか古参の留守居役が、仙人か天狗《てんぐ》の親戚《しんせき》に見えてくる）

遊びさえ手の内で操りつつ、多くのお役目をこなす。そして藩の金子を豪快に使い、しかしその金の重みを忘れないでいるのだ。

(己にも、そんなことができるのだろうか)

自信が湧かず目眩《めまい》がした。

「とにかく、答えを見つけたようだの。拳は終わりだ」

岩崎が三味線を置くと、その肩に赤堀が手を回し、笑いつつ話しかけた。そうは見えないのだが、かなり酔っているらしい。

「やれ、間野はまだ分からん男だ。仕方ない、岩崎、お前がしばらく面倒をみろや」

「何故《なにゆえ》、俺に言う?」

「お前は今回、妙に新参の面倒見が良いではないか。それに我らはこれから、大いに動くかもしれん。新人が危ういままでは拙《まず》いぞ」

(め、面倒見が良い? 岩崎殿が、あれで?)

新之介は思わず目を見開いたが、今の冗談を聞き、笑い出した者はいない。岩崎といえば、不可思議なことを真剣に言い出した。

「まあ、我は本当に人が良いからな」

本気に見えるところが、怖いと思った。

「面倒くさいの。だがあの兄のことがある故、間野へはつい優しくしてしまった」

その時、岩崎がさらりと言った言葉を聞き、新之介は顔を岩崎に向けた。首を捻《ひね》る。

「あの、兄のこととは……何でしょう？」

古参達が、新之介へ視線を向けた。岩崎がぽそりと言う。

「間野は、兄御が亡《な》くなって間《ま》がないということだ」

留守居役達は情報に通じている。だから、同じ藩で同じ名の新留守居役が、前任者の弟だということは、最初に挨拶《あいさつ》をする前から分かっていたのだろう。随分と差がある兄弟だと、思ったに違いない。

千太郎が新参者であったおり、今日の新之介と同じ、留守居役についての質問をされたらどうだったかと考えた。

（多分、もっと上手くできただろうな）

あの兄のことだから、違いないと思う。引き比べ、我が身の情けなさが身に染《し》みる。

（いや、比べても仕方のないことだ）

ふと、古参の留守居役達に、兄のことを聞いてみてはどうかと、思いついた。長くお役についていた訳ではないが、それでも共にいた時は、結構あったはずなのだ。

しかし。

（新米なのに、お役目よりも兄のことを気にしていたら、また嫌みを言われそうな）

仲間に問うには、まだ時が必要な気がした。

首を振り、さて諸事終わったと新之介は立ち上がろうとした。だがここで驚き、また座り直す。身の回りにあった留守居役達の輪が、解けていないのだ。

いやそれだけではない。新之介が千太郎のことを考えていた間、留守居役達は何やら真剣な顔付きで、新之介を見ながら小声で話していたようなのだ。

（兄上、この上まだ、何かあるというのでしょうか）

新任者へのからかいは、もう済んだのではなかったのだろうか。最後の方で失敗したとはいえ、まさか本当に、武士に裸踊りをさせる気ではあるまいと思う。

いや、きっとそんな筈《はず》は無いのだ。無いと……思いたい。度の過ぎた新参いびりなど、無意味ではないか。

段々と顔が強《こわ》ばってきた、その時であった。岩崎がまた、いかにも優しそうな表情を、新之介に向けてきたのだ。

「間野はいささか間抜けで不安だが、やって貰《もら》わねばならぬことがある。いいな？」

首筋の毛が逆立った。

5

「広い。何ともまあ、広すぎるではないか」

数日の後。江戸城本丸御殿の一隅で、間野新之介は呆然《ぼうぜん》と、長く続く廊下の先を見つめていた。多々良木藩藩主、浅山日向守隆正《あさやまひゅうがのかみたかまさ》の登城に随行し、江戸城に入ったのだ。

留守居役となった後、江戸城内で諸用を勤める表御坊主衆に、既に一度、本丸御殿の表辺りを案内して貰ってはいる。

多々良木藩出入りの表御坊主、三浦宗春がいる間は、限りなく広く感じるこの江戸城内のことを、分かったような気になっていた。あの日宗春が江戸城内で、道を失った某家の留守居役を見つけ、苦笑と共に道案内をした時など、一緒に少しばかり、笑みなど浮かべていたのだ。

だが！　今日一人で動いた途端、新之介は早々に、江戸城の中で迷子になってしまった。城は、似たような廊下と部屋が、無数に続く恐ろしい場であった。

「ここはどこなのだ？」

畳を四枚並べた幅の広い廊下が、遥《はる》か先まで真っ直ぐに伸びており、片側の襖《ふすま》には竹の絵が描かれ、これまた途切れなく続いている。勿論《もちろん》人は数多《あまた》見かけるが、相手が誰か分からなければ、礼を失せず声をかけることなどできはしない。こんな所で無用な騒ぎを起こしたら、任に就いた早々、留守居役失格と言われてしまいそうであった。新之介は廊下の端に立ちすくんだまま、江戸留守居役組合の仲間から聞いた話を思い出し、押し殺したため息をついた。

(各藩の江戸留守居役は、城内で殿をお待ちしている間、蘇鉄之間《そてつのま》で待つことになっている。だが、ただ大人しく部屋で待っている者はいない、とのことであった)

江戸城内にいる間、留守居役達は幕府諸役の者と顔を繋《つな》ぎ情報を求めるため、皆あちこち歩き回るものなのだそうだ。よって新之介も今日、大切な用を抱え、蘇鉄之間からするりと、本丸御殿の中へ歩を進めてみたのだ。

ところが勇んで城内を歩いたあげく、見事に迷子になってしまった。

(ああ、情けない)

兄千太郎がお役についた当時、かくもみっともないことがあったなどという話は、全く聞いていない。平素は思い出さずとも、何かあると兄弟の力量の差を感じ、落ち込んでくる。新之介がまたまた深いため息をつくと、背の方から声がかかった。

「これは、多々良木藩の新留守居役様ではございませんか。ここは竹之御廊下でございますよ。何か御用でしょうか」

覚えがある声に振り返ると、表御坊主宗春が、もう一人の坊主と共に首を傾《かし》げていた。

城内での数少ない顔見知りを見つけて、新之介は限りなくほっとした。雪山でならともかく、江戸城内で行き倒れるなど、冗談にもならない。

「道に迷いもうした」

思わず、これ以上無いほど正直に答えてしまったら、表坊主衆の目が茶碗《ちゃわん》のように大きくなる。柿の実のごとく赤くなった新之介の前で、二人の坊主が必死に笑い声を抑えていた。

「いや、これは正直なお方だ。滅多に無いほどでございますな」

「高瀬、そうお笑いなさるな」

宗春も笑ってはいたが、それでも先日挨拶をしたとき、金を一分《いちぶ》届けておいたのが効いたのか、控えの間への帰り方を教えてくれる。心底有りがたいその言葉を聞いて、新之介はやっと少しばかり落ち着き、出歩いた目的の一つを思い出した。

「そ、そうだった。私は確かに、城内を拝見したいと思った。だが他に、宗春に会いたいと思うてもいたのだ」

「はて、私に御用でございますか？」

首を傾げた表坊主の目の前で、新之介は袖《そで》の中から小さな風呂敷包みを取り出すと、中にあった竹皮を開いて見せた。宗春は中身を見て驚いたような顔をした後、にこりとする。

「これは確か、間野殿の兄上様が下さったことのある、柿の菓子でございますね」

「私の妹が作った品故《ゆえ》、高直《こうじき》なものではござらぬが。だが宗春は、大分気に入ってくれたとのことだったので」

千太郎から話を聞いた妹が喜んでいたので、新之介は宗春の好物を覚えていた。

「多々良木藩の藩邸では、干し物や漬け物をよく、地下に掘った穴蔵に入れて保つのだ。だが季節柄、これはそろそろ終わり故」

新之介は干し柿で作った菓子がなくならぬうちに、一度宗春に渡しておこうと思っていたのだ。

「これは、お優しいことでございます」

一所懸命な子供を見るような眼差しを、宗春が向けてきたものだから、新之介はまたまた赤くなる。

（ひょっとして……呆《あき》れられたか）

考えてみれば、大名達がなべて世話になる江戸城の表坊主には、あちこちから立派な付け届けが多く贈られている筈であった。素人《しろうと》が作った細切れの柿菓子など、大して有りがたくもないかもしれない。

（益々情けないことだな）

どうせ菓子を渡すのなら、名の通った店の一品でも持ってくるべきであった。その時、竹之御廊下で突然己の名を呼ばれ、新之介は思わずびくりと肩を震わせ、振り返った。

「これは、岩崎殿」

いつの間にやら背後に現れていたのは、留守居役組合の先達《せんだつ》、岩崎であった。役者のように見場の良い顔に、薄く嫌みな笑みを浮かべて新之介を見てきている。

城中であるのに、先達が上役のように威張る留守居役組合の癖が抜けぬのか、岩崎は新之介へ見下すような口をきいた。

「間野殿、とんと部屋に戻ってこぬから、見に来てやったのだぞ。奥御右筆《おくごゆうひつ》へ新任の挨拶は、ちゃんとできたのか？　それとも迷子にでもなったのか？」

途端、新之介が下を向いたものだから、おや本当に迷ったのかと、岩崎は呆れた表情を浮かべている。

「やはり、奥御右筆への挨拶のついでに隠していることを探るというのは……まだ御《おん》身《み》には荷が勝ちすぎていたかな」

　奥右筆が忙しくとも、新任者の挨拶は受けるであろうからと、仲間の留守居役達は考えたのだ。しかし新之介は早々にしくじってしまった。

「間野殿、このお江戸は、特に江戸城内は、太平の世の戦地だぞ。江戸留守居役が間抜けたことをしておったら、藩が潰れるわ」

　特に多々良木藩はと言われて、新之介は両の眉尻《まゆじり》を下げた。

「は？　何故に多々良木藩が、特に？」

　岩崎は新之介の戸惑いになど構いもせず、表坊主の方へ顔を向けた。「昨今何ぞ」言葉みじかに言うと、宗春は疾《と》く返事をする。

「奥で、御老中様や奥御右筆の方々が、何か話しあっておいでだという噂《うわさ》がございます。ですが、まだ確たることは何も……」

　新之介に対するのとは、全く違った慇懃《いんぎん》さであった。

「やはり噂はあるのか。だが全く中身が伝わって来ぬとは、却って何やら恐ろしいな」

　岩崎は一つ頷《うなず》くと宗春に礼を言い、では留守居役控えの間に帰ろうと、きびすを返す。新之介はその袖を引き、必死に問うた。

「岩崎殿、特に多々良木藩が危ういとは、どういうことですか」

この顔の良いお調子者、つまりちょちょらのいい加減な一言だとは思うものの、藩の名が出たからには放っておくのも躊躇《ためら》われた。

ここで岩崎が、ふっと顔付きを柔らかくした。そして振り返ると、宗春が手にしていた柿菓子を一本ひょいとつまみ、口に放り込む。いけるではないかという言葉に、宗春が笑って頷いた。岩崎は柿の礼だと言って、新之介にとんでもないことを告げてきた。

「多々良木藩は今、本当に金に困っておろうが。先任の江戸留守居役が間抜けをやって、幕府より、お手伝い普請《ぶしん》を言いつかってしまったところでもあるしな」

「間抜け？」

新之介は美しい竹の絵の前で、寸の間立ちすくんだ。幕府より言い渡されるお手伝い普請は、最後にはどこかの藩が受け持つしかないものだ。だから今回、多々良木藩は運が悪かったのだと考えていたが……何か裏の話があったのであろうか。

するとその考えを見透かしたかのように小さく苦笑すると、岩崎が二人の表坊主に問う。

「お二人は、多々良木藩の出入りでもあろう？　この一年の内、多々良木藩からお二人へは、ちゃんと挨拶の金品が届いているかな」

宗春と高瀬は、一寸顔を見合わせた後、困ったように言う。

「その……以前間野様の兄上より、同じ菓子を頂きましたが」

「つい先日、間野様御自身から金子《きんす》を少し」

「えっ？　私が渡したものだけなので？　これは何とも……申し訳ないことを」

新之介は呆然とするしかなかった。二人は、多々良木藩が最も親しくしている表坊主なのだ。

表坊主衆は、幕府内の様々な話を耳にできる立場の者故、留守居役達は常に彼らを厚遇した。いざというとき、あれこれ情報を教えて貰えるようにする為だ。

表御坊主衆には日頃、江戸城中での殿への世話を、なにくれとなく頼んでもいる。城内で常に頼りとする相手であった。

よって留守居役は常日頃、表坊主衆への気遣いを忘れてはならない。放っておかれた為、一国の藩主に嫌がらせをした表坊主すらいた、という話を聞いたことがあった。

（なのに多々良木藩は一年も、ほとんど接待をしていないというのか？）

表御坊主衆との交際を絶っていては、幕府の動向を摑《つか》むのに困った筈だ。いや、この二人を接待していなかったということは、幕閣との繋がりを持つ他の重要な御仁達をも、多々良木藩は、ないがしろにしていたということではないか。つまり……。

「それで我が藩に、お手伝い普請が回ってきたという訳ですか」

礼節を欠き、付き合いを無視したのだから、多々良木藩は悪く目立ってしまったのだ。何十両、何百両の金子を惜しんで、何千両もの出費を幕府から言いつかってしまった。

「まさか、あの兄がそんな抜かりを……」

「これからは御身が心して、上手《うま》くお役を勤めることだ」

とにかく、剣呑《けんのん》な事態を教えてくれたのだから、新之介は岩崎に深く頭を下げた。詫《わ》びの為に招く二人の表坊主衆共々、是非に一席設けさせて欲しいと言い、また頭を垂れる。新之介の江戸留守居役としての毎日は、とにかく頭を下げ続けることで成り立っていた。

「後で使者を立てられよ。御廊下で細かい話はできぬ」

では戻ると言って、岩崎は廊下を歩み始めた。新之介は表坊主達に、もう一度頭を下げてからその後を追う。岩崎は一旦菊之間《きくのま》近くへ出てから、わざと大回りする道を取った。

「この辺りの間取りくらい分からねば、奥御右筆へご挨拶に行くこともできぬ。また大恥をかくことになりかねぬぞ」

一回で覚えろと言って、岩崎は紅葉之間前の御廊下と松之御廊下の名を教え、本丸の一番庭に近い辺りを回ってゆく。新之介は必死に襖《ふすま》の絵や庭の様子を頭へ叩《たた》き込みつつ、今聞いたばかりの話に総身を震わせていた。

6

(あの兄が、お勤めを放り出していたのであろうか)

山と書面で埋まっていた兄の部屋内を思い浮かべるに、とてもそのようなことをしたとは思えない。しかしお役が新之介に替わる前、接待は確かになされていなかったのだ。

(兄上はお役に、半年ほどしかついていなかった。接待は、一年以上も無かったとの話だ。ということは……もう一人の江戸留守居役入江殿がしたことか)

多々良木藩にも以前は、江戸留守居役が二人いた。留守居役が使う金子を握っていたのは新米の千太郎でなく、勤めが長く年長であった、入江貞勝の方であったろう。千太郎の許嫁《いいなずけ》であった、入江千穂の父親だ。

(もしかして接待が途切れていたことと、唐突な兄の自刃《じじん》とは、関係があるのだろうか)

確かめたいことが多々出てきたが、入江は既に藩を出てしまった。

（兄上、一体何があったのですか）

今、己ただ一人が多々良木藩の江戸留守居役であることが、危うく感じられた。それでも、他に留守居役はいないのだ。江戸留守居役として何か決断をせねばならないとき、それは新之介一人がやらねばならぬ。

（とにかく、藩からいなくなった入江殿を、探さねば）

兄のことを聞きたいという理由だけではなく、本来江戸留守居役が成すべき仕事の内、何をどれほどの間、やらないでいたのかも知りたい。一人一分を渡す、表坊主衆への付け届け。一箱に一両は要りような、羊羹《ようかん》など上菓子の代金。たまには皆の分まで持たねばならぬことのある、聞番《ききばん》茶屋の代金、一人十匁《もんめ》。付け届けの品を、届けるお方に合わせ、賄《まかな》う代金、などなど。それが分からねば、事を謝ることも、補うこともできないのだ。

本当ならひとつの藩ばかりが、続けて負担することはない筈《はず》だ。だから新之介は、今藩が頭を抱えるばかりに困窮していても、耐えねばならぬことだと考えていた。数年間藩をあげ倹約をし、新しい名産を作り、必死に借金を返すしかないではないか。そうすれば、とにかく一息つけるに違いないのだ。

（だが。多々良木藩がお手伝い普請を言いつかったのは、たまたまのことではなかったとしたら）

　このままだと、礼を欠いた多々良木藩は早々にまた、何か大きな負担を背負い込むことになるやもしれない。

　藩は今回のお手伝い普請の出費すら負い切れず、倒れそうなのだ。この先何年もの間、これ以上借金をするのは、どう考えても無理であった。

　今年も凶作であったら、藩が倒れる。

　また大火事があったら、城下どころか藩邸を建て直す金子もない。

　金がない……大名として藩を続けていくだけの金が、まさに尽きようとしていた。

（兄上、こんなことが起こりうるのでしょうか？　本当に？）

　開闢《かいびゃく》以来、敵に攻め滅ぼされた大名はあっても、窮迫して倒れた藩などなかった。

　しかし気が付けば多々良木藩は、その初めての不名誉を背負うやもしれぬ、ぎりぎりの淵《ふち》に立たされていたのだ。

　半月後、新之介は柳橋《やなぎばし》の料亭万八楼《まんはちろう》にあって、二階の窓辺から眼下の水の流れを見下ろしていた。

日は暮れかけ、藍《あい》に染まってゆく水辺の一帯が美しい。誰ぞが弾いているのか、ゆるりとした三味線の音が聞こえていた。

今日は先日より心にかけていた、表坊主衆と岩崎の接待の日であった。事情を知る同士だからと双方を一度に呼んだのは、本音を言えば、多々良木藩の懐《ふところ》具合を考えてのことだ。

しかし今回は留守居役として、余程感謝の気持ちを伝えねばならぬ時でもあった。だから新之介はいつぞやの平清《ひらせい》でも八百善《やおぜん》でも、客達が喜ぶであろう最高級の店で、もてなすつもりでいたのだ。

ところが。表坊主衆の宗春と高瀬が、料亭に招いて貰《もら》えるのならば、場所は万八楼がいいと、そう伝えてきた。その上で新之介へ、是非その宴に、もう一人客を同席させたいと願ってきたのだ。

町人で、札差《ふださし》の青戸屋という者だという。

岩崎をも招いた席であったので、直ぐには返事をしかねた。岩崎が留守居役を勤める久居藩上屋敷は下谷《したや》にあり、多々良木藩上屋敷から近い。新之介は急ぎ留守居役役宅の岩崎を訪ね、表坊主衆と縁のある札差が、宴席に顔を出したがっていることを告げると、同座して構わぬかを岩崎に問うた。

料亭での宴に招いてもつまらなそうな岩崎であったが、新之介から新たな客の話を聞くと、俄然《がぜん》接待に興味を示し始めた。

「お札差とな。新米留守居役が仕切る退屈な一夜が、急に面白くなりそうではないか」

その札差と顔見知りかと聞かれ、首を振ると、岩崎は益々面白がる。青戸屋といえば札差の内でも、剛《ごう》の者だという。

「様々な奉行職を名乗る旗本達でも、百石や二百石では、青戸屋を料亭へ呼び出すことなど、なかなかできぬそうだ」

札差は旗本、御家人など直参《じきさん》の用を勤める者で、浅草蔵前《くらまえ》に店を出し、米の仲介を行い手数料を取る。他にも高利で金を貸すから、大層な大尽《だいじん》が多いといわれているが、商売相手は直参だ。だから平素は、大名家の陪臣《ばいしん》である新之介達、江戸留守居役と縁は無かった。

「青戸屋の為に、わざわざ表坊主衆が口ききをしたのだ。多分顔見知りの旗本に、頼まれてのことであろうな」

つまり青戸屋がその旗本に、新之介が接待をする席へ出たいと、頼んだのだろう。

「はて岩崎殿、どうして青戸屋は宴に交じりたいのでしょうか」

新之介には、理由がとんと分からない。札差であれば、貧乏藩の留守居役に接待されるより、自腹で余程豪華な遊びができる筈であった。すると岩崎は、何やら嬉《うれ》しげな顔で考え込んでいる。

「理由を知りたいのぉ。上手くして札差に貸しなど作れれば、この上ない話だ。札差は多くの直参に金を貸している。つまり旗本である奥御右筆にすら、ものが言える立場だからな」

いつぞや逃げられた奥御右筆、志賀藤四郎とて、相手が青戸屋ならば無視はできぬと口元を歪《ゆが》めて言う。それから岩崎は、目の前から茶を退け、ずいと新之介の眼前に迫ってきた。整った顔が確信を持って語る。

「札差は、私に会いに来るのではないと思うがな。我なら宴でなくとも直《す》ぐに会う」

表坊主衆に会いたいのでもない。留守居役の開く宴会に割り込まなくとも、直参である表坊主衆となら、幾らでも会う機会は持てる筈であった。

「つまり、だ。今回札差が会いに来るのは、間野、御身なのだ」

だが数多《あまた》古参がいるのに、頼りない新米留守居役に、わざわざ役職絡《がら》みの頼み事をしてくるわけではあるまい。では何用なのか。

「間野、最近変わったことは無かったか？」

この問いに新之介は首を傾《かし》げた。札差に関係があることになど、全く心当たりがないと、口にする。

「ほう、ならば札差に関係のないことならば、あったのか？」

聞かれて新之介は、一寸言いよどむ。すると岩崎が不機嫌な顔を一層近づけてきたので、慌《あわ》ててある名を口にした。どのみち岩崎には、色々知られてしまっている。今更隠しても、この留守居役であれば、その内調べてしまいそうであった。

「入江貞勝殿のことで、色々」

行方の知れない、多々良木藩の先代江戸留守居役だ。新之介が最近その行方を摑んだと聞き、岩崎が寸の間目を見開いた。

「多々良木藩先代留守居役？……ああ、一年ほど接待を怠けたあの御仁か」

その事実を知ったのはつい先日なのに、早くに見つけたものだと岩崎が驚いている。

新之介は、小さくため息をついた。

「入江殿は逃げる訳には、いかなかったのですよ」

入江を捜そうと思い立った新之介は、手がかりを求め、まず入江家先代の墓を探した。上野の西光寺にあると藩内の者が知っていたので、もしや住職が、貞勝のことを何か知らぬかと尋ねてみれば、そこに当人の墓が待っていたのだ。

「入江殿は、亡《な》くなっていたのか」

確かまだ四十七歳で、身罷《みまか》るには若い。とにかく線香の一本もあげ、寺に布施をして話を乞《こ》うたが、病にて亡くなったらしいとしか、住職は心得ていなかった。

「話を聞きたいからと、今残された母娘へ連絡を取ってもらっております」

だが見知らぬ男に、住職はそれ以上千穂達のことを教えたりしなかった。だから今はただ、知らせを待っているのだ。

千太郎の元許嫁、あの千穂ならば、父親である入江の金遣いについて、何か覚えているやもしれないと思う。

「しかし、入江家が札差と縁があるとは思えません。入江家も陪臣だったのですから」

だがこの考えに、岩崎は首を縦に振らなかった。

「人の縁など分からぬものさ。入江殿は、青戸屋より年下だ。寡婦《かふ》となった奥方が存外綺麗《きれい》で、青戸屋は慰めたいのやもしれぬぞ」

ひょっとしたら、娘の方が器量好しに見えたのかもしれないし、青戸屋がどうしても欲しい根付けでも、入江母娘が持っているのかもしれない。人間、どこでどう繋《つな》がっているのか、知れぬものなのだ。

「それでは、宴に青戸屋を呼んでも、よろしゅうございますね？」

「そうすれば二人の表坊主衆は、旗本に恩を売れる。一日ただ遊ぶだけより、余程機嫌が良くなるであろうよ」

多々良木藩は、表坊主衆を一回宴に呼んだからといって、一年にも及ぶ不義理をあっさり清算できるとは考えぬ方が良い。そう岩崎に釘《くぎ》をさされ、新之介はため息をつくこととなった。そして。

宴の日となり、川岸の料亭万八楼にて、新之介は珍しくも上機嫌の岩崎に、酒を勧めていた。

じきに襖《ふすま》が一枚すっと開くと、おかみが顔を出し、表御坊主衆の到来を告げる。遅れた訳ではなかったが、岩崎が既に座にいた故《ゆえ》か、二人は揃《そろ》って頭を下げてくる。そしてその後ろ、襖の後ろの廊下に大男が控えていた。

（あれが青戸屋か）

相撲取りほど大きいわけでもないのに、大層な迫力で押し出しがいい。蔵前本多《くらまえほんだ》に髪を結い、黒の小袖《こそで》をまとっていた。着物の裾《すそ》から派手な裏地の柄が僅《わず》かに見えている。

今宵会えたのも縁有りと、新之介は中へと招いた。だが青戸屋はあっさり座に加わったりはせず、その場で頭を下げてくる。

「今宵は皆様でおくつろぎの所、無理を言い宴席の端にお邪魔致しまして、申し訳ございませぬ」

実は己の知人が、この宴席においでの方々に大層な迷惑をかけた故、謝りたいと思っている。しかし相手がお留守居役や表御坊主衆では、どちらへ伺ったら良いやもしれず、ただ気を揉《も》んできたというのだ。

「はて、私どもにも御用がありであったか」

「もしや……我にもか？」

座の者達から、驚きの声が上がる。岩崎など思いがけず己の名まで出てきたことに、酒杯を持つ手が止まっていた。

「ところが最近そちらの間野様が、多々良木藩江戸留守居役となられたことを、住職よりお聞きしましてな」

「は？　住職？」

新之介は目を見開いた。寺で己の身分を明かし、住職に連絡を頼んだことが最近確かにあった。しかしそのことを、どうして札差が知っているのであろうか。ここで青戸屋の目が、新之介を見つめてくる。

「江戸留守居役であれば、宴席には多く出られます。料亭の主に声を掛けておけば、その内どちらかで、お目にかかれると思っておりました」

そうしていたところ、先日新之介が表御坊主衆の接待をすると聞いた。青戸屋は縁のある旗本に頼み込み、この座に加わってきたのだ。

「はて、今まで御身と縁があるとは、思うておらなんだが」

拳遊《けんあそ》びをしている時より余程楽しそうな岩崎が、さて何の用かと札差に話を促す。青戸屋は立ち上がると、廊下との間を仕切っていた襖を、もう一枚開けた。するとそこには、仲居の格好をした女が一人、頭を深く下げていた。

「万八楼の仲居でございます。仕事を休む余裕は無いらしい故、今日は私が我儘《わがまま》を言い、こちらにて宴を開いて頂きました」

皆に用があるのはこの女であると言われ、座が一寸静まる。新之介は目を見開いていた。顔を上げずとも声を出さずとも、目の前にいる仲居が誰であるか、直ぐに分かったからだ。

ずっと、会いたいと思っていた。

(千穂殿)

懐《なつ》かしい顔が、ゆっくりと頭を上げた。

第二章　思い、思われ

1

千穂《ちほ》を目にして、新之介《しんのすけ》は寸《すん》の間《ま》、兄の千太郎《せんたろう》が生きていた頃に戻ったような、そんな心持ちとなっていた。

多々良木《たたらぎ》藩の役宅の、柿の木が見える庭先に千穂はいた。あの時、屋敷への届け物を手にしていた千穂は、まだ兄の許嫁《いいなずけ》になっていなかった。新之介はその春先の花を思わせる姿に、心を騒がせていたのだ。しかし何も口にすることの無いまま……やがて千穂は兄の許嫁となった。

だが二人は婚礼をあげることは無かった。千穂は父親と共に藩を後にし、千太郎はそれから程なく亡《な》くなってしまったのだから。

（そうだ、あの庭で話した日から、まだ一年も経《た》っていないんだ）

その短い間に大波のような出来事が、千太郎を、千穂を、そして新之介を呑《の》み込んでいった。こうして料理屋万八楼《まんはちろう》の一室で、江戸留守居役となった己と、仲居となった千穂が会うなど、あの時役宅の庭にいた新之介には、欠片《かけら》も想像することすらできなかった。

（どうして……）

万《よろず》の思いが風のように胸の内を過《よ》ぎる。目が千穂に吸い寄せられ、ただ言葉に詰まった。

だが不意に、視線を感じ目を横に向ける。岩崎が口元をひん曲げ、黙り込んだ新之介を見ていた。

（あ……）

唇を嚙《か》み、ここが接待の場であることを思い出す。新之介は姿勢を正すと、真っ直ぐに目を向けてきている姿に声をかけた。

「これは千穂殿、何と久しいことで」

すると、また頭を深く下げた千穂に代わり話を始めたのは、隣に座っていた札差《ふださし》、青戸屋であった。己も小さく頭を下げると、新之介以外の者達へ千穂を紹介する。

「こちらの仲居は、入江《いりえ》千穂さんといいます。多々良木藩の前江戸留守居役、入江貞《さだ》勝《かつ》様の娘御で、同じく先の江戸留守居役、間野《まの》千太郎様の許嫁であったそうでございます」

青戸屋がそう口にした途端、万八楼の部屋内にざわりと声が上がった。岩崎と坊主《ぼうず》衆《しゅう》二人が目を見交わしている。その前で青戸屋は落ち着き払っていた。

「是非に会いたいお方が、今宵この場におられると言う故《ゆえ》、ご迷惑とは思いましたが千穂さんを連れてまいりました」

麗《うるわ》しきおなごと亡くなった男前、それにその弟と、大金持ちの札差が絡《から》んだ話が、ひょっこりと料理屋の一室に現れた訳だ。岩崎や坊主衆は、微《かす》かな笑みを顔に浮かべている。三人には太鼓持ちや芸者を呼ぶよりも、面白い座になったに違いなかった。

だが新之介にとって、これは脂汗《あぶらあせ》が滲《にじ》み出てくるような出来事であった。接待の場だと思っていた場所に、いきなり兄が亡くなる前の日々が、顔を出してきたのだ。

咄嗟《とっさ》に言葉は出なかったものの、とにかく姿を消してからのことを聞きたいと、新之介は千穂へ僅《わず》かににじり寄る。だがここで先に動いたのは、岩崎であった。新之介を腕一本で制すると、酒を片手にもう一度坊主衆へ目をやる。それから青戸屋へ整った顔を向け、あけすけな問いをした。

「青戸屋、間野殿が何ぞ言う前に、ちと尋ねたいことがある。どうしてそこな料理屋の仲居に、このような便宜をはかったのだ？」

勿論《もちろん》札差であったればこそ、江戸留守居役の接待に顔を出すことができ、そこへ千穂を連れて来られたのだ。つまり青戸屋は、その力を大いに使って、千穂を助けたということになる。どんなおなごでも、助ける訳ではあるまいと岩崎が言うと、坊主衆達の視線が青戸屋と千穂の間を行き来した。

青戸屋はちらと新之介を見てから、やんわりと答えた。

「この青戸屋は、まずは万八楼の客として、仲居の千穂さんと知り合いましてな」

座に呼んだ太鼓持ちから、仲居の母親の具合が大分悪いと聞き、手持ちの薬を与えたことがあった。するとで料理屋の廊下で、千穂がそれは礼儀正しく礼を言ってきたのだ。武家育ちだと一目で分かった。興味を持ち、直に親しく話すようになったのだという。

「私にはもう家内もおりません。それで、そのぉ、千穂さんを世話したいと思ったのですよ」

「せ、世話？　……妾《めかけ》にすると？」

新之介は呆然《ぼうぜん》として、つましい身なりとなった千穂へ目をやった。

千穂は二百石取りの武家の娘であり、間野家の嫁になるはずであったおなごだ。それが僅かの間に、齢《よわい》五十を超えた町人の妾となりかけていたのだ。

　ここで青戸屋が、唇を歪《ゆが》める。

「ところがですなぁ、この千穂さん、うんと言ってくれませんでね」

　侍の娘故、相手が町人では嫌なのかと聞けば、千穂は首を横に振った。既に父親もなく、今更武家の生まれと言ってみても、仕方がない。それどころか病の母親と二人、要りような金額に稼ぎが追いつかず、千穂は身売りすることになりかねない状況であった。

　だがそれでも、今世話になるわけにはいかないと、青戸屋に言ったのだ。千穂にはどうしても、知らねばならぬことがあった。

「つまりですね、何が千穂さんの一生を根こそぎ変えてしまったのか。それを知りたいと言うのですよ」

　その理由にすっきりと得心ゆかねば、たとえ妾といえども、誰ぞと添う気にはなれぬ。それが千穂の最後の一線であった。

　何があって千穂が、長屋暮らしをすることになったのか、青戸屋も千穂から色々聞いてはみた。しかし伝聞と推測だけで、見極めがつくような話では無かった。

「ならばとこの青戸屋は、前江戸留守居役入江様と、それに間野千太郎様のことを調べたのです」

だが札差は直参《じきさん》相手の商いをする者故、大名家の藩邸内でのことを知るのは、どうにも不得手であった。そこで青戸屋は多くの旗本らとのつてを使い、多々良木藩の現江戸留守居役にして、亡き千太郎の弟新之介の前に、顔を出して来たという訳なのだ。

岩崎が唇の両の端を引き上げる。

「青戸屋、世間の噂《うわさ》では……いやいや単なる噂だが、老いた男が若い娘に惚《ほ》れると、見境もなく夢中になるそうだな」

「おや、色男で知られる岩崎様には、色々お覚えがあるようで」

「むうっ……我はまだ、爺《じじい》ではないがの」

「おお、岩崎様に切り返せるとは、さすがは札差の青戸屋さんですな」

ここで笑いながら遠慮のないことを言ったのは、二人の坊主衆であった。表坊主は、札差の財産に及びもつかないだけでなく江戸留守居役と比べても、禄《ろく》がぐっと少なく身分も軽い。

だが今のお役にいる内は、その立場は強かった。相手が江戸留守居役でも、札差でも、いや大名相手ですら、やんわりとしたたかに、已を通して、それがまかり通る立場なのだ。札差と江戸留守居役と表坊主、三人はそれぞれ丁寧な言葉を操りつつも、まるで猟師と狐と庄屋のように、互いの力関係を楽しんでいるかのようであった。

「ふん、その年で若い娘御を妾にしようという青戸屋には、かなわぬわ」

「岩崎様、千穂さんは今、病の親を抱え一人で苦労しております。仲居でいるよりも私の世話になった方が、親御共々楽でありましょう」

武家でいるよりも楽ですよとの言葉を聞き、新之介はまるでつり上げられたかのように、思わず立ち上がっていた。それを無視し千穂にすら目をやらず、岩崎は青戸屋へ、具体的に何を知りたいのか確認を入れる。

「娘御の一生がどうのこうのと言われても、抜けている間野殿では返答に困るだろう。そちらが知りたいことは具体的に何なのだ？」

千穂が顔を上げ、岩崎へ目を向けた。皆に突然顔を出した詫《わ》びを言い、話を引き継ぐ。

「私は武家の娘に生まれました。藩内の他のおなごと同じように、武家に嫁ぎ子を産み、老いて死ぬのだと思っておりました」

ところが突然、千穂の暮らしは思いも掛けない方へ転がった。父親は藩を出て浪々の身となったあげく亡くなった。許婚も死んだと聞いた。懐《なつ》かしい藩の上屋敷へ帰ることは、もう二度と無く、何もかも元の姿には戻らなくなったのだ。千穂が僅かに語気を強める。

「訳を知りたいのです」

その声は、少しばかり震えていた。

「父、入江貞勝は突然江戸留守居役を辞し、藩を出ました。その理由は何だったのでございましょうか」

藩内で何かあったのだろうとは思うものの、千穂は父親から何も聞かされてはいなかった。貞勝は、娘に頑として何も言い残さなかったのだ。

ただ寝たきりとなった貞勝は、千太郎にも留守居役仲間にも、御坊主衆にも迷惑を掛けたと、布団《ふとん》の内で口にしていたという。

「ほう、そこで我々の名も出たのですか」

表坊主の宗春と高瀬は、面白がっているかのようであった。ここで青戸屋は、知りたいことは、もう一つあると付け加える。

「その、先代多々良木藩江戸留守居役にして、元の許婚、間野千太郎様が亡くなられた訳も、私は気に掛かっております。千穂さんとてそのこと、知りとうございましょう」

二つのことをなるだけ具体的に、細かい経緯まで、この座の方から教えて頂けぬものか。青戸屋と千穂はそのことが聞きたくて、今日ここへ顔を出してきたのだと、新之介へ顔を向ける。

「もし我らを納得させて頂きましたなら、この青戸屋、そのお手間と御厚情を忘れるものではございません」

つまり江戸でも名だたる札差が、多々良木藩と、ひいては新之介が加わっている留守居役組合と、深い縁を作ってくれるというのだ。

幕政は、老中や寺社奉行など、譜代《ふだい》大名が勤める幾つかの役職以外、旗本や御家人達が諸役を相勤め動かしている。その彼らに高利で金を貸し付けることが多い札差が味方とあらば、様々な話を聞き出せるに違いなかった。

ここで千穂が廊下から、もう一度座に向け頭を下げる。

「……どうぞ、まことをお教え下さいませ」

千穂の目が、青戸屋が、そして岩崎と坊主衆の顔が、部屋内で立ちすくんでいる新之介を見つめていた。

新之介の耳に、微かに三味線の音が聞こえていた。ようよう会えた千穂は、目の前に姿があるのに、酷《ひど》く遠くに居るかのように思えていた。

（私がここで質問に答えたら、千穂殿は青戸屋の妾になるのか……？）

これだけ話の経緯をはっきりと聞いているのに、納得ができない。どこをどうしたら、そんな話に行き着くというのか。そう思ったら、口から転がり出て来た言葉があった。

「千穂殿は、兄上の許嫁ではないか！」

新之介が叫んだ途端、青戸屋の顔がさっと強《こわ》ばった。しかし、何としても口が止まってくれなかった。

2

「入江殿がお役を辞めた訳どころか、我は兄の死の真相すら知らぬ。どうしてあのように若き身で死なねばならなかったのか、私も誰かに聞きたいくらいだ」

入江貞勝が藩を出た理由など、千穂に教えて貰《もら》いたいと思っていたことであった。娘が知らぬ理由を、同役であった兄であればまだしも、新之介が知ろうはずもない。

叫ぶように話しつつ、段々と己の顔が赤くなってくるのが分かった。声が上ずってくる。早口となった言葉が、どんどん口から流れ出した。

「それにだ。何か知っていても、いやこの先分かっても、教えられる訳がなかろうが。札差の妾になるだと？」

兄が亡《な》くなってから、大して日が過ぎてはいない。なのに千穂はどうしてそんな薄情なことを考えられるのかと、思わず問うた。

「金子《きんす》が必要だからか？」

千穂の顔が下を向く。青戸屋が眉間《みけん》に皺《しわ》を寄せた。その時岩崎がひょいと立ち上がった。

「やれ間野殿、御身がそんなに早口だとは、知らなんだわ」

岩崎は大層にこやかな顔を、坊主衆と青戸屋達へ、ふらりと向ける。そして双方に、この場でこれから目にすることは直ぐに忘れてくれぬかと、そう頼んだのだ。

「はい、承知でございます。はてはて、今度は何が起こるのやら」

宗春や高瀬は、新之介の不機嫌など気にもせず、この場を楽しんでいるようであった。青戸屋も頷《うなず》くと、岩崎は笑みを浮かべたまま、さっと新之介の正面に回り込む。

そして。

がこっと、鈍い音がした。

部屋内が白くなった。目を見開くと、新之介は確かに我が身が部屋の内で、斜めに浮いているように思った。そして誠に恐ろしいことに、ゆっくりと頭から下へ落ちてゆくではないか。

（足はどこにあるのだ？）

そう思った時、己の手の向こうに、空を蹴《け》っている足先が目に入る。その先に、千穂の引きつった顔が寸の間見えて消えた。

(はて……?)

変だと思った途端、首筋が鈍く鳴った。(ぐふっ)総身が畳に打ち付けられたらしい音が、どんと大きく響くと、堅い音がそれに重なり目の端を茶碗《ちゃわん》が転がってゆく。もう一度僅かに身が浮いた気もしたが、直ぐに畳に貼《は》り付いた。すると今度は、どうにもそこから剝《は》がれてくれない。新之介は身を起こすことが、できなくなったのだ。

(なんだ、なんだ、なんだ、何が……)

口の中が塩辛い。必死に目玉だけ動かすと、岩崎の上機嫌な顔が眼前に迫ってきた。拳《こぶし》を見せ、それをすいと新之介の左頰に当てる。ぞくりとしたものが、尻《しり》にまで走った。

岩崎は拳固《げんこ》の一発で、新之介を伸《の》したのだ。もう一発殴りたいとでも思っているのか、岩崎はその拳固を新之介の眼前にちらつかせたままでいる。

「こぅら新米! 江戸留守居役仲間として、先だってから我らが鍛えてやっておるのに、何だ、その態度は」

少しばかり仕事を覚えたと思ったら、早々に忘れて馬脚を露《あらわ》す。この阿呆《あほう》と罵《ののし》り、岩崎は大仰に嘆いた。

「仲間から新入りへの慈悲として、特別に教えてやったばかりだろうが。御身の多々良木藩が、今いかに危ない状態であるかを、だ」

新之介は武家の身分にこだわっているようだが、このままでは多々良木藩は潰《つぶ》れかねず、新之介共々藩の皆が、一斉に浪々の身となりかねない。千穂を案じるどころか、仲居として働いているその千穂に、心配される立場に化けるかもしれぬのだ。

「その危うさを本当に分かっているのか？　江戸留守居役が藩より己の気持ちを大事にして、どうするのだ！」

いつもの新之介ならば、ここで岩崎に頭を下げるところであった。しかし今日ばかりは何としても、許しを請《こ》う気にはなれない。だから頑として、黙ったままでいた。

答えずとも、その気持ちが顔に出たのか、口をひん曲げた岩崎が、あっさりもう一発拳を振り下ろした。「けほっ」左目が痛い。部屋の中がぼやけてしか見えなくなった。顎《あご》に口からこぼれた血が滴《したた》る。だがこの時、横から笑うような声がしたことは分かった。

「おやまあ間野様、そろそろ謝らないと。岩崎様は見た目と違って、お強いですよ」

「それに短気でもありますな。ああこれも、整ったお顔からは分かりませんな」

しかし、殴られてから気を付けるよう言ったのでは遅かったかなと、ぼやけた姿の表坊主二人が、ゆったり酒を口にしつつ苦笑している。だが宗春と高瀬は、新之介を見捨てる気も無い様子で、岩崎がこれほど気を立てているのには、深い訳が有ると教えてきた。

「先の江戸城で岩崎様が我らに、御老中や奥御右筆《おくごゆうひつ》のことをお尋ねになりました。覚えておいでですか?」

「……」

返事をしようにも口の中が切れているのか、思うように声が出ない。だが留守居役組合の仲間達が今、奥右筆から何かを知ろうとしているのは心得ていたので頷いた。新之介も奥右筆へ挨拶《あいさつ》に伺う時、この先江戸留守居役が何をすることになるか、なるだけ多く聞くよう仲間に言われたのだ。

「つまり留守居役組合の皆様は、今大層心配なすっているのです。それは……」

その最後の言葉に、青戸屋の声が重なった。

「ああ、早くも次のお手伝い普請《ぶしん》が、あるようですな」

途端、岩崎が新之介からすっと拳を引き、未《ま》だ廊下にいる青戸屋を見つめる。新之介もその剣呑《けんのん》な言葉に引っ張られたかのように、畳から何とか半身を起こした。

「何を承知している？　いつどんな普請を行うのか、分かっているのか？」

岩崎の問いに、青戸屋は首を横に振る。

「私も詳細を知りとうございますよ。実は最近、縁のございますお方から、次のお手伝い普請のことを聞かれておりまして」

だが今までなら耳に入ってきた話が、今回は何故《なぜ》だか青戸屋にもつかめないでいる。

「ですが、そういう状況でありますので却《かえ》って、近々にどちらかの御家中にお申し付けがあると思っております」

何故なら幾ら調べても、誰に尋ねても、暫《しばら》くはお手伝い普請など無い、という返事が返って来ることもなかったからだ。

「もう決まった話があるのを、慎重にどなたかが隠している。そんな気がいたしますね」

その普請は何なのか、何故隠すのか。これは嘘《うそ》偽り無く、青戸屋にも分からぬことであった。

「そうか……」

岩崎は一寸《いっすん》笑みを消した後、青戸屋と、その横にいる千穂に目を移した。

「とにかく噂の真偽がはっきりとして、助かった。かたじけない」

そしてこの知らせを聞かせて貰った礼は、千穂が知りたいであろう話で返すと、そう言ったのだ。

「あの、新之介さんがご存じでないことを、そちら様が承知なさっていると、おっしゃるので？」

僅かに身を震わせた千穂に、岩崎は軽く手を振った。

「他藩のことまでは知らぬよ。だが今日間野殿が、どうして私と坊主衆をこの万八楼で接待することになったのかは、承知している」

その訳もまた、聞きたいことの一つであろうと岩崎は言ったのだ。新之介がざらついた声を絞り出した。

「岩崎殿、勝手に……話さないで下さいませ」

「間野殿、ここで私が黙っても、札差は後で表坊主衆に理由を聞くだけだ」

新之介が口を閉じると、岩崎は多々良木藩の前任の江戸留守居役が不義理をして、藩とその関係者に迷惑をかけていたことを語った。

「その御仁はな、お役を辞めるまでの一年にも及ぶ間、職務上やらねばならなかった接待をせず、放って置いたのだ」

後任の新之介はお役についた途端、多々良木藩の置かれている状況に、たまげることになった。そして不義理を謝まり事を収めるため、坊主衆と岩崎の為にこの席を設け……岩崎に思いきり殴られる羽目になったのだ。

「父上が、お仕事でしくじりをしたということですか？」

千穂の声が震えている。一年といわれれば、それは任限の短かった千太郎がやったことではないと分かったようだ。岩崎が話を締めくくった。

「つまり入江殿が、間野千太郎殿や留守居役仲間、御坊主衆にも迷惑を掛けたと言っていたのは、そのことではあるまいかの」

諸方への気遣いに失敗した多々良木藩は、あげくにお手伝い普請を言い付かってしまったのだが、岩崎はそこまでは口にしなかった。しかし千穂の顔はまた下がり、廊下を見つめてしまっている。

「今日間野殿から、これ以外の話は出てこぬだろうよ。本当に答えなど、知らぬだろうからな」

岩崎の言葉に青戸屋が頷いた時、廊下の奥から千穂に声がかかった。万八楼の他の仲居のようで、どうやら店が忙しい故《ゆえ》、呼びに来たらしい。しかし遠慮がちであるのは、千穂の側《そば》に札差の姿があるからだろう。

ここで世事に通じた岩崎が、廊下にいる二人に、勝手な約束をする。

「間野殿が何かを摑《つか》んだら、まず青戸屋へ伝えるようにさせよう」

「そんなことを言われてもっ」

新之介が突然言葉を切ったのは、またがつんと拳固で殴られたからだ。千穂はもう一度座の者に礼を述べると、身を折っている新之介の方へ気遣わしげな表情を向けた後、万八楼での仕事へと消える。

新之介は口に血を付けたまま、その後ろ姿へ言葉を掛けることもできずにいた。ただ座り込んだまま……懐かしい姿が立ち去るのを見ていることしかできなかった。

3

万八楼での接待の二日後、岩崎に殴られた跡は顔の上で大きな痣《あざ》となり、新之介はまるでぶち犬のようになってしまった。しかし今、多々良木藩の江戸留守居役は一人しかいないゆえ、お役目を休む訳にもいかない。

藩主の登城日は朔日《ついたち》、十五日が定例だ。そして江戸城の各門を、主《あるじ》に付き従って通れるお付きの数は、身分立場によって厳格に決まっている。藩主は決まった場所に供を待たせ、最後には一人で江戸城玄関から城中へ入るのだ。

よって江戸留守居役は、先に江戸城に入って藩主を助けねばならぬ。そして、色々と決まり事を承知していなければ勤まらぬお役故、急な交代ができなかった。

だが、熨斗目花色《のしめはないろ》、肩衣半袴《かたぎぬはんばかま》姿の主を出迎えた時、新之介は殿から開口一番、こう言われてしまった。

「新之介、これはまた、みっともない面になったものだのぅ」

「申し訳ございません。ちと……打ちまして」

多々良木藩の藩主、浅山日向守《あさやまひゅうがのかみ》隆正《たかまさ》はまだ三十五歳で、先代から藩を引き継いで三年と経《た》っていなかった。その上藩主は参勤交代で国元へ帰っている期間も長く、江戸留守居役のように、留守居役組合の古参から諸事を教わることもない。多々良木藩は外様《とざま》である故、幕政に加わることもあり得ない。

そのためか浅山日向守は、江戸城中に慣れぬこと新之介以上で、未《いま》だに危なっかしい。よって日向守にとって、城中は酷《ひど》く気の張る場所であるに違いなかった。おまけに、ぶち顔の新之介一人が頼りとなれば尚更《なおさら》だ。

(多分優しいお方ではあると思う。だが私は、まだ殿のことをほとんど知らぬな。殿も私のことなど、分からぬのに違いない)

日向守に付き従い、江戸城内をゆく。虎之間《とらのま》、蘇鉄之間《そてつのま》の前を通り御廊下を二度曲がって、主と新之介は柳之間《やなぎのま》へと入った。柳之間は五位の外様大名や表高家《おもてこうけ》などの控えの間、いわゆる伺候席《しこうせき》であった。

広い畳の間には、既に何人もの馴染《なじ》みの顔が座っている。皆、一国の藩主であれば、藩邸へ帰った後は、多くの家臣にかしずかれる身なのだ。なのに江戸城内では、せいぜい留守居役が側にいるばかり。その留守居役達とて、城中で控えるのは別の一室、小さな中庭と廊下を挟んだ先の蘇鉄之間だから、唯一《ゆいいつ》の家臣と気軽に無駄話をする、という訳にもいかないのだ。

(ややっ、岩崎殿がもう来ておられる)

この時日向守と似た年頃の藩主の傍らに、かの留守居役の姿を見かけ、新之介は思わず痣へ手をやった。新之介達の留守居役同席組合は、この柳之間詰の主を持つ、江戸留守居役が集まったものだ。藩主が江戸にいる藩の留守居役仲間達は、当然この間へ顔を見せてくる。岩崎がいるのは、当たり前のことではあったが、顔を見るとため息がこぼれ殴られた跡が疼《うず》いた。

(もっとも岩崎殿以外には、同役の江戸留守居役がおられる。どちらが登城するかは分からぬが)

その内、多々良木藩が頼みとする表坊主《おもてぼうず》の宗春が、日向守に茶を持って来てくれた。新之介はちらと宗春に目をやってから、急いで袖内《そでうち》に入れてきた包みを確認する。

「それでは殿、いつなりとお呼び下さりませ」

そう言い平伏した後、新之介は先に退出した宗春の後を追った。宗春の方も今は心得たもので、廊下の曲がり角で待っていてくれる。

新之介は宗春にまず、先日料理屋万八楼へ来てくれたことへの礼を口にする。それから、またまた大したものでは無いがと断った上で、包みを取りだし中の菓子を見せた。

「今日は妹の新作を持って来た。蜜《みつ》を使った芋菓子だ」

包みを開けてみせると、細長く切った芋が竹林のように、きちんと一方を向いて並んでいた。宗春が短いものを一本そっと口に放り込むと、僅《わず》かな柚子《ゆず》の香りが漂った。

「妹様は本当に、菓子を作るのがお上手でございますな」

宗春は頷《うなず》くと、笑みを浮かべつつ包みを袖の内に入れる。

「実は、城中の表御台所勤めの知り合いに、そのぉ、目新しい菓子が大好きな男がおります。これを分けてやれば喜びましょう」

そう言われると、新之介も嬉《うれ》しくて大きく笑った。途端、頬がつれ目の辺りが痛くて、思わず小さな声を上げる。先日の接待以来一段と親しくなった表坊主は、無茶をした子を眺める親のような表情を浮かべ、若い新之介を見た。

「随分くっきりとした痣になりましたなぁ。岩崎様は、余り手加減をされなかったようで。万八楼から帰った時には、こうも目立ちはしませんでしたのに」

宗春は首を振ると、新之介に手招きをする。

「痛むご様子だ。今、表御台所に参りますから付いておいでなさいまし。そこで手ぬぐいでも絞って、目に当てましょう」

殴られ二日経った顔は、片方にだけ眼帯でもしているように見えると言われ、新之介はため息をつき頷く。料理屋でただ接待をする筈《はず》が、とんだおまけが残ることになってしまった。

宗春に従い江戸城の奥へと歩みつつ、新之介は痣に手を当て、あの暴れ竜の背にでも乗ったかのような一夜を、思い起こしていた。

（まあ、万八楼では良いこともあった。一つには、ようよう千穂さんと会えたのだから）

千穂を世話したいとぬかす者が出てきたのには驚いたが、とにかく無事な姿を確かめられ、ほっとしたのだ。

（だが千穂殿すら、亡《な》くなった父御の行いについて子細を知らなんだとは）

新之介は元々、千穂の望《のぞみ》とは関係なく、入江貞勝が藩を出た理由を調べるつもりであった。入江が浪々の身となって幾らも経たぬ内に、兄は亡くなっている。二つの出来事には、関わりがあるに違いないからだ。

（入江殿は接待に使う筈の金子《きんす》で、妻の医者代を出していたのやもしれない。それを兄上は知ったが止められず、気に病んだのかも）

最もありそうな話ではあった。だが千穂の母が、藩外の高直《こうじき》な医者に通っているとの話など、上屋敷で聞いたことはなかった。

（藩邸からの人の出入りは、門番によってきちんと確認されているものだ）

高く付く医者通いなどする者がいたら、藩邸内で噂《うわさ》になっていた筈だ。（分からぬ）

新之介は首を振る。

（それにしても、この先もし何か分かったとして、どうしたらいいのだ？　事実を千穂殿に、そして青戸屋に教えるべきだろうか）

新之介は僅かに口を尖《とが》らせ、江戸城本丸の内を北へと歩んでゆく。宗春に、ここが老中達が出入りに使う御納戸《おなんど》口《ぐち》御門近くの大廊下だと教えられた時は、誰かがそこに居るでもないのに身が縮む思いがした。近くに並んでいる小部屋は、地位高き方々が登城時、着替えや休憩に使っているらしい。新之介達は更に奥へと歩を進めて行った。

（分かったことを知らせてやれば、千穂殿は感謝するだろう）

そして青戸屋も礼を述べてくる。つまり多々良木藩にとっては有りがたい話となり……千穂は青戸屋の妾《めかけ》となるのだ。

その時唇を噛《か》んでしまい、怪我《けが》をした口中に痛みが走る。（くうっ）その余りの痛さに、新之介はまた岩崎を思い出すこととなった。

（万八楼では岩崎殿の思わぬ実力……拳《こぶし》の強さも確認したな）

岩崎ときたら全く、腹の立つ男であった。顔が良く、押しが強い上に三味線を見事に弾き、その上迷惑な程腕っ節も強かったのだ。

（優男《やさおとこ》は非力と相場が決まっているものを）

ああも諸事こなされては、あれこれ言われることの多い留守居役で無くとも、上屋敷内の藩士達から浮いているだろうと思われる。

（兄上も藩邸内では何事に付け、露骨に羨《うらや》ましがられていたな。当人が居ない所では、好き勝手に噂話をされていた）

だが年配なせいか、岩崎は兄よりもぐっと強い性分のようだ。兄は、時折思わずといった風に、顔を強《こわ》ばらせ、心の内を晒《さら》してしまうことがあったが、岩崎は弱き面など見せもせず己の思うところを押しつけてくる。新之介も同じ留守居役であるのだから、この先岩崎のいいように事を運ばれたくなければ、あの美丈夫《びじょうふ》に対抗する手だてを考えねばならない。

そうでないと千穂が関わる話すら、またあの男に決められかねない。先日岩崎が青戸屋と、好き勝手な約束をしたようにだ。

(札差、青戸屋か……)

新之介は左目を押さえ、口元を歪《ゆが》めた。あの万八楼での夜、岩崎に殴られへたり込んでしまった新之介を待っていたのは、思いの外《ほか》のことであった。

4

万八楼の廊下から千穂が姿を消すと、座敷は何とも静まりかえってしまった。拳固《げんこ》を振るった岩崎は黙って酒を飲んでいるし、接待役たる新之介ときたら、口中を切り上手《うま》く話せなくなったのだ。誰も喋《しゃべ》らなくなった部屋内で、嫌々ながらもこの夜の目的を思い出した新之介は、座ったまま頭を抱えていた。

(これでは……客人方に機嫌を直して貰《もら》うどころか、益々呆《あき》れられてしまう)

精一杯の金を遣ってこの始末とは、留守居役のすることでは無かった。情けなさに涙が滲《にじ》んでくる。慌《あわ》てて口の血を手の甲で拭《ぬぐ》っていると、何故だか座敷前の廊下に残っていた青戸屋と目があった。途端、お大尽が僅かに唇の片端を上げたように見えた。

「これ、誰ぞ」青戸屋が急に、軽く手を打って人を呼ぶ。そして現れた仲居に、芸者や太鼓持ちを大勢呼ぶように言いつけたのだ。

「料理も酒も、これはというものを、どんどん持ってきておくれ」

「けほっ……あ、あの」

景気の良い言葉は結構だが、新之介の紙入れはそんなに重くない。寸の間呆然《ぼうぜん》としている新之介に、青戸屋が笑いかけてきた。

「本日はこちらの勝手で、大切な接待の席を邪魔致しまして、間野様には申し訳ないことをいたしましたな。それ故今日のこの座は、青戸屋が盛り上げてご覧に入れます」

そう請け合ってきたのだ。

「青戸屋、それは頼もしいことだ」

するとさっそくまた口を出して来たのは岩崎で、興味津々《しんしん》といった顔付きをしている。そしてまたまた新之介そっちのけで、青戸屋と金のことを話し始めた。

「しかしな、青戸屋。多々良木藩は今、大金など出せぬのだ。芸者を大勢呼んだら支払いに困るぞ」

「はは、座を盛り上げると言ったのは、この青戸屋です。その掛かりを人様に払わせるような、けちなことは致しませんよ」

「それはかたじけない。良かったな間野殿。今宵のこの場は、札差の宴となったようだ」

「はぁ？」

　大事な接待の席が、いつの間に町人の宴と化したのであろうか。新之介が間抜けた一言を口にした、その時であった。まるでその言葉が合図となったかのように、十人以上の芸者が、部屋に現れたのだ。後から太鼓持ちも二人、ひょこひょこと歩んできて、挨拶《あいさつ》代わりに楽しげな踊りを一差し舞う。じゃじゃん、と、年増の芸者が三味線を構えて音を確かめているうちに、部屋へ新たな料理と酒が運び込まれてきた。直《じき》に楽が流れ出し、二人の芸者が一人の客を挟むようにして、笑みを向け話し始める。地味であった接待の場が、笑いと唄声と酒の香で一気に満たされていく。あっと言う間の出来事であった。

（これは凄《すご》い。しかし……青戸屋は一晩で、いったい幾ら払うことになるのだ？）

（茶屋の代金、一人十匁《もんめ》と余分の酒代。私は締めて一晩で一両と踏んでいたが）

　新之介はこっそり青戸屋に、その倍ほどの接待なのかと、尋ねてみた。するとにやっと笑われてしまう。

「倍ではとても。この席だけで、数倍は支払うかと」

「……なんと、今日だけで数両かかるのか」

最も下の御家人《ごけにん》だと、年に支給される額が、三両一人扶持《ぶち》であった。多々良木藩では、これ程贅沢《ぜいたく》な接待などできはしない。部屋内に現れた芸者の代金だけで、新之介の紙入れなど早々に空になりそうであった。

芸者に挟まれつつ、新之介はしばし呆然と賑《にぎ》やかな光景を眺めていた。すると仲居が水の入った盥《たらい》と手ぬぐいを持って部屋へ現れ、それをさっと新之介の前へ置く。青戸屋が仲居の後ろから話しかけてきた。

「間野様、口が血で汚れております。ゆすがれたらよろしいかと」

新之介ときたら、また対処がお粗末で周りから気を使われたらしい。そのことに気が付き赤くなる。

「……これは、ありがたい」

嗄《か》れた声で礼を言い、切れた口から血の味を吐き出す。水が染《し》みたが、はっきりと喋れるようになると、ほっとして笑みが浮かぶ。

だがこの時、青戸屋がじっと己に目を向けているのを感じ、新之介の笑いは直ぐに引っ込んでしまった。怪我が気になるのかとも思ったが、男の情けない顔を見る位なら、綺麗《きれい》な芸者を眺めた方がましだろう。

(青戸屋は、まだ私に何か用があるのか?)

新之介は先程、天下の大金持ちである札差に、遠慮なく言いたいことを言った所だ。そのせいで岩崎に殴られる程の口をきいたのだから、青戸屋は怒った筈だと思っていた。千穂の用が終わり次第、席を立ってもおかしくなかったのだ。

(なのに青戸屋はここの座を盛り上げた。それにかかる金を支払うとすら言った)

何故《なぜ》そんな態度を取るのだろうかと首を捻《ひね》ったその時、芸者と踊りだした岩崎の明るい声が部屋に響いた。新之介は顔を上げ、達者に舞う美丈夫の姿をしばし見ていた。それから小さく頷《うなず》き、また青戸屋へ顔を向ける。不意に青戸屋が何故この座に残ったのか、分かった気がしたのだ。

「青戸屋さん、私は亡き兄の千太郎に、あまり似てはおりませんよ」

言った途端、悠々とした態度を崩さなかった青戸屋の頬に、歳《とし》に似合わぬ赤い色が加わった。

(や、当たりか)

新之介は一瞬僅かに笑みを浮かべた。先程岩崎が老いたる恋の話で青戸屋をからかったが、この大尽は本当に、千穂に夢中になっているのやもしれない。

（つまり千穂殿の許婚《いいなずけ》であった兄がどんな男であったか、気に掛かっているのだろう）

だが亡くなった者と己を比べるのは、青戸屋にとって分の悪い勝負であった。死んだ者の思い出は、良いことや懐《なつ》かしいことばかりが残るものだ。対して側《そば》にいる者相手だと、時に喧嘩《けんか》もしようし、思い通りにならぬことも起きてくる。

新之介は血をすいだ盥を脇《わき》にずらすと、青戸屋へ、気を使って貰ったことの礼を口にした。それから声を落とし、当たり前ではあるが、あの岩崎と兄とは他人故《ゆえ》、勿《もち》論《ろん》造作は似ていないとわざわざ言った。ただ。

「岩崎殿は整った容姿であられるので、兄を思い出しますな。多分岩崎殿は兄と同じほど姿形のことで褒められ……妬《ねた》まれてきたかと思われます」

兄の方が大分若かったがと、新之介は付け加えた。千太郎と千穂は、似合いの歳であったのだから。

改めて岩崎に目をやった青戸屋の口元が、への字に似てくる。江戸で聞こえた大尽の札差でも、意のままにならぬことがあるのを見て、新之介は小さく息をついた。

（誰も彼も、そんな気持ちの一つも抱えてゆくものか）

青戸屋は己と全く違う者、大金持ちの札差だ。ただ気にくわない男とばかり思っていたのだが、存外可愛《かわい》いところも見えてきていた。

（それで千穂殿はこの男を頼りにしたのか）

新之介は銚子を手にすると、酒を青戸屋に勧めてみた。青戸屋は寸の間新之介の顔を見た後、一つ頷き杯を受ける。そして己もさっと新之介に返杯をし、意外なことを口にした。

「実はその、兄上のこと以外にも、少々お聞きしたいことがありまして。間野様は千穂殿と、幼なじみだとか」

千穂は口が堅く、町屋で暮らすようになる前のことは、余り喋ったりしないのだという。それで今日は、もしかしたら間野から千穂の昔話など聞けるかと思い、楽しみにしていたのだと青戸屋が口にする。

「千穂殿の、小さい頃の話ですか」

青戸屋が座に残った訳は合点がいったものの、思いもしなかった話故、新之介は銚子を持ったまま一寸《いっすん》目をしばたたかせた。何しろ男と女であり、子供とはいえ千穂とは早々に、遊び仲間ですら無くなったのだ。

「まあ江戸定府《じょうふ》の者で、藩邸内に家族のいる者の数は限られています。だから手習いもできぬようながんぜない頃は、確かに千穂殿も兄や妹と一緒に影踏み遊びをしたり、しゃぼんを飛ばしたりはしたが」

するとは青戸屋は、「しゃぼんでございますか」などと言い嬉《うれ》しげな様子を浮かべ、新之介に酒を注いでくる。女に惚《ほ》れているその様子は、何とも一途《いちず》であった。

（対して、久方ぶりに千穂殿と会ったというのに、この身ときたらどうだ。藩の明日と千穂殿への返答を、同列のこととして考えねばならないときた）

千穂との思い出として浮かんで来るのは、幼き日楽しかった遊びではなく、定府長屋の柿の木の下にいたその姿ばかりだ。そしてあの時ですら己は、何も言えなかった。いつもいつもそうなのだ。

（青戸屋の方が私より、少しは……いやずっとましだな）

新之介はその夜、生まれて初めて大酒を飲んだ。あげく接待をする側だというのに、己の名を呼ばれても分からぬ様子となったらしい。青戸屋が駕籠《かご》を呼び、そこへ新之介を放り込んだ岩崎にまた殴られていたと、宗春が後日教えてくれた。

だが当人は、そのことすら覚えておらず、ただ酔っぱらっていた。

5

「こちらが表御台所でございます」

宗春の声を聞き、我に返った新之介は、眼前の部屋へ目をやる。そこは江戸城内でも、がらりと趣の変わった場所であった。

絢爛《けんらん》豪華な襖絵《ふすまえ》などは姿を消し、代わりに何人もが働く広い板間が現れていた。明かり取りの破風《はふ》が見え、脇の棚には膳《ぜん》が数多《あまた》収めてある。部屋の端から真っ直ぐ奥へ伸びた廊下の先はまた広くなっており、竈《かまど》が見えるので、そこが台所であると分かる。宗春によれば、竈の脇から外へ出た所に井戸があるという。

（ううむ、さすが江戸城の御台所というべきか。ここまで大きな城の食を預かる所にしては、思ったよりも小さめだというべきか）

だが考えてみれば、朝江戸城に登城した者達は大方、決まった刻限になれば帰ってゆく。沢山の女達が暮らす大奥には、別に御台所があり、中奥にも将軍のための御賄《まかな》い所があるはずであった。だから新之介が思い描いていた程、この台所で多くの食事を作る必要など、そもそも無いのかもしれない。

宗春は御台所の奥に目を向け、小さく頷いてから手招きをした。二人の側にやって来たのは、気の良さそうな中年の男であった。

「間野様、こちらは台所方の表台所人、八田《はった》権兵衛《ごんべえ》殿でございます」

頭を下げる権兵衛に、宗春は新之介からの差し入れだと言い芋菓子を差し出した。

権兵衛はさっと目を輝かせ、安価な菓子であることが恥ずかしくなる程に、じっくりと眺め香りを確かめた後、一本を味わう。すると目尻《めじり》が下がり、随分嬉しげな様子となった。

(おや、芋菓子が別格に好きな御仁なのか?)

新之介が片眉《かたまゆ》を上げ驚いていると、権兵衛と宗春は目を見合わせる。そして少しばかり笑みを浮かべると、今、菓子には特別思うところが有るのだと、宗春は言い出した。

「実はそのぉ、余所《よそ》には言わないで下さいましね。この権兵衛殿と私、それにご存じの表坊主高瀬は、『甘露《かんろ》の集《つどい》』というものに加わっておりまして」

「甘露の集?」

「元々は三味線の手習い所でありました」

宗春は新之介のために手ぬぐいを絞るよう人に頼んだ後、声をひそめ話し始めた。

師匠は高名で、弟子達の内には、お店《たな》の暇な息子に名のある武家、隠居や小店の主《あるじ》など色々な身分の者がいて、真面目《まじめ》に習い事をしていたのだという。そしてその中にたまたま、老舗《しにせ》の菓子屋へ奉公している菓子職人もいたのだ。

「ある日その者が稽古場《けいこば》へ、己で作った上菓子を持ってきました。その日は偶然他の弟子達からも、差し入れの菓子がありましてな」

　菓子職人はまだ若かったものの、その上菓子は店表にて、高直《こうじき》な品として売られている物であった。

「ところが、値のことなど言わず全部の菓子を座に出しましたところ、意外なことになりまして。皆の好みは、ばらばらだったのですよ。菓子への評価は、値段どおりの順とはいかなかったのでございます」

　各自が己の好みの品が一番だと言い、菓子職人はせっかく高価な一品を持ってきたのにと、ふくれ面《つら》をした。「修業不足！」笑いつつ、それを一刀両断したのは身分高きお武家で、稽古場は大いなる論戦の場と化したのだ。

　何しろ菓子を食べつつ、言いたいことを言えるのだから、大層楽しい時となった。おかげで菓子比べはその日のみでは終わらなかった。これはという菓子が見つかると皆が師匠の家に持参し、稽古が終わった後、比べて楽しむようになったのだ。

　その集まりは次第に『甘露の集』と呼ばれるようになり、値の高低にかかわらず、面白い所のある菓子を賞味し、蘊蓄《うんちく》を傾ける為の会になった。

「今では月に一度ほど、会を開くのが定例となりました。持参した菓子は、皆が評を加え終えるまでは、値を言わぬ約束となっております」

そうして分かってきたことがある。初回の時と同じように、やはり菓子の値段と好みは一致しないのだ。もっとも菓子職人は腕を上げ、今でも己で作った菓子を『甘露の集』に持って来ているという。

「皆にも大層好評であります」

だがそのやりようは、他の者には真似《まね》ができない。おまけに三味線の弟子達は、裕福な者ばかりでは無かった。回数を重ねた今、値段とかけ離れて美味《うま》い、新しい一品を見つけ出してくることが会で流行し始めている。

「最近、『甘露の集』の菓子番付を作りました。絵の達者な者が、菓子の見た目を描きとめてもおります。いつか会で甘味百選本を出せたらという話すら、出てきております」

どうやら宗春達は、万年青《おもと》や菊の趣味と同じように、菓子に夢中になっているらしい。そして新之介が持参のこの芋菓子なら、皆も喜ぶであろうと褒めてくれたのだ。

「あのぉ間野様。この菓子、作り方を教えて頂く訳にはまいりませんでしょうか」

権兵衛がそっと聞いてきた。

「先々甘味百選本を出す為にも、是非に作り方をお教え願いたい」

これほど好いてくれたのだから、作り方を教えたかった。しかし新之介は首を振る。

「申し訳ないが、作り方を知らぬのだ」

宗春が、菓子を作ったのは妹御だと告げる。権兵衛は大層残念そうであった。

「甘く薫り高く、しかも安価な一品でございます」

これならば、身分高き武家が高直な品を持って来ても、対抗できそうだと権兵衛は言う。

「ですが作り方も分からず、売ってもいないとなると、そこが詰まらぬと言われそうで」

大分がっくりとした様子に、新之介は一応妹に聞いてみると約束をすることとなった。

「しかし面白い話ですね。会には様々な身分のお方がおいでで、堂々と競っているのですか。口のききかたに困りませぬか？」

「いやいや、今、間野様とこうして話しているような調子で、皆やっております」

それでも三味線を習いだした時は、一応高き身分の方々に気を使ったが、今はすっかり気楽な会となっているという。

だが、会のことは他言無用と先に頼んだのは、そんな、身分を超えた付き合いが余所に伝わっては、拙《まず》いかもしれぬからだ。

「それであまり会のことを話さぬのか」

新之介の心底羨《うらや》ましげな顔を見て、宗春が笑う。

「お仕事と関係なく、会でおつき合い願えるのでしたら、間野様にも入会頂くのですが」

だが新之介は江戸留守居役なのだ。足繁く集っていれば、他の留守居役に会のことを秘密にはできまい。仕事を絡《から》めろと言われ、きっと新之介自身が困ると、宗春ははっきり言った。新之介もその言葉を否定できない。

「やれ、早めに江戸留守居役から解放されたいものだ。いや、そんなことを言ったら、また岩崎殿に殴られそうかな」

「それは怖いお話で。おお、そうだ、早く痣《あざ》を手ぬぐいで冷やさなくては」

宗春が差し出した濡《ぬ》れ手ぬぐいを目に当てると、ひんやりとした感触が有りがたい。茶を出され、しばし休んでいた新之介は、談笑する権兵衛と宗春の様子を見るうちに、また『甘露の集』のことを考え始めた。

(気に入らぬことがあれば、一国の藩主にすら意地の悪いことをしかねぬと噂《うわさ》の表坊主と、台所勤めの名も無き御仁。双方表向きの禄《ろく》は低い筈《はず》だが、暮らし向きには天地の差があろうな)

表坊主は大名家や旗本からの、多くの付け届けがあるゆえ、総じて裕福であった。『甘露の集』などで出会わねば、親しく付き合うことなど無い二人だろうと思う。

(職人や身分高き武家達が、一緒に遊ぶ会か)

発句や朝顔など、色々な趣味の集まりのことは聞いたことがある。生まれによって、仕事から着る物、髪型、果ては生き方までが変わるこの世の中で、それらはぽかりと開いた、風穴のようなものであった。挨拶《あいさつ》の形式一つにぴりぴりとし、着るものを間違えでもしたら藩の浮沈《ふちん》に関わると、役目で気をすり減らす毎日から思うと、『甘露の集』は蛤《はまぐり》が吐き出して作るという蜃気楼《しんきろう》の世界のようだ。

(宗春殿達が『甘露の集』のことを口にするとき、それはもう楽しげなのも分かる気がする)

いつか役を退いたら、本気で会に入ってみたい。いや本当は、直ぐにでも入りたい。職人己は不調法で、これといって特技はないが、妹のおかげで甘い物は好きなのだ。職人も顔を出せる会であれば、酷《ひど》く金がかかるという訳でもあるまいと思う。

(会のことは余所で口にせぬ故、一度連れて行ってはもらえぬかな。妹から芋菓子の作り方を聞き出して伝えれば、大丈夫だろうか)

しばしこの顔の痛みを、気の張る毎日を、そして千穂や兄のことすら忘れられる場所があったら、それはほっとできるだろう。

最近は寝ている間すら、お役目のことが頭を離れぬとみえ、夢の中で殿にお着せする着物の種類が違うと、慌《あわ》てて着替えさせたりしている。おまけに殿の顔がいきなり岩崎の顔に変わり、ぽかりと殴られたりするのだ。

（ああ、私は今の仕事、向いてはおらぬ）

少しでも適しておれば、ぶち犬のような痣を作ったあげく、御台所の隅にて、手ぬぐいで顔を冷やしてはおるまいと思う。

（早くもお役に疲れているな）

新之介は手ぬぐいで、ため息をつく口元を隠した。それから御台所内を見て、ふと気が付き顔を上げる。宗春達が喋《しゃべ》るのに興じつつ、芋菓子を大分食べてしまっていたのだ。

「おやおや、それでは残りも少なくて『甘露の集』に持って行くわけにはいかぬだろう」

新之介がそう声をかけると、宗春達がはっとした様子で、手にした芋菓子に目をやった。

「今日の夕餉《ゆうげ》時『甘露の集』があるのに」

二人して情け無さそうな顔をしたものだから、新之介は顔の痛みを忘れて笑い出した。

「芋菓子は妹に頼めば、また作れよう。次回の集《つど》いの時で良ければ、持ってこようさ」

できればそのまま、『甘露の集』へ連れて行って貰《もら》えぬかという下心があったものだから、新之介は心やすく請け合った。二人が、それは嬉しげな笑みを浮かべる。

「そのようなお手間をおかけしては……ああでも、大層嬉しゅうございますな」

どうやら大枚かけて料理屋で接待するよりも、芋菓子の方が余程受けが良いらしい。会のことを、留守居役仲間には内密にすると誓いを立てると、宗春達と秘密を分かち合うかのようで、何やら嬉しかった。そうしている間に他の表坊主が、日向守が御用だと新之介を捜しに来た。慌てて御台所から出たが、後ろ髪を引かれる思いであった。

6

七日ほど後の夕七つ時頃、新之介は江戸城に向かっていた。少々刻限が遅くなったのは、妹の寿実《すみ》に頼んで芋蜜《いもみつ》菓子を作って貰っていた為であり、宗春達の『甘露の集』に、招いて貰えぬかと思っていたからであった。

常盤橋《ときわばし》門から入り、大手門前へ出る。今日は登城日ではないが、三の門から御玄関に抜ければ、表坊主の宗春か高瀬が待っていてくれるゆえ、また御台所へ行き、しばし菓子の話に花を咲かせるつもりであった。

もっとも万に一つ『甘露の集』へ誘われても、今日は付いて行くことができない。こういうときに限ってと言おうか、先刻、留守居役の付き合いに呼び出されたのだ。

「ついていない」

ため息をついたとき、新之介は一寸立ち止まった。坊主が目の前を酷く急いで、大手三の門の方へ走っていったのだ。

「はてあの御仁、どこから走ってきたのだろう。この向こうは……金蔵からか、それとも西の丸裏門からか」

どこから来たにしても、何やら尋常ならぬ様子であった。新之介は首を振ってから、とにかく江戸城本丸の御玄関に顔を出す。ところが菓子の到着だというのに、表坊主達の姿は無かった。

「……これは珍しい」

約束を忘れる者達ではなかった。多分、他に用ができたのだと思うが、何やら寂しい。新之介は仕事そっちのけで、菓子のことに夢中になっている己を感じ、ため息をついた。

（多々良木藩が大変な時だというのに。またお手伝い普請《ぶしん》があるやもしれぬ、こんな時に）

いや、こういう切迫した状況だからこそ、新之介は慣れぬ江戸留守居役の仕事から、遠ざかりたいのやもしれない。とっくにけりのついているおなごのことを、考えずに済むようになりたいのやもしれない。

（我ながら情けない）

とにかく菓子を届けようと、新之介はさっさと玄関から入り、先日通った御廊下を奥へと歩み出した。日頃城内をうろつき回る江戸留守居役であるためか、登城日でもないのに居ることを、誰何《すいか》されないのは有りがたい。

（それにしても、今日は静かだの）

中奥に近い辺りまで歩み、入ったことのある気安さで御台所を覗《のぞ》き込む。手前の板間には何故《なぜ》か人の姿がなかった。

「えっ？」

驚いて奥を覗くと人の声はする。新之介は口元を引き締め、その先の板間へと向かった。竈《かまど》の側《そば》で坊主が一人座り込んでおり、何があったというのか、酷く顔色が蒼《あお》く総身を震わせている。

（あれは先程走っていた坊主だ）

見れば着物から滴《したた》っているものがあった。

「血ではないか！」

新之介は思わず大きな声を出し、駆け寄ると、台所人達が振り返る。その中に宗春と高瀬、それに権兵衛の姿もあった。

「御坊、怪我《けが》でもされたのか？」

ならばどうして台所人達は、医者も呼ばず、ただ黙って側にいるのだろう。

急ぎ人を呼んでこようという新之介の手を、宗春がさっと摑《つか》み引き留めてきた。

「こちらは西の丸の表坊主で、友の良順《りょうじゅん》殿。確かめたが、怪我をされてはおりません」

だが先程御台所へ駆け込んで来た時から、この調子なのだという。良順は未《ま》だ総身を震わせたまま、直ぐには話もできぬ様子であった。新之介は目を見開く。

（西の丸の御坊なのか。どうして本丸へ？）

江戸城の内にあるとはいえ、本丸御殿と西の丸御殿は、堀や紅葉山で隔てられていた。西の丸から本丸へ来るには、幾つもの門を通り抜けねばならないのだ。何故、どうして、いかなる訳で西の丸の表坊主が、着物から血を滴らせ、本丸御殿の御台所にいるのか。

それは本来己とは関係のないことやもしれなかったが、見てしまったものを放っておくこともできない。はっきりそう口にしてから、新之介は良順という表坊主を見た。

「何か、余程のことがあったのか？　私達が黙っていれば、誰にも分からぬことか？そうならば本来ここの者では無い故《ゆえ》、私は口をつぐんでいるが」

すると良順が顔を上げ、一つ首を振った。やがて激しく何度も横に振ると、宗春の袖《そで》を縋《すが》るように握ってから、もう黙ってはいられぬとばかりに話し始めたのだ。

「す、直ぐに大騒ぎとなりましょう。人が……斬《き》られもうした」

「は？　西の丸でか？」

寸の間、御台所の皆が目を見合わせる。

「まさか……」そういう己の言葉が、言った端から力無く消えて行った。お城勤めの坊主が冗談で口にするような言葉ではない。ましてやその身は、血にまみれているのだから。

「誰が斬られたのですか？　いや、何者が斬ったのですか？　どうして？」

「それが、そのっ」

良順が大きな息を繰り返してから、何かを思い出すかのように目玉をぐるりと回した。それからつっかえつつも、先を語る。

「先程……そう、夕七つにはなっていたと思います。場所は西の丸でございます。御殿の奥の方、虎之間の後ろです。書院番所の奥のあたりでしょうか」

たまたま通りかかった良順の少し前で、突然人が斬られた。うちの一人は良順が助けおこした時、既に命がなかった。この本丸に向け駆け出した時、更に数人の悲鳴が上がった。

「犯人は分かっているのか？」

新之介が問うと、良順の目が一寸泳ぐ。

「斬ったのは……殺したのは、松平外記《まつだいらげき》様です。腰の脇差《わきざし》を使ったようで」

「西の丸小納戸《こなんど》、松平頼母《たのも》様の総領息子ではないか。西の丸書院番の者だ！」

驚く宗春の横で、良順が唇を歪《ゆが》めた。

「外記様も、既に切腹自裁されました」

聞けば外記は同じ書院番の者達から、日頃露骨な嫌がらせを受けていたという。

「嫌がらせ？　どんなことを？」

新之介が目を見開くと、良順は吐き出すように言う。

「皆で聞こえよがしに悪口を言ったり、御用の上での、大事な用件を伝えなかったり」

仲間はずれにし、今のお役に就けたのは父親のおかげと言い立てる。外記が聞き流していると、外記の弁当に馬糞《ばふん》を入れたらしい。

「ば、馬糞！」

直にその嫌がらせを見たのか、良順は顔をしかめ一旦《いったん》言葉を切る。新之介は宗春に、この噂が既に流れているのか問うてみた。

「いや、今初めて聞きもうした」

今日は月次《つきなみ》の登城日ではなく、人も少ない。早夕刻も近いゆえ、詰めの間などで噂が盛り上がるのは、明日になると思われた。

（どうする？）

詳しい話を聞きつつ、新之介は不意に、足が地に着かぬような思いに駆られた。

（これは、私が初めて出会う、大きな事態だ）

手元不如意《ふにょい》の新之介が、簡単に教えて貰えるような報では無かった。偶然の成せる業、新之介に降ってきた、思いも掛けない出来事なのだ。

（今が決断の時なのに違いない）

不意に気が付いた。西の丸は大騒ぎの最中で、まだ対処がなされていないであろう。そして今は、事を知らぬ者も多い。つまり先手を取り陳情し、高官の意見を動かすことができるかもしれない時なのだ。

（江戸留守居役として、どう動く？）

上手《うま》くやれば、とことん困り切っている多々良木藩に、少しは利することができるかもしれぬ。だが己にそんな器用なことがやれるだろうかと、新之介は唇を噛《か》んだ。急がねばならない。時が過ぎてしまったら、こうして偶然摑んだ秘密が、誰もが知る話に化ける。そうなったら、どうしてもっと上手く立ち回れなかったのかと、留守居役組合の面々に責められること、必定であった。

（岩崎殿にまた殴られたら、今度は寝込むかな）

だが今、この時、あの男はまだこのことを知らぬ。新之介は懐《ふところ》から紙束と矢立《やたて》を取り出すと、もう一度きちんと、関わりになった者達の名を言うよう良順に促した。返ってきたのは、堅い問いであった。

「そのように書き付けて、何となさいます？」

「今のうちならば今回の騒ぎに関し、何か手が打てるやもしれぬからな。御身には、事を教えて貰った恩義がある。一件に関わりの内で、縁のある御仁はいるか？」

これから何ができるかは分からぬが、礼として、やれる限りのことはしてやろうと言うと、良順の顔付きが変わった。新之介の袖に縋り付くと、必死の表情で話し出す。

「この騒ぎを起こした松平外記様は、平素は我慢強い、お優しい方であられました」

以前、良順が外記に運んだ茶に、嫌がらせで異物を放り込んだ者があった。責任を問われるかと青くなったのだが、外記は声を荒げることすらしなかったという。

「ですがあの方の家は、このままでは……」

松平家は絶家《ぜっけ》となるやもしれぬのだが、それでは虐《いじ》められ損、あまりなことだと良順は口にした。

「外記様には、栄之助様という御《ご》嫡子《ちゃくし》がおられるのです」

他に栄之助の弟もいて、外記はその子達を残して死んでいったのだ。

「あの、あのでございますね。松平家が、何とか続いていくようには、できぬものでございましょうや」

栄之助が松平家を継ぐことができれば、外記も、あの世で心を慰めることができるに違いない。良順はそう言い出したのだ。

「おい、これだけの件を起こしたのだ。それはちと……」

その願いを聞いた宗春が、新之介の横で唸《うな》るような声を出した。外記は三人殺し、更にけが人を何人も作り、西の丸を血で汚している。この先甘い裁定が出されるとは、とてものこと思えなかった。

だが新之介は、書き上がった紙を懐に突っ込むと、良順の耳元で微《かす》かにつぶやいた。

「私にできることはする。約束した故」

それから良順と部屋内の者に、松平家の為を思うのであれば、この一件については皆が噂をするようになるまで、黙っているよう釘《くぎ》をさす。そして宗春に芋菓子を渡すと、板間から出て、廊下を南へと急ぎ歩んだ。

7

(人よりも半日早くに知った事がある。さて、そのことをどうやったら生かすことができるかの)

大手門から出たとき、新之介の頭にはいかなる答えもなかった。外記のことなど、どうしたらいいのかとんと分からない。松平外記は人殺しとなり西の丸を騒がした。その家を救うなど、手妻師《てづまし》でも無理だと思う。

(それでも、何とか救えぬものか)

駕籠《かご》に乗り深川へと急ぐ。留守居役仲間との約束の料理屋は、深川平清《ひらせい》であった。

道の先に見えてきたのは、灯籠《とうろう》に松、柴垣《しばがき》といった趣ある入り口で、その向こうに二階建ての店が姿を現す。

（分からない。それでも迷っている時がない）

さて、さて、さて。

店の仲居の案内で二階の一間に顔を出すと、赤堀、戸田、大竹、平生、岩崎と、早くも皆顔を揃《そろ》えていた。新参者が一番最後となれば、叱責《しっせき》が飛びそうなものであったが、今日は新之介が引きつった顔でいるのを見て、皆が笑いだした。

「やれ、新之介が岩崎殿を見て、総身を強《こわ》ばらせておるぞ」

「先だって、岩崎が景気よく殴ったせいだな。もうちっと、手加減できなんだものか」

いつものように、からかう声が飛ぶ。

（明日の登城前までしか、時がないのだ）

今日の新之介には、先達の騒ぎが収まるのを待つ余裕は無かった。

「申し訳ない、ちとお静かに願えますか。大事な話がありまして」

とにかく早急に、話を聞いて貰《もら》わねばならないが、新参の一言を、大人しく拝聴する留守居役仲間では無かった。新之介はため息をつきつつ膳《ぜん》の上の銚子を手にすると、それを思いきり柱に打ち付けた。酒の香と銚子の破片が部屋内に広がる。

五種類の嫌みが飛んできそうであったので、新之介はそれを制し急いで言った。

静かになった。

「西の丸御殿で、先程刃傷《にんじょう》がありました。夕七つ頃のことです」

この件については、まだ話は広がっていない。そして新之介は、斬った者、斬られた者達の名を把握していた。

「明日話が皆に伝わる前に、何かできることがありましょうや」

すると、おちゃらけていた留守居役達が、揃って背筋を伸ばした。岩崎すら、さっと表情を強ばらせると、外廊下に人が居ないか確かめ障子を閉める。新之介は言葉を続けた。

「刀を抜いたのは松平外記。三人、既に絶命したようです」

亡《な》くなったのは同じ西の丸書院番士本多伊織《ほんだいおり》、沼間右京《ぬまうきょう》、戸田彦之進《とだひこのしん》。外記も自刃《じじん》している。手負いが間部源十郎、神尾五郎三郎の二人であった。

「死者四人、怪我人二人が関わった件とな」

赤堀が顔をしかめると、戸田が横で首を振る。そして、書院番での大事故、関係者はもう少し多くなるだろうと言い出した。

「と、言いますと?」

新之介が問うと、横から大竹が新たな名を口にしてきた。

「例えば西の丸の当番目付だ。西の丸御殿で何かあれば、この者は責を問われるだろうな。並のことではないから、加番目付も同じことになるだろう」

戸田が新庄鹿之助と、阿部四郎五郎の名を挙げる。

「外記の上役は誰だ。その者達も処分なしとはいくまい」

平生がそう言うと、岩崎が西の丸書院番頭《しょいんばんがしら》は酒井山城守《やましろのかみ》、書院番組頭は大久保六郎右衛門だと口にする。新之介は目を見開いた。

(皆、誰がどの役を支配しているのか、摑んでいるのか。本丸ではなく、西の丸のことだ。しかも役は山とあるのに……凄《すご》いな)

下手に素直な感想を言うと、己は覚えておらぬのかと言われ、やぶ蛇となること必定であった。これでは次に打つ手は何なのか、新之介に分からない筈《はず》だ。以前江戸留守居役は、覚えることに優れておらねばならぬと言われたのは、こういう訳かと思う。

ここで赤堀が、処分が下される人数は、更に多くなるだろうと口にした。

「外記は自刃したと言ったな。つまり、その場に居合わせた者達は、たった一人の男を、誰も押さえられなかった訳だ」

もし外記の刃から逃げたと、名が分かった者がいたら、その者に処分があっても不思議ではない。ここで平生が力の抜けたような声で、どうして外記は刃を振り回したのか分かっているのかと、新之介に問うた。

「日々、しつこい嫌がらせを受けていたようです。斬られた者達からだけでは、なかったようですが」

「嫌がらせを受けたのに、外記殿が見逃した者がいたのか？」

赤堀の言葉に返答したのは、新之介ではなく大竹だ。

「あのな、そこに居なかったかもしれないじゃないか。無い袖は振れぬ。居ない男は斬れぬ。当たり前のことだ」

つまり運良く刃を免れた者もいた訳で、斬られた者は、まさに不運であったとしか言いようがなかった。刃傷の場の様子が分かるかと、赤堀が新之介に聞いてくる。良順が見たことのみであったが、背を斬られた者、屏風《びょうぶ》の下に逃げた者など、その場のことを口にすると、赤堀と岩崎が口を歪めていた。

「さて、主立った話は分かった。我らはこれから、いかに働くべきか、だな」

全員が声をひそめ、寸の間目を見合わせる。ここで岩崎が、にやりと笑った。

「それは知れたこと。まず先程名を出した者の内、手を尽くせば家が助かりそうな名を、選び出すべきだな」

どう考えても絶家になる家は、江戸留守居役としても手の出しようがない。どうせなら、助けられるかもしれない家を、上手く助け、何かの時に助力を返してもらうべきなのだ。長きに渡って政《まつりごと》の中を泳いでいる者達の考えは、きっぱりとしたものであった。

しかし新之介はここで、この度の知らせを教えてくれた良順の望《のぞみ》について、口にしない訳にはいかなかった。

「あの……無理かとは思います。思いますが……騒ぎを起こした当人、松平外記殿の家を救うことはできぬでありましょうか」

途端、留守居役達の目が、新之介に集まった。

「何を阿呆《あほう》なことを、言っておるのだ」

豪華な料理屋平清の一間で、新之介に向けられた江戸留守居役達の目が冷たい。

「松平家ならば、やり方次第で何とかなろうよ。勿論《もちろん》、筆頭で救いにかかる」

「は……はあ？」

平生の言葉を聞き、戸惑う声が口から飛び出す。（しまった！）そう思った時には、岩崎に頭を叩《たた》かれていた。

「この間抜け！　そのつもりでこの話を、持ち込んで来たのでは、なかったのか」

「新たなお手伝い普請《ぶしん》の噂《うわさ》があり、暇のないこの時、余所事《よそごと》に手間を掛けるのだ。ならば、余程うま味のある話でなくてはな」

大竹がそう言うと、戸田も頷《うなず》く。外記の父は、将軍世嗣の身の回りのものを扱う西の丸小納戸衆であり、顔の広い者であった。

「それはその、分かるのですが」

しかし新之介には、松平家をどうやったら救えるのか、とんと分からない。呆然《ぼうぜん》としていると、隣にいる岩崎が拳固《げんこ》を見せてくる。震える新之介の前で、赤堀が岩崎の体を押さえ込み、ため息をつきつつ訳を口にした。

「外記殿はまだ部屋住《へやずみ》、家の跡を取ってはおらぬだろうが。しかし部屋住が起こした件であれば、松平家は絶家だな。しかし部屋住が起こしたことであるから、これが当主の起こした件でであるから、家名は存続しても、おかしくはなかろうよ」

「ううむ、流石《さすが》に直ぐには、部屋住が関わった先例が何か、思い出せんな」

（あ……先例！）

新之介が目を見開いた。以前似たような件で、部屋住故《ゆえ》に家名が存続した件があれば、松平家も大丈夫なのだ。先例は法と似ていると言われたではないか。

（良順殿、光が見えてきたやもしれぬ）

岩崎達は畳の上に紙を広げ、これから助力をするべき者達の名を、書きだしている。

「松平家の次は、戸田殿ですか」

理由が分からぬ故、新之介は叱《しか》られるのを覚悟で聞く。すると戸田彦之進も部屋住故、家は存続するだろうと岩崎が返答した。

「部屋住ということは、親がまだ存命だ。ご子息の最後の様子を聞きたいであろうよ」

だが同じく斬り殺された沼間の名は、救うべき者として、紙に書かれはしなかった。家の運が分かれてゆく。新之介の総身を、ぞくりとしたものが突き抜けていった。

第三章　月下をゆく

1

大枚を使うと噂《うわさ》される江戸留守居役達が、寄り合いに良く利用する料理茶屋のことを、聞番茶屋《ききばんちゃや》といった。蒼《あお》い光を空でまとう月の下、その茶屋の一つ深川の平清《ひらせい》に、六丁の駕籠《かご》が呼ばれた。

新之介達留守居役の面々は、江戸城西の丸で起こった刃傷沙汰《にんじょうざた》の子細を、これより関わった家々へ告げにゆくことになったのだ。

「どの家も、一刻も早く事の対処をしたいはずです。急ぎ知らせてやらねば」

本心の中に、先々の見返りを期待する気持ちがあるにせよ、新之介達の知らせは、旗本達を救うものになる筈《はず》であった。風雅な佇《たたず》まいを見せる平清の庭の一隅で、駕籠を待つ間に新之介は、思わずそう口にした。すると不可思議なことに、側《そば》にいた何人かの留守居役仲間が、苦笑を浮かべたのだ。

「ええと、私は何か変なことを言いましたか？」

　どうして己の言葉が笑われたのか、新之介にはとんと分からない。戸田が新之介の方を向き、肩にぽんと手を置いてきた。

「そう張り切るな。今宵は大変な苦労を、することになるかもしれぬゆえ」

　何か、引っかかる言い方であった。

「その、どうしてですか？」

　するとまた皆で笑いを浮かべ、首を横に振ったり、やれ面倒くせえなと言ったりと、思わぬ反応を見せてくる。新之介の眉尻《まゆじり》は八の字に下がっていった。

「あの、西の丸の一件は、急ぎ組合に報告し、手を打つべき大事かと思ったのですが」

　だから仲間達のこの反応は、思いの外《ほか》としか言いようがない。新之介は、とにかく真正面から仲間に聞いた。

「だがひょっとして、私の行いは間違っていたのでしょうか」

「ふんっ、今頃何を……」

　顔をしかめる岩崎の背を、後ろから赤堀がぱしりと叩《たた》く。そして赤堀は唇を片方くいと上げ、もし新之介が、かくも大きな出来事を摑《つか》みつつ、それを留守居役組合に報告しなかった場合、後で皆から吊《つる》し上げにあった筈と、あっさり口にした。

「つ、吊し上げとは」

「だから、御身の決断は正しかったのだ」

そして留守居役達は、この件につき、なすべきことをする。だが。

「その時、相手がこちらの思うように振る舞うとは限らない。そうだろう？」

「えっ？」

「多分今回は、駄目だろうな」

赤堀の言葉は皮肉っぽい。

「だが、相手方の気持ちは分かる故《ゆえ》、それも仕方がないかと」

「その、旗本の屋敷で、何が起こるというのです？」

ここで大竹が苦笑し、とにかくさっさと旗本屋敷へ行くよう新之介に言った。相手方がどういう対応をしてくるか、新米留守居役はその目で見るべきなのだ。

「やるべき仕事は、嫌でもこなさねばならぬ。いやいや江戸留守居役というお役は、殊《こと》の外《ほか》面倒なものだよ」

戸田も口元を歪《ゆが》めたとき、駕籠が平清の庭に連なってやってきた。

「うっ、うえええっ」

急がせている故、夜の道を飛ぶようにゆく駕籠は、いつもよりも一層揺れていた。

よって新之介の胃の腑《ふ》も、大いによじれ悲鳴を上げ続けたのだ。しかし深川から一旦《いったん》各自急な用があるとき、江戸留守居役は騎乗が許されている。しかし深川から一旦各自の藩邸に戻り馬に乗る位なら、駕籠かきに酒手《さかて》をはずみ、道を急がせた方が余程早い。

よって新之介達留守居役の面々は駕籠で、西の丸の件に関わりの屋敷へと向かった。

一報を摑んだのは新之介であった故に、殺傷沙汰を起こした当人である松平外記《まつだいらげき》の父、頼母《たのも》の屋敷へ知らせにゆく大役は、新之介がすることとなる。

ただし。

「いささか……というか大いに心許《こころもと》なき故」

岩崎が同道することになったのだ。新之介の多々良木《たたらぎ》藩と、岩崎の久居《ひさい》藩上屋敷が近い関係上、今後も共に行動しやすいからだという。新之介達だけでなく、何故《なぜ》だか戸田と赤堀も同道していたが、ため息が口からこぼれでるのは抑えられなかった。

（私はまだまだ信頼されてないんだな）

その悔しさがこみ上げる。しかし松平家への訪問は気の重いものゆえ、一人ではないことへの安心感もあった。新之介は考えを巡らしつつ、揺れる駕籠から転げ落ちぬよう、必死に身を支え続けた。駕籠は安い乗り物ではない。よって部屋住であった新之介は、情けないほど乗り慣れていなかった。

（それでも、馬に乗ることを思えば随分と楽だ。駕籠で助かった……）

多々良木藩で、中程度の藩士である間野家では、馬など飼ってはいない。よってお役を拝命した時、兄は藩の馬で乗馬の練習をしていた。そのことを覚えていた新之介は、役目を継いだ時から己も馬を拝借し、せめて格好がつくように練習を重ねてはいる。だが未だ鍛錬するたび、馬から馬鹿《ばか》にされている気がしてならなかった。

（いつもはどこへ行くにも、歩きだからなぁ）

藩主など、別格で身分の高いお方か大金持ち以外は、歩くか、行き先が遠ければ舟にでも乗るものだ。だが新之介はいつの間にか、そんな並の武家の暮らしから、はみ出していた。そこそこの禄《ろく》の藩士であるという立場は変わらぬのに、日々は妙に派手に、かつ危うくなってゆく。

（……本当に、妙な立場になってしまった）

そう思ったその時、駕籠が思いきりよく角を曲がった。

「ひえぇっ」

駕籠から振り落とされそうになり、必死に身を突っ張ってしがみつく。何とか落ちずに済んだものの、こんな思いまでして届ける知らせが、何故歓迎されぬこともあるのか、新之介は眉根を寄せ考え込んだ。

（江戸城での大事、しかも己の家が関わっている知らせだ）

しかも今回のことは、何人も人が亡《な》くなっている危うい一件であった。たとえ斬《き》られた側であっても、あっさり斬り殺されたり、逃げようとして背中から斬られた者は、武士として不心得ゆえに、ただでは済まぬかもしれない。よって関わった旗本達は、一刻も早く子細を承知し手を打たねばならない筈だ。その一報を聞きたくない者がいるとは、どうしても思えなかった。

（我ら江戸留守居役の本音を言えば、もし喜ばれぬ話なら、首を突っ込まないでいたい）

新之介達は今、新たなお手伝い普請《ぶしん》の噂の対処に奔走している最中なのだから、尚《なお》更《さら》だ。しかしそれは、新之介達知らせる側の都合であった。

（知らせて貰《もら》う側の者達が、話を素直に喜ばぬなどということが、あるのか？）

戸惑いを乗せた駕籠は、信じられぬ程長い永代橋を渡る。次にごく短い小橋を二つ渡り、月下、海側に長く続く武家屋敷の塀沿いを抜けた。その屋敷からやや北側の町中を通り、更に小さな橋を渡ったとき、駕籠かきが「今、鉄砲洲《てっぽうず》波よけ稲荷《いなり》の辺りでさ」と、声をかけてくれた。

（そろそろ汐《しお》の香りがするあたりか）

深川の料亭に顔を出すようになってから、新之介は永代橋から先の南側が、いかに海に近いか分かるようになっていた。駕籠は町屋の続く地から武家地へ回り込んだ。外を覗《のぞ》くと、延々と続いていた大名家の塀が途切れ、細かく塀の形が変わってきている。旗本屋敷が連なる地にやってきたのだ。駕籠の中で、寸の間目を瞑《つむ》った。

（松平外記殿が、この先の屋敷に戻ってくることは、もうないのだ）

家に戻れぬのは、外記に斬り殺された側にしても同じで、今日の夕刻、沢山の者の一生が運命を変えられていた。生き残った者達も、刃傷沙汰に関わったからには、この先波乱が待っているに違いない。中には浪々の身となる者も、いるやもしれない。

新之介はふと、武家娘の並の一生からはじき出されてしまった千穂の顔を思い浮かべ、唇を嚙《か》んだ。またぐっと堅く目を瞑ったその時、駕籠の外から名を呼ばれた。

「おっ、いけない」

気が付けば、既に駕籠は止まっていた。慌《あわ》てて降りると、駕籠かきに酒手をはずみ、次に回る先への足となる舟の調達を頼む。見れば岩崎はとうに、塀と一続きになった形の旗本屋敷の門前に立っていた。

（あそこが松平頼母殿の屋敷か）

しかし走り寄った新之介は、ここで戸惑うこととなった。門脇《わき》の物見窓へ声を掛けても、潜《くぐ》り戸《ど》の前で声を上げても返答がないのだ。

「岩崎殿、これは夜分のせいでしょうか？」

さて、まだ大して遅い刻限ではないはずだが、どうしたものかと首を傾《かし》げる。すると岩崎が片眉を上げ、さっと潜り戸を押し開けると、屋敷へ入ってしまったのだ。

「い、岩崎殿、よろしいので？」

そう言いつつも慌てて後に従うと、美男の留守居役は小声で事情を教えてくれた。

「この屋敷の主《あるじ》は西の丸小納戸《こなんど》役《やく》だから、役職に就いた者が頂ける禄が他にあろうが、元々の家禄は三百俵ほどだと聞いている。その禄だと、門番がいるかどうかは分からぬな。懐《ふところ》の苦しい旗本の屋敷では、門番役は砂の入った徳利が勤めることとなる」

それ、そこにもと言って、岩崎が今入ってきた潜り戸を指さす。鈍い白色の徳利が、戸の前に、浮き上がって見えた。

「門の内につり下がっているだろう？　人が出入りした後、徳利の重みが戸を閉めるのだ」

江戸城中にいる旗本の中には、お役をかさに着て大名に威張る者も多い。各藩の留守居役達が積極的に会うのは、そんな重要な役目に就いている幕臣達だ。松平頼母とてその一人であるはずだが、それでもやはり旗本と一国を領する大名とは、暮らしぶりは余程違う。考えてみればこの松平家とて、大名の家臣である新之介達江戸留守居役と、大して変わらぬ禄しかもらえぬ身なのだ。

ここで岩崎が玄関の前へ進み、声を張り上げた。

2

「どなたかおられるか。久居藩の江戸留守居役、岩崎と申す。火急の用件にてまかり越した」

屋敷内ではまだ人が起きていたらしく、直《じき》に小侍《こざむらい》らしき男が手燭《てしょく》を携え、顔を出してくる。ここで岩崎がどうしてもと言い張り、松平家の用人《ようにん》を呼びに行かせた。するとしばしの後、蝦蟇《がま》に似た壮年の男が奥から引っ張り出されてきた。用人は玄関に座ると、揺れる手燭の灯りの横で、明らかに不機嫌な顔を二人に向けてくる。

「江戸留守居役の方々というが、何用で参られたのかの。さて当家とは日頃おつき合いも無い藩の御方と存ずるが」

当主が西の丸様の側近くに仕えている故か、用人の態度までいささか尊大であった。

座っているくせに、立っているこちらを見下すように話すという、器用なことをしてきたのだ。

今回の件に最初に関わったのは新之介であったから、話は己が切り出さなければならなかった。新之介は腹に力を入れた後、言葉を選びつつ静かに言った。

「実は今日夕刻、西の丸で騒ぎがありました」

用人が訝《いぶか》しげな顔となったのを見て、新之介は唇をなめた。松平家の者と向きあうと、言葉が塊となって喉《のど》につかえそうであった。

「こちらの御嫡子《ごちゃくし》松平外記殿、本日夕七つに西の丸書院番所にて、腰の脇差《わきざし》を用いお三方を殺害し、のち、自刃《じじん》されたと、知らせをくれた者がおります」

その三人の他にも負傷者が出たらしい。当方はたまたま話を知ったので、一件の当事者である松平家に、急ぎこの事を知らせに来たのだと、新之介は言葉をくった。

ここで一旦言葉を切ったのは、話しているうちに前に座る用人の目が、飛び出さんばかりに大きくなってきたからだ。用人は僅《わず》かに総身を震わせ、息が苦しくなった金魚のように、時々口をぱくぱくとさせている。言葉はなく、ただ新之介を見てきていた。

「本日西の丸には、こちらの御当主もおいでになったようなのですが……」

まだ当主の頼母から、知らせは入っていないかと問う。しかし、返答すらできない用人の様子に困り、また言葉を切ったその時、いきなり「馬鹿なっ」という大声が、松平家の玄関に響いた。

驚いて目の前の用人を見つめたが、座ったまま何も喋《しゃべ》ってはいない。岩崎がすいと視線を横にやったので顔をそちらに向けると、最初に現れた小侍が、もの凄《すご》い形相となって新之介を睨《にら》み、足を踏みならしていた。

「わ、我らが外記様は、思慮深いお方だ。そ、そんな短慮をされる筈がないわっ」

なのに新之介達は面識もない屋敷へ乗り込み、慮外《りょがい》な空言《そらごと》をわざわざ言い立ててきた。外道《げどう》なことをやる者達だと、小侍はがなり始めたのだ。

「そ、空言とは、まさか」

今度は新之介の方が、目を見開く番であった。隣を見ると岩崎が、思いきり口元を歪め……まるで皮肉っぽく笑っているかのような顔つきをしている。新之介は必死に足を踏ん張ると、小侍に問うた。

「何故私が、そんなことをする必要がある」

多くの旗本の運命が変わろうとしているこの危うい夜に、戯《ざ》れ言《ごと》を言う余裕など新之介には無い。わざわざ貴重な報をもたらすために来たのに、怒りを向けられる覚えは無かった。新之介は座り込んだままの用人に、渋い顔を向ける。

「嘘《うそ》など言うてはおりませぬ。疾《と》く我らの話を聞きなされ。御当家は急ぎ、諸事に対処をせねばならぬお立場なのだ」

重ねてそう口にしたその時、ゆらりと用人が立ち上がった。そして今度こそ新之介の見開いた目が、こぼれ落ちんばかりになる言葉を口にしたのだ。

「い、いいや、当家の者の言うことが正しい。外記様が……この松平家を、窮地に立たせる訳がござらんわ」

用人は、外記をようく知っているのだ。優しい若殿なのだそうだ。

第一当主頼母は、西の丸小納戸を勤めている。その城中で、外記が不埒《ふらち》な行いをしでかす筈もないと、用人は言い切った。

「それよりも江戸留守居役を名乗って、突然当家に現れた者達の言葉こそ怪しいではないか。主家より、眼前の見知らぬ者達を疑うべきであろう」

用人は、いささかよろけつつも玄関に仁王立ちすると、目の前に立つ二人に怒りを含んだような目つきを向けてきた。

「松平家は、あちこちの家の用人を勤めることを止め、我がようよう腰を落ち着けた家なのだ。その家に危機をもたらすのか」

「……はあ？」

新之介は思いきり間の抜けた声を出してしまった。忠義者らしき用人は、己の言葉に酔いでもしたのか、何やら高揚した赤ら顔となっている。用人の足元に置かれた手燭の灯が下から顔にあたり、その表情は何とも恐ろしげであった。

（わ、分からない。どこをどうやったら、我らが悪人に化けるのだ？）

外記は刃傷沙汰《にんじょうざた》を起こした本人であった。よって部屋住《へやずみ》とはいえ、外記に幕府がいかなる沙汰を下すか、予断を許さぬところがある。だから留守居役仲間は忙しい最中、こうして知らせに来たのだ。

（どうしてそれを……）

その時であった。ちゃり、という微《かす》かな音に横を向いた途端、新之介は目をむいた。いつの間にやら先程の小侍が、腰の物に手を掛け、岩崎と睨み合っているではないか。

「これはまた、どういうことで……わあっ、岩崎殿！」

見ている間に、今度は殺気を向けられた岩崎が鯉口《こいぐち》を切ったのだ。止めろと声を掛けても双方引かず、冷や汗が新之介の喉元を一筋流れ落ちてゆく。

（こ、こんな話になるとは）

確かに、松平家が騒ぎになることはあり得た。しかしそれでも、大事な知らせをもたらした者として、新之介達は勿論《もちろん》、感謝される筈《はず》だとも考えていたのだ。

だが。今になって分かったこともあった。

(我らが持ってきたのは、松平家にとって知りたくない、恐ろしい知らせであったんだな)

目の前の用人や小侍が浮かべている、怒りと不安が混ざった、今にも喚《わめ》きだしそうな顔が、腹の内を見せていた。

もし万が一、目の前にいる新之介達が本物の留守居役達であったら、そして聞きたくもなかった知らせが百万に一つ、千万に一つ本当であったならば、この家の平穏は、一瞬にして吹っ飛んでしまうのだ。旗本の用人だと、大した禄はもらってはいないだろう。小侍では、推して知るべしであった。

しかし貧しいながらも、明日もその先も、ずっと続いて行くであろうと思われた平穏な暮らしが、この家にはあったに違いない。主の頼母は西の丸で重用され、嫡子外記も出世の道に乗っている。その快い毎日が、新之介達がもたらした一報によって、崩れようとしていた。

(しかし、だからといって……)

新之介は、今にも刀を抜きそうになっている二人へ目をやった。用人は争いを止めさせる気がないのか、止める力がないのか、とにかく引きつった顔付きのまま、何も言わない。

（当主も嫡子もいない今、この松平家を守らねばならぬ立場にいるのは、あの用人なのに）

新之介は歯を食いしばると、大声を出した。

「事の真偽を確かめられよ」

びくりと身を震わせた小侍に対し、更に言葉を重ねる。

「御身でも用人殿でもよろしい、江戸城西の丸におわす御当主に、使いに行けばいいではないか。この松平家からの急使であれば、勿論頼母殿と面会くらい叶《かな》おうはず」

もっとも西の丸は今混乱している最中であろうから、いつものようにはいかないかもしれない。しかし用人も小侍も、外記が騒ぎを起こすことなど、あり得ぬと言い張っているのだから、一度己で西の丸に行ってみればよいのだ。

「そうすれば我らが本当に悪党かどうか、嫌でも分かるであろうよ」

だが小侍は総身に震えを走らせただけで、構えを引く様子は無かった。よって勿論岩崎も引かず、じりじりと二人の間は詰まってゆき、今にもその刀は抜き放たれんとしている。

（どうして引かないのだ。事の収拾に来たのに、これでは大騒ぎを起こしてしまう）

だが刀では止められない。新之介は兄と違い、やっとうの腕を褒められたことは無かった。「ちゃり……」という微かな音が聞こえ、岩崎の体に、僅かに力が入るのが分かった。じり、とその身が動く。

（ど、どうしたらいい？）

新之介が必死に辺りを見回したその時、用人が泣き出しそうな顔になっているのが分かった。するりと抜かれた岩崎の刀が、手燭の灯りを跳ね返し光を放つ。新之介は腹を決めた。そしてその場から急いで門の方へ駆けてゆく。

へっぴり腰の小侍が、思いきり抜き身を振り回したのが、目の端に入った。岩崎はぴたりと刀を構え、小侍との間を詰める。新之介は腰の小刀を抜き、門に手を伸ばした。

一寸《いっすん》の後。

「わっ」

突然上がった声と共に、がしゃんという派手な音が、松平家の玄関先に響いた。

「うえっ」

岩崎が顔面を手で払い、二、三歩後ろへ下がった。小侍は頭を大きく振り、よろけている。二人の間が広がって、寸の間の内に緊迫感が薄れた。岩崎が新之介を睨んできた。

「こら新米、何をやった」

「はい、徳利に、お二人の仲裁に入って貰いました」

土間の上で残骸《ざんがい》と化しているのは、先程まで潜り戸を閉めていた、勤勉なる徳利であった。新之介は小刀で、潜り戸につり下げていた紐《ひも》を切ると、砂入りの徳利を、今にも斬《き》り合いそうになっていた二人のちょうど間に、投げつけたのだ。岩崎が刀の峰でそれを払い、砕いていた。

「砂まみれとなったではないか」

「岩崎殿、血よりは砂の方が、着物を洗濯するとき落ちやすいです」

「……御身は屋敷で、洗濯などしているのか」

「部屋住のころは、ただ飯食いであったゆえ、こっそり色々手伝っておりました」

「ほうお」

緊迫感が抜け落ちてゆく話に、場の張りつめた感覚がゆるんでゆく。じきに小侍は、抜いた刀を持ったまましゃがみ込んでしまい、用人は玄関に座ったまま、下を向き大きく息を吐いている。徳利の活躍で、どうやらこの場は収まったが、新之介はほっと息をつく間もなく、考え込んでしまった。

（さて、これから何とする？）

江戸留守居役の家と松平家は、大して禄《ろく》が変わらぬという、先程の岩崎の言葉を思い出し、新之介は眉間《みけん》に皺《しわ》を寄せる。松平家の屋敷で応対に出てきたのは、一報を聞いただけで暴れ出す小侍と、突発した事態にまるで対処のできぬ用人であった。この程度の禄の家に、用人が二人いることは、まずない。家中の者としては、この他に若党などが一人、二人いればせいぜいで、後は下男や女中くらいであろうと思われた。

（これは、拙《まず》い）

いないのだ。当主も跡取りも不在の今、松平家を動かし、この危機を乗り切るため家の先々を託す者が、この屋敷にみあたらなかった。松平家を助けて欲しいという西の丸表坊主《おもてぼうず》良順《りょうじゅん》の願いが、新之介の頭をかすめる。

（これではせっかく夜の中を走り、大急ぎで一報をもたらした意味が無くなる）

だが他家の留守居役が松平家の者に、何かをせよと命令することなど、できるわけもなかった。側《そば》で岩崎が小さくため息をついている。

（我々はこのまま……役立たずのまま、帰るしかないのか？）

これ以上、この屋敷で何かできるとも思えない。居続けても仕方がないとは思うのだが、さりとてただ門を出て行くのは余りに空《むな》しかった。

（もう……何もできないのか？）

すると。そのとき、凜《りん》とした響きが玄関に聞こえてきたのだ。

「何の騒ぎですか」

屋敷の奥から、新しい灯りと共に現れた人がいた。

「あ……」

揺れる手燭の灯火と共に、すらりとした影が玄関に現れる。新之介は思わず一歩、身を引いた。先だってやっと料理屋で会えた懐《なつ》かしい人が、驚くような所に現れたのかと思ったからだ。

3

新之介と岩崎は松平家から出た後、西本願寺の向かいの水路より頼んでおいた舟に乗り、番町を目指した。次に向かう旗本の屋敷がどちらも、大番組の屋敷などがある番町にあったからだ。

岩崎が「何も聞くな」と言って船頭に金子《きんす》を摑《つか》ませると、壮年の小男は心得ているとうけあって頷《うなず》き、頰被《ほおかぶ》りを深くして漕《こ》ぎ始めた。新之介は舳先《へさき》の方に腰を掛け、水の上から星空を仰ぐ。舟での移動は、急ぐ駕籠よりも遥《はる》かに楽であった。

「今宵、天気が良くて助かりました」

怒濤《どとう》のように大事が起こった今宵、もし土砂降りであったら、身を起こせぬほど気を滅入らせるところだった。側に座った岩崎が、にっと笑って新之介を見た。

「先程は助かった。あの徳利を使うとは、間野にしては遊び心のある対処だった」

珍しくも褒められたと思ったら、どうして岩崎と小侍との間に、刀を鞘《さや》ごと突っ込んで止めなかったのかと、痛いところを突いてくる。

「その、剣の師匠には、いつも優秀な兄と比べられておりました」

故《ゆえ》に刀など構えても、相手が岩崎では、へっぴり腰を見抜かれただけで、役にも立たなかっただろうと白状する。これを聞き、岩崎は声を立てずに笑った。

「やれ、役立たずが多いの。松平家の侍達もお家の大事に際し、何もできないようであったが」

あれなら、立ち会いを止めた潜り戸《くぐど》の徳利の方が余程有用だと、夜の暗い水面を眺めつつ岩崎が言う。

「松平家はこれから、どうなることか」

新之介は僅かに苦笑を浮かべると、小さく首を振った。

「あの奥様は、しっかりしたお方です。きっと大丈夫ですよ」

「そうだといいがな。何しろ助けるつもりの旗本の、後事を託してきたのだから」

今、松平家の明日を担《にな》っているのは、松平外記の妻、その人であった。

「ち……千穂殿？」

しかし。

新之介は夜の旗本屋敷内で、目を見張っていた。そのすらりとした姿は、まさに兄の許嫁《いいなずけ》であったその人のように思えたからだ。

（ああ、そんなことがある訳もない）

仄《ほの》かな明かりの中に浮かんだ顔は勿論千穂ではなく、年上に見える落ち着いた風情《ふぜい》の女人であった。着ているものや歳《とし》からみて、嫡子《ちゃくし》松平外記の奥方だろうか。すると用人が「奥様」と呼び、頭を下げた。

「何事です？」

顔立ちよりも、きっぱりと聞くその様子がやはり千穂を思わせ、新之介は一寸目を瞑《つむ》る。用人は何かを説明しようとはしたものの、直ぐに言いよどんでしまった。

（若殿が刃傷沙汰を起こし、亡《な》くなったことを言いづらいのか。いやそれより、松平

家の存亡を賭《か》けた時だと言われたのに、何の対処もできないでいるとは言えないのか)

どうしたものか。新之介が迷って岩崎に目をやると、留守居役仲間はふっと肩から力を抜いた。そして、好意で知らせたせっかくの急報を信じぬのなら、我らは帰るしかないと言って踵《きびす》を返す。

「奥様が現れたようだ。ならば後は、家中で相談の上、好きなようにされたが良かろう」

「い、岩崎殿、そんな」

するとその背に、戸惑うような奥様の声が掛かった。

「今そちら様が、若殿の名を口にされた気がしたのですが」

他にも屋敷の奥まで聞こえたことがあるのか、奥様の顔色は悪い。だが外記の妻である人に対し、新之介が返事をしかねていると、横から岩崎が西の丸での大事をさっさと繰り返した。今度は玄関先にいる誰も、止《や》めろとは言わなかった。

「外記様が亡くなられた？」

奥様の考えはその一点にのみ向かってしまった様子で、ただ呆然《ぼうぜん》と立ちつくしている。奥から、心配げな顔をした家中の者達が更に現れてきた。女中らしき者や老齢の者もいる。小声で話が伝わって行き、ざわめきが上がってきたのに、誰もどうして良いのか分からぬ様子で、新之介達に詳細を問うてくる者すらいない。松平家の玄関は、不安と疑心暗鬼に包まれた人が増え、溢《あふ》れ、段々と収まりがつかなくなってゆく。

(このままではまた、先程の小侍のように、とんでもないことをしでかす者が出かねないな)

新之介は、狼狽《うろた》える旗本屋敷の者達の中から、それでもしっかりと立っている奥様を話し相手に選んだ。当主も嫡子も不在、なおかつ用人が頼りにならぬとあれば、妻に対処を求めるしかないではないか。

「奥様、松平家の浮沈《ふちん》が今、この時にかかっております。奥様がこの家を守らねば」

「……おなごの私に、何ができましょうや」

岩崎が、皮肉っぽく言う。

「奥様がそうして、ただ震えておられると、外記殿だけでなく松平家と御子らの命運が、尽きてしまうやもしれませんぞ」

もし松平家が絶家となり、継ぐべき家が無くなれば、子供の、嫡子という立場も無くなってしまうのだ。するとその言葉を聞いた奥様が、唇を噛《か》み背を伸ばした。

「栄之助……」

奥様は新之介達に丁寧に頭を下げ、用人達の非礼な態度を詫《わ》びてきた。そして二人に屋敷内へ上がってくれるよう、頼んだのだ。

「こうして知らせを運んで下さったからには、当家をお助け下さるおつもりがおありと推察いたします。どうぞ、お力をお貸し下さいまし」

だが、岩崎はきっぱりと首を振った。

「そうしたいところではあるが、この度の騒ぎ、関わりとなった家が多い。この後そちらにも、知らせねばならぬ故」

どの家も、明日騒ぎが大きく知れ渡る前に、できうる限りの手を打たねばならない。それが家の将来を変えるかもしれないのだ。松平家だけに多くの時を割く余裕は、なかった。

「ですが……」

奥様がいささか心細げな声を出している。見れば先程、襲いかからんばかりにこちらを威嚇《いかく》していた面々すら、あっと言う間に、縋《すが》り付くような眼差を向けてきているではないか。

誰も彼も、大きな不安に包まれたまま、ただ立ちつくしている。それを目の当たりにして、新之介は唇を歯で嚙んだ。

（これが現実か）

ここで岩崎が懐から、先刻聞番《ききばん》茶屋で用意した書き付けを取りだした。書かれているのは、夕刻の刃傷沙汰に関わった者達の名とお役であった。

「これを差し上げましょう。詳細が書かれております故」

そして事を正確に摑み、松平家が本当に頼りにできる先を、見極めねばならない。今、松平家がせねばならぬことは、家を守るため力を貸してくれることができそうな相手を、見いだすことであった。

「そして同時に、部屋住が起こした件で、家名が存続した先例を探し出すことです」

岩崎の指示は続く。

先例は大名家のものでは駄目で、松平家と似たような禄《ろく》の、旗本が関わったものでなければならない。そして外記が斬ってしまった相手や、その縁の者には近寄らぬこと。だからまずは松平家の親戚《しんせき》筋や、奥様の実家などに助力を求めることだ。

「とにかく先例が見つかったら、親しい表坊主《おもてぼうず》から、幕閣の有力者へ渡りをつけてもらいなさい」

松平家はこれから、戦いの時を迎えるのだと岩崎は言った。

「家中の金をかき集められよ。頼み事をされる時に贈る進物は、けちったりされるなよ。この家の方々は下手をしたら来月にも、浪人となりかねぬ。その瀬戸際《せとぎわ》にいるのだ」

浪人。

岩崎がその一言を口にした途端、松平家の玄関に、ひゅっと身を切る風が吹き抜けたようであった。岩崎が話している間も途切れず聞こえていた話し声が、ぴたりと止んだ。

（浪人か……）

その一言は、家中の皆の声すら止めてしまう冷ややかさを持っているらしい。書付けを渡された奥様の手が、僅《わず》かに震えている。それでもその細い姿は、玄関にいる者の内で、唯一きちんと背筋を伸ばして立っていた。

「このご厚意は忘れませぬ。ですが、返礼をできる日が来るかどうか、まだ分かりません。とにかく子らの為に、何とか……きっと頑張ってみせます」

「話が伝わるお方と会えて、ようござった。幸運をお祈り申しあげる」

岩崎は一つ頭を下げると、では次の家に向かうからと言い、踵を返した。その声を聞き、新之介も急いで後を追う。奥様が慌《あわ》てて深く頭を下げ、二人の背にもう一度礼を述べてくる。

独りでに戸を閉めてくれる便利な徳利はもう無かったので、新之介は道に出た後、丁寧に潜り戸を閉めた。

道の先、夜の暗い川面に、駕籠《かご》かきに頼んでおいた舟が待っていた。

4

月の下、外記の刃傷沙汰《にんじょうざた》に関わり有りとされた者の屋敷へ、留守居役達は凶報を携え散っていた。しかし人数は多く、一度に全《すべ》ての屋敷へは向かえない。よって自然と順位がついた。これから新之介達が向かう番町の二家も、そうして後回しにされた口だ。

「まあいいさ。これから向かう先の旗本など、本心は行きとうない所だからな」

新之介達は事の要、松平家へまず向かうので、話をするのに時がかかると思われた。よってその後に回る屋敷に着く刻限は、遅くなる。だから二人が引き受けた家は、絶家にはならぬであろうが……委細を知るのが遅くなり苦労しても、留守居役達には気にならぬ所が選ばれていた。

「あの、これから訪れる番町のお二人は、どういう方々なのですか？」

水音に紛れるような小声で、新之介が問うた。今更こんなことを聞くと、岩崎に一発喰らう気がしたのだ。だが知らぬのは事実であったし、相手方の旗本屋敷へ着く前に、ちゃんと分かっておきたかった。先に平清《ひらせい》で話をしたとき、曲淵大学《まがりぶちだいがく》と安西伊賀之助《あんざいいがのすけ》は、外記の同役で、刃傷が起きた時、西の丸には居なかったらしいとしか聞いていない。

（なのに、この度の一件に関わり有りとして、こうして知らせがゆく。だが、遅い刻限でも構わない相手とされた。どういうことだろうか？）

すると、不機嫌な顔付きとなった岩崎が、拳固《げんこ》でごきんと新之介の頭を鳴らす。くらくらとしてふらつく新之介に向け、岩崎はきちんと説明をしてきた。

「曲淵や安西という御仁らは、同役へのいじめがきつかったようでな」

そういう言動を、西の丸の表坊主などが目にし、そこから懇意の者に話が伝わって、留守居役達の耳にも入っていたらしい。どちらも禄は多く、曲淵の家など二千石ほどであるというから、三百俵の松平家とは、抱える家臣の数もぐっと違う筈《はず》であった。

しかし親の頼母が西の丸様の側《そば》に仕えている為、外記の方が、重要な仕事を任されることもあったらしい。

「つまり曲淵殿、安西殿は、そんな外記殿が気に入らず、嫌がらせをしていたのですね。それが今回の一件の大本を作ったのですか？」

「そういうことだ。だから今宵二人は、今回の件に関係する者として、我らの内で名が挙がった」

外記は西の丸書院番になって、しばらく経《た》っている。お役に就いた新人は当初虐《いじ》められるものだが、外記への嫌がらせはしつこく、今日まで続いていたのだろう。

「周りの者は、嫌がらせを見ていたでしょうに。皆それを知っていて黙っていたのですか」

「あのなぁ、仕事についていれば嫌がらせくらい、よくある話なのだ。おまけに外記殿は部屋住とはいえ、既に三十三だぞ」

妻も子供もいる身だ。何時《いつ》までも周りに守って貰《もら》いたい年齢でもあるまいと、岩崎は口元を歪《ゆが》める。

「どうでも我慢ができぬ所まで来ていたのなら、外記殿は、それこそ親のつてを総動員してでも、他のお役目へ移るべきであったな」

外記はその判断ができなんだ故、今日という夜、屋敷の玄関にて己の妻に、必死の決意をさせる羽目になったのだ。もし江戸留守居役の内に、親や友の加護が欲しいという者がいたら、あっという間に仲間からはじき出されてしまう筈だと言い、岩崎は怖いような笑みを浮かべて新之介を見てきた。

「それにしても松平家の家臣らは、情けない応対であった」

まずこちらの言葉を信じず、次に馬鹿にしたような振る舞いをし、あげくに小侍は大騒ぎを起こした。用人など、危機に直面するのを嫌がったとしか思えない。それでやり過ごせることならば良いが、この度のことは、その程度の話では無かった。

「そうですね、最後には浪人という言葉に、震えることとなったのですから」

だが三百俵の旗本故、そもそも家中の人数が少なかった。よって家来が馬鹿なことをしても、奥様が支えとなれば何とかなりそうであった。

（しかし）

その時ひやりとしたものが、新之介の首筋を走る。

（多々良木藩が同じ騒ぎになったら、どうだっただろうか。もし、もし藩が次回も続けて、お手伝い普請《ぶしん》を言いつかってしまったら）

藩は今、普請にかかる大枚など、用意できはしない。五万五千石の多々良木藩が本当に無くなるとなったら……藩士達はその時、どうするのだろうか。

（先程の松平家の用人や小侍より、武士らしく毅然《きぜん》としていられるのか？）

新之介は夜の川に目を落とした。

（いやひょっとしたら我が藩は、更にみっともない、酷《ひど》い騒ぎを起こすやもしれぬ）

財政が破綻《はたん》した多々良木藩を、新之介は今、容易に想像することができた。幕府へ国を返上することになったら、人数が多い分、藩邸は上、下の区別なく、一層混乱するだろう。先々の、身の置き所も考えられぬ武士で溢《あふ》れ、しかしそれでも、藩邸を明け渡さねばならない時が迫るのだ。

国元も、いきなり平穏な暮らしが吹っ飛び、右往左往することになる。生まれ育った屋敷だからといって、国の者たちも、屋敷に居続けることはできない。新たな藩主、他の藩士達が、じきに姿を現すであろうからだ。

そんな多々良木藩の様子が、まぶたの裏に浮かんできて、新之介は舟縁《ふなべり》を両の手で摑《つか》んでいた。

(浪人が出ても、軽輩が二、三人であれば、何とか家臣として、どこぞに潜り込むことも可能かもしれない)

たまたま出世し、懐具合の良くなった主《あるじ》を捜し出すのだ。小侍のように軽き禄《ろく》のものであれば、雇う方も楽だ。

(だが、もし五万五千石の藩が破綻したら)

数多《あまた》の藩士を受け入れられる大名家など、昨今どこにも有りはしない。新しい仕官先を見つけられる者は、少ないに違いなかった。ほとんどは浪々の身となり、そのうちたつきの道に困る者さえ出てくる筈だ。

（千穂殿のように……）

「家に危機が迫った時、どれだけの者が、きちんと対応できることやら」

あの細君がしっかりしていたのは、ありがたかったとつぶやくと、岩崎が向かいで頷《うなず》く。そして川面の上を渡る風の中、岩崎は不意に、新之介の顔を覗《のぞ》き込んできたのだ。

「ところで間野、お主も気が付いたのではないか？　松平家の奥様は少しばかり、青戸屋の思い人、千穂殿という娘御と似ていた」

「そ、そうでしたかね」

「おお、とぼける気かな」

岩崎が笑う。そして、思う相手がいるのは結構とつぶやき、空にかかる月の蒼《あお》い輪に目をやった。その姿が、思いがけなくも、何だか寂しげに思えた。

（おや、誰かを思いだしているのだろうか？）

岩崎の立場でこの歳《とし》ならば、細君も子供もいると思うが、どういうことであろうか。

そういえばこの美丈夫自身のことは余り知らぬことを、今更ながらに気が付いた。新之介は亡《な》き兄が同役だった上、その突然の死が噂《うわさ》となった故、組合の皆にその生まれから生い立ちまで知られている。だが、新之介のような者の方が珍しいのだ。

（……似ていたかなぁ）

言葉が途切れて、舟の上は寸の間静かになり、櫓《ろ》をこぐ水の音だけがはっきりと耳に入ってくる。堀川を進む舟は、急な角を何度か曲がりつつ、ゆるりと西北へ進んで行った。舟は有りがたいと思っていたその時、岩崎がぽつりと言った。

「どうにもならんこともあるぞ」

目を見開いて岩崎を見る。眼前にあったのは、柔らかな表情であったので、新之介は却《かえ》って狼狽《うろた》えた。

「千穂殿は、お役にしくじりを残したまま藩を出た、前江戸留守居役の娘なのだ。兄の元許嫁《いいなずけ》ということは抜きにしても、御身の相手には無理だ」

「岩崎殿が仰《おお》せになることではないと」

「まあ聞け。舟の上に二人という時だから、言うのだ。今が夜で、側近くで話しても、こちらの顔が分からぬ時故《ゆえ》、言えるのだ」

岩崎の声は低かった。

千穂を嫁にと願っても、まず確実に間野家の両親も親戚達も、諾とは言うまい。入江家は、藩から出た。今更、娘の千穂だけを藩に迎え入れたいと言っても、歓迎されはしないのだ。

無理をして間野家に入れても、留守居役のお役目に奔走する新之介が、一日中千穂を守る訳にはいかない。嫁は家にいて、周囲の者達と共に暮らすものなのだ。

「そこで、もし、だ。もしおなごの為ならば後は何も要らぬとまで言い、間野が藩を出たらどうなるか、だが」

「えっ？　私が親もお役も藩も捨てると？」

そこまではまだ考えてもいなかったことを告げられ、心の臓が躍る。岩崎はどうしてそんなことを考えついたのであろうか。もしかしたら昔、そんな決意を心の内に浮かべたことが、あったのか。目を見張る新之介に、岩崎の声は優しく、まるで舟を包んで流れる川の水音のように聞こえた。

「だがそんな決意をしても、これも行き詰まるしかない。何故《なぜ》なら浪々の身となっても、間野には千穂殿やその母御を、養うことができないであろうからな」

言われて言葉に詰まり、返答ができない。今の今まで、浪々の身となった藩士のことを、想像していた所であった。多分新たな仕官先も見いだせず、さりとて他の稼ぎ方もできないであろう者達のことだ。おなごで若い千穂ならば仲居になるという手もあったが、町屋で暮らしたことすらない新之介では、簡単には寺子屋の師匠にとてなれまい。

「あの娘御、病の母御を抱え、今でも暮らしに困っているようだな。御身が暮らす分まで稼ぐことなど、できはしないぞ」

「分かっております」

「ならば、肝に銘じておけ。どうにもなりはしないのだ」

「だから、ちゃんと分かっております！」

声を高くして言い返していた。浮かんできたのは、役宅の庭に立つ千穂の姿であった。あの日新之介は、ただ兄のことばかり話していたように思う。小さい頃から、千穂と新之介の間には、兄がいた。そしてそのまま千穂は、兄の許嫁となったのだ。

「我と千穂殿の間には、何もありはしません。だから」

だから何だというのだろうか。次の言葉が思い浮かばず、新之介は黙り込む。先程よりも櫓を漕《こ》ぐ音が大きく聞こえた。岩崎の顔を見るのが嫌になって下を向けば、また妙に静かな声が聞こえてきた。

「もし、もしどうしても千穂殿が気になるのであれば、これから先は幸福になれるよう、間野が気に掛けてやればいい」

「勝手を言われる。どういう立場になったら、千穂殿が幸せだというのですか」

急にむかっ腹が立ってきて、固い声で岩崎に言い返した。

（真っ当な意見だ。岩崎殿の言葉は当たっている。つまり……）

腹が立っているのは、岩崎に対してであろうか。それとも言われたとおり何もできない、己に対してであろうか。嫁入りが決まった娘がいたのに、己から浪々の身となり、千穂を藩から連れ出してしまった入江も腹立たしい。訳も分からぬ怒りを、手をぐっと握りしめやり過ごす。岩崎は、新之介の態度には何も言わず、静かに返答をしてきた。

「娘の幸せを考えるのは、間野、相手を思うておる者の仕事だ」

そう言うと、岩崎は黙り、もう言葉を継がなかった。新之介も何を言い返したら良いのか分からぬまま、口をつぐんでしまう。

舟は沈黙した二人を乗せ、西北に向かっていた進路を、先程からぐっと北に向けてきていた。右手は寺や大名家が続くせいか、一面の暗さの中にある。左手には町屋があるらしく、あちこちに、乱れた心のように揺れる小さな明かりが灯っていた。だがその明かりも、また武家地にさしかかったのか、あっという間に目にできなくなってしまった。

（くそっ）新之介が微《かす》かに息をついた頃、舟が四谷御門脇《わき》を過ぎたと分かる。右手に広がってきたのは番町で、当初、市ヶ谷御門との中程で舟を下りる心づもりであった。だがこの時、二人は思っていたよりも早く、船頭に舟を岸に寄せさせることになった。川沿いの通りから、悲鳴のような大きな声が聞こえたのだ。

5

驚いて目を岸にやると、武家地の塀脇の道を、死にものぐるいで男が逃げていく。そしてその背後から、刀を抜いた武士達が駆ける男を追っていたのだ。

「何と」

新之介は、舟から身を乗り出すようにすると、寸の間声を失って、その剣呑《けんのん》な逃走を見つめていた。

月明かりの下、逃げて行く者が町人の姿をしているのが分かる。追う侍は三人。番町は旗本などの屋敷の多い地であったから、道沿いには高い塀が続くばかりで、逃げ込む先など見あたらない。このままでいれば町人は程なく、既に抜き放たれている刀で斬《き》られてしまうように思えた。

新之介は振り返ると、先程からそっぽを向いている同役に声をかける。

「い、岩崎殿、止めないのですか？」

「おや間野、御身は誰ぞの命の恩人になりたいのか？」

ならば己が止めに入ればいいと、岩崎が落ち着いて言う。新之介は顔をしかめた。

「先程申し上げました。私の剣の腕は、亡き兄よりぐっと劣るのです」

殺気をみなぎらせているあの三人の武家を相手にしたら、己の二親は兄に続き、また葬儀を出す羽目になるかもしれない。葬式の費用も馬鹿にはならぬと正直に口にすると、岩崎が思わずといった感じで笑った。

「なに、あの岸沿いを走っている武家達は、見たところ三人とも、大した身のこなしではない。間野、案外大丈夫かもしれんぞ。一度助けてみればどうだ」

岩崎がそう安請け合いした時であった。逃げる町人が一寸立ち止まったのを見て驚く。よく見ると、町人は子供を連れていた。

（拙《まず》い、あれでは逃げ切れぬ）

新之介は焦《あせ》った声を上げる。

「岩崎殿、子供が交じってます」

「あん？」

岩崎が、しかめ面《つら》を岸に向けた。そしてすぐに不機嫌になると、新之介に言う。

「仕方がない、割って入るぞ。間野も続けよ。何のために、腰に刀を差しているのだ」

「へっ?」

御身も使えぬなりに、とにかく刀を鞘《さや》から抜いて振り回せと言うと、岩崎はさっさと舟から岸に飛び移ってしまった。新之介も急ぎ、その後を追う。

堀川沿いに走る者達は、突然割って入ってきた者を見ても、その勢いを止めようとはしなかった。何を興奮しているのか、走り来る勢いのまま、一人は岩崎に斬りかかったのだ。

「ひっ」

新之介は思わず、声を上げた。太平の世に生まれた身なのだ。人に向かって真剣が振り下ろされる所を見たのは、実は生まれて初めてであった。

だが、血しぶきは上がらなかった。「ぐあっ」という高めの声と共に、相手の刀が飛んだ。岩崎が刀の峰で、相手の肩と腕を打っていた。

手に刀がなくなった武士は立ちすくみ、頭から水でも浴びたかのように、身に震えを走らせている。後ろで二人の武士が、足を止めた。新之介が、これ見よがしに刀を振り回して見せる。僅《わず》かな逡巡《しゅんじゅん》の後、三人の武士は夜の道を駆け戻っていった。岩崎は一歩も追わなかった。

「坊主、大丈夫か？」

岩崎が振り返って声を掛けたのは、立ちつくしている十程《とお》の子供だけで、地面に這《は》いつくばっている男には、目もやらない。男はそのうち、何とか己で立ち上がると、大きく肩で息をする。

そしてじきに、男は驚くことを言いだした。新之介と岩崎の顔を見ると、その名を呼び、礼を言ってきたのだ。

「これは岩崎様、間野様。ここでお会いできるとは、天の助けでございます。もう命を諦《あきら》めねばならぬかと、思っていたところでございました」

本当に、本当にありがとうございますという、滑らかな声の感謝を聞きつつ、二人は顔を見合わせる。新之介がまず首を傾《かし》げると、岩崎も眉《まゆ》を顰《ひそ》めた。男の顔も名も、分からなかったからだ。

江戸留守居役は大名家の藩邸暮らしの上、日々激務をこなす身であった。町人でこちらの顔が分かる者など、そう多くはないのだ。

「さて、顔を知っている町人となると、聞番茶屋の者であろうか」

だが岩崎は、目前の顔を何度か見直した後、頭を振ってしまう。男は二人の訝《いぶか》しげな表情に気が付いたのか、笑いつつ名乗ってきた。

「手前は吉蔵《きちぞう》と申します。ああ、また首を傾げておいでですね。無理もございません、実は初めてご挨拶《あいさつ》させて頂きます」

そう名乗られて、新之介達はまた顔を見合わせる。会ったこともないのなら、どうしてこちらの顔と名が、分かったのであろうか。

その疑問を察したのだろう、吉蔵が破顔一笑する。

「申し遅れました。実は手前、札差《ふださし》青戸屋の手代でございます」

先だって主《あるじ》が万八楼《まんはちろう》へ行ったおり、供をしたのだという。その夜は大切な話が座敷であるから、近くの部屋で待つよう主に言われ、座には出なかったのだ。

しかし万八楼の廊下をゆく岩崎と新之介の姿は見ていた。さすがは大枚を扱う札差の手代というべきか、しっかり留守居役や表坊主達の名を店の者から聞いていた。それで今日、二人の名を口にしてきたというわけだ。

ここで岩崎が、面倒くさそうに問う。

「札差の手代がどうしてこんな夜分、番町で武士に追われていたのだ？」

札差は旗本や御家人が日頃、金の融通を頼んでいる相手だ。借金を頼んだ武家が断られ、店から帰らぬということなら話は分からぬでもない。しかし札差の手代が、夜の番町で抜刀した武家に追われたとなると、さて理由が直ぐには思いつかぬ。それ故、事情を知りたくなるのだ。

だが吉蔵は、ぺろりと唇を舐《な》め慎重な顔付きとなったきり、直ぐには口を開けなかった。話したくない事情でもあるのかもしれない。どう言ったら新之介達が引いてくれるのか、思案しているようでもあった。

すると岩崎は、はっきりしない吉蔵と話すのに、直ぐに飽いたようであった。

「連れの小僧くらい、ちゃんと守ってやれ」

そう言うと吉蔵達を残し、さっさと舟へと向かったのだ。新之介も岩崎の後に続くと、背後から相当に慌《あわ》てた声が聞こえてきた。

「あの、お待ちを！　先程のお武家様方がまだ、そこいらにいるやもしれませぬ。その、町屋がある所まで、その舟で送って頂けないでしょうか」

札差の手代といえば、忙しく全《すべ》ての客に会うわけにはいかない主に代わり、武家の客へ金を貸すかどうか、実際に決める立場だ。よって吉蔵は、日頃武士に対し強い態度に出ることに、慣れているようであった。でなければ初対面の武家に、舟で送れなどと言い出せるものではない。

だが札差の商いの相手は、旗本、御家人などの直参《じきさん》だ。だからその商売に関係のない、大名家の陪臣である新之介達には、いつもの態度は、とんと通用しなかった。

「無理だな。我らは今、役目の途中ゆえ」

この先の川沿いは、ずっと武家地が広がっている。もし二人を都合の良い町人地まで送るとなると、随分と時がかかってしまう。

「対岸の町屋へ抜け、駕籠《かご》でも拾うことだ」

つれない返事と共に岩崎が舟に乗り、舟は新之介を乗せたら岸を離れてゆこうとする。吉蔵は必死に川の側《そば》まで駆けてくると、新之介の袖《そで》を摑《つか》んだ。

「お待ち下さいませ。ただでとは申しません。ちゃんとお礼は致します。舟代くらいは手前が払いますから」

「札差の手代のくせに、お前は阿呆《あほう》か。我らが江戸留守居役であると、万八楼で聞いたのだろうが。なのにどうして舟に乗る代金ごときで、言いなりになると思うのだ」

舟の中から岩崎にやや意地悪く言われ、吉蔵は一寸、情け無さそうな顔付きをした。日頃余程、金の工面に困った武家ばかり相手にしているのだろう。大名家の江戸留守居役達が、藩の金をつかって豪遊するといわれている者であることを、失念していたのだ。その顔から、ふてぶてしい程の自信がいささか、減ったようにも見えた。

しかし吉蔵は、この寂しい河岸に小僧と残されるのが、余程嫌であったらしい。ここで驚くようなことを口にしてきたのだ。

「これは失礼をいたしました。ではその、後日別のお礼を致しますれば、今宵は我らをお助け下さいまし」

「別の礼？」

岩崎が舟の上で首を傾げる。だが吉蔵が笑うように見つめたのは、新之介であった。

「先日万八楼にて、千穂さんは間野様に、大層会いたがったとか。千穂さんは間野様に、頼み事をなさったと聞いております」

いや、千穂は綺麗《きれい》な若いおなごゆえ、男として何かを頼まれるのに、嫌な気持ちはするまい。しかしと、吉蔵は言う。青戸屋があもはっきり、千穂を世話したいと口にしたのを聞いた後では、新之介にも遠慮があろう。吉蔵はそう話し出したのだ。

「遠慮？」

新之介の眉間《みけん》に皺《しわ》が寄ったのを、夜の中、見落としたのだろうか。珍しくも剣呑な表情を浮かべた新之介の横で、吉蔵は喋《しゃべ》り続けた。

「だがなに、手前でしたら千穂さんとは、時々顔を合わせます。ええ、旦那様からの使いを頼まれますんでね」

よってもし新之介が千穂と会いたいのであれば、こっそり繋《つな》ぎを取ろうと、吉蔵はそう言い出したのだ。それが舟に乗る為の〝お礼〟らしい。新之介は口元を歪《ゆが》めた。

「何を馬鹿らしいことを。千穂殿の奉公先は分かっているものを。何ぞ話があれば、万八楼へ文でも出す」

「ですがねえ、間野様。万八楼の者達は、千穂さんがうちの主に見初められたのを知っております。その娘に若い殿方から文が届いたのでは、御注進といって青戸屋に知らせる者が出ましょうから」

「まるで青戸屋に知られては拙いことを、私がするかのような口ぶりだな」

新之介が一歩右に踏みだし、吉蔵の方へ向き直った。「まぁ、へへへ」と笑う男を一度、正面から見つめる。そして。

渾身《こんしん》の力を込め、体を振り回すようにして、新之介は吉蔵を殴った。その身が吹っ飛ぶ。目の前の暗い夜の川へと、手代は落ちて行った。

6

「間野の馬鹿者。この手代を、舟に乗せねばならなくなったではないか」

水の中から、ずぶ濡《ぬ》れの男を舟へ引っ張り上げるのに、一騒ぎした後のこと。溺《おぼ》れかけ、呆然《ぼうぜん》と舟の中にしゃがみ込んだ吉蔵を、新之介達は仕方なく町屋が見える辺りまで送ることとなった。

「ふらふらになった連れがいては、連れの小僧が帰るに困るであろうからな」

事がこう転がっても、岩崎の同情は近くに座らせた子供に向かっていて、己の舌禍《ぜっか》ゆえに、水練をするはめになった男には容赦がない。濡れ鼠《ねずみ》の吉蔵は川風に吹かれてくしゃみをしつつ、すっかり大人しくなって舟の中程で丸くなっていた。

新之介の方は、その姿に背を向けたまま、舳先《へさき》をただ見ている。暇になったのか、ここで岩崎が小僧にひょいと質問をした。

「お前、名は何というのだ」

「へい、長松《ちょうまつ》と申します。十でございます」

よく見れば年の割には小柄だが、利発そうであった。岩崎がにやりと笑うと、小僧に今日番町へやって来た訳を尋ねる。

驚いた顔の吉蔵が急いで何か言おうとして……振り向いた新之介と目が合い、慌てて口を閉じた。長松はしっかりとした子供で、青戸屋が手代に何を言いつけたか、ちゃんと心得ていた。

「手代さんは今日旦那様に、集金を言いつかっておいででした」

夕方、店が急に騒がしくなったのだ。急いで返して貰《もら》わねば、もう取り戻せなくなるかもしれぬ金があるという話であった。

「それで、お前達はどちらのお屋敷へ集金に向かったのかな。覚えているか?」

「裏四番町、安西様のお屋敷へ伺いました」

「なに?」

岩崎が新之介と顔を見合わせる。それから吉蔵へ目をやると、手代は観念したように眉尻《まゆじり》を下げていた。新之介が思わずつぶやく。

「驚いた。青戸屋は今夕に起こった西の丸の騒ぎを、もう摑んでいたのか」

「はい? ということは岩崎様方も、あの一件をご承知なのでございますか?」

吉蔵と新之介達の目が、寸の間舟の上で絡《から》んだ。

「今から安西、曲淵の両家へ向かう所だったのだ」

岩崎にそう言われ、吉蔵は二人がこの地に居るわけを納得したらしく、大きく頷《うなず》いた。憎たらしい男だが、青戸屋が使えると踏んで手代にした男は、頭は悪くないらしい。

ここで岩崎は吉蔵に、どうして先刻、武家に追われていたのかを、もう一度問う。するとと今度は、ちゃんと答えが返ってきた。

「あの方々は、安西様の御家臣でございましてね」

今宵、集金に訪れた吉蔵から、西の丸での刃傷沙汰《にんじょうざた》のことを聞くと、安西家では混乱が起こった。当主は話を聞くと、酷《ひど》く狼狽《うろた》えたのだという。

「安西様は外記様の件に関し、大いに不安がおありだったようで」

主がそんな素振りを見せると、家臣達も疑心暗鬼となり静心《しずごころ》を無くす。安西家は八百五十石、松平家よりは大きく、女中なども含めれば屋敷内に二十人以上は家来がいたようだが、不安はあっという間に、家中に広がったのだ。

「そうなると借金返済のお話など、なかなかできるものではございませんでした。それでも私まで空手では帰れず、しばらく屋敷内でお話しする機会を待っておりました」

「はて、私までとは、いかに」

新之介が首を傾げつつ吉蔵に聞く。すると共に番町へやって来て、曲淵家の方を訪ねた他の手代は、門の内へ入れて貰うこともできなかったと言い出した。

「青戸屋が曲淵家へお貸ししている金子は、多くはございません。さてはもっと心配を抱えているどこぞの誰かが、先に知らせを曲淵家へ、入れたのかと思いました」

つまり屋敷内は既に騒然としており、のこのこ後からやって来た青戸屋の使いを、招き入れるどころでは無くなっていた訳だ。吉蔵が向かった安西家でも、騒ぎは起こり、集金が叶《かな》わない。

「何時《いつ》になっても、お屋敷は静かになりません。このままでは拙《まず》いと、思い切って単刀直入に、返金をお願いしました。すると、思いの外のお怒りを買ってしまいましてね」

そして新之介達が見かけたように、夜の川沿いを追われる羽目になったのだ。新之介と岩崎は顔を見合わせ、交互にため息をついた。

「今宵起こった西の丸の件は、安西家にとって一大事だ。もし主が関係有りと見なされたら、この先お家が危うくなる」

そんな時吉蔵は安西家から、今まさに必要な金子《きんす》を、引き剝《は》がそうとしたのだ。

「そりゃあ家中の方々にしてみれば、吉蔵を抜き身の刀で三枚に、下ろしてみたくもなりますね」

よって、しつこく屋敷の外まで追われたのだろうと新之介に言われ、吉蔵は風に身を震わせた後、僅《わず》かに口を尖《とが》らせた。己は店の使いで、商いの話をしに行っただけだ。なのに斬《き》られては、たまったものではないという。

「そりゃあ正論だ。だがな、真っ当なことを言ったとて、きちんと返答があるとは限らないからな」

岩崎の言い様はそっけない。禄《ろく》が大きい家では、人数が多い分動揺が広がると、静めるのも大事《おおごと》なのだろう。

「我らは先刻松平頼母殿の屋敷で、怒りを買ったところだ。ただ西の丸で起こった一件を、知らせただけであったのだが」

この言葉を聞き、吉蔵が目を見開く。

「青戸屋は松平家とはご縁がありませんので、使いが行くこともなかったのですが。そうですか、松平家も早々に変事をお知りになったのですね」

どこの屋敷でも、お家の存亡の時を迎えれば、落ち着けなどといわれても、屋敷内はひっくり返らんばかりに揺れるものらしい。新之介は岩崎の方を向くと、一応聞いてみた。

「さて今宵の使いは、いかがいたしましょうか」

曲淵、安西の両家はもう、外記が刃傷に走った話を聞いてしまっている。曲淵家の方は屋敷の中にも入れぬ様子であり、安西家といえば、新之介達は家中の者と一戦交えている。

「今更訪ねても、せんないかとも思いますが」

「そうだな」

岩崎も苦笑混じりに頷いている。両家へ江戸留守居役がこれから何か伝えに行っても、功にはならない。もはや口出しする時ではなかった。

「やれ、我らの用は知らぬ間に終わっていたらしいな。ならばこのまま舟で神田まで行くか。吉蔵、お前達もそこまで送ってやろう」

早めに着替えられると知り、吉蔵は心底嬉《うれ》しげな顔を浮かべ頭を下げる。舟はそのまま北東へ向かい、月下に旗本屋敷の様々な塀を見せてゆく。

新之介は舟の舳先に座りながら、あちこちの旗本屋敷へ散っている留守居役仲間のことを気に掛けていた。

（この分では、知らせに行った先の他の旗本が、騒ぎを起こしていても、不思議ではないな）

中には松平家や安西家の者のように、刀を抜く輩《やから》がいたかもしれない。

新之介はこの時、戸田と赤堀が同道した理由を、不意に得心した。多分戸田は剣が不得手で、それで赤堀と組んだのだ。つまり仲間達は旗本屋敷内での騒ぎを、あらかじめ推測していたのだろう。深川の平清で、今宵留守居役達が大変な苦労をすることになるかもしれぬと言っていたのは、この騒ぎを見越してのことだったのだ。

（安西、曲淵両家も、今夜は家の将来を賭《か》けた働きをせねばならない）

「札差達が旗本へ出した知らせ、早かったな。さすがというか」

家が助かった場合、知らせた札差は、大きな恩を売ったことになる。札差はそこの所を心得ていると言い、岩崎は低く笑った。

（思い至らなかった。私は、留守居役としては、まだまだだな）

天下が定まって久しい。武家は特に、諸事ゆっくりとしか動かぬこの世に、慣れきっている。だから生きて行く道を突然根底から揺さぶられると、大地震の後のように、尋常でなく狼狽えてしまう。吉蔵に斬りかかった武士達のように、正気を失った振舞いをするほど、衝撃を受ける者もいるのだ。

己の藩の明日を見た思いで、新之介は唇を噛《か》んだ。

（やはり我が多々良木藩は、何としてもこの度のお手伝い普請を、逃れなければならない）

悪《あ》しき知らせを耳にし、情けないほどに狼狽えずに済むように。生まれ育った国を失わぬように。たつきの道を無くさぬように。皆で生きてゆけるように。

さもないと、千穂のように妾《めかけ》奉公することさえ、幸運だと言われるようになる。

（だが……私にできるであろうか）

寸の間月がかげると、夜の中、目の前の川面さえ良くは見えなくなる。その真っ黒な水を切り分けるようにして、新之介達を乗せた舟は先へと進んでいった。

第四章　お手伝い普請《ぶしん》

1

全《すべ》てが黄昏《たそがれ》の薄暗さの中に沈む逢魔《おうま》が時《とき》から、夜へと変わりかけた時のことであった。

長州藩の江戸留守居役、栗屋与一右衛門《くりやよいちえもん》が、駕籠《かご》で旗本屋敷の塀沿いの道を行く途中、前方から短く声が掛かった。

「江戸留守居役だな」

「はて留守居役と申されても、江戸には数多くおられます。どなた様をお探しで？」

先を歩んでいた供の竹之助が声をかけ、提灯《ちょうちん》を前に向けると、薄暗がりの中にぼうっと袴《はかま》姿が浮かび上がる。だがこの時分かったのは、声の主が武家らしいということ位であった。男は小者に返答をしないまま、いきなり刀を抜きはなったのだ。

「ひえぇっ」

駕籠かき達が声を上げ、駕籠を放り出して逃げ出す。栗屋が急ぎ中から出た時、もう一人の供が手にしていた提灯がぱくりと口を開け、辺りが一気に暗さの中に沈んだ。人の顔すらはっきりとは見えなくなった中、男の刀が放つ鈍い光が、更に振りかざされたのを栗屋は見て取った。

「ここは引けっ、こちらだっ」

栗屋は咄嗟《とっさ》に判断すると、供の者二人を連れ、とにかくその場から走り出した。ろくに相手の姿も見えない中、二人を庇《かば》い、襲ってきた相手を打ち伏せるだけの腕前が、己にあるとは思えなかったのだ。

「辻斬《つじぎ》りか？　それにしても武士を襲うとは」

だが道の両脇《りょうわき》には武家屋敷の塀が続いており、それが途切れた先は暗い堀川の流れが遮っていた。確か橋は、かなり先にしか掛かっていない筈《はず》であった。

「これは拙《まず》い」

堀川沿いに出た所で、一番後ろになった供の竹之助が、悲鳴を上げる。栗屋が足を止め、振り返って己の刀に手を掛けた時、刀の煌《きら》めきが竹之助に突き出された。

「ひゃあっ」

かろうじて避けはしたものの、竹之助は大きくよろけ、足を滑らせると堀に落ちてゆく。

「竹之助っ」

流れに消えた小者の名を、思わず呼んだ。すると暗闇《くらやみ》の中、足音が迫ってきた。

「何者だ、何故《なぜ》留守居役を狙《ねら》う」

問うても返答がない。残った中間《ちゅうげん》からの加勢は期待できなかった。暗い中、栗屋が必死に刀を構えた途端、微《かす》かな光の弧と共に刀が打ち掛かってきた。その一撃を、栗屋はかろうじて受け止め、足を踏ん張った。

間近で目を凝らしたが、男は暗い中、笠《かさ》を被《かぶ》っており、栗屋には顔すら見えない。だが相手を押し斬ろうと刀に込める力は、尋常なものではなかった。

「武士ならば名乗れっ」

大声を出した時、栗屋は体をぶつけられ、足首をねじって堀へと落ちそうになった。そこに構え直した相手が、再び刀を振るってくる。死にもの狂いでその一撃をかわしたが、着物の背を斬られて膝《ひざ》から崩れた。足に痛みが走り、次の太刀を避けられそうもない。ただ、人を斬る殺気とはこういうものであったかと、目の前の男を見つめた。

「死ぬのか、こんな所で……」

思わず漏らした、その時。

鋭い音が辺りに響いた。驚いたことに刀を弾《はじ》き飛ばされ、うめくような声を上げたのは、眼前の男の方であった。全てがぼんやりとしか見えない中で慌《あわ》てて首を回してみると、栗屋のすぐ側《そば》に、何者かが現れていたのを知った。

見覚えの無い立ち姿であった。


大名家江戸上屋敷の間を使者が行き来し、柳之間の江戸留守居役達六人は、暮れ六つ時に、深川の聞番《ききばん》茶屋平清《ひらせい》へ集まることとなった。先に知り合った札差、青戸屋が会いたいと言ってきたのだ。

だがこの日の集会は、いつもとはいささか異なったものとなる。まず最初に平清へ現れた戸田は、総身がずぶ濡《ぬ》れであった。

「これは戸田様、何となされました」

驚いた平清の奉公人達が、慌てて乾いた着物を用意していたとき、久居《ひさい》藩の岩崎が店に顔を出し、着替えをしている仲間の姿に驚く。駕籠を降りた所で、突然水を浴びせられたのだと戸田から訳を告げられ、更に目を見張ることとなった。

「供の者が急ぎ周りを調べたが、人の多い場所でな。誰が水を掛けてきたのか、しかとは分からなんだわ」

どうやら道端に置かれていた天水桶《てんすいおけ》の水を掛けられたらしいと、戸田が苦笑する。すると、洒落《しゃれ》た茶屋の窓辺に腰を下ろした岩崎が大きなため息をつき、今宵、己も災難にあったのだと語り出した。

「ここへ来る途中のことだ。狐に憑《つ》かれたのか、いかれた男がいてな。斬りかかられた」

深川に集まるべしとの知らせを受けた後、岩崎は久居藩上屋敷と近い、多々良木《たたらぎ》藩の留守居役間野新之介《まのしんのすけ》の屋敷へ、共に舟に乗らぬかと誘いに行った。ところが当の新之介は、早くから屋敷を出ており留守であった。

「よって新之介は今宵の予定を、知らぬに違いない。あいつ、平清へは来ぬぞ」

とにかくそれで岩崎は供の者と、神田川へと向かった。だが舟に乗ろうとしたその場所で、見知らぬ男から刀を向けられたのだ。

「そ奴《やつ》によると、この世の悪《あ》しきこと全ては、江戸留守居役のせいなんだそうだ」

喚《わめ》きつつ斬りかかってきた男の正気はさだかで無く、斬るのも気が引けた。よって岩崎は、男を神田川に叩《たた》き落としたのだという。

「ちっとは頭が冷えたであろうさ」

岩崎が話を結んだその時、部屋に、のそりと平生《ひらお》が顔を出してきた。そして平素と全く変わらぬ大層落ち着いた様子で、己も先程、刀を向けられたと口にした。

「は？　貴殿もか？」

襲われたのも三人目と聞けば、偶然とは言い難く、皆が目を見合わせる。戸田がまず、苦笑を浮かべた。

「しかしなぁ、平生殿に斬り掛かるとは、馬鹿《ばか》な男だの」

平生は、やる気が有るのか無いのか分からぬといわれる昼行灯《ひるあんどん》であったが、剣の腕はこの同席組合随一なのだ。

「なに、とんと腕の立たぬ者だと、足の運び方ですぐに分かったでな。刀は抜かなんだ」

平生は当て身を喰らわせ、男をあっさり倒してしまったらしい。供の者は子細を聞こうと言い立てたが、なかなか正気に返らないので、そのまま放ってきたという。

平生を襲ってきた男は、浪人のようには見えなかった。騒ぎにすれば、他藩と揉《も》める危惧《きぐ》があった故《ゆえ》、平生は男をうち捨てることにしたのだ。

「やれ、急に辻斬りでも流行《はや》ったのかの」

岩崎が首を捻《ひね》ったその時、部屋の外から足音が近寄ってきた。直ぐに廊下から、気遣わしげな声がかかる。

「平清の番頭に聞いた。戸田殿が災難に遭ったそうだな」

障子が開くと、大竹と赤堀が揃《そろ》って顔を見せる。障子が閉まるより先に、岩崎が大竹らに確認を入れた。

「御身らは無事であったか？　実は私と平生殿も、今宵別々の場所で斬ってかかられたのだ」

「三人とも、襲われたのか？」

大竹と赤堀は、驚いた様子で顔を見合わせた後、首を振った。

「我ら二人の藩邸は近い。故に幸橋《さいわいばし》御門の側から、連れだって舟に乗ったのだ」

剣呑《けんのん》な者がいたにせよ、舟では襲えなかったのだろうと言い、赤堀らは部屋内に腰を下ろす。

「しかし、三人が同じ日に襲われたとは。どういうことだろうな？」

「我らは、無駄使いをすると評判の悪い、江戸留守居役だからのぉ。成敗《せいばい》しようという輩《やから》でも現れたか」

平生が軽口を叩くと、岩崎が口元を歪《ゆが》める。

「だが江戸留守居役としての我らは、至って地味ではないか。我ら三人の藩は、どこも大藩では無い。よって懐《ふところ》具合の都合で、遊びっぷりは控えめだ。のう、方々」

岩崎が確信を持って言ったその時、笑うような男の声が、廊下からかかった。

「おや皆様方は、あれで地味と思っておいでなのでございますか？」

仲居の影が映った障子が、するりと開く。すると廊下では、笑みを浮かべた札差《ふださし》の青戸屋が、頭を下げていた。また別室ででも待たせてあるのか、今日も供の姿は無い。横に仲居が三人ほど控えていて、脇には豪華な膳《ぜん》が並んでいた。

「この酒肴《しゅこう》は本日、わざわざ足を運んで頂いたことへの、ほんのお礼でございます」

青戸屋は仲居達に、膳を部屋内へ運ばせた後、しばし静かに語らいたいなどと言って、人払いをする。仲居達が遠ざかるのを己で確かめてから、青戸屋は左右に目を配り、するりと部屋内へ入り障子を閉めた。

「ほう、鯛《たい》の杉焼きに味噌《みそ》漬け豆腐、白和《しらあ》え、刺身、炊《た》き合わせと揃えたか。なますに蜆《しじみ》飯、香の物に酒まで付いておるわ」

これはなかなかの膳だと笑みを浮かべる五人に向き合うと、青戸屋は銚子を手に取り、笑みを浮かべつつ一献勧める。それからなにげない調子で、話を始めた。

「廊下に皆様のお声が聞こえました。お三方が災難に遭われたとか」

「おや、耳ざとい」

この身は水を掛けられたと言い戸田が笑うと、青戸屋は見舞いの言葉を口にした。

だがここで少しばかり、眉《まゆ》を顰《ひそ》める。

「間野様がおられませんが、もしやあのお方も、襲われたのですか？」

岩崎が苦笑と共に首を振り、新之介の他出を告げる。すると会えぬのは残念だと、青戸屋は眉尻《まゆじり》を下げた。だが直ぐに、物騒な話でなく何よりと言い、頷《うなず》く。

「実は暫《しばら》くの間、皆様にとって剣呑な輩が湧《わ》いて出るやもしれぬと、この青戸屋は存じておりました」

よって、その子細について話すため、青戸屋は急ぎ馴染《なじ》みの留守居役達と、平清にて会う段取りをつけたのだ。留守居役達が、酒杯から青戸屋の顔へ視線を移した。

「ですがこの青戸屋も、今日明るさの残る刻限、留守居役方が襲われようとは、思ってもみませなんだ」

まだ大丈夫だと考えた己が甘かったと、札差は大仰な程のため息をつく。

「どうせお屋敷へ使いをやるのなら、留守居役の皆様方は、しばらく外にはお出にならぬよう、伝言するべきでした」

ここで一旦《いったん》話が途切れると、留守居役達は酒を口に含みつつ、青戸屋の顔を覗《のぞ》き込む。

「青戸屋、何やら持って回った言い方をするな。その方、一体何を知っておるのだ?」

2

「知っておると言いましょうか、知らぬと言いましょうか」

すると、じれたらしい平生がさっと刀に手を掛け、判じ物のような口を利《き》く青戸屋に、鋭い目を向けた。青戸屋は慌てて身を引くと、ご勘弁をと言って両の手を小さく振る。

青戸屋は、岩崎らの留守居役組合の者を狙う輩がいるとの話は摑《つか》んだが、それが誰なのか、まだ分かっていなかった。中途半端な話で、いつもならば余所《よそ》に漏らしたりはしない。だが今回青戸屋は、こうして留守居役達を呼び出し、とにかく警告することにしたのだ。

「おや親切なことだ。何故だ?」

正面から平生に聞かれ、青戸屋は銚子を置くと、ずいと岩崎の方へ向き直る。そして深々と頭を下げると、刃傷沙汰《にんじょうざた》が起きた日のことを語り出した。

「あの夜、岩崎様と間野様が川沿いにて、刀を振り回すお武家から、当家の手代をお助け下さいました」

つまり今日留守居役達を集め、この話をするのは、そのことへの礼であるらしい。江戸留守居役達には金品よりも、重要な話の方が喜ばれる。それを青戸屋は分かっているのだ。

（やれ、これは新米の留守居役の間野に、聞かせておくべきやりとりだったな）

岩崎は腹に力を込め笑みを浮かべると、銚子を手に、青戸屋へ向け一つ頷いた。

「わざわざの礼の言葉、万金よりも嬉《うれ》しいものだな」

言外にその意図は歓迎なりと、札差へ酒を勧めたのだ。

「だが青戸屋、我らはこの平清に来る途中、既に三人も襲われておる。そしてまあ何とか、己達の力で切り抜けた。せっかくの忠告が、無駄となったな」

今回の話は、時既に遅しの話となったと言って、これでは人助けの礼に値しないと、実質突っぱねたのだ。

「まあ間野の為には、もっと早くにその話を聞いておきたかったところだが。もしあの男が平清へ来ておったら、一番間が抜けている故、今頃斬られていたかもしれぬ」

岩崎の言葉に、青戸屋が酒を受けつつ苦笑を浮かべた。

「誠にその通りで、面目ございません」

謝っているようで、新之介に対し無礼な一言を、青戸屋は平気で口にした。

「やれ、まこと煮ても焼いても食えぬ、妖《あやかし》のような奴よな」

岩崎に言われ、青戸屋は今度こそはっきりと笑う。そして言葉を続けた。

「役立たずな忠告で申し訳ありません。ですが私、この襲撃の理由も承知しております。お聞きになりたくはありませんか」

一寸《いっすん》、膳に伸びていた留守居役達の手が止まる。座の視線が全《すべ》て己に集まったのを見て、青戸屋が頷いた。それから落ち着いた声で、このことを告げるのが今宵一番の目的だったと言い、大事を口にする。

「本日、例の松平外記《まつだいらげき》様の刃傷沙汰について、お沙汰が出ました」

戸田が、平生が、ぐっと眉を上げた。

「もう処分が決まったとは。まだ何日か、かかるかと思うていたが」

「既に各家に、知らせが行ったのか？」

青戸屋がはっきりと頷く。

「そうであったか」

西の丸で起きた刃傷は、近年に無い大事であり、また留守居役達にとって、深く関わりを持った一件でもあった。よって皆は、幕閣がどう処分を下すか、早くに摑もうと活動していたのだ。

だがこの部屋の留守居役達は誰も、未だその沙汰を摑んでいない。いや、幕閣が態度を決めたとの、噂《うわさ》すら聞いていなかった。なのに眼前の札差は、既にその内容を知っていると言い切っている。大竹が苦笑を浮かべた。

「これは、力の差を見せつけられたものだ」

多分、後一日か二日すれば沙汰は噂となり、風よりも早く武家の間を伝わって行くのだろう。しかし留守居役達が事を知りたいと思うのは、まだ噂となる前の、この時であった。

「どうやって、誰から聞き出したのだ？」

岩崎が軽い返答を乞《こ》うかのように、気軽な調子で聞く。だが青戸屋は微《かす》かな笑みを浮かべただけで、その経緯は口にしなかった。

「お沙汰が決まり、各お屋敷に伝えられましたのは、つい先程のことにございます。まだほとんどの方は、ご存じありますまい」

岩崎が、青戸屋の顔を強い視線で見つめながら、問うた。

「その方は先程、我らが襲撃された訳を承知していると言ったな」

そしてその言葉に続き、西の丸の刃傷沙汰の件で、沙汰が出たと言ったのだ。

「あの件と、この度の襲撃とは、関係があるということだな」

「そう考えております」

「つまりだ、本日幕閣より下されたのは、無茶をする者が出るような沙汰だったのだ。そうであろう」

札差が静かに頷く。だが、己が誰よりも先に話を摑んでいると確信していた青戸屋は、貴重な話をゆるりと聞かせ恩に着せる気で、留守居役達を平清に集めたのだ。岩崎が唇を噛《か》んだ。

「全く、青戸屋は狸親爺《たぬきおやじ》よな」

この時横から、赤堀が戸惑うような声を出した。あの大事に沙汰が出たのだから、不平不満を抱く者もいよう。しかし。

「どうして我らに不満が向けられたのだ？」

旗本達に恨まれる覚えは無いと言うと、他の留守居役達も頷いている。

「そうでございましょうなぁ」

「青戸屋、お沙汰はなんぞ、変わったものであったのか？」

戸田が問うと、首を振っている。それから青戸屋は、とにかく幕府が出した結論を話しましょうと、皆の方を向いた。灯台の明かりが、僅《わず》かに揺らめく。

「ご承知の通り、刃傷沙汰を起こされました外記様御本人は、自刃《じじん》されております」

よって松平家への懲罰は、西の丸小納戸《こなんど》を勤めている、父親の松平頼母《たのも》が受ける形となった。青戸屋が、留守居役達を見つめた。

「頼母様は……お役ご免の上、寄り合い入りと決まりました」

ですが、と声がする。部屋内が静まる。

「差し控えには及ばずとのことでした」

差し控え……つまり謹慎などの処分は、下されなかった訳だ。

「ということは、松平家の家名は存続と決まったのか！」

やはり、と短い声が上がった。戸田と赤堀がさっと表情を明るくして、頷きあう。

「一つには、外記様が部屋住であられた故の決定でございましょう」

だが青戸屋によると、寛大なる処分の裏には、もう一つ訳があったらしい。早くに事情を知った松平家の者達は、限られた時を有効に使ったというのだ。

家の存続の為、外記が受けてきた嫌がらせを言い立て金を積み、有力者へなりふり構わず縋《すが》ったという噂であった。その決断が功を奏したのだと、青戸屋ははっきり口にした。

「つまり皆様が、いち早く変事を知らせたおかげで、松平家は家名が存続したのです。江戸留守居役が旗本の家を一つ、救われましたな」

「ああ、上手《うま》くやったのだな」

岩崎が納得の表情を浮かべる。

「松平家の奥様は、やはり、しっかりしたお方であったか」

「奥様？」

美丈夫が珍しく、何とも満足そうな笑みを見せたせいか、青戸屋が一寸きょとんとした顔付きとなる。だが直ぐに言葉を続けた。

「つまり松平家にとって、あの夜旗本屋敷へ来られた岩崎様と間野様は、救いの神のようなものでありました」

沙汰が決まると、救われた松平家の者達は、留守居役達に感謝の言葉を口にしたのだ。

「留守居役方が知らせをもたらした他の家からも、同じような感謝の声が上がったと聞きます。多くの家が、何らかの手を打つことができましたので」

その声は、青戸屋など事の成り行きに注目していた者へと伝わってきた。噂は流れ、さらに広まっているのだ。

そして、事が起こった。

「留守居役の方々が今日襲われたのは、この噂のせいでございますな」

「あん?」

岩崎と赤堀が、一寸驚いたように顔を見合わせる。

「何故《なにゆえ》だ? 我らは結局役に立ったと、今、青戸屋は言ったばかりではないか」

納得しかねる留守居役達に、青戸屋はきっぱり言葉を返した。

「ですから松平家は、多いに感謝の念を抱いておるそうでございます。他にも、涙を流さんばかりに感謝なさっている方々が、おいでになるのです」

まだ沙汰は伝わったばかりだが、そのうち助かった旗本からは、礼の品でも届くかと思う。

しかし、だからこそ事はおこった。

「お考え下さい。あの件に関わりのあった方は、多うございました」

この留守居役同席組合には、たった六人の仲間しかいない。当然のことながら刃傷沙汰について、関わった全ての旗本達へ、知らせになど行けなかった。いや伝え聞いた第一報だけでは、関わりとなった者の名全てを、掴むことすらできなかった筈《はず》なのだ。

留守居役達の眉間《みけん》に、深い皺《しわ》が寄る。岩崎が青戸屋に先んじて言った。

「己の屋敷には知らせを貰《もら》えなんだ者が、腹を立て、我らを襲ってきたと言うのか」

「あのお沙汰を耳にしましたとき、そういうことも起こるかと思いました」

外記に恨まれており、諦《あきら》めて沙汰を受けた者もいただろう。だが中には、どうして己までがこのような厳しい処分の対象となったのかと、呆然《ぼうぜん》とした者もいたと思われた。

「松平家以外の者への沙汰も聞かせてくれ」

青戸屋が頷く。部屋内の者が身を乗り出し、青戸屋の前に寄った。部屋の中程にある二つの灯台の明かりが、壁に多くの揺れる人影を映した。

3

「まず、斬《き》られて亡《な》くなられました、本多伊織《ほんだいおり》様、沼間右京《ぬまうきょう》様、戸田彦之進《とだひこのしん》様のことでございますが」

青戸屋が、確認するかのように名を口にした。

「三人のうち、戸田彦之進様は部屋住《へやずみ》であられた故、家とは関係無しとのことであります」

ただ、彦之進の働きに対して出ていた職禄《しょくろく》の、切米《きりまい》三百俵は召し上げとなった。戸田家にはあの夜、平生が知らせに行っていた。

「戸田家は運が良うございました。ですが沼間家は、絶家《ぜっけ》と決まったそうです」

「絶家……」

沼間家は知行の八百石と家作、屋敷共に召し上げと聞き、留守居役達は寸の間息を呑《の》む。

「やはり、駄目であったか」

「やはりと申されますと？」

青戸屋の問いに、平生が渋い表情を浮かべる。

「外記殿が最初に斬ったのは誰か。後で話を集めたところによると、本多殿という話も聞こえてきた。だが我らがまず聞いた時には、沼間殿ということであった」

思いもよらぬ襲撃を受け、沼間はあっさり外記に斬り殺されたのかもしれない。だがもし、最初に襲われた沼間が外記をもっと止めていれば、あそこまでの大事にはならなかった筈であった。

そんな風にいわれてしまっては、殺された側は浮かばれない。しかし、後にその行状を幕閣に問われたとき、そういう話が出てきそうな危惧《きぐ》があったのだ。

そして実際沼間の家は、全てを召し上げられ、絶家と決まった。

「主《あるじ》が突然斬り殺された上に、このお沙汰はきついな」

灯台の火が有るか無しかの風になびきつつ、留守居役達の顔を照らす。皆、刃傷沙汰の知らせを聞いただけで、浮き足だった旗本の家中を見たばかりであった。沼間家がどうなっているか気になる。理不尽だと、怒りに震えている者がいるやもしれない。老いた身の明日が分からず、座り込んで声もない者の姿が、見えるようであった。大竹が眉間に皺を寄せる。その様子を、青戸屋がじっと見ていた。

「実は絶家を言い渡されたお方が、もう一方おられます」

そう話が続くと、大竹が小さく「あっ」と声を上げた。

「もしや本多家も、絶家となったのか？」

斬り殺されたのは三人。部屋住の戸田はともかく、沼間家が絶家と決まったのであれば、本多家の運命も危ういと推察できた。後日聞こえてきた噂では、五十八歳の本多伊織の首は、外記に斬られた時、一間ほども宙を飛んだのだという。

渋い顔の大竹へ、青戸屋が確認を入れる。

「あの夜大竹様は、まず本多家へ知らせに行かれたと聞きますが」

「おや、青戸屋はそのことも知っておるのか。亡くなった本多殿と当藩は、付き合いがあったのだ。このままでは死に切れぬかと思い、何とかしてやりたくてな」

だから他の留守居役から、無駄手間になるかもしれぬと言われたが、大竹は一番に本多家へ知らせに行った。だが、それでも……。

「本多様は知行八百石、召し上げと決まりました」

さっと大竹の顔が強《こわ》ばる。しかしここで青戸屋が「ですが」と言って、にこりと笑った。

「御養子右膳様に、両番勤、部屋住切米三百俵を家禄として下されました。屋敷、家作ともそのままということでございました」

「絶家をまぬがれたのか」

大竹の声が一段、明るくなった。その横から、赤堀が急ぎ問う。

「青戸屋、では絶家となった家は、どこなのだ？」

「実は、神尾家が改易絶家と決まったそうで」

「神尾五郎三郎殿か！　噂を後で聞いた。あられもない格好で後ろから斬られ、重傷だそうだな。あげく身分の軽き者に助けられ、蘇鉄之間《そてつのま》まで逃げて行ったとか」

神尾は、休んでいたところを背後から斬られ、刀で応戦もできなかった。その上、御殿の方へ逃げたということが、厳しい咎《とが》めに繋《つな》がったらしい。

ここで青戸屋が、小さく息を吐く。

「ですが、日頃外記様を大いに嘲笑《ちょうしょう》しておられた、曲淵様の家、安西様の家は、絶家にはなりませなんだ。御両名とも、何故だかあの日は勤めを休まれており、西の丸にはおられなかったとかで」

しかしそれでも、その行状は上まで届いたとみえ、両人とも御番のお役を免職となった。屋敷も旗本の集まる番町から、田舎の地に変えられたのだ。先日まで外記を嘲笑し他にも数多《あまた》の者が、お役をご免となり小普請《こぶしん》入りとなった。一夜にして変わったのだ。

無視し、見て見ぬ振りをしていた者達の人生は、一夜にして変わったのだ。

今回の件では、亡くなった三人の他に、書院番の者だけで二十一人が処分された。禄《ろく》が大いに減り、その上出世の道から外れてしまった者が、多く出た。

「泊まりだった書院番の方で、お役に残ったのは三人のみと聞きます」

ここで青戸屋が、留守居役達の顔を見る。

「大勢の方が処分されたのです。納得できぬ方は多いでしょう。その家の陪臣方は尚《なお》更《さら》に」

つまりこの刃傷沙汰は、割り切れぬ思いで満ちているのだ。

「その上、理不尽な嫌がらせを受け続けていたとはいえ、手を下した側の松平家は、絶家となりませんでした。どこぞの御留守居役がいち早く、松平家へ事を知らせたからだとの噂が、当方に聞こえて参りました」

「なるほど。人殺しを庇《かば》った奴は許せぬ。そういう考えを持った者がいたのだな」

赤堀がうめく。襲われた側の多くに知らせは届かず、事に気付いたころには時遅しとなっていた。その無念が今、六人の留守居役に向かっている。不公平だと、どうして己の屋敷には知らせに来なかったのかと、無言の怒りが沸き立っているのだ。

市中をうろついていたのは、絶家となった旗本の家の者だろうか。それとも、明日から暮らす家すら、まだ探せぬ者かもしれない。

「馬鹿なことを。己が斬られるかもしれんのに」

赤堀は言い捨てたが、その声は低い。皆の表情も、堅く強ばっていた。

その時であった。

料理屋平清の玄関の方角から、突然大きな声が上がったのだ。皆がさっと廊下の方へ顔を向ける。

岩崎と赤堀が素早く立ち上がると、障子を開け、今の話を立ち聞きしていた者がいないか、確認に出た。声は、廊下の先にある階段の下から聞こえていた。仲居が急いで上がってくる。仲居は奥の部屋の方へ小走りにゆくと、客の名を呼んだ。

「おや、今日は玄広《げんこう》様がおいででしたか」

青戸屋が岩崎らの後ろまで来て、声のする方に目をやっていた。玄広とはどういう者かと戸田が問うと、服部《はっとり》玄広は深川辺りに住まう医者なのだと答えた。

「医者？」

見ていると、羽織を来た男が視線の先に現れ、仲居の後に付いて階段を下りて行く。

「何事があったか、確認してくれ」

平生が声を掛け、頷《うなず》いた岩崎と赤堀が素早くその後を追った。平清は留守居役達が豪遊する聞番《ききばん》茶屋だ。接待する側、される側、共に名のある者が多い。

「ここで病人が出たとしたら、名前くらいは摑《つか》んでおきたいな」

病人が幕政に関わる者であったら、留守居役としては見舞いに行かねばならぬと、赤堀が言う。また、万一重要な人物が重病であれば、幕府の政策すら変わるやもしれない。そのことへの対応も必要であった。

「やれやれ、あれこれ起こる日だ」

ため息をつきつつ、医者が奥の一間に入ったのを確かめてから、岩崎は膳を手に通りかかった仲居を呼び止める。心付けを渡し、奥の間にいる客の名を聞き出そうとしたのだ。

だが岩崎は、寸の間惚《ほう》けたような表情を浮かべると、仲居に話をするのも忘れ動きを止めた。医者の入った部屋から出てきた者を見つめた時、横で赤堀が驚きの声をあげた。
「何と、間野新之介ではないか！」
今日は姿を見せぬと思っていた新米留守居役が、平清の一階にいたのだ。
「さては帰宅してから上屋敷で言付けを聞き、急ぎ参ったか」
部屋でも間違えたのかと、赤堀が声をかけようとしたが、直ぐに止める。そのとき
また部屋の障子が開き、中から小柄な姿が現れると、新之介に話しかけたのだ。
二人は何やら親しげな様子であった。そのうち男が、新之介に軽く頭を下げたのを
見て、岩崎の片眉《かたまゆ》がぐいと上がった。
「あの男は……」
見ている間に、今度は新之介がにこやかに頭を下げ、相手の男はよろけるような足
取りで、部屋内に消える。その場から新之介が玄関の方へと向かうのを見て、岩崎は
急いで先回りをした。そして曲がり角の先に身を隠すと、暢気《のんき》な顔でやってくる新米
留守居役の前に、足を差し出したのだ。
新之介は見事に転んで、平清の磨き抜かれた廊下に這《は》いつくばった。

4

「方々、暢気な新米留守居役が今頃、顔を出してきたぞ」

寸の間の後、岩崎に耳を引っ張られた新之介が、平清の二階の間に顔を出す。医者を追っていった岩崎達が、新之介を連れて帰ってきたものだから、部屋内には驚きの声が上がった。

「おやおや、これは思いもよらぬことで」

留守居役達だけでなく、青戸屋が嬉《うれ》しげな声を上げたので、新之介は目を丸くする。

「あの、今日はもしかして、こちらで会合があったのでしょうか」

「御身は早くから出かけていた故《ゆえ》、青戸屋からの招待を受け損ねたのだ」

「そうでしたか。済みません」

ここで岩崎が新之介を、いささか乱暴に座の真ん中に据えた。

「皆、聞いてくれ。間野は今、医者が入っていった一階の部屋の前で、毛利の栗屋殿《くりや》と話しておった」

「栗屋殿？」

部屋内に、低いざわめきが起こる。

「あの、皆様は栗屋殿をご存じなのですか？」

言った途端、皆の強い視線を受け、新之介は何故《なぜ》だか、留守居役組合へ出た初回の時のように緊張した。

「いやその、勿論《もちろん》皆様なら、他の留守居役のことくらいご存じでしょうが」

素直に謝ってみたが、座の緊張感はどうにも取れない。するとここで、いつも一番落ち着いている大竹が、新之介に酒杯を差し出してきた。「これはどうも」一杯胃の腑《ふ》に入れると、暖まって落ち着く。ほっと息をついたとき、大竹は優しそうな顔付きのまま、さて料理屋の二階にいる病人は、誰なのかと問うてきた。

「あの、病人とは一体……」

新之介がそらっ惚《とぼ》けた返事をすると、岩崎が新之介の首にさっと腕を回した。そして背後から、思いきり締めてきたのだ。

「ひ……ぐえっ」

前のめりとなり、驚いて引き剝《は》がそうとするが、腕の力は強く振り解けるものではない。ここで頭の後ろから、岩崎の疑り深い声が聞こえてきた。

「間野はどうして、大広間《おおひろま》席《せき》組合の留守居役、栗屋殿と、親しげに話しておったのかな」

「大広間席組合？」

問い返すと、しらを切ったと思ったのか、岩崎が腕に込める力を強めた。新之介が慌《あわ》てて、かすれ声で、病人ではなく怪我人《けがにん》を平清まで送ってきたのだと喋《しゃべ》ると、岩崎がつまらなそうに腕をゆるめた。咳《せき》が出る。

「やれ、簡単に降参したものだな」

もうしばらく遊ぶことができれば、もっと気晴らしになったのにと岩崎に言われ、新之介は慌てて委細を話し出す。

「今宵道で、怪我をされた栗屋殿と行き会ったのです。平清へ来る途中だと言われました。上屋敷へゆくより近いと言うので、付き添って来ました」

一旦《いったん》言葉を切った新之介は、恐る恐る留守居役仲間に目を向け、問うた。

「栗屋殿は、あの大藩、長州藩の留守居役なのですか」

すると戸田の口からため息が漏れる。

「お前、同道する相手の身分を聞かなかったのか？　栗屋殿の駕籠《かご》は、町人や下級武士が乗るような代物《しろもの》ではあるまいに」

「あ……そうでした」

新之介がうなだれて畳を見つめる。昼間であれば、駕籠の豪華さへもっと目がいったかもしれない。しかし、夜たまたま行き会った相手が、三十六万九千石、大大名長州藩の留守居役だとは、思ってもみなかったのだ。

「大広間席組合の留守居役と親しく話したのは、今宵が初めてです。でも会合が、たまたま同じこの平清で開かれておりまして、幸運でした。こうして皆様に会えました故」

新之介は努めて明るく言った。だが話を聞いた五人の留守居役達も、何故だか青戸屋までも、渋い顔のままであった。「あの、何か?」新之介が小さく首を傾《かし》げると、赤堀がぐっと顔を近づけてくる。

「おい、間野。我らを誤魔化《ごまか》そうと思うのは、十年早いと思わんのか?」

正面からそんなことを言われ、新之介は首をすくめた。

「誤魔化すなど。どうして私が、空言を口にしたと言われるのでしょうか」

「話が妙なことが、己で分からんのか? 栗屋殿は年に千両を使うと噂《うわさ》される、大藩の留守居役だぞ。たまたま足を痛めたとしても、立派な駕籠に乗って平清に来れば難儀はない。供の者達もいたはずだしな」

なのに何故初対面の新之介が、栗屋を料理屋へ送ってくることになったのか。そこを省いて隠すから、一同が厳しい目を向けてくることになるのだと言われ、新之介は座の中で身を縮こまらせた。岩崎が僅《わず》かに身を動かすと、新之介が後ろへ飛び退《の》く。

「済みません、済みません。その……言わないでくれと頼まれたことがあるのです」

「栗屋殿にか？」

頷いた途端、岩崎が頭に拳固《げんこ》を振り下ろしてきた。他の留守居役組合に属する者の言うことを、優先させてどうするというのだ。

新之介がうめく様子を見て、平生が小さく首を振っている。黙り通すことは叶《かな》わぬと知り、新之介は急いで経緯を話し出した。

「実はそろそろ、西の丸の一件に沙汰《さた》が出る頃と思っておりました」

よって新之介は最近、表坊主《おもてぼうず》達の家へ菓子持参で顔を出し、城中の噂話を聞くようにしていたのだ。新之介の顔見知りの中で、あの一件の沙汰を一番に摑む者がいるとしたら、表坊主だと思ったからだ。この話を聞き、青戸屋がすっと目を細め新之介を見てくる。

「ほう、間野様はそういうことを、なさっておいでででしたか。ほおお……」

新之介はその用で、今日も出かけた。すると暗くなった帰り道、武家地で剣呑《けんのん》な悲鳴を聞いたのだ。その時駕籠かきが、新之介の目の前を走って逃げて行った。

「何があったのかと、声のした方へ駆けつけました。すると暗い中、刀を抜いた侍の姿を見ました」

咄嗟《とっさ》に大声を出し騒いだら、男はその場から走って去った。そこまでは良かったが、襲われた栗屋は足を捻《ひね》っていた。そして物騒な男と対峙《たいじ》したおり、相手に着物の背を斬られていたのだ。

怪我は無かったものの、賊に背を向けたと人に知られれば、武士として大きな恥となる。だから栗屋は新之介に、夜の出来事について、黙っていてくれるよう頼んできたのだ。

「栗屋殿が、供が一人、川に落ちたと言いました。それ故もう一人の供は仲間を捜しに行き、私が駕籠かきを連れ戻して己の明かりで照らし、栗屋殿に付き添いました」

賊が再び、暗闇《くらやみ》の中から襲ってくるのではという懸念《けねん》もあったからだ。それで新之介は、平清まで来ることになった。

「その、私は栗屋殿に、今宵のことを話さないと約束したのです」

だから皆もこの話、心にしまっておいてはくれぬかと、新之介が頭を下げる。

しかし部屋にいる者は誰も、諾とは言ってくれなかった。いや、不承知と言われたのではなく、部屋内の話はあっと言う間に、先へと進んでしまったのだ。岩崎の言葉に、平生が首を振っている。

「今宵、栗屋殿も襲われたとは、どういうことかのう。他の留守居役組合の者へも、怒りが向かったということか？」

「あの……栗屋殿も、とは？　どういうことなのですか？」

戸惑う新之介の問いより、栗屋への疑問に皆の関心は向いているようで返事がない。

青戸屋が首をひねった。

「栗屋様が、あの西の丸の件に口を挟んだという話は、聞きませぬが」

それとも鬱憤《うっぷん》を晴らしたい者が、相手は誰でも良いからと、偶然通りかかった栗屋へ斬りかかったのだろうか。だが栗屋の一行には、駕籠の担《かつ》ぎ手達と二人の供がいた。つまりその場には、五人の男がいたのだ。並の考えを持つ者ならば、もっと手出しのし易《やす》い相手を選ぶであろうと、戸田が言う。

その時、岩崎が、口の端をひん曲げた。

「こういう考えはどうだ。ひょっとして栗屋殿は、間違われて襲われたのではないか」

「へっ？」

岩崎が、急に新之介を見て、問うた。

「間野、出先で栗屋殿と出会い、そのまま平清へ来たのであろう。己の供の者達はいかがした？」

江戸留守居役であれば、駕籠に乗り、駕籠かきや若党、草履取りなどを連れていた筈《はず》であった。平清に頼んで、供の者達を台所にでも置いてもらっているのかと聞くと、新之介の首筋が僅かに赤くなる。

「実はその、訪ねた先は大して遠くもありませんでしたし……駕籠には乗りませなんだ。歩いて行ったのです」

だから、駕籠かきはいない。

「ほお、では供はどうしたのだ？」

「ですからその、行った先が近かったので」

「おいおい、留守居役ともあろうものが、供も無しで出歩いたのか！」

大竹が呆《あき》れたような声を出すと、新之介は顔まで赤くし、身を小さくする。お役についたばかりで、駕籠に乗り慣れておらぬから、歩く方が楽であった。部屋住としての暮らしが長く、供を伴うのも気疲れするので、今でも、さっさと一人で出かけるのが気軽なのだ。だが家の者にそんなことを言ったら、説教されると分かっている。だからつい、黙って屋敷を出てしまう。

岩崎がため息をついた。

「この頼りなき男が、一人でとぼとぼ夜道を歩いておったら、とても多々良木藩の留守居役には見えまいよ」

だから賊は相手を間違えたのだと言うと、他の留守居役達は大きく頷いた。

「あの、間違えたとは、どういうことなのでしょうか？」

ここで新之介が赤い顔のまま、もう一度尋ねる。岩崎の拳固が降ってくるかとも思ったが、大竹が苦笑を浮かべつつ、話の訳を教えてくれた。今宵仲間の三人が襲われたと聞き、新之介は目を見張った。

「多分間野も、他の留守居役と同様、襲われる筈だったのだ。だから剣呑な男が、間野の帰り道に現れたのだろうさ」

だがその時新之介は、身分のある武士にあるまじき一人歩きをしていた。よって賊は、たまたま近くを通りかかった、どこから見ても立派な留守居役を襲ってしまったのだ。昼間なら家紋で別人と分かったかもしれぬが、全《すべ》ての景色が闇に沈んだ刻限であった。

「つまり賊は、刃傷沙汰《にんじょうざた》の件の関係者かの」

大竹の言葉を聞き、平生が頷く。

「そうであろうな。留守居役達が松平家へ、助け船を出したことを知っておるのだから」

こんなことなら、伸《の》した男を捕まえておくのだったと、平生は首を振った。

「やれやれ、これでは当分用心が必要だな」

留守居役達はため息をついたが、いかんともしがたい。話が終わると青戸屋が笑みを浮かべ、憂《う》さ晴らしに酒を飲もうと言い出した。

「せっかくお集まり頂いたのです。熱いのを一杯やり、気を晴らすのが良いかと」

「それがいい。まだろくに食べてもおらぬわ」

岩崎が手を打って人を呼んだが、人払いをしたせいか仲居が顔を出して来ない。では己が酒や肴《さかな》を頼んでこようと、青戸屋が気軽に席を立った。

だが台所が混んでいるのか、あっさり銚子の酒が無くなっても、青戸屋が帰ってこない。仕方なく一番新米の新之介が腰を上げ、様子を見に一階へと下りていく。

他の部屋でも接待が行われているのか、障子の向こうから、三味線の音と笑い声が聞こえてくる。城ではあるまいし、迷うほどには広くない平清の一階で、新之介は青戸屋を見つけかね、台所の方にまで歩を進めた。酒を頼むならば、ここだと思ったのだ。

5

その時、急に袖《そで》を引かれた。

「やっ、これは青戸屋」

どうして早々に戻ってこなかったのか、人が忙しく出入りをする台所の脇《わき》に、青戸屋は立っていた。だが新之介はここで、うんざりした表情を浮かべる。新之介と向き合った途端、青戸屋があれこれ言ってきたからだ。

「多々良木藩のお屋敷へ何度も使いを出しましたのに、お返事がありませぬな」

この札差は、兄の元許嫁《いいなずけ》千穂と知り合い、心を寄せている。そして、その千穂が心に抱くわだかまりをほぐし己の妾《めかけ》にしようと、新之介に頼み事をしていた。どうして新之介の兄が亡《な》くなったのか、何故千穂の父入江が藩を出たのか、青戸屋は知りたがっているのだ。余程千穂に惚《ほ》れているらしく、さっさと知らせて欲しいとせっついてくる。

（簡単に分かるようなことではない！）

単純な話ならば、そもそも新之介自身が兄のことで、思い煩《わずら》うことも無かった筈であった。新之介は眉間《みけん》に皺《しわ》を寄せ、青戸屋を見る。

「私には、留守居役としての仕事がある。青戸屋の頼み事だけに、関わっている訳にはいかぬよ」

財政心許《こころもと》ない多々良木藩のことを考えるのが、まず一番の仕事だ。それが新之介の仕事なのだ。

すると、口を尖《とが》らせた青戸屋が、懐《ふところ》から紙入れを取り出してくる。新之介がぐっと、眉間に皺を寄せた。

「おい、金をちらつかせても無駄だ」

青戸屋が顔を酷《ひど》くしかめた。

そもそも新之介は、金持ちが女を妾にするための調べなど、やりたくもなかった。そのせいか青戸屋に報告をすることが、とんと見つからないのだ。よって店からの使いが、多々良木藩上屋敷へ訪ねてきても、多忙を言い訳に会わぬことも多かった。

（真実忙しいのだから、仕方がない）

しかし青戸屋は、今日こそ引き下がらなかった。子供に言い聞かせるように、こう言ったのだ。

「ああ、留守居役のお仕事に慣れたのか、もう素直ではありませんね。仕方がない、では間野様が今、一番知りたいと思うことを、教えて差し上げましょう」

だから頑張って調べて下さいまし、などと青戸屋が言い出したものだから、新之介はあきれてため息をつく。

「は？　私が今何を欲しがっているのか、お主に分かると言うのか」

当の本人ですら当惑するような問いの答えを、他人が知る訳が無い。すると思いがけず、はっきりとした答えが差し出されてきた。

「知りたいこと、それは……お手伝い普請《ぶしん》のこと、でございましょう?」

新之介は大きく目を見開き、思わず青戸屋の腕を摑《つか》んでいた。側《そば》の台所で交わされる多くの声が、遠のいてゆく。

「何か知っているのか?」

まさかと思う。青戸屋の商いの相手である直参《じきさん》達は、大名達が受けるお手伝い普請と、関わりがない。(だが)疑う心も出てくる。

(幕閣から漏れ出た話を、旗本の誰かが摑んだのではないか。もしや青戸屋は、それを聞いたのでは)

迷う。青戸屋は本当に、何か知っているのだろうか。ならば知りたい。本心から、切実に知りたい。知らねばならない!

「青戸屋、おぬしは……」

言いかけた新之介が、その時青戸屋の腕を思いきり己の方へと引いた。青戸屋の頭があったとおぼしき辺りを、手ぬぐいを摑んだ手が薙《な》いで通った。危うく手ぬぐいでひっぱたかれそうになった青戸屋が、「ひえっ」と短く声を出す。その背後に、何故《なぜ》だかここには居ないはずの、岩崎の顔の幻影が見えた気がした。

「い、いや、違う」

手ぬぐいも岩崎も本物だ。不機嫌そうな顔をして、こちらを見ているではないか。

「男が二人、料理屋の台所の前にしけこんで、何をやっておるのだ?」

岩崎が低い声で聞いてくる。もう酒が切れたことに、我慢ができなくなったのであろうか。いやこの早さだと、新之介が出た直ぐ後、部屋を出たとしか思えなかった。

「青戸屋、おなごに夢中となるのは勝手だが、留守居役の仕事をかき回すではない」

仲間の留守居役の迷惑となったら、神田川へ蹴《け》り落とすぞと岩崎に言われ、青戸屋は唇を引き結んでいる。

「おぬし千穂殿の話をする為、新之介を二階まで呼び出したな。その為にわざと、なかなか戻らなかったのだろう?」

新之介は留守居役組合で一番新米故《ゆえ》、戻らない青戸屋の様子を、真っ先に見に行くことになる。それを承知していたのだ。

「よって私は新之介になり代わり、今、一発喰らわせようとした訳だ」

新之介が目をぱちくりとさせる横で、岩崎は当然のような顔をして言葉を続ける。

「それで青戸屋、次のお手伝い普請について、何を知っているのだ?」

軽く尋ねるその口調が、何やら怖い。しかし青戸屋は、喋《しゃべ》っても何の利にもならぬとみてか、勇敢にも一回首を振った。岩崎の整った顔から表情が消える。

（岩崎殿が青戸屋に、本気で拳《こぶし》を振るう気になったら、庇《かば》わなければ……ならぬかな？）

一発喰らわせたら、お手伝い普請について知っていることを白状するのであれば、青戸屋を放っておきたい。しかし殴れば青戸屋が何かを言うという確証は無い。いや意地でも、何も教えなくなるかもしれない。

（庇ったら私が、代わりに殴られる羽目になるのか）

うんざりはしたものの、新之介は仕方なく、総身に軽く力を込め身構えた。料理屋の中では刀など抜かぬだろうが、岩崎の拳を止めるのは大変だとも思う。再び静かに口を開いた時、岩崎の総身から隙《すき》が無くなった。

「青戸屋、もう一度問うが、次のお手伝い普請について知っていることはあるのか？」

三人の間は、緊張に包まれていた。誰も口をきかずにいると、段々と息苦しくなってくる。岩崎と青戸屋、どちらが先に喋るのだろうか。いや、言葉よりも先に、岩崎の拳固《げんこ》が繰り出されるのかもしれない。その無言は更に続いた。

そして。

「……いや参りました。やれやれ」

先に息を吐き出したのは、青戸屋であった。顔をしかめると、分かっていることは少ないと白状した。

「ただ、今回は大きな工事になるということだけは、知っております」

掛かる金額も大きい故、今回のお手伝い普請を逃れようとする大名家も、多かろうと思われる。よって事が外に漏れるのを幕閣は嫌うのだろうと、青戸屋は口にした。

「工事をする場所が分からないか？」

「いいえ岩崎様、本当に何時《いつ》になく、確かな話が聞こえてこないのですよ」

一気に喋ってしまうと、青戸屋はほっとした顔付きをする。新之介もやっと、手足に込めた力を抜き息を吐いた。岩崎が苦笑する。

「その程度の話では、何の足しにもならんな」

やれ詰まらんと言ったので、青戸屋が不満を漏らした。

「何としても言えとおっしゃるから、正直に申しましたのに」

するとこの時、三人が肩の力を抜くのを待っていたかのように、階段の近くから声がかかった。

「おおい、酒はまだ用意できぬのか。人払いをしたから芸者もおらぬし、あれでは座が持たぬわ」

軽い歩みで近寄ってきたのは、平生であった。だが台所の前まで来ると、酒のことなどそっちのけで、新之介に笑いかけてくる。

「間野、今のやり取り見ておったぞぉ。おぬしはやはり、皆に思われているより腕の立つ者であろう？」

「は？」

寸の間、新之介は呆然《ぼうぜん》とした顔付きとなる。横にいた岩崎は顔を歪《ゆが》めると、言葉の訳を平生に尋ねた。

「某《それがし》に何度も、あっさり殴られている間野だぞ。どうして腕が立つと思うのだ？」

新之介は身内からも、弱いといわれている。その男の腕を何故認めるのかと岩崎に問われ、平生は新之介の足の運び、腰の入れ方を褒めた。今日平生を襲い、あげく伸されてしまった男より、遥《はる》かに腕は立つ筈《はず》だという。

「大体、先ほどの話を考えても見ろ。今日栗屋殿を襲った賊だが、夜道に間野が現れたからといって、栗屋殿を斬《き》りもせず逃げると思うか？」

男は五人もの相手に、一人で斬りかかった者なのだ。あと一人増えたからといって、あっさり引くとは考えにくい。

「我は割って入った間野が、結構な腕前を見せた故、賊が引いたのだと思っている」

新之介は、先程も岩崎が振り回した手ぬぐいから、青戸屋を救ったではないかと、平生が言う。岩崎はなかなか納得しなかったが、平生は言いつのる。

「我の言葉を疑うのか？　ならば試しに今から、青戸屋を殴ってみよう。そういう訳だから新之介、おぬしはちゃんと庇えよ」

平生は物騒なことを言うと、その言葉がまだ終わらぬうちに、仰天し固まった青戸屋の顔へ、本当に拳固を突き出したのだ。

「ひええっ」

悲鳴を上げたのは新之介の方で、咄嗟《とっさ》に青戸屋の両腕を摑むと、死にものぐるいで体を引っ張る。だがここで黙っていなかったのは、岩崎であった。平生を避けた二人の足を、横から払ったのだ。

よろけた新之介は思いきり顔をしかめ、そのまま岩崎に倒れかかる。そして摑んでいた青戸屋の体を、岩崎に押しつけたのだ。「おおっ？」思いも寄らぬものを託された岩崎が、面食らった表情で青戸屋を支えたその時、平生の一撃が、もう一発繰り出された。岩崎がかろうじてそれをかわす。

「わっ、何で某が青戸屋を庇うんだ？」

いつの間にやら争う相手は、綺麗《きれい》に入れ替わってしまっていた。

そして新之介は……一人剣呑《けんのん》な殴り合いの場から離れると、くたびれた表情で台所の方へと歩んだ。それから、突然暴れ出した侍達に驚く料理屋の者達に、どっさりと酒肴《しゅこう》の注文を出した。

「あの、酒も肴《さかな》も景気よく運んでくれ。二階の、青戸屋がいる部屋だ。支払いは全て、青戸屋がする」

「はぁい、それじゃあ一番のものを」

仲居の明るい声が響くと、さっそく台所で銚子が揃《そろ》えられ、樽《たる》から酒が汲《く》み出される。新之介がここで深く頷いた。

「そうさな、今日はあれこれかき回された故、青戸屋に、思いきり馳走《ちそう》になるべきだという気がする」

己の好物である蜆《しじみ》の和《あ》え物と、香の物をたんと出してくれるよう頼んでから、振り返る。すると岩崎の険しい表情と、平生の面白がっているような顔、それに目を回し呆然とした青戸屋の姿が、目の前に並んでいた。平生が大きく笑う。

「なあ岩崎、新之介は面白い腕を持っていただろう？」

だが当人はこの言いようを聞き、平生へ向け首を振った。今は岩崎が手を出してきたので、却《かえ》って何とかなったのだ。

「私はちゃんと心得ております。私は兄千太郎のようには、諸事できぬのです」

兄の方が、剣の腕が優れていた。馬を習うと、兄のいうことなら、馬は素直に聞いたといわれた。家族からも、兄であったら勉学のことは心配せずに済んだのにと、ため息をつかれた。

「慢心が無いことだけが、私の良いところでしょうか」

何しろ物心ついた時からずっと、優秀な兄と比べられて育ったのだから。すると岩崎が、一寸青戸屋と顔を見合わせる。やがてうんざりしたかのように、顔を歪ませた。

「なるほど、間野は亡き兄上を、未《いま》だに日々思い出しておるのか」

「千穂さんは、間野様は結構、腕が立つと話してましたよ」

ここで平生があきれたような声を出す。

「間野は何でそんな阿呆《あほう》なことを、しておるのだ？」

この世に居ない者と我が身を引き比べるなど、馬鹿馬鹿《ばかばか》しいことだと言い捨てる。大体死者はもう失敗はしない。比べたところで、生きてじたばた迷っている者が敵《かな》うわけもないと、平生は言い切った。

「そんな考えは止《や》めるんだな。阿呆らしいばかりだ」

「いや、急にそう言われましても。私は兄のことを、尊敬しておりましたし」

新之介が顔に戸惑いを浮かべた時、大量の酒や肴の用意ができたらしく、運んで良いかと台所から声がかかった。

「やれ、やっと宴会らしくなりそうだ」

ほっとした顔の平生が、酒だ酒だと言いつつ、さっさと二階へ戻って行く。いささか疲れたと言いながらも、青戸屋は芸者を寄越すよう店に声をかけてから、後に続いた。肩の凝った思いの新之介がその後に続くと、岩崎が「阿呆」と短く言って、新之介を追い抜いて行った。

6

青戸屋が取り仕切ったその夜は、懐《ふところ》具合を心配しなくともよい宴会であった。おまけに、留守居役達にとっては珍しくも、直接利害が絡《から》む接待ではない席であった。

そのせいか、皆が胃の腑《ふ》に流し込んだ酒の量は、並ではなかった。新之介は以前、己は人並みに飲めると思っていたのだが、今回その考えを撤回した。他の留守居役仲間と比べたら、己は遠慮がちに少々飲み、小鳥のようにしか食べない者であったのだ。

そして。

「……いたたた」

頭の中を暴れ馬が駆け回った一日目は、全く食べることができず、厠《かわや》へ立つことすら辛《つら》かった。二日目、どうやら己は大病したのではなく、二日酔いの最中なのだと得心する。それでも庭で烏《からす》にばかぁと鳴かれただけで、頭に響いて布団《ふとん》の中で突っ伏した。三日目、何とか家族とまともに話ができるようになった時、多々良木藩上屋敷へ来客があった。

客の名を聞いた途端、新之介は布団の中から飛び起き、寸の間頭を押さえうめいた。やって来たのは松平頼母、刃傷沙汰《にんじょうざた》の果てに亡《な》くなった、松平外記の父親であった。とにかく、何時にない程素早く身支度を済ませると、居間に顔を出す。すると頼母は、新之介に深く頭を下げてきた。

そして家が存続できたことを報告し、それは丁寧に礼を述べる。これはひとえに新之介と、その留守居役仲間のおかげだと、畳に頭を擦《こす》り付けんばかりにして言ったのだ。

「いや松平家のことを最初に気に掛けたのは、表坊主《おもてぼうず》の良順《りょうじゅん》殿でして」

松平家の存続を聞き、安堵《あんど》した気持ちを伝えてから、新之介が正直に言う。すると頼母は、僅《わず》かに笑みを浮かべた。

「そのことは、外記へ線香をあげに来て下さった、良順殿からもお聞きしました。江戸城の台所で、間野様とお会いしたとか」

松平家にとってその出会いは、望外の幸運だった。新之介こそ松平家を救ったその人であると、頼母は言った。今回の件では、絶家となった家が二つも出たのだ。いくら部屋住であったとはいえ、刀をふるった側の松平家が生き残れるとは思えず、頼母は家族の身の振り方まで、考えていたのだという。

「本当に、ご尽力ありがとうございました。これで家の者を守ってやれます」

孫達が一人前となるまで、祖父である頼母が、頑張って家を繋《つな》いでゆくのだ。言葉の端々からその決意を読みとり、新之介は深く頷《うなず》くこととなった。

「ところで」

とりあえずの礼が終わったとき、頼母が居住まいを正した。

「本当であれば、こちらへは心よりの礼として、どれ程の金品を贈りましても、足りぬ程であります」

何事に付け、筋を通しきちんと贈り物をしておくのは、気持ちの表れであり、また武士の礼節でもある。

「しかしお恥ずかしいことに当家は今、手持ちの金子《きんす》を使い切ってしまい申した。間野様から連絡を頂いた後、沙汰を受け取るまでの間に、家を守る為、あれこれ使いました故」

掛け値なしの、すっからかんであった。おまけにお役も失い、跡取りが稼いでいた禄《ろく》もなくなった。これから松平家はしばし、家にある品を売って、何とか過ごさねばならぬ状態となったのだ。

新之介は、僅かに笑みを浮かべる。

「勿論《もちろん》、そのやり方が正しゅうございました。あの夜そちら様の嫁御にも、そうなさるよう進言したはずでございます」

家さえ残れば、後々何とかなろう。孫がいずれ、お役につくこともあるかもしれない。新之介達はそう思い、松平家へ対処の仕方を話したのだ。

「よって、礼の心配などご無用に願います」

こちらも金品目当てでやったことではない。そう言って新之介は軽く手を振ったが、頼母の方が何もできぬということに、引っかかっているようであった。

そして頼母は、一つ思いついたことがあると言った。多分、大層重要な話になるはずだと、わざわざ付け加えた。

「そちらは大名家の、江戸留守居役であられる。さすれば、知りたい事情がおありではないだろうか」

松平頼母は、西の丸様からも声を掛けられる立場にいたのだ。よって幕府中枢《ちゅうすう》で決まった案件が、耳に入ることもあった。

ここで頼母の声が、すっと低くなる。

「囁《ささや》かれております、お手伝い普請の噂《うわさ》はご存じでしょうか」

その一言をきいた途端、新之介の身がぐっと前に乗り出した。今まで、あの青戸屋でも摑《つか》めておらぬ話、そして新之介が心の底から、何としても聞きたいと思っている話であった。その話題が、思わぬ時に語られたのだ。

「あの、何ぞご存じなのであろうか。是非、是非にお聞きしたい」

頼母は重々しく一つ頷き、たまたま耳にしたという話を口にする。いよいよ探し求めていた話を聞くのかと、新之介は膝《ひざ》の上で拳《こぶし》に力を込めた。頼母の語る声が、静かに耳に入ってくる。

「この先、印旛沼《いんばぬま》のお手伝い普請が言いつけられることになるでありましょう」

「……印旛沼？」

そう言われても、お役について日が浅い為か、場所すら直ぐには思い浮かばない。

頼母が僅かに笑みを口元に浮かべ、下総《しもうさ》の国、印旛郡にある大きな沼だと教えてくれた。長さ七里、幅は二里程、長門川《ながとがわ》によって、大河利根川《とねがわ》とつながっている。

「印旛沼の治水、それに新田の干拓工事をすることになりますな。印旛沼は、以前にも普請が行われたことのある場所でございます」

「その普請、もう正式に決定したのでしょうか？」

問うと、まだではあるが、話は煮詰まってきているという。それは青戸屋が摑んだ話と、とてもよく似ていた。頼母はここで、さらに声を落として言った。

「この度のお手伝い普請は、請け負わされた大名家にとって、負担が大きいものになるやもしれません」

よって何としても、お逃げなさいましと頼母が言う。その一言を聞き、新之介は総身に震えを走らせた。

「ここ暫《しばら》く、お手伝い普請を言い付かった大名は、金子を出せばようございました。工事は他の者が請け負ったのでございます」

しかし頼母は、この度の普請は、そうはいかぬかもしれぬと言う。

「それは、どういうことなのですか？」

「大名家が直接普請を請け負い、その工事をやることになるという噂なのです」

藩で人を雇い、家臣を出し、実務にあたることになる。頼母は話しながら、ぐっと顔をしかめた。

「そうなると、大名家への負担は一層増します。金の場合は、後から追加を求められることは、あまりございませんでしたが」

「だが自前でやるとなると、追加が必要になるということですね」

工事は遅れるものだ。そうなれば恐ろしいことに、必要な額が日に日に増えてゆく。

（これは……我が藩以外でも、絶対に受けたくないお手伝い普請に違いない）

たとえば留守居役仲間の藩が、言いつけられたらどうだろう。多々良木藩のようにとことん困ってはいなくとも、藩財政が傾きかねない。新之介は息を呑《の》んで、姿勢を正した。膝の拳に、ぐっと力を込める。

（大変なことになった！）

直ぐに組合の皆へ、知らせを出さねばと思い、立ち上がりかけた。しかし、腰が砕けるように、その場にまた座り込み、立ち上がることができない。

（もし、知らせたらどうなる？）

今はまだ、留守居役仲間は協力して、噂の収拾などにあたっている。他の留守居役組合の者達との、反目なども無かった。

しかしこの印旛沼普請の話が伝わったら、いかなることになるだろうか。

（どの藩の留守居役も、お手伝い普請から逃れる為、必死に動くに違いない。己の藩の安泰が、一の大事となる）

仲間だからといって、他藩のことまで考える余裕など無くなるだろう。いや、この先他藩の不幸は、己の藩の安泰へと繋がることになる。幾つかの藩が同時に普請を言い付かるに違いないが、余所《よそ》の藩が決まれば、己の藩に声が掛けられる可能性が減るからだ。

岩崎も戸田も平生も赤堀も大竹も、皆、新之介よりも遥《はる》かに経験を積んだ、江戸留守居役であった。同時に同じことを知った場合、新之介が一番後れを取るかもしれない。いや多分、間違いなくそうなる。

（どうしよう、兄上。私はどう動けばよいのですか？）

これからは頼りの留守居役仲間すら、信用できなくなるやもしれないのだ。藩の存続を賭《か》け、留守居役達の戦国時代が始まる。

僅かに身を震わせる新之介を、頼母が静かに見つめていた。

第五章 印《いん》旛《ば》沼《ぬま》

1

「慮外者《りょがいもの》っ、不吉なことを申すなっ」

多々良木《たたらぎ》藩上屋敷の庭に、まるで悲鳴のような甲高い怒声が響いた。もう髪の半ばが白い江戸家老が、あらん限りの声で怒鳴っているのだ。

それに対し、家老の屋敷である固屋《こや》の前で、草履も履かぬ両の足を踏ん張り言い返したのは、新之介《しんのすけ》であった。

「なぜそのように言われる。考え無しなのは、御家老の方でござろうっ」

こんなことを言うなど、己で己が信じられない。それでも口から転げ出る大声は、そこで途切れてはくれなかった。

「このままでは御家老が、多々良木藩を潰《つぶ》すことになりましょうっ」

言った途端、江戸家老の顔が茹《ゆ》でた海老《えび》のような色となった。その手が腰の刀へ伸び、鯉口《こいぐち》を切るのを見て、新之介も咄嗟《とっさ》に身構える。この藩邸内で、しかも江戸家老の前で、己が刀へ手を掛ける日が来るなど、全くもって夢を見ているかのようであった。

(つい昨日まで、藩の御家老といえば、這《は》いつくばり平身低頭して、御下問を承る相手であったのに)

なのに今の新之介には、いつものように頭を低くする気は無いのだ。

その時「うわっ」と、たまげたような声が耳に入る。藩内であったから、騒ぎを聞きつけた藩士が庭に駆けつけてきて、睨《にら》みあう二人の姿を見つけたのだ。

「ご、御家老様、どうなされましたっ」

「間野《まの》か？　おお、間野ではないか。何をしている、刀から手を離せっ」

狼狽《うろた》えたような言葉が、積み重なっていく。だが新之介は刀の柄《つか》に手を掛けたまま、構えを崩さない。周りからの声に返答する余裕もないまま黙っていると、気遣いの声は段々ざわめきに変わっていった。そしてじきに、「かちっ」という聞き間違えのない音が、幾つか背後から聞こえてきたのだ。

(ああ、刀の鯉口を切った者がいるな)

仲間であるはずの藩士達に、江戸家老の屋敷前の庭で、囲まれている格好になった。

しかし家老から目を離す訳にはいかないから、周りに誰がいるのかまでは分からなかった。

だが藩内でも、地味で頼りないと見なされている間野新之介に真剣を向けるなど、向き合っているその藩士も、己に驚いているのではと思う。

家老の両脇《りょうわき》へ、その身を守るように人が集まってくる。人数の多さに、笑いがこみ上げてきた。しかしこのような状況になっても、新之介は腹の底から沸き上がってくる怒りを、抑えることができなかった。

「御家老」

新之介が低い声を出した。

「兄、間野千太郎を殺したのは、御家老でございます」

周囲から声が消えた。

大名達に課せられる次のお手伝い普請《ぶしん》は、印旛沼の掘割普請に違いない。西の丸の中枢《ちゅうすう》にいた松平頼母《まつだいらたのも》は、息子外記《げき》の刃傷沙汰《にんじょうざた》に関する件で、松平家を絶家から救ってくれた礼として、新之介にそのことを教えてくれた。それは、大名家の存続を左右する程の、万金に値する知らせであった。そして頼母は間野家の役宅から辞すとき、玄関先で新之介と向き合うと、こう口にしたのだ。

「御身《おんみ》は江戸留守居役。幕府や他藩と、多々良木藩の間に立つお人だ」

よって新之介はこの先、余所では言えぬことや、話しても分かっては貰《もら》えぬ思いを、抱えることがあるやもしれぬ。これから、お手伝い普請という名の困難と、対峙《たいじ》していかねばならぬから、尚更《なおさら》であった。

「もし私でよろしければ、何時《いつ》でも話し相手になりましょう」

西の丸にいた以前と違って、あまり頼りにはならぬがと言い、頼母は小さく笑う。それを聞いた新之介は直ぐに、身を折るようにして頭を下げた。己でも驚く程の、真剣な一言が口からこぼれ出た。

「かたじけない」

そして父のような年齢の頼母ともう一度挨拶《あいさつ》をかわすと、間野家玄関の板間から、その後ろ姿を見送った。上屋敷の門の方へと遠ざかっていく頼母の頭髪に、ふと目がいく。直ぐに、白髪が目立った故《ゆえ》だと分かった。

(松平家が、途方もない修羅場をくぐったからか)

だが、しかし。外記が西の丸で起こした刃傷沙汰が、どれ程の大事であったとしても、その話はもう決着がついたことであった。

（これから大嵐《おおあらし》のただ中に放り込まれるのは、我ら大名家だ）

新之介は急いで部屋へ戻ろうとし、一寸《いっすん》廊下でよろけ膝《ひざ》をつく。足に、いや総身に僅《わず》かな震えが走って、足がもつれたのだ。

（こんなときに、情けない）

兄が生きていたら笑われたところだと、体にぐいと力を入れ、一つ首を振った。怯《ひる》んでいる場合ではない。恐れ、嘆いている暇すらない。そうと分かっているが、兄が生きていてくれたらと、寸の間心の底から思った。それから唇を嚙《か》むと、急いで己の部屋へと戻り、新之介は若侍を呼んだ。

「話がある故、添役《そえやく》の杉浦さんに、急ぎ部屋へ来るよう伝えておくれ」

格式張ったことが苦手故、新之介は配下の者に用を頼む時、一々間野家の屋敷へ呼ぶことなく、伝言で済ませたりもした。しかし今回、それはできないのだ。新之介は今、何としても余所《よそ》へ漏れてはいけない話を抱えていた。

（印旛沼の掘割普請か）

肩にのし掛かる重さを感じつつ、新之介は一人で部屋の中を、行ったり来たりし始めた。

（兄上……どうぞお助け下さい。多々良木藩を、そして私を）

仏に祈った位で、一つの藩が救えるのであれば誰も苦労はしないが、いざとなるとどうしても、兄のことが思い浮かぶ。己の力を信用できないからだと分かっていても、急に自信満々の男に化けられる筈《はず》もない。

（さて、どうしたら……）

更にぐるぐると歩き回るうちに、新之介の足が急に止まった。畳の上に、松平頼母に出した茶が置かれたままであったので、蹴飛《けと》ばしそうになったのだ。

「危ないな」

女中を呼んで片づけをさせるより、己で始末した方が早い。新之介はさっと茶托《ちゃたく》を手に取り、台所へ片づけに行こうと廊下の方を向いた。だが直ぐに、動きを止める。

「あ……」

忘れていたことを、その時ひょいと思い出したのだった。

添役の杉浦は、多々良木藩江戸留守居役の、役宅の障子を開けた途端、大きく息を呑《の》み眉《まゆ》を顰《ひそ》めた。上役である新之介が、部屋内でふらふらと奇妙な踊りを舞っていたのだ。

「間野様、どうなされました？」

不安げな杉浦の声を聞き、新之介はぴたりと足を止めた。そして添役の方を向くと、たが外れたような笑みを見せた。

「杉浦さん、旗本松平家と今の多々良木藩の立場は、似ています。そうは思いませんか」

「はい？」

杉浦は突然の問いに首を傾《かし》げたが、それに構わず新之介は言葉を続ける。

「凶事を目の前にして両家は、他家よりも早く肝要な話を摑《つか》んだのです。そして松平家は僅かな時を活用し、家名存続に成功した」

そうするよう進言したのは、他ならぬ新之介達留守居役組合の面々だったではないか。

「ならば我らも、同じ手が使える筈です」

「あの、凶事とは？　何かあったのでございますか？」

「搔《か》き集められるだけの金子《きんす》を用意せねば。きちんと礼を尽くし、つてを頼るのです」

「申し訳ありませぬ。一度止まって、最初から話をして下さいませぬか」

新之介は杉浦の声に返答をせぬまま、またふらふらと部屋内を回り始めた。

「杉浦さん、以前、留守居役の入江貞勝殿がやってしまったような不義理など、今回は絶対にしてはなりません。そうでしょう？」

「間野様、落ち着いて下さい」

「諸方へ挨拶する為に必要な額は、如何《いか》ほどでありましょうか。留守居役に割当てられている額では、とても足りますまい」

「落ち着かれよ！」

べしっと音がした時、新之介は軽く両の頰を手で張られ、父親のような年齢の杉浦に睨まれていた。

2

目を二、三度瞬《またた》いた後、新之介はやっとしっかりと止まり、杉浦を見た。

「あ、ああ、済みません。あれこれ考えていたら、頭の中が大嵐の日のようになってしまって」

一つ息をつくと、御身を呼んだ訳を説明するからと、新之介は杉浦に長火鉢の横へ座ってもらった。

杉浦が挨拶を述べるのを待たず、直ぐに目の前に座ると、新之介は新たなお手伝い普請について、頼母から聞き及んだ話を伝えた。杉浦は代々の江戸留守居役を補佐してきた、頼りとすべき添役であった。

「なんと、早くも次のお手伝い普請の話が、出てきているのでございますか」

話を聞いた途端、杉浦の顔色が変わる。

「はて、印旛沼とは」

どこにあったかと、首を傾げている。

「頼母殿によると、その印旛沼は以前にも普請をしたことがある場所らしいのです」

「同じ場所を、また普請するのですか。昔の工事がどうなったのか、気になりますな」

杉浦はくいと表情を引き締め、それでは急ぎ以前の印旛沼普請について、調べましょうとつぶやく。

「藩出入りの表坊主《おもてぼうず》殿に聞けば、前の印旛沼の普請のことが分かるやもしれません」

だがその言葉を聞いた途端、新之介は慌《あわ》てて首を振り、杉浦の袴《はかま》を摑んだ。

「駄目です。表坊主に知らせては駄目です」

どの表坊主も、付き合いと義理のある大名家を、幾つも抱えているのだ。だから多々良木藩が、印旛沼について調べていると彼らが知れば、その話はあっと言う間に諸方へ漏れ出てしまう筈であった。

「私は印旛沼の話を、できるだけ長く秘密にしておきたいのです」

同席組合の仲間にも、直ぐには知らせる気は無い。新之介がはっきりと言い切ると、杉浦が新之介を見つめ、「ああ」と言ってから頷《うなず》く。

「なるほど、旗本の松平家のように動いて、印旛沼の普請から逃れようと、お考えなのですね」

やっと先程、踊りつつ語っていた話が分かったと言われ、新之介はいささか気恥ずかしそうに頷いた。

「幕府は利権が関わらぬ時期の、時候の挨拶なら贈答を許していますから。事が表に出ていない今なら、遠慮無く動けます」

できうる限り早く、多々良木藩に力を貸してくれる人物を見極め、進物を差し出し藩の困窮を訴えるのだ。そしてそれが江戸詰めの者、そして国元の者達、その家族、つまりは多々良木藩全員の明日の暮らしを支えることになる。杉浦が横で深く頷いた。

「ですがそうなると、かつての印旛沼の普請について知らぬかと、他の留守居役方に問い合わせる訳にもいきませぬな」

留守居役は、他藩の事情にも詳しいものだが、こちらも都合の悪いことに、皆重複して幾つかの留守居役組合に入っている。話は同じ組合の者に伝えられるから、新之介が印旛沼について問えば、これまた直ぐに広がってしまうだろう。

ここで新之介は、杉浦へ提案をした。

「では以前の印旛沼普請話は、一旦《いったん》棚上げにし、早く有力者へ、藩の困窮を訴えに行かねば」

近々、印旛沼のお手伝い普請があることは、間違いないと思われるのだ。しかしこの意見を聞くと、杉浦は首を横に振った。

「それは、難しゅうございましょう。諸方へ嘆願に行くには、進物が必要です。金がいります」

だが新之介の手持ちの金子では、全く足りない。多々良木藩留守居役の役料は、年に五十両。一月に使えるのは四両というところだが、新任の挨拶もあった上、以前の不義理の後始末もした。既に十両以上使っていたのだ。

それに、上手《うま》く今回のお手伝い普請を乗り切った時、留守居役が一文無しになっていたのでは、またまた困る。

(何としても、ぎりぎり二十両は、後に残さねばならない)

となれば今使える金子は、二十両もない。

「足りないな。ろくに接待もできぬ」

御家老など上に立つ者に、金を出して貰《もら》わねばならないのだ。しかし何らかの数字を示すことができねば、今は舌すら出してもらえぬだろうと、杉浦は言う。多々良木藩では、前回のお手伝い普請の費用を、借金で都合して凌《しの》いでいた。

「その金を返済するため、藩は困窮の中にあります。必要な金すら出して貰えぬと、あちこちの役の者から、嘆きの声が聞こえているのです」

「ですが杉浦さん、何としても必要な金なのですよ」

新之介が驚いた顔付きで訴える。万が一、続けてお手伝い普請をするよう幕府より沙汰があったら、進物に使う程度の金子では、全く足りなくなるのだ。

「藩が崩壊してしまう！」

ここで杉浦が、皮肉っぽい笑みを浮かべた。

「確かにその通りですがね。間野様、では江戸家老様の前で、藩は無くなるかもしれぬとおっしゃってみますか？」

「そんなことを口にしたら、慮外者と言われそうですね。気がふれたかと疑われ、間違いなく江戸留守居役を首になります」

二人して、大きなため息をつくこととなった。

「どうしたらいいのか」

新之介は顔をしかめつつ、茶でも飲んで気を落ち着けようと、二人分の湯飲みを長火鉢の猫板の上に出す。すると、一応配下の者である杉浦が慌てて、已が淹《い》れるからと薬缶《やかん》に手を伸ばした。茶筒を差し出した新之介は、こぼれ出るため息が抑えられずにいる。

「ああ金がない。印旛沼普請のことが分からない。せっかく得た話を、活《い》かすことができない」

そして、ないないづくしのままでいると、この先藩が存続できない。その時杉浦が茶を差し出しつつ、こう言ってきた。

「このままではどうにもなりませぬ。ならばいっそ、話が伝わることを承知の上で、留守居役組合の皆様に、印旛沼のことを聞いてみるのも手かと」

新之介はその言葉を聞き、両の腕を組んで考え込む。

「卵を割らずに、卵焼きは作れないか。だが一度割ってしまった卵は、もう元には戻せない」

一旦岩崎殿達に、印旛沼のことを喋《しゃべ》ってしまったら、皆はさっそく諸方へ嘆願に行く筈だ。そして金のない多々良木藩だけが、出遅れるかもしれない。

「ああ、兄上に相談できたら……」

新之介は思わずそう言ってから、気恥ずかしさを感じ、口を閉じた。未《いま》だに兄を頼っている、情けのない弟だという気がしたのだ。

だがその時、ふと首を傾げる。

「兄上、か」

そして寸の間の後、新之介はいきなり、笑い出したのだ。

「そうか、そうだった。さっさと兄上に相談すれば良かったんですよ」

「兄上とは……千太郎様のことですか？」

「あの兄なら、きっと細かく諸事を承知しているに違いありません。教えてもらいましょう」

「間野様！」

杉浦は疑り深い表情となり、新之介にぐぐっと顔を寄せてきた。

「千太郎様は、もうとっくに亡《な》くなって……」

「分かってます！」

その時新之介が、隣の部屋の棚を指さしたのだ。杉浦は、ぽかんとした表情を浮かべ、棚を見つめる。そして五つほど数える間の後、急に大きく笑みを浮かべた。

「あれは以前の留守居役方の、公《おおやけ》の日記だ！　多々良木藩公儀所日乗《にちじょう》を、調べるというのですね？」

隣室の棚には、代々の留守居役達が残した文書が、多々保管されているのだ。財政難の多々良木藩にとって、普請の噂《うわさ》は大変気になるものであったに違いないと言い、新之介が笑った。

「ゆえに以前の印旛沼のことも、詳しく記録してある筈です」

生きている者達に問えぬのならば、亡くなった者達へ助けを求めようという訳だ。

「良く思いつかれた」

杉浦に褒められ、新之介は嬉《うれ》しそうな表情を浮かべた。しかし杉浦が直ぐに日乗を調べようというと、その顔を僅かに曇らせる。新之介はそろりと棚を見た後、正直に言った。

「実は印旛沼について、どの年代を調べればいいのか、さっぱり分からないのです」

言われた途端、笑みを浮かべていた杉浦の口が、への字になった。

「間野様、せめて最近のことかどうかくらい、推測がつきませぬか？」

「頼母殿は、そういう話は全くされませんでした」

杉浦がうめき声を出した。公儀所日乗は塊となって、棚の大きな部分を占めている。

だが杉浦は、流石《さすが》に年季を重ねた添役であった。直ぐに落ち着きを取り戻すと、こう口にしたのだ。

「なに、日乗を全《すべ》て読む必要はございません。印旛沼という字を探し、それが出てきた箇所のみ、目を通せば良いと思われます」

新之介は唇を引き結び、大きく頷く。

「確かに。では、参りますか」

杉浦と共に立ち上がると、新之介達は隣の間へ行き、帳面を山と腕に抱えた。

新之介は己が、筆まめでは無いことを知った。

過去の留守居役達が、大変な噂好きだということも分かった。

要するに日乗は、本当に膨大な量があったのだ。それは新之介のあっさりとした記録とはかけ離れたもので、多くの伝聞、噂まで書き連ねてあった。

おかげで目を通すのに多くの時が掛かり、二人でやっと終えた時には、日もとうに落ちていた。それから、きちんとした文面にまとめ始めたので、江戸家老本庄平八郎《ほんじょうへいはちろう》の、多々良木藩上屋敷内に建つ屋敷へ新之介が報告に向かったのは、翌日の昼前になってしまった。

3

予定外の訪問であったが、とにかく無理を言い、本庄に会って貰った。玄関脇《わき》の六畳へ、不機嫌な顔の本庄が現れ上座に座ると、新之介は挨拶《あいさつ》も早々に、更なるお手伝い普請《ぶしん》の話を江戸家老へ告げた。

「次のお手伝い普請だと？　早くもそのような噂があるのか？」

「御家老、当家は先だって、松平外記殿の父、頼母殿へ力をお貸ししました。その返礼として頼母殿は、次の普請が近しとの話を聞かせて下さったのでございます」

まだ大名家の間には、広がっていない話だと、新之介は強調した。

「そのお手伝い、印旛沼の掘割普請となりそうだとのこと」

今のうちに早く手を打ちたいと、新之介は本庄に訴えた。だが痩《や》せぎすな本庄は余程驚いたのか、直ぐに返答をしてくれない。何と言おうか、突然現れ、凶事を告げた江戸留守居役を、持てあましているかのように見えた。

（そりゃあ、聞きたくないような話ではあるけれど）

だが何としても、乗り切らなくてはならぬことでもあるのだ。

「印旛沼の掘割普請は過去にも二度、享保《きょうほう》九年と天明《てんめい》二年に試みられております」

「以前に二度も、同じ所を普請しているのか？」

本庄が片眉《かたまゆ》を上げる。

「そこを、もう一度普請しようというのです。つまり以前の普請はどちらも、失敗したようでございますね」

日乗によると、以前の印旛沼掘割普請は大名によるお手伝い普請ではなく、地元の名主などが請け負って行ったものであった。

「こちらが、享保の印旛沼掘割普請の記録でございます」

新之介が眼前に差し出した昨晩の労作へ、本庄はちらりと目を落とす。普請は九十九年前の享保九年、平戸村の源右衛門《げんえもん》らが、印旛沼を開墾して新田を開発したい旨《むね》、幕府へ願い出て始まっていた。

掘割の長さ、四里一二町余。

人夫、述べ一五〇七万七三一五人。

人夫の賃金　三〇万一一四六両余。

潰《つぶ》れ地の買い上げ　金一四〇〇両。

源右衛門ら七、八人がそう見積り、幕府より数千両を借用して試みたのだが、結局負債を抱え込み、身代を傾けてしまったとあった。

「よって断念、普請を中止しております」

次の回は四十一年前の、天明の印旛沼掘割普請だ。

新田の開発と水害の防止を目的とし、安永九年八月、印旛沼郡惣深新田名主、平左衛門ら三人が、印旛沼開墾の目論見《もくろみ》書を幕府代官へ差し出した。翌々年の天明二年、鍬《くわ》入れとなった。

金主の新田の取り分は、八割という取り決めであったらしい。

必要な金、四万数千両。

商人などの金が頼りの、普請であった。

ところが天明三年浅間山が噴火。火山灰が利根川に流れ込み、川底が浅くなった。そこへ六年五月から七月にかけ雨が降り続き、一帯が大洪水に見舞われたと、記録にはあった。

「普請所が壊滅的な被害に遭い、中止となったようです」

印旛沼は今回また取り組んでも、無事完成できるかどうか、確たるもののない普請であった。しかも過去の記録によると、最低数万両の金が掛かったとある。今回成功させようと思ったら、もっと必要になると予想された。

「数万両？」

金額を聞いた途端、本庄が表情を堅くした。そして今までのだんまりが嘘《うそ》のような勢いで、早口にしゃべり出した。

「間野、江戸留守居役として、何としてもそのお手伝い普請は避けよ。何がなんでもだ」

「分かっております。その為に、今日こちらへ伺ったのです」

新之介は藩邸を支える、江戸家老の言葉を得て、深く頷いた。旗本の松平家と同じく、多々良木藩は危機に直面している。総力を挙げ、この危機に対さなくてはならない。

「それでは、直ぐに諸方へお力添えを願うべく、懇願に参ります。つきましては、留守居役の費用とは別に、できうる限りのまとまった金子《きんす》を、ご用意願いたく」

その金を軍資金に、新之介は鉄砲や刀を使わぬ、平穏時の戦に赴かねばならない。叶《かな》うのならば、杉浦以外の助っ人も回して頂きたいと願ったところで、きっぱりとした声が新之介の話を遮った。

「無理だな、それは」

本庄の話し方は、身も蓋《ふた》もないものであった。

「人の増員は駄目だと言われるのですか？　ですが、本当に今が、今だけが勝負をかけられる時で……」

「無いのは金だ。とにかく藩には全く余裕がない。間野も苦しき財政を承知しておるだろうに」

本庄は何か思い出すことがあったのか、鼻に皺《しわ》を寄せると、苦々しい表情を作る。

「留守居役の手持ちの金子で、何とかするのだな。第一に、世にいわれている留守居役の豪遊を、極力減らすのだ」

「は？」

そもそも藩の皆が窮乏している時に、料亭で遊ぶなど以ての外と言われ、新之介は顔を上げ本庄を見つめた。六畳の間が暑い訳でも無いのに、汗が一筋額から流れ落ちる。

（この、とんでもない難局に……金が出せない？）

新之介は本庄へ、必死に印旛沼普請の怖さを訴えた。このまま幸運を願って、ただ座している訳にはいかないのだ。あのお手伝い普請には、特別な困難が予想された。

「特別？」

「御家老様、次の印旛沼普請は、金を払って済ませる訳には、いかぬかもしれぬのです」

藩が金を出し人を揃《そろ》え、工事そのものを背負うことになると聞いたのだ。これを聞き、何を思ったか本庄が機嫌を良くした。

「金を幕府へ払わなくともよいのか。それはありがたい話ではないか。節約ができよう」

「とんでもないことでございます！」

一旦指名されてしまえば、工期が延び費《つい》えがかさんでも、請け負った藩が最後まで引き受けねばならない。

「天明の普請に必要とされた金子は、四万数千両でございました。仮に今回四つの藩がお手伝い普請を引き受けるとして、一藩で一万両以上が要り用となります」

そしてその額は、更に増えるに違いないのだ。何故《なぜ》なら二回の普請とも、用意した金額で普請を成し遂げることが、できていないからだ。

「もし二万両必要となった場合、今の多々良木藩に支払えますか？　ですから何としてでも……」

「あい分かった！　では指名を受けぬよう、仕事に励みなさい」

ここで本庄が片手を挙げ、新之介の話を強引にやめさせた。そして、うんざりするような話は聞きたくないとばかりに首を振ると、立ち上がって座を去ろうとする。新之介が飛び上がるように立ち上がり、奥へと繋《つな》がる廊下に立ち塞《ふさ》がった。

「お待ち下さい！」

本庄が止まらず庭へ出たので、新之介は慌《あわ》てて書いたものを懐《ふところ》へ突っ込み、後を追う。必死に本庄の袴《はかま》の端を摑《つか》んだ。

「お待ち下さい、まだ用件は終わってはおりません」

「なんだと言うのだ？　幾ら懇願しても、金は出ぬ。そもそも無いのだからな」

「無いでは済みません！」

それこそ、留守居役が遣っている駕籠《かご》など、金にできるものは全て売り払い、藩で繰り返される儀礼や儀式を取りやめにしても、作らねばならない金子であった。だがこの一言を聞いた途端、本庄の機嫌が一層悪くなった。

「馬鹿を言うなっ。それでなくとも節約、節約で、奥方様付きの女中などから文句の言われ通しなのだ。若子《わこ》様方の御養育にかかる費用も、年々増してゆくのに」

第一、物を売り払うなどという外聞の悪いことを、どうやって奥に言うのかと睨《にら》まれた。「何と言われようと無理だ！」

本庄が足を振り、新之介を払いのけにかかる。蹴《け》るがごとくのやり様であった。だが新之介はそれでも本庄の袴を放さず、ぐっと唇を嚙《か》んで耐える。ここで行かせてしまったら、また会ってくれるとは、とても思えないからだ。すると、更なる怒りを買った。「離せっ」という声と共に、頭に痛みが走ったのだ。

以前、留守居役仲間の岩崎に殴られた時の方が、多分遥《はる》かにきつく殴られた。だがあの時の方が楽だったとも感じるのは、どうしてだろうか。

ここで本庄が、新之介を見下ろしつつ言った。

「やはり間野の弟は、兄の千太郎より劣るわ」

「はい？」

何でこんな時に分かり切ったことをと思い、本庄を見上げる。すると眼前に、なんとも嫌な笑いがあった。

「留守居役が浪費する金子を大幅に削り、藩が本当に必要とする所に金を使うことにしたと、先の留守居役達には申し渡していたのだ。入江も千太郎も、ちゃんと承知したぞ」

「えっ」

「昨今はぐっと少ない金額の内で、多々良木藩の江戸留守居役はやっていたのだ」

いや、多々良木藩が先のお手伝い普請を言い付かってからは、ほとんどまとまったものは渡せていなかったと、悪びれた顔もせず本庄は言ってのけた。

「慣れぬ間野の弟が、一人でお役に就いた当初であるから、今は一時、それなりの金子を回したのだ。なのに何だ、早々に増額を願い出るとは！」

「ほとんど……無かった？ 江戸留守居役として必要な経費が、ですか？」

「今、多々良木藩の皆が、どれ程困窮しておると思っているのだ！」

新之介はゆっくりと目を見開き、本庄を見た。多々良木藩江戸留守居役が使える金子は、元々役料の五十石。年に千両使うと噂の大藩と比べても仕方がないとは思うが、多いものではない。そして留守居役組合での付き合いは、己一人の都合で額を削る訳には、いかないものであった。

聞番《ききばん》茶屋での江戸留守居役の振る舞いが、傍目《はため》にはどれ程派手に見えようとも、あれは聞いておかねばならない話を交換する場なのだ。他にも幕閣の意向を知る為、接待は欠かせぬ。表坊主《おもてぼうず》へは挨拶をしておかぬと、江戸城内での噂を教えて貰《もら》えず、後々困ることになる。留守居役として、どうしても要り用な金はかなりあるのだと、今の新之介には分かっていた。

（それを、削った？）

つまり兄たちは、きちんとお役目を勤めたくとも、できない状態に置かれていたのだろうか。

（兄上は、表坊主衆へ一分すら渡せなかった。そしてその時期、多々良木藩は、お手伝い普請を言いつかってしまった）

千穂の顔が頭に浮かんだ。

4

「入江殿が藩を出られたのは、どうしてなのですか」

己に問うようにして、新之介は長い間の疑問を口にした。

「入江？　あれは勝手にお役を辞め、去ったのだ」

うんざりとしたように言うと、本庄はこれでもう問答は終わりとばかりに、立ち去ろうとした。だが新之介は後を追い、本庄の前に回り込むと問い続ける。

「入江殿は、どうしても必要な金子が無く、勤めが苦しかったのではないのですか。入江殿も兄も、江戸留守居役として、時候の挨拶すらこなせておりませんでした」

江戸城内で新之介に苦笑を向けた、表坊主達の様子が頭の中を過《よ》ぎる。

「多々良木藩が、先のお手伝い普請を言い付かったのは、そういう不義理が重なっていた故《ゆえ》に違いありません。御家老は何十両、何百両の金子を惜しんで、何千両もの出費を、幕府から言いつかってしまったのです！」

礼節を欠き、付き合いを蔑《ないがし》ろにした多々良木藩は、次のお手伝い普請の候補にもなりかねない。いや、その可能性が高い。新之介の言葉を聞き、本庄の顔が引きつった。

「勝手に決めつけるな!」

「どの藩も懐具合は苦しいのに、礼節を欠かぬよう、諸方にそれは気を遣っているのです。一つの藩だけ何もしなかったら、嫌でも悪く言われましょう」

もし仮に、次のお手伝い普請に指名されたら、どうする気なのか問うた。すると、本庄は言い返してきた。

「多々良木藩は昨年、凶作であった。国元が大火に見まわれ、城に火が移ったのだ!」

平素だとて江戸表は金を食うと、国元から煩《うるさ》く言われていた。災害に襲われ、借金を抱えた藩内には、余力がない。多々良木藩では奥方をはじめ奥の者達にさえ、着物や菓子などを買う際には、贅沢《ぜいたく》を慎むようにという通告を何度も行っていた。

「留守居役への金を切りつめたのは、仕方のないことだ」

新之介は、壁に向け鞠《まり》を投げているように、言葉が跳ね返されるのを感じた。多分、これは話し合いではない。最初から本庄の答えは決まっていて、それを守る為にのみ返答をしているのだ。

(これでは、印旛沼のことに何の手も打てぬ)

総身が震えた。多々良木藩はやはり次も、普請《ふしん》を引き受ける運命なのだと思えてくる。やっと出た己の声は、しわがれていた。

「旗本ですら危機に際し、家中で総力を振り絞り、事に当たったというのに」

新之介は無茶と危険を承知で、隠さずに真実をぶちまけることにした。ここで言わねば、二度と言う機会が無いかもしれないからだ。

「御家老、このままでは藩そのものを幕府へ返上するか、藩がお取り潰《つぶ》しとなるか、二つに一つとなりますぞ」

「馬鹿な！」

「多々良木藩そのものが、無くなってしまいます。本庄様も、江戸家老ではいられなくなる。お女中方は里へ帰ることになり、勿論《もちろん》藩士達も皆、浪々の身となります」

着物だの行事だのいうどころでは無くなるのだ。財政に余裕のある武家など、昨今余り聞かぬ。藩が一つ潰れ多くの浪人が生まれたら、仕官への道は限りなく厳しくなるに違いなかった。

「それを、分かっておいでなのかっ」

「慮外者っ、不吉なことを申すなっ」

庭に江戸家老の、悲鳴のように甲高い怒声が響く。藩を救うための報告に来た筈《はず》なのに、かくなる言い合いとなったことが、新之介には信じられなかった。そして睨み合った末、江戸家老と新之介双方が刀の鯉口《こいぐち》を切った時は、己で驚いていた。藩士達が騒ぎを聞きつけ、二人の周りに集まってくる。目眩《めまい》を感じる事の成り行きであった。

「このままでは御家老が、多々良木藩を潰すことになりましょうっ」

こうなっては黙ることができずに言うと、新之介は同じ藩の仲間から、刀を向けられる羽目になってしまった。苦い笑いがこみ上げてくる。腹の中では怒りも渦巻いていた。

(兄上……)

江戸留守居役へ支給される額が、多少削られているとは思っていた。しかしここまで悲惨な状況とは、考えてもいなかったのだ。

(金が無い。とことん足りない)

兄達は金子を使えず、つまりやるべき付き合いをせず礼儀を欠き、結局多々良木藩はお手伝い普請を言いつけられてしまった。藩の借金は増え、益々苦況に陥って困り果てたのだ。

そして行き詰まった入江は、家族を連れ逃げた。藩から逃げ、お役から逃げ、その果てに、早々に亡《な》くなってしまった。

入江の遁走《とんそう》後、兄はそれでも留守居役の仕事を、何とか一人でこなそうとしたのだろう。あの兄であるから、そうした筈であった。

(だが……このお役、文無しに近くては、ろくなことはできはせぬ)

あげく、兄は生きてゆくことすら、できなくなったに違いない。ついに自ら命を絶ち、一人血溜《だ》まりの中に倒れていたのだ……。

「兄、間野千太郎を殺したのは、御家老でございます」

低い声で言った途端、周囲から声が消えた。静まりかえった庭の中、本庄の発した言葉だけが耳に突き刺さる。

「りょ、慮外者ーっ」

湯が沸騰《ふっとう》して、鉄瓶の蓋が跳ね飛んだような声であった。たがが外れた顔で、本庄が刀を振り上げている。聞きたくないこと、考えたくない話を眼前で言われ、正気が飛んだのかと思った。周りから、悲鳴が聞こえた。

(逃げるか？　刀で受けるのか？　それともやり返すのか？)

どうすれば良いのか、新之介は咄嗟《とっさ》には分からず立ちつくしてしまった。そこへ、刀が振り下ろされる。

「あ……」

しばしの後。新之介は目を見開いた己に、驚いていた。「がっ」という嫌な音がしたのに、首がまだ胴にくっついていたのだ。

「はて？」

隣を見て、新之介は寸の間呆然《ぼうぜん》とする。見慣れた姿が横に立っており、江戸家老の刀を、己の刀の鞘《さや》で受けてくれていたのだ。その横で、案内してきたらしい杉浦が、唇を蒼《あお》くしていた。

「何と、岩崎殿ではありませんか」

何故、どうして今ここに、他藩の江戸留守居役がいるのか、さっぱり理解はできなかった。だが、そのおかげで命が助かった訳だ。

岩崎は整った顔に皮肉っぽい笑みを浮かべ、江戸家老本庄の刀を押し返した。突然割って入ってきた男が、何者か分からなかったのだろう、本庄はいささか気味の悪そうな表情を浮かべ、一旦《いったん》力を抜く。そしてそれが、気持ちの高ぶりを静めた様子であった。

その場がとにかく収まると、杉浦が江戸家老へ岩崎を、久居《ひさい》藩の江戸留守居役だと紹介した。岩崎が快活に挨拶《あいさつ》をする。

「これは、とんだところへ顔を出してしまいましたな。訳は存ぜぬが、御家老様が、こちらの留守居役を真っ二つにされるのを、邪魔してしまったようだ」

いや、間野は何とか勤めをこなしているが、しょっちゅう間抜けをする。多分この度も、江戸家老が腹に据えかねる所行をしたに違いない。岩崎は本庄へ同情をすると言い、腕を組むと何度も頷《うなず》いた。他家の江戸家老と言い合うつもりなのか、言葉遣いが妙にきつい。

「しかし、ですな」

ここで岩崎が口元に、僅《わず》かに笑みを浮かべた。今、多々良木藩が入っている江戸留守居役組合の一同は、大事に直面しているのだ。ここで江戸留守居役を、留守居役などやったこともない者に取り替えられては、組合の仲間が困る。留守居役が一人前になるには、時がかかるからだ。

「多々良木藩は、我ら留守居役組合の者に、負担をかけないで頂きたい」

言葉は丁寧であったが、要するに留守居役を替えるなと、岩崎はそう言ったのだ。藩内のことに口を出したも同然の言葉であったから、集まった藩士達がざわめいた。本庄はさっと、眉間《みけん》に皺《しわ》を寄せる。

しかしこの時、場が突然に静まったのだ。庭にいた者達が一斉に隅へ散る。するとそこへ、多々良木藩藩主、浅山日向守隆正《あさやまひゅうがのかみたかまさ》が姿を見せてきた。

上屋敷の中であれば、藩主がいてもおかしくはないが、丁度騒ぎが起こっている最中のことであった。江戸家老が刀を抜いたことに仰天してか、他藩の留守居役との揉《も》め事を恐れてか、誰かが急ぎ藩主を呼んだに違いない。

「何事か？」

若い日向守は、真っ直ぐに聞いてきた。この場で答えるべきは、一に身分の高い江戸家老であったが、本庄は報告の言葉が、直ぐには見つからないようであった。その間に新之介の口から、心にある言葉が、こぼれ出る。

「印旛沼のことで、揉めもうした」

「印旛沼？」

日向守が、そして岩崎が首を傾《かし》げる。ここでやっと本庄が、堅い調子で話し始めた。

「殿、この間野は亡き兄程には、お役を勤められぬ者のようでございます。江戸留守居役には、他の者を起用なさるのがよろしいかと」

言われた日向守が、眉尻《まゆじり》を下げた。

「どういうことだ？　間野はまだ役について、間がなかろうに」

江戸城内で藩主を助けるのも、江戸留守居役の大事な役目の一つであった。

「しょっちゅう替わり、留守居役自身が城内の諸事にもの慣れぬのでは、私が困る」

それでなくとも多々良木藩では最近、江戸留守居役の交代が続いている。留守居役は目立つ立場故、あまり入れ替わるようでは、それだけで、諸藩の間に妙な噂《うわさ》が立ちかねない。日向守にそう言われ、本庄は赤い顔をしたまま黙って頭を下げた。

「おお、事が収まったようでございますな。それはようございました」

ここで、一応膝《ひざ》をついた岩崎が勝手に事をまとめると、日向守に己から挨拶をした。久居藩は近い故、留守居役の会合へ、いつものように組合仲間を誘いに来たのだと口にする。

「間野殿、今宵は万八楼《まんはちろう》へ集合だ」

ところが、岩崎が聞番茶屋の名を口にした途端、本庄がまた顔に怒りを浮かべた。そして藩主の御前であるにもかかわらず、新之介と岩崎の間に立ちはだかったのだ。

「岩崎殿とやら。当方間野には、まだ用がござる。故に、遊興には一人で行かれよ」

(おや、私が御家老の節約せよという言葉をさっそく無視し、遊びに行くと思ったのかな)

日向守に止められたとはいえ、本庄の新之介に対する怒りは、解けていないようであった。だが岩崎は煮ても焼いても、いや生姜《しょうが》のようにすり下ろしても食えない、年季の入った留守居役なのだ。普段配下へ一方的に物事を言いつけ、それで済んでいる江戸家老になど、言い負けるものではなかった。

「なんと御家老様は、聞番茶屋と我らが気にくわないと言われるのか」

だが、と、岩崎がわざわざ一つ、間を置いてから言葉を続ける。

「先程言ったように、我ら留守居役組合は今、大事に当たっておりましてな」

よって会合へ間野を寄越さないとしたら、組合は多々良木藩に、邪魔をされたと受け止めると、岩崎は言い切った。

「そういえば御家老は先程、留守居役を替えたいと言われていたな。しかし今新人は迷惑故、多々良木藩新留守居役は、我らが留守居役組合へ入るのを遠慮して頂こう」

岩崎のこの言葉には、本庄も日向守も新之介さえ、目を見張る。

「言っておくが、この辺りの藩の留守居役で作っている近所組合も、新人など要らぬ筈だ」

留守居役組合の結束は堅い。つまり岩崎は、組合の意向を無視したら、多々良木藩の留守居役は、組合に加われなくなると言い放ったのだ。

(おお、留守居役はこういう手を使うのか)

新之介は、妙に落ちついた顔で他藩を動かしにかかる岩崎に、心底驚いた目を向けた。多分以前より留守居役達は、仲間の意にそぐわないお役変更が行われた時、この手段を使ってきたのだろう。

(凄《すご》い……他藩の藩主が眼前にいるというのに、臆《おく》しもしない)

大名が相手であっても、留守居役達は引かない時があるのだ。それは、己達がおらずとも、やっていけるというならしてみろという、恐ろしいまでの自信の表れのようにも、新之介には見えた。

江戸城中で無視できぬ存在の、表坊主《おもてぼうず》らとつきあっているのは、留守居役であった。いや日頃、大目付、奥右筆《おくゆうひつ》、老中らとすら、儀礼ではなく、実務の駆け引きをし、事を伝え合い共有しているのは、藩主でも江戸家老でも他の藩士でもない、留守居役達なのだ。

江戸留守居役が欠ければ、その藩は幕府に対しても、他藩に対しても、目の見えぬ状態に置かれることになる。岩崎は夜、川の縁の暗闇《くらやみ》で、闇雲に歩くというならどうぞと、そう言ったのだ。

言われた本庄は、黙ったまま顔の赤さを増していく。そして……ここで岩崎へ返答をしたのは、日向守であった。

「当藩では、留守居役を変更する予定はない。今日も用があるなら、間野を連れて行かれるがよろしい」

それから新之介へ鷹揚《おうよう》に笑いかけた。

「この話は、これにて終わりだ」

そして、本庄の背を扇子で軽く叩《たた》き促すと、日向守は早々に奥へと戻ってゆく。本庄も直ぐに藩主の後を追った。藩主が、事は終わったとした故、刀が抜かれた件は何も無かったかのように無視された。人の輪が崩れる。

身分高き面々がその場を去ると、岩崎が新之介の足を指さし、まずは汚れた足袋を替えてくるように言った。

5

万八楼へ舟で向かう途中、岩崎は妙に冷静で、日向守の、新之介への対応を褒めたりしていた。

「御身の殿はまだお若い。だから、実際に己の藩の留守居役が組合から外された経験は、おありではあるまい」

だが日向守は、その危うさを察したのだ。

「留守居役が連絡網から外れると、藩には大事な話が回ってこなくなる。一大事だが、それだけでは済まぬ」

江戸留守居役達は幾つもの組合へ、入っているものだ。そして皆、大して身分は高くは無いが、江戸城内で顔を合わせる間柄故《ゆえ》、それぞれの藩主と近しい。だから他藩の留守居役達を敵に回すと、多くの藩主達と疎遠《そえん》になりかねない。下手をすれば、日向守と表坊主や幕閣との間に、溝《みぞ》ができかねないのだ。

「それでは江戸城中でどんな目にあうか、分からぬからな」

岩崎は己で仕掛けておいて、そんなことになるとお気の毒だと、しゃあしゃあと言う。

「以前、組合に入れて貰《もら》えなくなった江戸留守居役が、本当にいたのですね」

「そうさな、困っていた御仁が、いたかな」

新之介は助けて貰ったことに対し、深く頭を下げ礼を言ったが、岩崎は妙な笑い方をしただけであった。

(岩崎殿の態度、何か変だな)

引っかかりはしたものの、今の新之介に、岩崎の方ばかりを気にしている余裕はなかった。悩みが、串《くし》に刺さった団子のように、連なってやってきているからだ。

まず、この先留守居役を続けてゆけるのか、分からない程に、己には金がない。

今の己と、似た境遇に置かれていた兄の苦悩を、どうして察してやれなかったのかと、苦い思いも胸を過《よ》ぎる。先程江戸家老へ文句を言うくらいなら、兄が生きているうちに、共に訴えるべきであったのだ。

それから新之介は、唇をかむ。入江が藩を出た訳を知ってしまった。この後青戸屋へ、いや千穂へ、そのことを伝えねばならないだろうと思う。

(なんてことになったのか)

いっそ先程のいざこざの時、江戸留守居役を首にされていれば、己は当面ぐっと楽になったかと思う。

(しかしそうなったら、この危機に対し、もう何一つ、手を打てなくなっていたな)

次のお手伝い普請《ぶしん》が、多々良木藩へ言いつけられるかどうかを、博打《ばくち》で有利な賽《さい》の目を願う心持ちで、待たねばならなくなったのだ。そして運が悪ければ、藩は潰《つぶ》れる。

(それも、ぞっとするな)

新之介がつい黙り込んでいる内に、舟は揺れつつ進み、柳橋の料亭万八楼のすぐ脇へと着く。岩崎はくいと唇の片端を引き上げ、さっさと料亭の二階へと上がった。先程の騒ぎで遅くなった為か、部屋には既に皆が集まっていた。すると、部屋へ入ろうとしたとき、岩崎がいきなり新之介の耳を引っ張った。そして皆に、こう言ったのだ。

「方々、この新米がまた、良からぬ秘め事をしているようだぞ」

「はあ？　今度は何だ？」

酒杯を片手に首を傾げた赤堀へ、岩崎が告げる。

「新之介ときたら先刻、多々良木藩の上屋敷内で、藩の江戸家老様と互いに刀の鯉口《こいぐち》を切って、対峙《たいじ》していたのだ」

おお、間抜けな間野が何と大胆なことを、という声が、遠慮もなく部屋内に満ちる。

「間野は斬《き》られかけたのだ。江戸家老はかんかんで、顔をお見せになった日向守様に、間野のお役ご免を進言しておったわ」

だが今、組合に新しい留守居役が加わると、新たなお手伝い普請の話に集中できぬ。だから組合のことを盾に、お役ご免の話は潰しておいたと岩崎が言うと、戸田が小さく笑い声を立てた。しかし珍しいことに、戸田の目は笑ってはいなかった。

「間野、何をした為に怒りをかったのだ？」

平生が膳《ぜん》の前から問う。剣の試合か手入れの時でもなければ、藩邸内で刀を抜く馬鹿はいない。ましてや相手が江戸家老となれば、とんでもないことであった。

「間野、どうして直ぐに返事をしないんだ」

大竹も首を伸ばしてくる。いよいよ追いつめられた新之介の耳を、岩崎がもう一度引っ張った。

「上屋敷で口にした、印旛沼とは何のことなのだ？」

話を聞かれていたことを思い出した。こうなったら新之介が白状しなくとも、岩崎は印旛沼について調べるだろう。そのうち、事の察しがつき重大事を黙っていた廉《かど》で、また仲間から責められるに違いない。新之介は大きく息を吐いてから、白状した。

「次のお手伝い普請は、印旛沼の掘割普請らしいのです」

「何と、お前が、お手伝い普請のことを摑《つか》んだのか。間野、間違いないのだな。それをいつ知った？」

「岩崎殿、昨日です」

「夜中近くに分かった故、我らへの連絡を遠慮したのか？　しかし今日とて既に昼を過ぎておるが」

「昨日の昼、例の松平頼母殿が教えて下さいました」

「昨日の昼！　頼母殿は我のところへは、何の使いも寄越さなかったぞ」

途端、岩崎がもの凄い一発を繰り出してきたものだから、新之介は死にものぐるいで畳に伏せた。頭の上を拳固《げんこ》が薙《な》ぐ。

「止《や》めぬか岩崎。お前が殴って間野が気を失ったら、話が聞けなくなるではないか」

「平生の言う通りだ。一晩間があったのだ。きっと間野は印旛沼のことを、ちゃんと調べたに違いない。そいつを、あらいざらい吐き出して貰おうぞ」

「ああ、我らの手間が省けたというものだ」

大竹や戸田まで無情なことを言い出した時、新之介は皆の怒りを、身に染《し》みて知った。

「……済みません」

畳の上に身を起こすと、岩崎に今度は平手で頭を叩かれた。一人抜け駆けし、次のお手伝い普請の知らせを抱え込むなど、百罰に値する罪であったのだ。

「間野は、私たちを馬鹿にしているのか」

平生に正面から問われたので、否《いな》と答えた。ただ。

「ただ、なんだ？」

静かな問いであるのに、その声に含まれた威圧感が凄《すさ》まじい。

「次回の印旛沼普請は、ただ金子を出すのではありませぬ。工事そのものを、各藩で請け負うことになるとのことです」

そう告げると、一寸部屋内で息を呑《の》む音がし、言葉が途切れる。

「調べたところ印旛沼の普請は、これまでに二度行われ、二度とも失敗をしています」

つまり、大層難儀な普請となるに違いなかった。請け負った藩は、多分当初の見積もりより相当多額の出費を強いられる。過去のそういう大がかりな普請の際、死人が出たこともあれば、大きな借金を背負うことになった藩もあった。

青息吐息の多々良木藩でなくとも、印旛沼の掘割普請は、何としても避けたいお手伝いなのだ。だから。

「前回のように……この組合内で多々良木藩だけが、お手伝い普請をすることになるやもしれぬ。そう思ったのです」

平生と戸田の、そして大竹と赤堀の視線がちらりと絡《から》んで解けた。その時岩崎が、新之介の頭の上へ、ぐいと顔を寄せて問う。

「ふんっ、抜け駆けする腹づもりであるならば、何故《なぜ》江戸家老と揉《も》めていた？　早々に藩をあげて、動く時ではないか」

藩で動けるのが当然というその言葉を聞き、新之介は情けなさに涙が出そうになる。

「勿論《もちろん》そうするのが当然です。そうなのです」

藩が生き残れるかどうかが、掛かっているのだ。目先の幾ばくかの金子《きんす》を心配する、そんな時では無かった。しかし。

「なのに多々良木藩は……御家老は、金子を出せぬとおっしゃった」

「は？」「何？」「……冗談か？」「……」

一斉に皆の声が重なった。岩崎があきれた顔で、その切れ長の目を見張っている。

やはり藩の命運が掛かっているとなれば、金子を作る当てのある藩は、多いようだ。

もし岩崎が印旛沼のことを知っていたら、とっくに金を作り、動いていただろう。新之介は恥ずかしさに、顔が赤くなるのを感じた。

「藩内の物を売り払ってでも、金子を作ってほしい。このままでは藩が無くなり、身分も禄《ろく》も吹っ飛ぶと言ったら、御家老に刀を突きつけられました」

その後どうなったかは、鞘《さや》でその刀を止めてくれた岩崎が、良く知っている。新之介が話をそう締めくくると、平生が断りもせずに岩崎の鞘を確かめ、舌打ちをした。

「多々良木藩江戸家老は江戸留守居役を、何と心得ているのだ。都合が悪くなったら、責任を押しつけ斬り殺す捨て駒《ごま》だと？」

思いきり不機嫌な平生の横から、大竹が印旛沼普請について、分かっていることを教えろと言ってきた。新之介は頷《うなず》き懐《ふところ》へ手を入れると、夜を徹して調べたものを一同の前に広げた。

享保九年と天明二年にあった、印旛沼普請の数字が示される。平生がうめいた。

「必要な金が、四万数千両とな。幾つの藩で普請を引き受けることになるのかの？」

「この金額で、以前普請に失敗している。今回の総額が、これしきで済むものか。四、五藩が引き受けるとしても、下手をすると一つの藩で、その金額を出すことになるぞ」

「岩崎殿、本当ですか？」

新之介の声が震える。

「印旛沼は、長さがおよそ七里、幅は二里ほどなのですが、流れ入る川は何本かあるのに、外へ流れ出る川は、利根川《とねがわ》と結ぶ長門川《ながとがわ》のみなのです」

おかげで大雨が降ると、利根川から印旛沼へ水が逆流し、水害が多く発生するらしい。その話を聞き、赤堀と戸田が顔を見合わせた。

「水害か。それを何とかしたい故に、かつて失敗していても、またやろうという話が出てくるのだな」

調べた日乗には、掘割を作り印旛沼の水を江戸湾に落とすことが、普請の目的の一つだと書かれていた。完成すれば水害を防止し、新田の開発もできる。

だが留守居役達の反応は、厳しいものであった。岩崎と赤堀は、しかめ面《つら》で酒を飲んでいる。

「言葉では簡単そうに聞こえるがの。やれることならば、とっくに水路ができていても良さそうだな」

「思ったより厳しい話が出てきたようだ」

ため息が幾つも重なった。平生が座に出ていた膳から銚子を手に取ると、新之介の方を向く。

「間野、御身はここいらで本当に、江戸留守居役を辞した方が、良いのかもしれぬな」

「えっ？」

「この先、多々良木藩は本当に、なくなるかもしれぬ」

廃藩となったら留守居役は、その責の一端を負わされかねない。御家老を怒らせたのは良い機会だから、今、逃げておけというのだ。呆然《ぼうぜん》とする新之介の横で、赤堀が皮肉っぽく笑い出した。

「おや、岩崎が渋い顔をしているぞ。新たな留守居役など要らぬと言っておったからな」

すると、にこりともしない岩崎が、はっきりと言い返した。

「こうなったら、辞めても構わぬさ。他藩と競う事態となった場合、私も間野の為に、遠慮などしてはおれんからな」

そして間野家では既に千太郎が、江戸留守居役となったが故に、命を落としている。

「残った弟の方まで、その職故に死ねとは、私にも言えぬ」

それでは親がたまったものではないと言われ、新之介は返す言葉が見つからない。だがもし藩が潰れた場合、留守居役についている者が責められるだろうと聞けば、簡単に次へと渡せるものではなかった。

「私が次の留守居役を、とんでもない目にあわせてしまいます」

「おや、間野はお人好しだ」

赤堀が苦笑を浮かべ、酒杯を差し出してきた。一杯飲みたい気分であったので、さっと飲み干すと、赤い酒杯越しに岩崎のしかめ面が見えた。

「お役に留まる気か。間抜けなくせに頑固だの」

その時大竹が横で、ふと思いついたように言った。

「なんとしても藩を救いたくば、一度きりなら何とか……」

「大竹、金子を用意して欲しいと言っただけで、多々良木藩の江戸家老は、留守居役を斬ろうとしたのだぞ」

岩崎が急に声を張り上げた途端、大竹が口をつぐむ。

新之介が何か妙案でもあるのかと問うたが、横から赤堀に「冗談だ」と言われ、話を切られてしまった。

「とにかく、間野は金策に走るのだな」

戸田の言葉に、大竹も頷いている。

「藩は数多《あまた》あるのだ。我らの六藩全《すべ》てがお手伝い普請を逃れても、何の不思議もない」

するとその時、戸田がぽんと膝《ひざ》を叩《たた》いた。

「そうだ！　間野、御身には良き縁があるではないか。こういうときに、青戸屋を頼ってはどうだ？」

青戸屋は歩く千両箱のような御仁だと言い、笑う。

「滅多にない、有り難い縁だぞ。間野、とにかく借金ができぬか相談してみろ」

上手《うま》く金策ができれば、己も藩も救うことができるかもしれない。皆から口々に言われ、新之介もその手段を考え始めた。

（あそこまで頑固に、金は出せぬと言われた御家老から、数多の金子が貰《もら》える訳がない）

確かにこうなったら己で、借金のあてを探すしかないだろう。もしそれで責を問われれば、今度こそ留守居役を辞すだけであった。

ただ、実際に青戸屋へ借金の申し込みができるかは、また別の問題なのだ。何故なら、青戸屋には千穂が絡んでいるのだから。

（どう出れば良いのだろう）

皆は書面を前に、お手伝い普請について話を始めている。新之介は仲間の横で酒を片手に、一人金策のことを考えていた。

6

斬られかけ、殴られ、責められた翌日のことであった。多々良木藩上屋敷からそうは遠くない、札差青戸屋の店へ新之介が顔を出すと、札差は礼儀正しく奥の一間へと通してくれた。

八畳ほどの部屋は、世に聞こえた札差の部屋としては割にさっぱりとしていたから、平素商いの客を通す場所なのかもしれない。直ぐに顔を出してきた青戸屋も、今日は遊びの場ではないせいか、上等な着物ではあろうが、比較的地味ななりをしていた。

「お久しぶりでございます。間野様、店へお運び下さるとは、お珍しい」

さて何用なのかと、その言葉が問うていた。

新之介は軽い挨拶《あいさつ》をすると、早々に本題を口にした。すると。

「間野様、今、何とおっしゃいました？」

青戸屋は珍しくも、困ったような表情を向けてきたのだ。

「これは驚きました。千穂さんを妾《めかけ》ではなく、私の妻にしろと言われるので？」

「どんな用向きを想像していたにせよ、こんな話ではなかったらしい。

「年の割に耳が良く聞こえて、結構なことです。青戸屋、おなごに惚《ほ》れる男は、やはり若いな」

新之介が笑うと、青戸屋の顔が真剣なものに変わる。どうやら新之介が本気で言っていると、分かったらしい。

「あのでございますね間野様、どうして妾では駄目なのですか？　この青戸屋、妾だからといって、千穂さんに肩身の狭い暮らしはさせませんが」

妾であっても、天下にその財力を知られる札差が面倒をみるとなれば、家に女中くらいはいることになるし、呉服屋でも悪い扱いなど受けはしない。だがそう言われても、新之介は己の言葉を変えはしなかった。

「青戸屋が千穂さんをどう遇するか、信用できぬのではないのだ。私が……そう、千穂さんというよりこの間野が、先々心配しなくても良いようにして欲しいと、そういう話なのだから」

この世に三行半《みくだりはん》があるとはいえ、やはり妾よりも妻の方が、より安定した立場であるに違いない。新之介は、青戸屋が千穂を引き受けるというのなら、是非とも妻として貰いたいと思い立ったのだ。

「思い立った？　最近急に、そういう考えを持たれたのですか」

首を傾《かし》げている青戸屋へ、新之介は言葉を重ねた。

「青戸屋がその歳《とし》で妻を迎えると言ったら、周りが騒ぐだろうとは思う。煩《わずら》わしいことも多いだろう」

既にいい歳となっている子供らも、親戚《しんせき》達も、番頭達ですら、いきなり現れた若い女へ、金目当てかと疑うような視線を送るに違いない。妾でなく正妻にすると、財産のことや店のことに、口を出されるやもしれないからだ。

「だが千穂さんは、金に引かれて青戸屋と話すようになった訳では、ありますまい」

多分、心細い境遇となった中、頼れる相手であったから、有り難かったのであろうと思う。大体千穂は藩を出た身で、今は親戚づきあいもない。身内と呼べる者は、体を壊している母親しかいないのだ。

「そういう人だからこそ、金を与えるよりも安心をあげてくれないだろうか。そうして貰えれば私も、心配事が一つ減る」

新之介の真剣な顔を見て、青戸屋が眉《まゆ》をすっと顰《ひそ》めた。

「今日の間野様は、何だか様子が妙でございますね」

急に、やたらと心配性になった気がすると言われ、新之介は笑い出す。

「そうかな、最近金が欠乏しているゆえ、そのせいかもしれない」

「おや、江戸留守居役ともあろうお方が、金がないのでございますか」

青戸屋はもう一つ首を振ると、何やら考え込んでいる。新之介にしても、二つ返事で青戸屋が千穂を正妻にするとは、思っていなかった。それ故《ゆえ》とにかく今日は、話を聞いて貰えればよいと言って、その話題を切り上げる。

そして次に、主人がいるから都合が良いと、青戸屋へ金子の借用を申し込んだのだ。青戸屋はこの申し込みに、またまた驚きの表情を浮かべた。

「驚きました。当家は札差故、商売のお相手は直参《じきさん》の方々でございます。大名貸しは別の者と決まっておりますのに」

「分かっている。だがな、藩として正面切って借りる訳にはいかない金子なのだ」

正面切ってどころか、江戸家老も知らぬ借用であったが、聞かれなかったので余分なことを口にはしなかった。青戸屋は益々訝《いぶか》しげな表情を強めると、いかほど欲しいのか、新之介へ確かめてくる。

新之介は半分と言われるのを見越して、大きな金額を口にした。

「五百両、用立ててくれぬか」

大きな額を口にしたが、金額に根拠はなかった。千両欲しいと言いたいところであったが、それでは返済の当てが無いような気がしたのだ。

まあ五百両の半分、いやそのまた半分以下の、百両も貸して貰えれば、当分動ける。一年に使える筈《はず》の金子の、倍であった。ここ一番、大きな進物をせねばならなくなっても、金を出すことができる。うまくお手伝い普請《ぶしん》を逃れることができれば、先々藩から少しずつ返してもらえそうな、そんな額であった。

青戸屋は新之介の顔を暫《しば》らく見た後、手を打って番頭を呼んだ。

「五百両持ってきてくれないか」

「へっ？」

その一言に驚いたのは新之介の方で、番頭は平気な顔であったし、勿論青戸屋が騒ぐことなどない。もしかしたらそのくらいの額は、茶屋などで一気に使ったことすら、あるのかもしれなかった。

（だが多々良木藩が、金に困っているという噂《うわさ》くらいは、聞いたことがあるだろうに）

どうして、貸してくれる気になったのであろうかと思う。ちゃんと返せるか、いささか不安でもある。

だがとことん困っていたから、目の前に小判が運ばれてくると、新之介は心底ほっとして息を吐いた。しかし小判は、直ぐには新之介の手の中へ来てはくれなかった。青戸屋はそれを差し出す前に、あれこれと新之介へ問うてきたのだ。

「一体、どうなすったのですか」

千穂と青戸屋のことへ口を挟んできたり、突然金子の借用を申し込んだり。今日の新之介は明らかに、いつもとは違うと言うのだ。

「どうと言われても。いつものように、江戸留守居役としての仕事に、奔走しているだけですよ」

嘘《うそ》ではないから、あっさりと教える。ただ、大分言わないことがあるだけであった。顔の広い札差へ、次のお手伝い普請は印旛沼掘割普請だと、言ってしまう訳にはいかない。だが、何か納得できない様子の青戸屋へ、新之介はあることを教えた。

「ところで青戸屋、入江殿が藩を出た訳を、摑《つか》めたようだ」

「ほんとうでございますか！」

思わず喜色を浮かべる様子を見て、新之介は目の前の男が、本当に千穂に惚れていることを確認した。胸の奥の方で、何かずんと響いた気がしたが、口に出して言い表せるものでは無い気がしたまま、直ぐに消えて分からなくなった。

新之介はここで、青戸屋へ言うべきことを言った。

「青戸屋、千穂さんを本妻にする件を本気で考えてくれたら、入江殿のことを話します」

青戸屋の口元がさっとへの字になる。

（これは拙《まず》い。金子を引っ込められてしまうかな）

実際青戸屋は、暫く金子を手元に置いたまま、新之介に差し出さなかった。しかし新之介は、千穂のことばかりは絶対に、妥協する気はない。よって暫くそのまま座っていると、青戸屋がじきに、にっと笑った。

「分かりました。私だけの問題では無いこと故、その件はしばし時間を下さいまし」

ほっとして頷《うなず》くと、青戸屋の表情もゆるんだ。そして目の前の金子へ目をやると、この金は千穂と関わりの新之介であるから、貸すのだと言ってきた。

「間野様が心底困っておいでだと知ったら、やはり千穂さんは心配なさるでしょうから」

そんな場に居合わせたら、己は何となく気に喰わぬに違いない。だからこうして貸すことにしたのだと、青戸屋は実に正直に話した。

「おなごの為に、青戸屋は五百両出せるのか。凄《すご》いな」

新之介の言葉を聞き、太っ腹な男でございましょうと、鷹揚《おうよう》な笑いを返してくる。もし、と青戸屋が言った。

「小判よりも〝知る〟ということの方が、価値があることがございます。余程のことをお知りになりましたら、五百両分、いや、一部でも、〝内々の価値ある知らせ〟で払って頂いても、ようございますよ」

新之介様が、そういうことをお知りになるお立場になられましたら。

「この金子のことですが、お貸ししますが利息は要りませぬ。元金を返す当ても、今のところ無いように思われますから」

そう言うと青戸屋は、紙に包まれた金子の小山を、さっと新之介の方へと押し出した。

第六章　菓子と金

1

『甘露《かんろ》の集《つどい》』は、美味で面白い菓子を会の者達が持ち寄り、賞味し、蘊蓄《うんちく》を傾ける為の集まりであった。

集う者達の顔ぶれは、職人から高禄《こうろく》の武士までと幅広い。要するに、身分、立場に関係なく、万年青《おもと》や菊、芝居や花魁《おいらん》などに心奪われるのと同じほどに、菓子に夢中になっている面々の一団であると、会の者である表坊主《おもてぼうず》達は話した。

今は月に一度、会に入っている物持ちの別宅に顔を出し、持ち寄った菓子の味を競い、皆で楽しんでいるという。以前は、最初始まった三味線の師匠の家にて行っていたのだが、人数が増え、どうにも入り切らなくなったらしい。

「要するに『甘露の集』とは、酔狂な菓子好きの為の会なんですな」

そう話を結んだのは、多々良木《たたらぎ》藩の江戸留守居役、間野新之介《まのしんのすけ》であった。新之介がいるのは、まさに今日『甘露の集』が行われている物持ちの家、酒問屋淡島屋《あわしまや》加兵衛《かへえ》の妾宅《しょうたく》だ。新之介は今宵、まるで三年前から参加をしているような素振りで顔を出し、会の者達と話しているのだ。

すると新之介に話しかけられた一人が、渋い表情で片眉《かたまゆ》を上げた。

「ところで間野殿、何でおぬしがこの会にいるのだ？」

ため息混じりに問うてきたのは、会では少数派の武家であった。今まで留守居役などは入会しなかったのにと、露骨に顔をしかめているその御仁に向かい、新之介は努めて明るく笑いかけた。

「はて、お聞きではございませんでしたか。私は大層菓子が好きでありまして」

会の中では身分は余り問われない。つまり一種の無礼講だとは聞いていたものの、新之介の口調は自然と丁寧なものとなる。ぺらりと返答をしたその相手の顔を、新之介ははっきり覚えていたのだ。

「今宵こちらで再びお会いできるとは、有り難いことでございます」

目の前にいたのは、以前聞番《ききばん》茶屋で留守居役仲間達をあっさりとかわして帰った、志賀藤四郎、あの奥御右筆《おくごゆうひつ》であった。

「気の置けない仲間との趣味の会へ、江戸留守居役が顔を出してくるとは」

志賀はしかめ面《つら》を浮かべ、表坊主達へ間野を会に誘ったのかと問う。すると志賀へ、横から苦笑するような声が掛かった。

「おや、何やらご不満のご様子で、申し訳ございませんな。間野様をここへお誘いしたのは、手前でございます」

「淡島屋なのか」

相手が、『甘露の集』に場所を提供している大店《おおだな》の主と知ると、志賀の語気が少々和らぐ。淡島屋はもの柔らかな口調と共に、志賀に笑みを向けた。

「手前は酒問屋でございます。良き酒蔵を抱える播磨《はりま》の多々良木藩とは、以前よりおつき合いがありましてな」

その多々良木藩の江戸留守居役、新之介から会へ入りたいと頼まれたら、断れるものではないと言い、淡島屋は頭を掻《か》いている。「なるほど」志賀は苦笑を浮かべて頷《うなず》きはしたが、その笑みのうちに、ぎこちなさを残していた。

そんな二人を見て、ちょいと首を傾《かし》げた新之介の横に、表坊主の宗春と高瀬が、そろりと寄ってくる。そして扇子の陰に口元を隠すと、面白がっている様子で宗春が語り出した。

「あのお二人は、『甘露の集』ができた当初よりおいでの、古参方でしてな」

裕福な淡島屋と、進物で数多《あまた》の菓子を手にする志賀は、以前よりの競争相手なのだ。二人は共に、先々出す予定の『甘露の集』の菓子選定本に、己が選んだ菓子を、大関の品として載せたいと思っているらしい。

「そして志賀様は、奥御右筆というお立場上、幕閣の政策を簡単には漏らせませぬ。それによって、その政策こそを知ろうとなさるお留守居役方を、避けておいででした。それを淡島屋さんも、承知なさっておいででしたからねえ」

我らも志賀に配慮した故《ゆえ》に、最初新之介が会に入りたい様子を見せた折は、素直に会へ誘えなんだと、高瀬が言う。

「おやぁ、先日のお話には、そういう訳が裏にござったのか」

新之介が怒りもせず、面白がっている素振りを見せると、表坊主二人は悪さをする仲間にでもなったかの様子で、また話し出した。

「志賀様は時々、そのご威光故に手に入れられた菓子で、淡島屋さんを黙らせておいでなんですよ」

幕府御用達《ごようたし》、大久保主水《もんと》の菓子や、藩御用達の菓子の一部は、町中で売られたりはしない。それは一握りの武家達のみが口にできる、特別な菓子であるのだ。

そういう品なればこそ、溺《おぼ》れるがごとくに菓子に引かれている会の皆は、一度は口にしたいと思う。それ故に、志賀が特別に手に入れた品を会へ持ってくると、大層評価が高くなるのだ。

「淡島屋さんは先月、そりゃあ自信を持って、ある餅菓子《もちがし》を出されたんですわ。ですが」

かち合った志賀の品は、どこから手に入れたのか、大久保主水のものであった。淡島屋はあえなく、その逸品に負けてしまったのだ。宗春と高瀬は、上目遣いに互いの顔を見る。

「あの時は随分、悔しがっておいでのようでしたな。まあ、だから淡島屋さんは、間野様を会へお招きになったのでしょうな」

つまり新之介を会に入れた訳には、志賀に対する嫌がらせがあった。

「あれ、そんなことを言ったと知れたら、お二方から叱《しか》られてしまいますよ」

高瀬がさらりと笑った。一見下手に出ているような言いようなのに、その実、全く二人を怖がってなどいない様子なのが、表坊主らしい。

「まあ淡島屋さんとて、甘味に大層な金子をお使いです。お二方とも、私どもから見れば羨《うらや》ましいお立場でございますよ」

我らももっと頑張りたいものと言い、宗春と高瀬はまた、小声で笑っている。ここで新之介が、勿論《もちろん》この先、手を貸すと言い、表坊主達へこっそり礼を述べた。

「淡島屋さんが『甘露の集』の柱だと教えて下さって、かたじけない」

そのことを知ったので手が打て、会へ入れた。要するに新之介は、志賀と淡島屋の張り合い故に、今日この会へ潜り込めたのだ。

(私にとっては望外の幸運だったな)

新之介はちらりと志賀を見た。

新之介には他の留守居役達のように、年月を積み重ねて作った付き合いがない。宗春と高瀬とて、江戸城内で道を教え、『甘露の集』へ導いてくれはしても、藩の浮沈を賭《か》けたお手伝い普請《ぶしん》のことで、多々良木藩の為に動いてくれるとは思えなかった。

(表坊主衆は、他の大名達へも気を使う)

新之介だけを特別扱いはしないのだ。分かっている。

それでも新之介にとっては、幕閣へと繋《つな》がる数少ない〃つて〃だ。よって、とにかく二人と急ぎ付き合いを深め、できればいずれ幕閣へ橋渡しを頼む心づもりで、新之介は会へやって来た。

(そこに志賀様がおいでとは、望外の幸運)

何とか志賀に、多々良木藩の窮状を聞いて貰《もら》えぬか、新之介は必死に考えはじめた。

会で話のきっかけを作るため、妹に頼み作ってもらった特製の菓子も、しっかり持参している。ここぞと期待を込め作られた菓子は、いつもの芋ではなく、黒蜜《くろみつ》と蜂蜜で渋皮ごと煮た栗菓子であった。

だが志賀は、留守居役を警戒しているのか、なかなか新之介の側へは近寄ってくれない。こちらから側《そば》へ向かっても、すっと離れてゆくのだ。そうしているうちに、隣の部屋では今宵持参された菓子を、皆が並べ始めた。

揃《そろ》いの漆塗りの盆に載せ、部屋の中程へ二列に並べ、手前には数字が書かれた札が置かれていく。味見をし所見を述べる時は、盆の周りをぐるりと囲むように、会の者達が座る決まりとなっているらしい。

「それにしても、間野様の妹様は、本当に菓子作りがお上手です。今日もこの菓子を頂くのが、楽しみでございますよ」

宗春が、新之介が持参した栗菓子を並べつつ言うと、新参者の菓子に皆の目が集まる。その時、江戸城で会ったことのある姿が、新之介へ声をかけてきた。

「お久しぶりでございます。入会おめでとうございます」

「これは江戸城台所方の、権兵衛《ごんべえ》殿」

先の松平家の騒ぎを知った台所で、見知った顔であった。新たな知り人と会えたのは心強く、新之介は権兵衛の横に並んで座った。

眼前にずらりと並べられた盆の数は、十五ほどもあった。菓子を二つ出している者もおり、今宵の会へ顔を出しているのは新之介も含め、十二人というところだ。

見れば大きい菓子は、軽く一口で食べられる程の大きさに、あらかじめ切ってある。そうでないと食べていくうちに腹へ溜《た》まり、後の方で味見する菓子が不利だからだと、権兵衛が教えてくれた。

じきに菓子の周りには、ずらりと人が並ぶ。中には大層高齢な老人もいて、皆から丁寧に扱われていた。〝冬菊《とうぎく》〟と称していた名は、俳号なのやもしれない。するとその老人は、大層気軽な様子で志賀と淡島屋へ、声をかけたのだ。

「ほーい、二人の菓子はどれかな。腹がふくれぬうちに、それを食べたいからな」

菓子に付けられた数字を聞くと、冬菊は開会を告げる声も掛からぬうちに、菓子へと手を伸ばした。だが最初にぱくりとかぶりついたのは、尋ねた菓子ではなく、新之介が持参した栗であった。顔がほころぶ。

「これはこれは。今宵の新入りは、良き品を持ってきたようですな」

その一言を聞いた宗春達も、一斉に栗へ手を伸ばし、てんでに感想を口にし始める。

ここで慌《あわ》てて淡島屋が、会を始めると口上を述べた。

「やれ冬菊先生は、相変わらずきちんとした段取りがお嫌いだ」

冬菊を〝先生〟と呼んだ後、淡島屋も栗菓子を口に運ぶ。「ふうむ」そして大きく頷くと、にやりと笑って新之介を見た。

「なかなかなかなか、ですな」

新之介の菓子へ好評が集まると、志賀が冬菊へ声をかけた。

「先生、そろそろ我ら弟子の品も、食べては下されぬか」

志賀は、冬菊へ催促しているようでいて、その口調には甘えが含まれていた。冬菊先生とは、この場では志賀すら頭の上がらぬ御仁らしい。

（一体どういう方なのか？）

こっそり権兵衛に尋ねると、俳諧《はいかい》の師匠のようだとの返答があった。

2

会では最初にそれぞれ、己のことを簡単に語りはしたらしい。だが平素話されるのは、専《もっぱ》ら皆が夢中になっている甘味のことばかり。この場を離れれば、付き合いの無い者がほとんどなのだ。新之介は座を見回し頷いた。

「そんな会なのだな」

その時新之介は目を見開くと、口をつぐんで菓子盆の方へ顔を向けた。志賀が栗へ手を伸ばしたのだ。新之介はさっと背筋を伸ばし、奥御右筆の手を食い入るように見つめた。

万一、栗一つを気に入って貰えたとて、一気にお手伝い普請を逃れることなど、できる筈《はず》もなかった。そんなことは、いくら新之介でも思ってはいない。

(分かっている。無理な話だと思う)

しかし、今は藁《わら》にも情にも運にも縋《すが》りたいのだ。眼前の栗がまかり間違って、何かの幸運を運んでくれぬかと、本心期待してしまう。

(頼む、頼むから……)

同情でもいい。奇跡が起こったなら、後で神社仏閣へお参りにゆく。だから……とにかく何か希望へと繋がってくれないか。新之介は心の底から、真剣に祈った。そして。

そのとき、志賀が口を開いた。

「この栗は、一見素朴ではあるが、蜂蜜なども使い美味に仕上げているな」

志賀が、どこの菓子屋の品か尋ねてきたので、妹の手作りだと正直に返答をする。するとと志賀は、妹のことを大層褒めてきた。気に入ったと言い、もしこの菓子の命名がまだであるなら、己が名を付けたいものだとも言う。

「しかし、な」

「しかし？」

　ここで志賀はその顔を、ひょいと新之介へ向けた。その表情は険しいものでも無ければ、怒りを含んでもいなかった。

なのに、志賀が新之介へその顔を向けると、座が静まったのだ。志賀の面は、ただ菓子を味わって楽しんでいる、名も無き武家のものでは無かった。それはこの日の本を支えている、高官の顔だった。数多の藩、武士、そして町人達の明日を変える力を持った、別格の者の姿であったのだ。

　新之介は息を呑《の》み、何かを言うべきかと思っても、言葉が出ない。そこへ志賀がはっきりと、部屋の隅にまで響くような声で言った。

「しかし、だ。この菓子一つと引き替えに、間野殿の、いや多々良木藩の望《のぞみ》を、叶《かな》えてやることはできぬ」

　菓子の味見の場は途端に、何やら別の場所にでも化けたかのような緊張に包まれた。

「志賀様、このような席で、仕事のお話は」

　淡島屋がたしなめるが、お前さんが江戸留守居役など引き込むから悪いのだと言い、志賀は言葉を止めようとはしない。

「私は奥右筆がどういう立場の者であるか、身に染《し》みてようく承知している」

たかが菓子一つで、ある藩の望を叶えたなどという話が伝わったら、後が大変なのだ。志賀は間違いなく、菓子責めにあうだろう。

「そのあげく、菓子の接待は効かぬと文句を言われる羽目になる。ご免だな」

正直な話、下心と共に持ち込まれる菓子は多いが、その品のために動くことは、せぬと決めているという。つまり。

「間野殿は今日、この会で私と出会った時、期待するところもあっただろう。だが……失敗であったな」

「そう、でございますか」

はっきり言い切られ、新之介はしばし呆然《ぼうぜん》と固まった格好のままでいた。寸の間のうちに、希望の糸が、ばっさり切られた訳だ。おまけにその糸は、新米江戸留守居役の新之介が持つ、数少ない希望の一つであった。

「駄目かもしれぬと分かっていても、がくりときます。何故《なぜ》なら今回のお手伝い普請は、印……」

新之介がため息と共に喋《しゃべ》りかけたとき、志賀の扇子がさっと伸びる。その先が、新之介の口元を塞《ふさ》いでいた。

「おや御身、子細を承知しておるらしいの」

新入りの留守居役にしては耳ざといと言い、志賀は怖いような迫力のある笑みを、新之介へ向けた。座が僅《わず》かにざわめく。会での志賀は、菓子についての蘊蓄《うんちく》に興じるばかりであったのだろう。皆は奥右筆としての顔など、見たことも無かったのだ。

「だがこれより先は、ただ菓子を楽しまれよ。ここは『甘露の集』ぞ」

新之介は志賀の目をしっかりと見てから、畳に両の手を突き深々と頭を下げた。

「申し訳ございません。今日は静かに菓子を味わうことにいたしまする」

畳に付きそうなほど頭を下げつつ、唇を噛《か》んでいた。この様子では奥御右筆の志賀に縋り、多々良木藩が印旛沼のお手伝い普請を逃れることは、もう無理であろうと思う。

（この先志賀様は、私を警戒してくることだろうからな）

そうと思うと己でも驚く程に、気持ちが沈んでくる。

（やはり菓子一つでは、事を動かすことなどできぬのか。志賀様は多々良木藩には、何の借りもないし、縁もないから）

この先奥御右筆の志賀が融通を利《き》かせ、どこかの藩をお手伝い普請から助けることは、あるやもしれない。だがそれは、せいぜい一つか二つの藩くらいであろうと思う。志賀の上には、老中方がおわす。あまり目立つことなどやりはしないと思うのだ。

その志賀へ、多々良木藩が菓子の他に出せるものといったら、借金をして作った金子しかない。

（だが）

その持ち金を全部出しても、他藩との勝負に勝てるとは思えなかった。新之介の勘がそう告げていた。

（江戸留守居役の費用として、年に千両出して貰っている藩がある。このお手伝い普請の危機に際して、もっと出してくるやもしれぬ）

金で大藩と競うのは無駄であろうと察しをつけ、新之介は差し出したくなる思いを留めた。せっかく青戸屋から借りた虎の子の金子なのだ。有用に使えなければ、借金が残るだけになってしまう。

（ではどうする？　これから私は、どう動けばいい？）

そんな新之介の苦悩を知ってか知らずか、直ぐ側で淡島屋と話す志賀の様子は、羨ましいほど気楽に見えた。

「それにしても間野殿の菓子は、本当に良い。先々『甘露の集』で菓子の本を出す折には、候補の一つに挙がるかもしれませんな」

淡島屋の言葉に頷《うなず》き、志賀が栗をもう一つ手に取ろうとする。だがその時菓子盆の上は、空であった。

「ああ、もう一つ味見をしたかったのに」

以前表坊主《おもてぼうず》達が、身分の違いに関係なく、楽しく会を開いているというようなことを言っていたのは、本当らしい。志賀にへつらい、菓子を余分に渡す者などなく、皆さっさと気に入った品を食べてしまっていた。

「おやま」

ここで権兵衛が新之介に、また機会があったら、この栗菓子を持ってきてくれと声を掛けてきた。栗は本当に歓迎されたらしい。妹への土産話ができたと、新之介は頭を下げ礼を言う。会は、お役目絡《がら》みでなければ、本当に面白きもののようであった。

だが今日は、どうしても気楽にそれを楽しむ気にはなれない。

（ああ、志賀様とお会いできたのに、手も足も出なんだ）

岩崎達他の留守居役であれば、もっとあれこれできたのではないかと思うと、特大のため息が口からこぼれそうになる。それが悔しくて、ため息を口の中へ押し戻す。するとと今度は、気持ちが落ち込みそうになったのを、ぐっと堪えた。

多々良木藩には今、他の江戸留守居役はいないのだ。何としても、気持ちから折れては駄目だと、己にそう言い聞かせた。

(何とか、何とか明日へ、望を繋げなくては)

菓子を賞味しつつ、新之介は真剣に考えていた。己の運が尽き、大した金も動かせぬとあれば、後は脇道《わきみち》でも見つけ、何とか先へ進むしかない。

(どうする? 迷って考え込む時はないぞ)

新之介は菓子三つ食べる間、眉間《みけん》に皺《しわ》を寄せていた。そしてじきに、一つ頷いたのだ。それから淡島屋へ近寄ると、この栗菓子の作り方に興味があるかと小さく声をかけた。

すると表坊主達が耳ざとくその声を聞きつけ、側に近寄ってくる。何と権兵衛までが一緒に、隣へきていた。

新之介は栗の作り方が書かれた紙を、四人の前に差し出す。だがそれを開いて見せる前に、一層声をひそめ、皆への頼み事を一つ口にした。

新之介が栗菓子をもう一度、『甘露の集』の面々に供する機会は、大層早く訪れた。十日後にまた会を開くと、前回の会をお開きとする前に、淡島屋が言い出したのだ。

そして、いつになく短い間《ま》で開かれた会の当日は、小雨であった。

「これではどれ程会の方々が集まるか、分かりませんなぁ」

淡島屋はそう危惧《きぐ》していたが、その日妾宅《しょうたく》へは前より余程多い、二十人ばかりの者達が顔を揃えた。冬菊始め前回顔を見せた面々は、全員姿を見せている。今宵はわざわざ淡島屋が特別に設けた会故《ゆえ》、面白いことがある筈だと、客達は勝手に口にしていた。

「おやおや、皆さん興味津々《しんしん》なのですな」

ここで、本日持参の菓子を差し出しながら淡島屋へ話しかけたのは、宗春であった。共に来た高瀬と一緒ににやりと笑って、目配せをしている。

「まあ、今日は飛びきり面白い会となるに、違いありませんから」

おやまだ志賀様はおいでではないのですねと、宗春が隣の間へ目をやる。高瀬が機嫌良く言った。

「じきに、みえますよ。今日は大丈夫だと、おっしゃっていましたから」

淡島屋は、今宵初めて顔を見せた客達が、古参に挨拶《あいさつ》をしているのを見て、上機嫌の表情を見せる。

新之介も口の端に笑みを浮かべつつ、菓子の盆を部屋の中程に並べていた。会はいつものように準備が進み、黒塗りの漆盆の周りを囲むように皆が座ったところで、淡島屋が会の始まりを厳かに告げる。

だがここで、菓子盆へと伸びた皆の手が一寸《いっすん》止まった。遅れてきた者が襖を開け、寒い風が吹き込んだのだ。志賀の登場であった。

「済まぬ、色々忙しくて遅れ申した」

挨拶の声がかかり、志賀はもの柔らかに返答をする。座の空いた場所を探しつつ、一歩部屋の中へ踏み出した。

だがその時、志賀は突然立ちすくんでしまう。目を大きく見開くと、身をぶるりと震わせたのだ。そして手が届きそうな場所に座っている者へ、幽霊でも見たような顔を向けたのだった。

3

「おや志賀様、いかがされました」

面白がる声が座でしたが、志賀は何も耳に入ってはいない様子であった。その顔に、段々と赤味が加わってゆく。

「い、岩崎っ、戸田っ、どうしてここに……」

すると名を呼ばれた者の綺麗《きれい》な顔が、にっと笑みを浮かべる。それから二人の江戸留守居役は、澄ました様子で志賀の方へ体を向けると、挨拶をしたのだ。

「我らが藩の上屋敷と、多々良木藩のそれは近うござる。それで間野殿が今宵の風流な会へ来る時、我らも誘って下さったのだ」

何しろ、日頃行いを共にすることの多い留守居役仲間だからと、岩崎は柔らかな口調で言った。志賀は十日前、新之介に見せた余裕を、全部あの日に置き忘れて来てしまったかのように、落ち着きを無くしていく。

「だが……どうして……」

「いやいや、この座に懐《なつ》かしき冬菊先生も、同席なさっておられたとは、望外の喜びでございます。先生は、覚えておられましょうや。戸田と私も道場の帰り、俳諧の会へ何度か寄らせて頂きました」

名を呼ばれた冬菊が、岩崎の整った顔へ目を向け、ふおふおと笑った。

「ああ、この顔は忘れられぬわ。姿が良く腕が立ち、根性の奇妙に座っておる奴は、珍しいからの。だが頭は悪くないのに、岩崎は風流を解さぬ若造であったな」

ろくに道場へは行かず、俳諧を深めた志賀と違い、岩崎も戸田も剣の道に走りおったと言い、冬菊はまた笑う。岩崎が、その言葉は心外だとばかりに手を振り、冬菊へ言い訳を始めた。

「いやいや冬菊先生、我らが俳諧から距離を置きましたのには、事情がございます。先生のお宅へ、いささか行きにくいことができたからでして」

「い、岩崎っ」

途端、志賀が泡を食った顔で、岩崎と冬菊の間に座る。それから急ぎ菓子盆を手に取り、皆に菓子を勧め始めたのだ。

「そのっ、この会は菓子の賞味と批評を成すべきところだ。昔話はここいらで止めぬか」

すると、今日も遠慮無く菓子へ手を伸ばした冬菊は、その老いた顔の皺をくしゃりとゆがめ、大層若々しげな表情を見せた。

「おや志賀、岩崎が面白げな話をするところではないか。止めるでない」

「先生っ、ですからこの場は、そういう話をする席ではないので、皆様が」

「おお、お気遣いなく。我らならば構いませぬよ」

小皿を手にした淡島屋が、口を挟んだ。志賀の心底困っている顔など、滅多に見られるものではないのだろう。淡島屋は興味津々、いっそ嬉《うれ》しげにも見える表情を、競争相手へ向けている。志賀は益々狼狽《うろた》えた。

「ううっ、いやその、そんなことをして頂く訳には……その」

その時であった。新之介が菓子盆を手に、約束どおり栗菓子を持ってきましたと言い、志賀の横へするりと近寄る。そして何気ない様子で志賀へ顔を寄せると、小声で言った。

「こちらのお二方は〝沼〟のこと、既に承知しておいでです」

「おふたかた……？」

志賀の視線が、ちらりと昔なじみの者達の面を過ぎた。それから表情を硬くすると、その怖い顔を、栗菓子の持ち主へ向ける。

「間野殿はもうお役目のことを、この場に持ち込まぬと思っていたがな」

部屋内が静まった。普段耳にすることのない武家達のやり取りは、菓子と同じほどに面白いらしい。新之介が、にこりと笑う。

「はい志賀様、この間野はもう、お役目のことを、この場で話したりはいたしません」

ただし。己はそのつもりだが、岩崎と戸田がどう考えているかは、承知していない。

「お二人から、聞いてはおりませんので」

新之介はしゃあしゃあと、志賀へそう言ったのだ。

「お、御身、その心づもりでこの二人を」

こめかみに青筋を浮かべた志賀が、新之介に向け扇子を振り上げる。その時、新之介が手にしていた菓子盆が、見事な手際《てぎわ》でその手の中から消えた。

「志賀の阿呆が。盆を叩《たた》いて、栗を畳に転がす気か」

年に似合わぬ素早さで、栗菓子の盆を確保したのは、冬菊先生であった。先生は座ると、手にした栗を遠慮無く食べ始めた。

志賀が困り果てた表情で、両の眉尻《まゆじり》を下げたところへ、岩崎と戸田が、これ以上無いほどはっきりとした猫なで声を掛けた。

「なあ志賀、我らは一寸昔話をしたいだけだ。時々子細を忘れることもあろうが……思い出すことも多かろう」

持って回った言い方をした岩崎は、明るい口調でこう付け足す。

「次のお役目は、随分と難儀なことのようだ。我らは気晴らしが欲しいのだよ」

戸田が脇でうんうんと、頷いている。そこへ冬菊が、御身らは何を話しているのか、要領を得ぬと言って近寄ってくる。

「いや、それが」

岩崎が冬菊の方を向いた途端、志賀が思いきりぺしりと新之介の頭を打った。

「ひっ」

短い悲鳴が上がったので、驚いた皆の目が新之介の方へ向く。「痛ぁ……」新之介が頭を抱え人目を集めたその隙に、一寸歯を噛みしめた志賀が、声を潜め二人へ言った。

「分かった、承知する！」

「おや、何をだ？」

「この奥右筆が請け合ったのだ。察しろ」

だから昔なじみの二人は黙れと、志賀がきっぱりと言う。岩崎は口が裂ける程の笑いを寸の間浮かべ、戸田と共に頷いた。

「何だ、何だ？」

座からは子細が知れぬと不満の声も上がったが、望《のぞみ》を果たした留守居役達の口は、突然に堅くなった。

「はてはて？」淡島屋は、訳が分からぬと言う顔付きで、誰ぞ説明をしてくれる者を探している。だが新之介も口をつぐんでしまい、話す者はいない。

志賀は己の小皿に、栗やら餅《もち》やら山と載せると、不機嫌な様子で口に放り込んでいった。

「上々だ、大吉だ！」

「いや間野殿、感謝だ、大感謝！」

翌日新之介と岩崎、戸田の三人は、聞番茶屋万八楼《まんはちろう》の一部屋に集った。一刻《いっとき》ほど前、一同はこの茶屋で志賀と会っており、その話し合いの戦果に対する、祝いの席を持ったのだ。

志賀は、これ以上の頼まれごとはご免だと、早々に料理屋から去っていた。

「我が久居《ひさい》藩と戸田の大洲《おおず》藩は、万々歳だ。奥御右筆志賀殿より、次のお手伝い普請《ぶしん》には関わらなくともよいとの、言葉を頂けたわ」

つまり老中達幕閣が請け負う藩を決する前に、二つの藩は志賀の力でお役目から外して貰《もら》えるのだ。岩崎は心底嬉しげな顔をして、新之介に向け杯を差し出す。そして珍しくも妹に、殿《どの》という言葉を付けて呼んだ。

「かたじけない。本当にかたじけない。間野殿が『甘露の集』へ招いてくれたおかげで、我ら二藩が先に、お手伝い普請から逃れられたわ」

にこりと笑うと、新之介は杯を受けた。

「本当は、我が藩も逃れられれば良かったのですが」

しかし昨日、己では志賀を動かすことなどできぬと、新之介は悟ったのだ。本心は、もしかしたら何とかなるのではと、そう思いたかった。しかし……心の内で兄に聞いてみたら、苦笑されたので諦《あきら》めた。

だがそれでも、だ。奥御右筆が眼前にいるのに、それをただ放って置くなどということは、できない話であった。多々良木藩には余裕がない。つてもない。おまけに手持ちは、借金した金だけという状況であった。よって志賀と出会ったことは、何としても役に立てなくてはならなかったのだ。

（どうすればいい？　兄上ならばこの縁を、藩のために、どう使うであろうか）

新之介は品比べに出された菓子を口にしつつ、死にものぐるいで考えた。とにかく、考えるのはただであったし、誰からも無駄だから止めろとは言われない。考え、菓子を食べることだけが、多々良木藩に残された最後の選択であった。

そして。

新之介は淡島屋へ、急ぎ次の会を開いてくれるよう頼んだ。それから早めに会を辞すと、淡島屋の馴染《なじ》みの店から、珍しくも駕籠《かご》を呼んで貰った。帰りに久居藩と大洲藩へ訪問すると決めたので、徒歩では行けなかったからだ。

「留守居役組合の皆様は、志賀様を知っておいででした。ですから私では無理でも、方々ならひょっとしたら、何か手を打てるやもしれぬ。そう思いついたのです」

その思いつきは、吉と出た。岩崎に『甘露の集』のことを告げ、冬菊が同席していたと話した結果、思いも掛けない程上手《うま》い成り行きとなったのだ。

「しかし、どうして留守居役仲間の内、我ら二人にのみ声を掛けたのだ？」

ここで戸田が、気になっていたらしいことを、何気ない風に聞く。新之介が笑った。

「一度に留守居役組合の面々全《すべ》てを、お手伝い普請から外すのは、奥御右筆でも無理だと思ったのです」

それでは幕閣の間で悪く目立ってしまうからだ。しかし。

「そう、例えば二つの藩までなら、大丈夫かもしれない。志賀様ならば、同じ組合だったのはたまたまということで押し通し、何とかできるやもと思いました」

さて、では組合の誰に声を掛けるかということになる。そして新之介は単純に、多々良木藩の近くに上屋敷がある、久居藩と大洲藩へ向かったのだ。

「ご近所であればこの先、急ぎの話もしやすいと、そう思った次第です」

あっさりとした理由に、戸田は小さく頷《うなず》き、おのれは運が良いとつぶやいた。横で岩崎も、これは明日、他の三人から羨《うらや》まれるなと腕を組む。しかし、新之介は平気な顔だ。

「そもそも我が多々良木藩が、どうにもならなかった話なのです。それに文句を言われましても、ねえ」

二つの藩を、一番羨ましいと思っているのは己だと、新之介は正直に言った。岩崎達の藩を先に逃し得たのは、あの状況から勝ち取れた戦果であり、正しいやり方だったと分かっている。

「なのに、こうして三人で酒杯を傾けていると、不安なのです」

一人だけ取り残されているのだ。ため息が出る。心細い。己は阿呆だったと思えてくる。馬鹿をしたという気持ちにもなった。それが男として情けのない考えだと分かっていても、それでも惨《みじ》めな気持ちと共に、嫌な考えが湧《わ》き上がってくるのだ。

新之介が畳の方を向いたまま正直な心の内を口にすると、戸田と岩崎は少し苦笑を浮かべ、二人して新之介へ、また新たな杯を勧めた。

4

「そう情けのない顔をするな。この恩はきっちり返させて貰う故《ゆえ》」

「ああ、約束だ。これからは我らに続き、多々良木藩がお手伝い普請から逃れられるよう、手を貸すからして」

それが今回の件で二人とした約束、新之介が得たものであった。少なくとも多々良木藩はこの先、算盤《そろばん》に強い戸田と、押しの強い岩崎の助力を得られるのだ。新之介は期待していると言い、ここでさっそく一つ問いを口にした。考えてみると志賀は最後まで、岩崎達の望を叶《かな》える理由を言わなかったのだ。

ひょっとしたら今日の会合で訳が聞けるかと、新之介は期待していた。だが志賀はただ、二つの藩を救うと確約しただけであった。

「お二方が志賀様に使った切り札は、何だったのでしょうか」

冬菊の前では、何が何でも口にしたくないことがあったのかと、新之介は二人を見る。すると岩崎が戸田の顔をちらりと見てから、何とも言えぬ笑みを浮かべた。

「恩人には、やはり訳を告げておかねばならんよな」

そして、こればかりは他言してくれるなと念を押してから、昔語りを始めた。

「志賀の奴《やつ》、我らと共に道場に通っていた頃、あるおなごに夢中になったのだ」

「お綺麗なお方でありましたね。年上であられましたが」

岩崎の言葉を聞き、戸田が頷いている。志賀が懸想《けそう》したのは、何とあの冬菊先生の親戚《しんせき》にあたる娘なのだと言う。

「身分ありげな娘御であったが、未《いま》だにどちらの方であったか知れぬ」

娘の父親も、冬菊に輪をかけた程の菓子好きだとかで、娘が時々俳諧《はいかい》の会へ菓子を運んでいたらしい。それで志賀は、剣よりも俳諧を好んだのだ。

「お紀奈《きな》様といわれましたかな」

しかし志賀はまだ、嫁取りには若すぎた。前髪を落としたばかりの男に何ができる訳もなく、その内お紀奈は、嫁に行くことが決まってしまった。

志賀は己の思いを、他には隠しているつもりであったようだ。だが実際の話、共に道場へ通う仲間達は、とうに察していた。

「そして志賀はお紀奈様を、あっさりと諦めることができなんだ。だからあの当時、可愛《かわい》いことをしてな」

我らはそれに、ちょいと手を貸したのだと言い、岩崎が口の端をくいと引き上げる。人が悪そうであるのに、何故《なぜ》か憎めず頼りそうになる、そんな変わった笑みを浮かべていた。

（志賀殿は、娘御に文でも渡したか。それとも駆け落ちでも持ちかけたのかも）

とにかく志賀は、何としても冬菊先生へ聞かせたくない何かを、行ったのだろう。

そして冬菊が結果を知らぬということは、志賀が成そうとしたことは、失敗したのだ。

（岩崎殿達は、その話を知っていたのに、今まで黙っていたのだな）

少なくとも江戸留守居役として、思い出を力にする必要にかられた、この日までは。

「ああ、私もその切り札が欲しかった」

事を一つ知らなかった為、多々良木藩は、目の前の好機を逸してしまったのだ。酔った勢いで新之介が嘆くと、岩崎が己の杯を干して言った。

「間野は我が藩にとっては救いの神だ。実は久居藩も、内情の苦しきことといったら、多々良木藩に余り大きいことなど言えぬ程でな」

「えっ？」

聞けば久居藩の国元では、二年ほど前に干魃《かんばつ》があったという。そして不運なことに、時を同じくして城下が、大火に襲われたのだ。

「おかげで我らは今、半知行だ」

つまり禄《ろく》を、半分に削られているらしい。

「それは……きつうございますな」

岩崎の言葉を聞いた戸田が、ぐいと酒をあおる。そして何と、正直なところ、己も余裕などないのだと言い始めた。

「大洲藩も、財政は逼迫《ひっぱく》している。二十年ほど前から間を置かず、大洪水、江戸上屋敷、下屋敷の焼失、お手伝い普請の拝命と、続いておってな」

よって借金が、藩にまだ多く残っている状態であった。

「無駄遣いをせず、見栄も張らぬ暮らしをしても、昨今余力のある藩は少ないだろう」

「全く、その通りだ」

窮乏の話となると、どれ程酷《ひど》いか貧乏自慢をしあうこととなり、延々と話が続き終わらない。とにかく我らはよく働いたと、三人で久々に仕事抜きで飲んでいると、万八楼の他の部屋から、怒鳴り声が聞こえてきた。接待客の多い万八楼では珍しかった。

「酔っぱらいの声では、ないようですが」

新之介が廊下の方へ顔を向けた、その時であった。突然障子が開くと、そこに仲居をしている千穂《ちほ》がいたのだ。

「おや、これは……」

新之介へ顔を見せに来たのかと思い、笑顔になる。しかし千穂は急に、怯《おび》えた顔で廊下に座り込んだ。

驚いて目を見開く。するとその途端、新之介は頭の上から酒をぶっかけられ、ずぶ濡《ぬ》れとなっていた。

「これは何と……」

まだ大して酔ってはいなかった故、新之介は頭からかぶったその酒で、却《かえ》ってしゃきりとした。そして身を小さくした千穂の背後に、目をやる。貧乏徳利を手に立っていたのは、二人の町人であった。

戸田が、しかめた顔をそちらへ向ける。

「何者だ。武士へ酒を浴びせるとは、度胸の良いことをする」

岩崎が強面《こわもて》で立ち上がると、男達は一寸腰を引く。そして一番前にいた男が、言い訳をし始めた。

「手前どもは……その千穂という仲居に、用があったのです。酒は、そちらに掛けるつもりなど、無かったのでして」

「手違いだったと？　それが謝り方か！」

岩崎の怒声に男が怯《ひる》んだその時、廊下の先から万八楼の主《あるじ》が駆けてきた。そして町人二人の袖《そで》を摑《つか》むと、必死に事を収めにかかる。

「幸之助《こうのすけ》さん、定次郎《さだじろう》さん、きちんと謝って下さいまし。お客様相手に、とんでもないことをなさって」

お父上の青戸屋さんが聞かれたら、大事ですよと主が言う。

（青戸屋の倅《せがれ》達か）

新之介が目を見張ったその前で、幸之助は廊下の隅にいる千穂へ、鋭い目を向けた。

「そもそも、この女が悪いのではないか。おとっつぁんをたぶらかして。あの歳《とし》でまた嫁を貰いたいとは、どういう訳だ」

　妾《めかけ》ならば目を瞑《つむ》ったのにと言い、幸之助は千穂を睨《にら》み付ける。ここで千穂が、勝気な顔を幸之助へ向けた。

「私は青戸屋さんに、嫁にして欲しいなどと、言ってはおりません！」

　きっぱりと否定したが、幸之助は千穂の言うことなど、端《はな》から信用する気は無いらしい。引かぬ構えで廊下を塞《ふさ》いでいる。

　すると今度は幸之助が、頭の上から酒をざんぶりと被《かぶ》ったのだ。遠慮無く掛けたのは、新之介であった。

「親に不満なのか。ならば青戸屋と話をすればいい。わざわざ弱いおなごの所へ来て、不満をぶつけるなど、およそ男らしくないわ」

　この身は酒を頭から浴び、大分酔ってしまった。故に間違って目の前の首、落としてしまいたくなるではないかと、新之介が物騒なことを言い出す。

　だが幸之助は苦労知らずなのか、無謀にも、二本差しへ睨み返してきた。

「父をご存じとは、もしやあなたが多々良木藩の間野様か。今回余計なことを言い出したという、ご本人か」

その言葉を聞き、千穂が新之介へさっと目を向ける。新之介が、それがどうしたと言葉を返すと、幸之助の顔がぐっと強《こわ》ばった。

「ああ、お止《よ》し下さい」

万八楼の主は、困り切った声を出したと思ったら、急ぎ足で一階へと下りていった。残された者達は静まり、針一つ落ちる音がしたら、その途端何か大事が起きそうな、そんな緊張が場に満ちてくる。そして。

そして。

隣の部屋の襖《ふすま》が、そこでするりと開いたのだ。姿を現したのは、見慣れぬ男であった。懐手《ふところで》をしながら、やれ騒がしいことだと言い、声を掛けてくる。

「ああやはり、騒いでいるのは幸之助ではないか。聞番茶屋は我ら留守居役が、お役目で接待をする場でもある。邪魔をするなよ」

「これは……大越《おおこし》様」

知った顔なのか、幸之助が男へ慌《あわ》てて頭を下げた。

戸田が、おや、あの御仁が来ていたのかと言い、小声で新之介に耳打ちしてきた。

「あれは奥州二本松藩の、江戸留守居役殿だ。大広間《おおひろま》席《せき》組合」

留守居役組合は、同席組合だけでなく、近所組合や縁戚による組合、小組と呼ばれている組合など幾種類もあり、留守居役達は複雑に入りくんだ形で加わっている。戸田は入っている他の組合の縁で、大広間席組合の大越と顔見知りなのやもしれなかった。

（二本松藩といえば、十万石以上だ）

そこの留守居役と、直参《じきさん》相手の商売をする青戸屋とは、縁が無さそうな気もするが、どちらも茶屋や吉原で派手に遊べる身だ。

（出会っていても不思議ではないか）

そこへ万八楼の主が店の若い者を連れて戻ってきた。そして大仰に新之介達へ謝ると、まだ不満げな顔付きの幸之助を強引にその場から引っ張り、一階へと下りていったのだ。

新之介は一つ息をついてから、廊下に座り込んでいた千穂へ目を向け、手を差し伸べた。

「やれ、とんだ目にあいましたね。大丈夫ですか、千穂さん」

青戸屋が嫁取りするとなれば、身内達が騒ぐとは思ったものの、息子達が万八楼へ乗り込んで来るとは考えの外《ほか》であった。

「私がもっと、気をつけておくべきでした」

だが千穂は、別のことを考えていたようで新之介の手を取りはしなかった。何時《いつ》になく険しい表情と共に、立ち上がったのだ。

「え？　どうしたのですか……」

そう言いかけたとき、新之介は千穂から、平手打ちを喰らっていた。

5

「勝手なことをしないで下さい、か。間野、お主は、おなごの気持ちが分からぬ奴だのぅ」

岩崎がそう口にすると、知り合ったばかりの大越が隣で笑っている。新之介は絞った手ぬぐいで酒を拭《ぬぐ》いつつ、思わず顔を赤くしていた。

千穂に、思いきり打たれた。怒られた。ため息をつかれ、去られた。あげくに、初めて挨拶《あいさつ》をした留守居役達に千穂のことで笑われ、新之介はぐったりとしてしまった。

隣の間から現れた大越のことは、岩崎も見知っており、挨拶をしていた。部屋内には柘植《つげ》という連れがおり、こちらは信濃《しなの》国須坂藩一万五十三石の、江戸留守居役だという。新之介は平素、どちらとも面識は無いのだが、戸田は柘植とも顔見知りのようだ。新米留守居役の新之介には、まだ欠けている顔の広さであった。

（本当に、江戸留守居役の付き合いというものは、蔦《つた》の蔓《つる》のように、こんぐらかっているな）

主の身分によって、集まる留守居役組合すら分かれているかと思えば、婚姻関係や上屋敷の場所で、藩の大きさとは関係なく付き合ったりもする。知り合いが多ければ、何かの時に心強くはあるだろう。

しかし武家の付き合いには、出費が付き物であった。供をする中間などへの心付けも、回数が重なればまとまった金額となる。ただただ交際を広めれば良いという訳にはいかぬのが、苦しいところなのだ。

（付き合いといえば、十万石越えと一万石そこその藩の留守居役、大越殿と柘植殿の組み合わせというのも、珍しくはあるな）

岩崎もそう感じたらしく、大越へ遠慮のない質問を向ける。すると大越は柘植と、趣味である万年青《おもと》の会でたまたま顔を合わせたのだと、笑いつつ答えた。

「話しているうちに、互いに留守居役なのだと分かった。それ以来の付き合いだ」

だから二人の付き合いは、組合というものでは無く、他の友も加えての飲み友達だと大越は言う。目を隣の部屋内へやれば、確かに三つ目の膳《ぜん》が出ていた。

（江戸留守居役同士の、組合を離れた友達付き合いとな）

一見利害関係の無い、清々《すがすが》しい付き合いには見える。しかし、その身が江戸留守居役であれば、自身が蔦の一部で無いわけがない。蔦の蔓に朝顔の蔓が絡《から》みついているような話で、新之介は目眩《めまい》に似た感覚を覚え、しばし黙ったままでいた。

するとその時、万八楼の二階から、駆け上がってくる足音が聞こえてきた。

「幸之助が戻ってきたのか」

新之介や岩崎が身構えた。

だが部屋へ遠慮もなく飛び込んできたのは、一人の武士であった。急いできたせいか、息が上がっている。部屋に知らぬ顔があったのに、男は見向きもせず、ただ連れの二人へ興奮した顔を向けた。

「大越、柘植、大事だ。奥御右筆の志賀様は既に、どこぞの藩の留守居役と、次のお手伝い普請について約束を交わしたという噂《うわさ》だ」

次回のお手伝い普請については、まだ確たる話が出ておらぬのに、いかなることなのか。男は、入ってきた勢いのままに部屋内をぐるぐると回り始めたので、新之介が岩崎達と目を見交わす。ため息をついた大越が、こちらがもう一人の友、上州安中《あんなか》藩の江戸留守居役江場《えば》だと、新之介達へ紹介する。また戸田の小声が、新之介の耳元でした。

「安中藩は三万石、伺候席《しこうせき》は雁之間《かりのま》だな」

　ここでやっと、部屋内にいる見知らぬ者に気づいた江場が、どかりと新之介の目の前に座り込む。そして気軽に頭を下げてきたので、新之介達も挨拶をし名乗った。するとどういう訳だか、途端に江場の表情が険しくなったのだ。そして江場は正面から、新之介へこう問うてきた。

「今日志賀様を、多々良木藩がもてなしたと聞いた。次のお手伝い普請のことで何かを約束したというのは、もしや御身の藩か？」

　新之介の後ろにいた戸田と岩崎が、すっと身を強ばらせる。だが新之介は江場に、軽く首を振った。それが真実であったからだ。

「確かに某《それがし》は、志賀様とお会いしました。そして次回のお手伝い普請を引き受ける力が、当多々良木藩にはない旨《むね》、訴えさせて頂きました」

　多々良木藩の藩財政は、もう見栄など張る余裕もない程に逼迫しているのだと、新之介は正直に言った。しかし志賀は、新之介の願いを聞いてはくれなかったのだ。

「断られた？」

　江場が目を見開く。

「脈があると思えましたら、菓子となけなしの金子を志賀様へ、ご挨拶に贈る心づもりでございました。しかしその金はまだ、当方の手元にございます」
新之介は江戸留守居役には珍しいほどの、あけすけな言い方をしたのだ。そ
疑念があれば志賀に確かめても良いと言うと、江場がふっと総身の力を抜いた。そ
れからぺこりと頭を下げ、妙なことを言ったと謝ってくる。
するとここで岩崎と戸田が、そろそろ部屋で話の続きをする時だと言い、新之介の
袖を引く。大越達へ挨拶をし、部屋内へと戻った新之介達は引きつった笑みと共に、
顔を見合わせた。そして馬鹿《ばか》を言いそれが隣に伝わらぬよう、寸の間口元を押さえる。
（私は、嘘《うそ》は言うてはいないよな）
そう、多々良木藩が志賀に申し込みを断られたのも、今困っているというのも、間
違いのない事実であるのだ。
しかし新之介が言っていないことは、確かにあった。新之介が志賀に頼み事をした
のは、今日ではない。三人は早々に帰ることに決め、表の駕籠《かご》へと向かう。料理茶屋
の一階へ下り、二階へはもう声が届かぬ所まで来てから、短い話を交わした。
「次のお手伝い普請についての話が、回り始めているな」
岩崎の言葉を聞き、戸田が眉《まゆ》をしかめている。
「この分だとじきに、次は印旛沼だとの噂が、流れるやもしれませんね」

そうなったら、少しばかり早くに事を掴んだという利点が、消え失《う》せてしまう。そして前回も上手《うま》く立ち回れなかった多々良木藩は、一気に次のお手伝い候補に挙がりかねない。新之介は万八楼の二階へ目を向け、小さく首を振った。

「申し訳ないがここで大越殿方へ、印旛沼のことを知らせる訳にはいかないんです」

大広間、柳之間、雁之間と、江戸城内で三人の主が控える伺候席は、ばらばらであった。つまりあの者達が話を知ったら、話はあっと言う間に、それぞれが属する同席組合へ流れてしまう。それだけは、避けねばならなかった。新之介はまだ、お手伝い普請の影に追われているのだから。

「間野、そんな強ばった顔付きをするな。我らが付いていると言ったであろうが」

岩崎に一つ、背をどつかれてから駕籠に乗り込む。未《いま》だにどうしても乗り慣れない駕籠の内で、新之介は一つ、小さなため息をついた。

多々良木藩と久居藩、それに大洲藩の上屋敷は、共に神田川の北にある。両国橋を渡り郡代《ぐんだい》屋敷の側を抜けた一行は、やがてそれぞれの上屋敷へと向かい道を分けた。ようように藩邸へ帰り着いた新之介は、まず遅い刻限に、新之介のため部屋から出てきた門番へ、万八楼の膳の上から持って帰った菓子を渡した。

並の藩士であれば、外出にはあれこれ制限があるものだが、江戸留守居役はそのお役目故《ゆえ》に、夜ですら出入りは許されていた。その特別扱い故、自然と他の藩士達から向けられる目は、厳しくなる。新之介は諸方への気遣いを忘れぬよう、留守居役組合の皆から、釘《くぎ》を刺されていた。

それから駕籠かきを気遣い、供の若党に声をかけた後、間野家へ入るとようよう、ほっとした気持ちに包まれる。

「やれ、草臥《くたび》れた一日であった」

遅くなったから、家人はもう寝ているやもしれぬ故、静かに己の部屋へ向かおうと、縁側をすり足で歩いてゆく。だがその微《かす》かな気配を感じたのだろうか、突然横の障子がさっと開いたのだ。

「これは母上。起きておいででしたか」

母の八重《やえ》は早寝早起きであったから、新之介はまだ昼間のままの姿に、少しばかり目を見張る。八重は何も言わずに息子の手を引き、部屋内へ引き入れた。

「母上？」

すると行灯《あんどん》に火の灯《とも》った寝間にはまだ、布団《ふとん》も敷かれていなかった。目を長火鉢の脇《わき》に向けると、そこには父が座っていた。こちらも羽織袴《はかま》を着けたままであった。

「父上は、どこぞに出かけておいでだったのですか？」

その声で、新之介に初めて気が付いたとでもいうかのように、父、五郎右衛門《ごろうえもん》が新之介へ目を向けてくる。その顔が寸の間歪《ゆが》んだと思ったら、深いため息が口元からこぼれた。見れば長火鉢へもたれ掛かった身が、僅《わず》かに震えているではないか。

「新之介、お前……藩邸内で刀に手を掛け、御家老様と対峙《たいじ》したそうだな」

父五郎右衛門は、声までかすれていた。

「恐れ多いことに殿自らが、二人が争う場を収め、〝話はこれにて終わり〟と定められたと聞いた」

それでこの一件は表だって、噂する者が居なかったのだ。おかげで、五郎右衛門の耳に入るのが遅れた。

「お前、お前、御家老が多々良木藩を潰《つぶ》すと、言いもしたそうだな」

千太郎を殺したのは家老だと、新之介が言ったという話もあった。五郎右衛門はそれを聞いてから、目の前が歪み回る思いがして、今も立ち上がれずにいるのだ。新之介はそんな父親を見て、部屋の端に座ると頭を下げた。

「人の口の端《は》に上るようなことを致しまして、申し訳ございません」

しかし。たとえいかに非常識なことに見えようと、新之介はやらねばならぬことをしたのだ。多々良木藩の為に。

「藩の為……？　御家老に向かい、刃向かうことがか？」

「もし私が、一方的に過《あやま》ちを犯したのであれば、殿は庇《かば》っては下さらなかったでしょう」

ここで新之介は唇を薄く嚙《か》んでから、父と母の顔を覗《のぞ》き込んだ。

6

「お二方は、藩を出られた入江家が、今どうなっているか、ご存じでありましょうや」

「いや……」

話を急に変えたと思ったのか、両親は怪訝《けげん》な表情を浮かべる。新之介は藩から去った入江《いりえ》貞勝《さだかつ》が、既に亡《な》くなったことを告げた。千穂は今、病がちとなった母との暮らしを支える為、料理茶屋で仲居をしていると告げる。

「なんと、仲居とな」

この話には、八重が目を見張り聞き入っている。新之介はその顔をじっと見つめた。

「私は知り合いの方々に、千穂殿のような境遇になって欲しくないのです」

新之介は〝多々良木藩は存亡の危機にある〟とは言わなかった。ただでさえ心を乱している親へ、これ以上気持ちの負担を掛けたくない。父とて藩財政の逼迫《ひっぱく》は感じているのであろう、何を思ったのか深く頷《うなず》いている。しかしそれでも、これ以上家老へ無礼を働かないで欲しいと、新之介へ懇願してきた。

(父上は今回私がやったことで、周りからあれこれ言われたのであろうな)

新之介は身の置き所を無くしたまま、勤めをしている親を思い、頷くしかなかった。

「済みません」

ここで思わず、日頃親の前では胸にしまっている言葉が、こぼれ出てくる。

「私でなく兄上が生き残っていたら、もっと上手くやれたのではと、いつも思います」

兄が亡くなった後、周りから似たような遠慮もない言葉を、山と言われてきた。己でもその通りであると思ったから、誰にも言い返しはしないでいる。

だがやはり胸の奥では、鋭い痛みとなっているようであった。今も両親は黙ったままでいる。父も母も、たとえ出来の悪い弟を慰める為の方便であっても、新之介の方が生き残って良かったとは、絶対に言いはしなかった。

(一度も言わぬ)

それ程に、亡くした長男の存在は大きかったのだと、分かってはいる。だが。

（父上も母上も正直者だ）

新之介は小さく笑みを浮かべると、寝る前の挨拶をして、その場を辞した。

「気力を絞り尽くしてしまうような一日であったな」

己を引きずるようにして部屋へ戻ると、部屋住時代とは違い、きちんと床が延べてある。新之介はその上に倒れ込み、着替える気力も無いまま、眠りに落ちていった。

柳之間詰めの日向守《ひゅうがのかみ》が登城する日は、多くはない。よって新之介が払暁《ふつぎょう》から、江戸城へ向かわなければならぬ日も少なかった。

しかし江戸城内でお役を持つ者は、日々登城しており、雁之間の者達も毎日城へ詰めている筈《はず》であった。新之介が休んでいる間も、世の中は飛ぶように先へと進んでいるのだ。

余程草臥れていたのか、翌日は珍しく寝坊をした。時に夜中まで動き回らねばならぬ勤め故か、お役を拝命してからは、殿の登城日でもないかぎり起こされることがない。

「やれ、大分寝過ごした。何だか肩の凝る夢ばかり見ていた気もするが」

新之介が部屋で冷めた飯を食べ始めた時、下男が新之介へ文を届けてきた。首を傾《かし》げ裏を見ると、差出人は昨日会った青戸屋の倅《せがれ》、幸之助であった。

「さて？」

あれから一日も経《た》ってはおらず、千穂と青戸屋の話が進んだとも思えない。ならば何を言ってきたのだろうと、新之介は目刺しを囓《かじ》りつつ首を傾げる。だが文を広げると直ぐ、眉を顰《ひそ》めた。

簡単な時候の挨拶の後、幸之助はくだくだと、言いたいことを書き連ねていたのだ。

〝この身はただの町人であるのに、大層大層ご身分高く、藩の金子を使い遊ぶ江戸留守居役に対し不満を述べるなど、あれあれ恐ろしきことを致しまして〟

留守居役ともあろう者が、他人のおなごのことに首を突っ込むとは思わなかった。それ程暇な筈が無く、また、留守居役というお役を勤めている人物であれば、そんなに馬鹿だとは考えたくなかったからともある。

よって、日頃は世間から褒められている己ともあろう者が、思わぬ申し訳ないことをしたのだと、礼儀正しいかどうか分からぬ書き方をしてあった。

〝ついては不肖幸之助、ただの町人、札差の息子に過ぎぬ身であれど、今回のことにつき、間野様に御礼申し上げたく。近々行う心づもりであれば、楽しみにされよ〟

幸之助は読み進むにつれ、不快と不安が募るような書き方をしていた。幸之助は、いつも懐《ふところ》が逼迫した旗本、御家人とつきあっているゆえ、武士をなめているのだろうか。新之介はそれを畳むと大きくため息をつき、小芋に箸《はし》を突き立てる。

「さて裕福な幸之助さんは、よくよく甘やかされて育ったらしいな。気に入らぬ者へ、報復をする気なのか。一体何をするんだ？」

青戸屋から新之介が借りた五百両を、返せと迫るつもりであろうか。しかし借用書も無い金であれば、それは難しい気がする。さりとて他に何ができるかと考えても、急には頭に浮かばない。新之介は文を脇に置くと、飯を湯漬けにしてかっこんだ。

その時、玄関の方から騒がしい声が聞こえた。そして直に、部屋の方へ足音が迫ってくる。「おや？」漬け物を囓る新之介の前へ現れたのは、昨日共に飲んだ岩崎であった。

「これは……お早いお越しで」

岩崎はのんびり朝餉《あさげ》を食べている新之介を見て、肩を落とした。そして新之介の眼前に座ると、食事中も構わず話し始めたのだ。

「その様子では、まだ話を聞いておらぬな」

「はい？　何をでございますか？」

昼にもなっていない刻限であった。なのに、何が起こったというのだろうか。

「今朝方ある江戸留守居役が、江戸城内の廊下で、御老中に質問をしたらしい」

大胆にも、次のお手伝い普請《ぶしん》がもう決まっているとの噂は本当なのか、問うたという。

「えっ……」

湯飲みに伸ばした新之介の手が止まった。

その江戸留守居役が話した途端、廊下も周りの部屋も、恐ろしいほどに静まった。皆、聞き耳を立てたのだ。

「まあ最初は、御老中もそらっ惚《とぼ》けておいでだったそうだが」

そんな噂があるのかと軽く聞き返し、そのまま場を離れようとしたのだ。しかし留守居役はもう一つ、質問を繰り返した。御老中はその一言故に、態度を変えたのだという。

「一体、どのような質問であったのですか？」

「〝既に次の普請の話を摑《つか》み、動いている同席組合があると聞いた。我らにも次回のお手伝い普請がどんなものなのか、知らせて欲しい〟その留守居役は、そう言ったのだ」

老中は同席組合という言葉を聞き、大きく眉を上げたのだそうだ。

「秘しておいたことが漏れたと、思われたのだろう」

だが、まだ発表すると決められた時では無い故、答えを返す訳にはいかない。それでも答えなければ、この場で留守居役の質問を聞いた者達は、不審を募らせるに違いない。

すると老中は誰に話すでもなく、ぼそりとつぶやくように言ったのだ。

「これはおかしい、印旛沼のことは……いやいや」

老中は、慌《あわ》てて言葉を呑《の》み込んだが、一瞬、辺りは静まりかえった。正式に事を告げたのでも無ければ、印旛沼で何をするか説明した訳でもない。しかし印旛沼は以前、二度もお手伝い普請がなされた場所であった。地名一つ聞けば、留守居役達は調べ、推測し、事を見通す。

「つまり、既に皆……次のお手伝い普請がどこなのか、知ってしまったのですね」

岩崎が小さく頷いた。事は露《あら》わになった。留守居役達は今、子細を確かめているのだ。

「ああ、多々良木藩は間に合わなんだか」

新之介は顔を膝《ひざ》に向けため息をついた。だがここで、ちらりと横の畳へ目をやる。くるりと目を回した後、新之介はしばし考えを巡らせ、それから顔を上げると岩崎に尋ねた。

「あの、今日御老中に、お手伝い普請のことを尋ねたというのは、もしかして江場殿ではなかったのでしょうか？ 昨日、万八楼でお会いした御仁です」

この問いに、岩崎が目を見開く。

「実はそうなのだ。しかし何も言わぬうちから、よく分かったな」

江戸留守居役の数は、結構多い。一つの藩で二、三人居るところもあるからだ。すると新之介は岩崎へ、先程届いた幸之助からの文を見せた。

「何だ、これは」

読んでいくうちに、岩崎の口元が歪んでゆく。

「これはまた。あの幸之助という男は、腹が立ったことがあっても、己の父親と向き合うのは嫌いなようだの」

それで、己の内の怒りを周りへぶつけるらしい。新之介はここで、ある考えを述べた。

「私が奥御右筆の志賀様を接待したことを、幸之助は知っていたと思います。あの日、万八楼にいたのですから」

新之介が高官を接待し、藩に利することをしていると見て取ったのだ。そして幸之助は知り合いの大越を通し、今、江戸留守居役達が何に目を向けているのかを知った。

「次のお手伝い普請の話、だな」

青戸屋から借金をしているのだから、多々良木藩が手元不如意《ふにょい》なことを、その息子は承知しているのだろう。ここで幸之助は、新之介を困らせる方法を思いついたのだ。皆がお手伝い普請のことを知れば、接待をするにも一層金子がかかり、多々良木藩は頭を抱えることになる。

大越は江場と仲が良い。江場は雁之間詰めの主《あるじ》を持つ故、江戸城へ日参している。つまりあの幸之助が江場と大越を通し、印旛沼のことをばらしたのかもしれないのだ。

「有り得るな」

これが、幸之助の報復であろうと思う。

「あの男、根性はひん曲がっているが、馬鹿ではないようだ」

岩崎の言葉を聞き、新之介は大きく息を吐いた。

第七章　嫁

1

両国は柳橋《やなぎばし》の北に、その大きな構えを見せる聞番《ききばん》茶屋万八楼《まんはちろう》の部屋の内を、銚子が飛んでいた。

岩崎は、向かってきた銚子を器用に受け止めたが、酒がこぼれて畳に散る。顔をしかめ、手ぬぐいで酒を拭《ふ》こうとした岩崎に、今度は拳固《げんこ》が降りかかった。だがそれも空振りとなったものだから、赤堀がいきり立つ。

「印旛沼《いんばぬま》お手伝い普請《ぶしん》の話が、留守居役達の間に広まってしまった。よって対策を考える為、集まったのかと思うたら」

なのに何でだと、赤堀の声が部屋に響く。

「どうして二藩だけが、先にお手伝い普請から逃れられたのだ？　そして何故《なぜ》、それが岩崎殿と戸田殿の藩なのだ！」

赤堀がもう一発殴りかかったが、岩崎はやはり殴られるのが嫌なようで、避《よ》けてしまう。だがため息だけは、ちゃんとついた。

「その話をしながら、大声を出すな」

だがこの言葉に、平生《ひらお》が言い返す。

「誰が聞くのだ。ここは端の部屋で、隣に居るのは、青戸屋達と間野《まの》だろうが」

今日留守居役組合の面々は、新之介《しんのすけ》に呼び出され万八楼へ集まったのだ。だが着いてみれば、当の新之介は先に青戸屋と千穂に会っていて、まだ部屋へ顔を出しては来ない。

ならばと、皆で酒を酌《く》み交わしていると、当然といおうか、話がお手伝い普請のことになった。それで岩崎と戸田が、己達二藩は既に、次回のお手伝い普請を逃れたと白状した。すると話した途端、酒と杯と拳固が部屋内を飛び交ったのだ。大竹も殴り合いを続ける岩崎達へ、きつい目を向けた。

「岩崎、我ら三人が納得できるよう、事の次第をきちんと説明して欲しいものだの」

「だから言うたではないか。間野が機転を利《き》かせたおかげで、久居《ひさい》藩と大洲《おおず》藩はお手伝い普請から外れたのだ」

だが、岩崎から顎《あご》に一発くらいながら説明されても、赤堀は納得し難かったようだ。

平生と大竹は暴れはしなかったものの、不満の塊と化しているのを隠しはしない。赤堀が足払いを受け畳にひっくり返ったとき、大竹がその姿を前にして、深いため息をついた。

「岩崎、間野はどうして御身らを選んだのだ？　我が藩が選ばれなんだ訳は？」

「つまりな大竹……怒るなよ。我らの屋敷が、多々良木《たたらぎ》藩から近かったからだと」

「はあ？」

二藩となったのは、それ以上は奥御右筆《おくごゆうひつ》志賀の手に余るからだと言われ、大竹、平生、それに身を起こした赤堀が目を見張った。

「確かに同じ留守居役組合から、一度に三つの藩を逃すのは、きつかろう」

事の次第は納得はする。しかし己の藩がその二藩の内に入っていなかったことを、三人とも承知できないようであった。岩崎が困ったような顔で、赤堀と向き合う。

「奥御右筆と向き合う機会を持ったのは、間野だぞ」

「今、そのことは聞いた」

「誰よりも、何としてもお手伝い普請から逃れたいと口にしていたのも、その間野だ」

「知っている」

その多々良木藩が、絶好の機会を生かせなかったのだ。喉《のど》から手が出る程に欲しがっていた好機を、新之介は仕方なく、留守居役組合の他の二藩へ譲る決意をした。

「己の藩を含め運がなかったと言っていた。他の留守居役方には許して欲しいと」

赤堀はあぐらをかいて岩崎を睨《にら》むと、口をへの字にする。

「そりゃ確かに間野の方が悔しかろうさ」

分かっている。大いに分かってはいても、岩崎と戸田に対して腹が立つと言い続ける。

「つまりは単なるやっかみだ。御身らを羨《うらや》んでいるのだ。だから気を晴らす為に殴らせろ。岩崎、何でお前が私を殴ったのだ？」

「確かに、逆さまだよなぁ」

全くだと飄々《ひょうひょう》と言われ、赤堀は「くそっ」と大声を上げ、畳の上に大の字になる。

「藩邸の場所が近かったら、今頃私の方が安心できていたのか」

横で平生が悔しそうに言い、大竹は力が抜けたかのように、ただ畳を見つめている。

赤堀が寝たまま問うた。

「ところで間野は何故我らを集めたのだ？」

こんな言い合いを目にしたくて、わざわざ料理屋へ呼んだのではあるまい。すると黙って部屋の隅にいた戸田が、口を開いた。

「間野は岩崎殿から、印旛沼普請の話が漏れたと聞いた後、どこぞへ行ったようだ」

戸田がお手伝い普請の件で多々良木藩へ礼に行ったところ、留守居役は暫《しばら》く留守だと言われた。戸田より先に岩崎が顔を見せ、その後、新之介は急ぎ旅に出たというのだ。

そして昨日になって突然、新之介は留守居役組合の面々に、会合を持ちたいと文を寄越した。理由は書かれていなかった。皆の目が、ものを問うかのように岩崎へ集まる。

すると岩崎がひょいと肩をすくめ、多分間違いはなかろうと、推測を口にした。

「間野はきっと、お手伝い普請をすることになる場所を、見に行ったのだ」

途端、一同から声があがる。

「下総《しもうさ》国の印旛沼へ？　わざわざ普請をする場所まで行ったのか」

そこまで熱心ならば、いっそ引き受けてしまえばいいのにと大竹が軽く口にして、岩崎に頭を叩《たた》かれる。

「私が普請の噂《うわさ》が伝わったと教えた後、万が一、百万が一、手持ちの五百両……いや、何とか掻《か》き集めて千両ほどの額で工事ができぬものか、間野は考えていたよ」

岩崎が「無理」と一言の下に言い捨てたら、新之介は半泣きの顔をしていたらしい。とにかく多々良木藩が消滅しかねない危機が、現実味を帯びた中、新之介は翌日から姿を見せなくなった。

するとここで平生が、口元を歪《ゆが》める。

「印旛沼までの旅費は、青戸屋からの借金でまかなったのかの。しかしいきなり他藩へ向かって、何が分かるというのだ？」

叶《かな》うことなら以前の普請について、詳しく見聞きしたいところだ。しかしまだ正式に話が出てもいないお手伝い普請のことを、多々良木藩の御用として、聞いて回る訳にはいかぬはずだ。すると戸田が、思い出したことがあると言い出した。

「そういえば最近松平《まつだいら》殿が、あちこちへ顔を出したと聞いたぞ。間野は松平殿の恩人だ。ひょっとして、松平殿に頼ったのかもしれん」

「松平？　どこのだ？」

「西の丸で高位にいた、あの松平頼母《たのも》殿だよ」

新之介は外記《げき》の一件の後、何かあったら相談に乗るという言葉を、貰《もら》ったと聞いた。

「そのつてを使ったか。ならば下総で、ちゃんと話を聞けたかもしれぬな」

赤堀と大竹が顔を見合わせる。

「間野は短い間に、江戸留守居役のやりように、慣れたようだの」

「兄千太郎《せんたろう》殿は、最初からそつなかったが、金子《きんす》がなかったのかの。だんだんと留守居役をこなすのが難しくなってしまった」

対して新之介は、挨拶《あいさつ》すら心許《こころもと》なかったものだが、あっと言う間に変わったなと大竹が言い、息を吐く。

「組んで動いていた岩崎殿が、余程鍛えましたかな。いやその時、何かあったら久居藩を優先するよう、間野と示し合わせていたとか」

「大竹殿！」

どうにも機嫌が悪いと言い、岩崎が渋い表情を浮かべると、大竹がそっぽを向く。

「おいおい」赤堀が止めた、その時であった。

「絶対にっ」という大きな声が聞こえ、留守居役達が一斉に隣との間の襖《ふすま》へ目を向ける。一同顔を見合わせ、平生が顔をしかめた。

「岩崎殿、間野は隣で何を話しているのだ？」

「私は……千穂さんのことだと思っていたが」

己が呼んだ留守居役組合の面々を放って、おなごと会うとはけしからぬ話だ。しかしその席に札差《ふださし》青戸屋がいるとなれば、強くも出られない。だから大人しく待っていたら、聞こえてきたのは不機嫌な声であった。岩崎がちょいと首を傾《かし》げ、隣との間を仕切る襖へはり付く。

「間野はどうして、我らと印旛沼の話をする席の隣の間に、青戸屋を呼んだのだろうか」

千穂のことが気に掛かっているにせよ、印旛沼帰りの今日この時を選び、青戸屋と話さねばならぬことはなかった筈だ。岩崎が目に強い光を宿した。

「まさか間野の奴《やつ》、我らよりも先に札差と、印旛沼の話をしているのではないだろうな」

「おいおい、どうしてそんなことを？」

「分からん。だが赤堀殿、とにかく青戸屋には金があるからな」

金ではなく拳固をくれる先達より、頼りに思えたのかもしれない。

「理解できる考えだな。しかし、新入りの留守居役を鍛えた我らとしては、面白くない」

平生がそう言うと、大竹も頷《うなず》いている。岩崎が苦笑と共に襖へ手を掛けた。

「ならば、まだ呼ばれてはいないが、この襖を開けようか。そうすれば間野がどうするつもりなのか、すぐに分かるであろうよ」

憶測を言い合っても始まらぬと、岩崎が綺麗《きれい》な顔に、にこやかな笑みを浮かべて言う。赤堀がそれを見て、手をひらひらと振った。

「岩崎殿、悪党のように見えるから、その笑い方は止《よ》せと言われているだろうが」

「でもこの御仁、本当に手に負えぬ奴なのだ。だからこのままでもいいでは……わっ」

調子よく話した途端、戸田はその手に負えぬ奴に頭を叩かれる。それから岩崎は、襖の引き手に手を掛け、皆に目配せをした。

「では印旛沼の土産話を、聞くとするか」

沼と以前の普請跡を目にして、新之介は何を考えたのだろうか。そして青戸屋を、どうして今日呼んだのか。

さらりと襖が開けられる。すると、こちらへ向けた新之介の背が、まず留守居役達の皆の目に入った。

2

「やれ、間野様から呼び出されるとは、意外でございました。そしてこの青戸屋が、それに応じて万八楼へ来る日が来ようとは、思ってもおりませなんだ」

聞番茶屋万八楼の一室で、青戸屋が腕組みをしつつ、面白いものでも眺めるように新之介を見ていた。

金を貸した方が、借金をした者に呼びつけられたのだから、苦笑を浮かべるしかないのだろう。勿論《もちろん》、素直に万八楼へ来たのは、千穂という恋しい女がいるからだ。新之介が青戸屋の横へ目をやると、青戸屋が話をつけたらしく千穂が姿を見せ、何やら不安げな表情で新之介を見つめていた。

新之介はまず千穂へ、仕事を邪魔したことを謝った。それから青戸屋へ向くと、己は青戸屋の息子幸之助《こうのすけ》の機嫌を損じたようだと、正直に語った。

「はて……幸之助でございますか？」

「青戸屋は、千穂さんを嫁にすると、ちゃんと家人に言ってくれたのだな。幸之助が相当怒っていたから、間違いはあるまい」

新之介が持ちかけた話だと承知してもいたようだ。いや物凄《ものすご》い仕返しをされたと言い、新之介は肩をすくめた。

青戸屋はぐっと手を握りしめると、僅《わず》かに眉《まゆ》を上げ新之介を見た。

「幸之助の奴、何をしたのでございますか」

「おや、聞いておらぬのか。子息はまず千穂さんを、この万八楼内で追い駆け回した。

そのあげく、私が留守居役仲間といた座敷に、押しかけてきたのだ」

「……」

「千穂さんと私は、青戸屋の財産目当ての悪党として、その場で思いきり文句を言われたわ。だが他の留守居役から、言い返されたからかの、幸之助の腹は癒《い》えなんだようでな」

結局新之介は幸之助に、今一番の秘密を、江戸城内でばらされてしまったのだ。

「え、江戸城の中で、でございますか？」

「幸之助は、知り合いの武家を使ったのだ。その嫌がらせの手口ときたら、いっそ見事なものであったぞ」

藩が迷惑を被《こうむ》ったと言う新之介の目は、笑っていない。それに気付いたのか、青戸屋が珍しくも言葉を失っている。

ここで新之介は膝《ひざ》を青戸屋へ寄せた。そして千穂の顔は見ないようにして、低い声でその言葉を告げる。

「青戸屋、実はその嫌がらせのせいでな、私はこの先、腹を切ることになるやもしれぬ」

「まさか、ご冗談を」

物騒な言葉が聞こえたらしく、千穂がひくりと短い声をあげた。新之介は、冗談で済んだら良いがなと言ってから、一層身を乗り出し、真っ直ぐに札差の目を覗《のぞ》き込んだ。青戸屋が僅かに体を引く。新之介が更に近寄った。それから。

手をつくと、新之介は深く深く青戸屋へ頭を下げたのだ。千穂が息を呑《の》む。青戸屋は今度こそ総身を震わせた。

「正直、藩は本当に酷《ひど》い状況なのだ。多分この先、己の為に動ける時は無くなるだろう」

真剣な言葉であった。

「青戸屋、とにかく千穂さんを頼む」

「今宵の用とは、そのことであったのですか」

青戸屋の顔が、一寸《いっすん》の間に引き締まった。すると、勝手に己の先々のことを話し始めた二人に、千穂がはっきりと言った。

「私は己で働いています。新之介さんがご心配なさらずとも……」

だが千穂はここで言葉を切る。顔を上げた新之介が懐《ふところ》に手を入れると、千穂の眼前に書き付けを差し出してきたからだ。

「千穂さん、これは約束の品だ。父御、入江《いりえ》貞勝《さだかつ》殿が突然江戸留守居役を辞し、藩を出た訳が記してある」

それは子細を知りたいと、以前千穂が新之介へ願ったことであった。貞勝は亡《な》くなる前、娘へ離藩の詳しい訳を言い残さなかった。だが新之介の兄千太郎にも、留守居役仲間にも御坊主《おぼうず》衆にも迷惑を掛けたと、布団《ふとん》の内で口にしていたのだ。

千穂は手を口にあて、黙り込む。

「青戸屋も子細を知りたいだろう。そこには千穂さんの元の許婚《いいなずけ》、兄の千太郎が亡くなった訳も書いてある」

誰ぞに迷惑が掛かるやもしれぬので、他言無用と言われ、二人は小さく頷いた。千穂の書き付けを握りしめた手が震える。だが直ぐに書き付けを開きはしなかった。

「あ、ありがとうございます」

「その件が納得できたら、青戸屋のことを考えてみるという話だったな」

新之介に言われ、千穂の視線が畳に落ちる。

「確かに……申しました」

ここで青戸屋が、そんな千穂と新之介を見つつ、大きく息を吐いた。

「やれやれ、間野様は私に千穂殿を守れと言い、頭を下げられた。ああ、とことん追い込まれておいでのようだ」

つまり幸之助がやったことは、武家の一大事であったのだろうと言い、口を歪める。

「頭の痛いことをしてくれました」

札差は、武家の俸禄《ほうろく》に関わる商いをしてはいるが、町人なのだ。金と力があるのを過信して、身分違いのことへ口出ししてはならない。絶対に駄目だと、青戸屋は言い切る。

「当家ほどの札差であれば、武家の世がある限り、商いに困ることは、まずありますまい」

しかし、それでも商売というものは盤石《ばんじゃく》ではない。一夜にして全《すべ》てを失うことすら、有り得るのだ。

「多分それは武家と、要らぬ関わりを持った時でありましょう」

青戸屋の手代達は平素、金を貸す相手へ、遠慮もなくつれない言葉を口にしている。しかしこの日の本の政《まつりごと》を握っているのは、その武家なのだ。〝身分をわきまえぬ不埒《ふらち》な行い〟をしたと決められ、大店《おおだな》が取りつぶされることが、今でもある。そうなれば札差への借金が棒引きとなると、期待する者とている。

「そんな危険を、招き寄せるべきではないのです」

それが一見奔放に見える大金持ち、青戸屋が考えるけじめの一線のようであった。

本音を漏らした青戸屋へ、新之介が苦笑を向ける。

「だが幸之助は、二本松藩や須坂藩などの江戸留守居役と、この万八楼で親しげにしていたが」

こう教えると、青戸屋が一段と不機嫌な顔付きとなった。それから新之介の方へ膝を向け、きちんと頭を下げてくる。

「間野様には、息子がご迷惑をおかけしたようです。あれがしでかした馬鹿を償う為、この青戸屋がいつかきっと、埋め合わせをいたしましょう」

「おお、そうか」

しかし、幸之助は具体的に何をやったのかと言いかけたその時、青戸屋は不意に黙り込み、目を見開いた。向き合った新之介の後ろに、突然人が現れたのだ。

新之介は後ろからいきなり両の耳を引っ張られ、誰が来たのかを知った。

「あれ、岩崎殿ですね。痛いのですが」

「話に割り込んだようで、済まぬ。だが、いい加減待たされ、我らもじれた故《ゆえ》、押しかけてきた」

大事な用件があると言われ、万八楼へ集まったのだ。なのに札差との話を優先するとは、軽く見られたものだと、いかにも不服そうに岩崎が言う。そうだそうだと、平生があおり立てたものだから、新之介は困ったような表情を浮かべた。

「いえその、まだ印旛沼の話をするには早かったので、その前にちょっと別件について話す時を頂いたのです」

決して先達達を、おろそかにしたのではないと言うと、新之介はまた耳を引っ張られた。

「どうしてまだ、話を始められぬのだ」

「それは岩崎殿、我らが集まるのを待っていた為ではないかな」

声が掛かった途端、場にいた全ての者の目が、僅かに開いた反対側の襖に向かった。

「江場《えば》殿！　それに柘植《つげ》様もおいでなのか」

留守居役達の出現に、驚いた顔の戸田が、たまたまこの万八楼で飲んでいたのかと尋ねる。すると返事は、思わぬ方からあった。新之介が、いや今宵は我が皆を招いたのだと、そう言い出したのだ。

「皆？」

岩崎がそろりと、目を襖の向こうへとやる。するとその目が、提灯《ちょうちん》ほども大きくなった。

「これはまた沢山の方々がおいでだ」

「ありがたい、皆様来て下さいましたか」

新之介がそう口にした途端、眼前の襖が一杯に開かれた。岩崎達五人は現れた者達を見て、しばし呆然《ぼうぜん》と立ちつくす。間に挟まれた青戸屋だけが、驚きつつも見知った者の名を口にした。

「あれ、表坊主の高瀬殿、宗春殿ではございませんか」

江場の後ろには、同じく留守居役の大越《おおこし》もいた。さらにその奥にいた二人の男は、江戸城台所方権兵衛《ごんべえ》、それに医者の服部玄広《はっとりげんこう》だと名乗って頭を下げる。隣にいた武家が松平頼母だと名乗った時、青戸屋は初対面であったらしく、驚いたように顔を見つめた。

「こちらがあの松平様……」

先だっての外記の騒動から辛くも家名を存続させた旗本は、万事に自粛をしているとの話であった。だが今宵、珍しくも華やかな万八楼の席へ顔を見せたのだ。その横にも、もう一人武士がいると思ったら、何と長州藩の江戸留守居役、栗屋《くりや》与一《よいち》右衛門《えもん》だという。

「大藩、長州藩の留守居役殿とは」

慌《あわ》てて幾つもの頭が下げられ、それを栗屋が押しとどめる。部屋に集《つど》った者達は、集まった数に驚いた様子で、ちらちらと視線を向け合っている。ここで岩崎が、静かに座っている新之介の上から声を掛けた。

「間野殿、これはどういうことなのだ」

すると新之介はまず、青戸屋へ顔を向けた。

「幸之助がやったこと。それは次のお手伝い普請《ぶしん》が直ぐにあるということを、大越殿や江場殿を通し広めたことです」

おかげでその普請が印旛沼であることも、皆に分かってしまった。それでこの面々が今日ここに集ったと言われ、青戸屋に数多《あまた》の者達の視線が集まる。するとその名を知られた札差は、寸の間見たこともないほどに、身を固くしてしまった。

3

「皆さん、本日はわざわざ集まって下さって、まことにありがとうございます」

新之介がまずは礼を述べ、深々と頭を下げる。すると、三間続きとなった広い部屋の内から、声が上がった。岩崎だ。

「今日は、印旛沼のお手伝い普請の話をするのだろうな」

「勿論」

新之介が断言すると、部屋内が静まる。戸田が心得た顔で、新之介へ尋ねてきた。

「下総国印旛沼を、その目で見て来たのか？　どうであった？」

新之介は頼母へ目をやった。

「実は、そこにおられる松平様の知り人を通して、印旛沼近くの信田《しのだ》家の方から、先の印旛沼普請の話を聞かせて頂きました。下総国印旛沼新開《しんかい》大積り帳も、見せて頂けました」

印旛沼自体は大層広く、新之介は岸沿いに歩いてみたものの、全体を摑《つか》むことなどできない程であった。

「印旛沼周辺では、水害が多いそうです。その難儀をどうにかしたいのでしょうが」

それが、印旛沼お手伝い普請の最初のきっかけだったのかもしれない。しかし水量を調節するため、江戸湾へ水を落とすとなると、余程の大工事になることは間違いなかった。

おまけに、商人などに頼った印旛沼の普請は、今までに二度失敗していた。もう町人に任せるのは無理ということで、代わりに大名による、お手伝い普請の話が出たのだ。

「今回は本当に、我らが実際に土木普請をする、立場《たてば》仕立《したて》となると思うか？」

「赤堀殿、おそらく間違いないですね」

新之介は続けた。

「それにあの沼の大きさでは、とても一つの藩ではやれません。もし普請となれば、やはり数藩が必要でしょう」

「そうか……」

留守居役達のつぶやき声は低い。

「回った先で勘定奉行や代官が、もう暫《しばら》く前から利根川《とねがわ》などを、調べているらしいと聞きました」

試掘をやったらしい。これを聞いて、部屋の内にざわめきが広がった。

「もう、そこまで話が進んでいるのか！」

「試掘は大変難渋したようですよ。掘るのが難しい地であった上に、以前失敗した普請の杭《くい》などが、数多《あまた》出てきたとか」

次の普請の難儀が、たかが一度の試掘からも感じられたらしい。新之介の声に真剣な響きが加わった。

「印旛沼が過去に二度、普請に失敗したのは、たまたまの話だとは、思えませんでした」

地元の者に聞けば、掘割を通すには難所といえる場所が、一所《ひとところ》ではなくあるという。掘れば水がしみ出し、雨で崩れる土地だ。手間取るうちに大雨に見舞われれば、壊滅した前回の二の舞であった。

「水路ができれば、その地に住む者達が救われるのは、分かっております。普請によって新田が生まれれば、皆が潤《うるお》う」

だがそれは、普請が無事できたらの話だ。それだけでなく、今回の話には更に気になる噂《うわさ》があった。

「噂？」

尋ねたのは江場で、腕組みをして新之介を見ている。いつの間にやら部屋内の面々は、新之介の周りに輪を作っていた。部屋は万八楼二階の端にあり、廊下へも目を配っているというのに、声がひそめられる。新之介は小声で返答をした。

「幕閣のどなたかが……掘割を作ることによって、北の方と江戸を結ぼうと考えておいでなのだろうと。印旛沼の近くで、ちらりとそういう話を耳にしました」

「北と結ぶ？」

ここで各地のことに詳しい江戸留守居役達と頼母が、さっと一所《ひとつところ》に寄った。そして懐から出した紙に、話しながら何やら書き付けた後、頷《うなず》きあっている。栗屋がうめいた。

「掘割を作り、那珂湊《なかみなと》から利根川、印旛沼へと水路を繋《つな》ごうという腹なのかもしれぬな」

そして印旛沼が江戸湾へ繋がれば、船で東北の地の荷を、海を通らずに江戸へと運べるのだ。新たに、大量に荷を運べる通路が開け、江戸への物資の確保が期待できる。

「印旛沼普請をする一番の訳は、これかもしれぬと思いました」

部屋内に、ため息が漏れた。

「そういう目的があるとなれば、幕閣はかなりの大普請となっても、引かぬでしょうな」

青戸屋が、横から書き付けに目を落としている。するとここで頼母が、確かなことではないがと言いつつ、以前西の丸で、次のお手伝い普請について話を聞いたと言った。

「もし印旛沼と決まった場合、費用は十五万両に及ぶのではないかと」

「じゅ、十五万両！」

途端、留守居役達の顔色が変わった。単純に五家で割っても、三万両からの金子《きんす》が要《い》りようとなる。すると、新之介の落ち着いた声が、追い打ちをかけた。

「それだけでは済まぬと思います。以前の二回の普請では、当初の予算の倍近くかかって、なお失敗しておりますから」

「冗談ではないぞ。問野、お主はそれで、どうする気なのだ？」

運良く、お手伝い普請が回ってこぬよう、ただ祈って過ごせるような金額ではなかった。部屋内がぴりぴりとし始めたところで、新之介がすいと立ち上がる。皆の声が止《や》んだ。その身に目が集まる。

「この普請について話す為に、皆様に今日万八楼へ来て頂きました」

新之介はゆっくりと、考えに考えたことを、語りだす。

「幕閣が、水害に苦しむ民を救おうとされるのは、分かります」

しかし。

だからといって、もうどうしようもないほど借金に苦しんでいる多々良木藩が、代わりに潰《つぶ》れなくてもいいはずであった。他藩とてそうだ。武家達は、何とか日々の暮らしを立ててゆこうと、頑張っているのだ。新之介は皆へ顔を、真っ直ぐに向けた。

「皆様に、私の計画に手を貸して欲しい。今日はその願いを聞いて頂くため、声をかけたのです」

計画は簡単ではない。だが新之介は何としても、そのことをやりとげたいのだ。

「おい、何をするつもりなのだ?」

「このような事態になってから……何か手が打てるというのか?」

岩崎が問う。大竹が首を傾《かし》げた。注目が、一人立っている新之介へ集まる。考え、一旦は己で首を振り、駄目だと思いこんだやり方であった。しかし、この方法しか思いつかなかった。痛いほどに真剣な口調で、新之介は話し出す。

「私は次のお手伝い普請、全《すべ》ての藩の総抜けができぬかと、考えております。力を貸して下さい」

「そ、総抜け?」

「全部の藩が、お手伝い普請から逃れる。そうするというのか?」

部屋内が大きくどよめく。

「そんなことが可能なのか?」

「幕府が決めることに、口を出す気か? いや、出せると思っているのか?」

大越と栗屋の言葉を聞き、新之介は首を振った。まだ正式には決まってもいないお手伝い普請について、たかが江戸留守居役が、あれこれ言える筈《はず》もない。

「そう、事は〝まだ決まっていない〟のです。この事実が救いになるかもしれません」

正式に表へ出る前のことであれば、万一取りやめになったとて、幕府は面目を失ったりしない。それは単なる噂であるからだ。

「つまり、幕閣から正式に江戸留守居役達へ申し渡される、その時点までが勝負なのです。そこまでの間に、二百六十五藩全てが何らかの形で、お手伝い普請から逃れてしまえばいい」

申し渡す藩が無くなれば、幕府は今回のお手伝い普請を、止めるしかなくなる。

「そんなに……都合良くいくものか？」

平生が不信を込め聞いてくる。新之介は口元に苦笑を浮かべた。

「できる保証があるのかと問われたら、とてもそうだとは言えません」

しかし今回の印旛沼お手伝い普請は、例えば燃えた江戸城門の修復といったような、絶対にやらねばならぬ急ぎの普請ではない。切迫した必然性は無いのだ。新之介の言葉を聞いた栗屋が、大きく頷いた。

「つまり幕閣が今回は止めると決めたら、それで通る話だというのだな」

「いつかまた下総の国で水害が起き、誰かが掘割普請のことを言い出すまでは、きっと」

藩財政の窮迫により、ただでさえ増えない俸禄米《ほうろくまい》を、藩に借り上げられている武士は多い。それでも、必死に守っている日々の暮らしが、新之介の目の前で、崩れ去りかけていた。

一に、多々良木藩を守りたいと思う。そして、できることなら、同じように逼迫《ひっぱく》している他の藩も、この危機から逃れて欲しいと、これは本心、嘘《うそ》偽りなく、新之介は思ったのだ。

だがやはりというか、反対する意見が出てきた。今日万八楼へ集まっているのは、新之介の親しき者達であるにもかかわらずだ。

「無理だ、無理だ、無理だ！　第一この話が幕閣に知れたら、この場に集まった者達に、お手伝い普請が言い渡されるぞ！」

立ち上がったのは、大竹であった。顔が赤くなり、総身が僅《わず》かに震えている。

「この場に居る人数は多いから、運が良ければ今回は逃れられるやもしれん。しかし次回、その後と、ずっとお手伝い普請の悪夢に付きまとわれることになるぞ」

冗談ではないと、新之介へきつい眼差しを向けてきた。落ち着けと言い、岩崎がその大竹の肩へ手を掛ける。だが、その手は邪険に払われた。

「お前の藩は既に奥御右筆《おくごゆうひつ》から、指名されないとの確約を頂いているではないか。だから、そのようなことを平気で言えるのだっ」

「何、本当か！」

顔をしかめる岩崎に対し、確認の声がかかる。大声で返答をしたのは大竹であった。

「久居藩は己が安泰だから、新之介の阿呆《あほう》な話に、耳を傾けるのだっ」

己はこんな席へは、顔を出してはいなかった。人に聞かれたらそう答えて欲しいと言い、大竹は部屋からさっさと出て行こうとする。その背に、新之介が声を掛けた。

「勿論《もちろん》、お帰りになるのは勝手であります。ですが」

頼むからこの話を他言しないでくれと、新之介が深く頭を下げる。大竹は一寸振り向いてから、息を吐いた。

「己の首を絞めるようなことはせぬ」

だが、やはり部屋に留まる気は無いようで、さっと障子を閉めると、大竹は廊下を去っていく。障子に映った動く灰色の影は、直ぐに部屋内から見えなくなった。

残ったのは、重い気まずさであった。

4

「我は、なにも帰る気はないが、やはり無理な話だとは思う」

ここで柘植までが、そう言い出す。苦笑したのは青戸屋であった。

「やれやれ、話はあっさりと壊れてしまいましたな」

岩崎が口をへの字にした側で、青戸屋は悠々と、己の思うところを口にした。

「思いがけない話でございましたが、面白くも思いました。本当にやりおおせましたら、江戸留守居役の皆様の間に、この後の財産ともなる結束が生まれましたでしょう」

いやいや、画期的な話であった。わざわざ印旛沼まで行くとは、最初に会った頃の新之介からは、想像もできぬ行動力だ。己など大層話に感銘を受けた故《ゆえ》、一つ話に協力させてもらおうと思っていた所であったのにと、青戸屋は調子よく言う。

すると新之介が、それは嬉《うれ》しそうに、にこりと笑ったのだ。

「おお、そんな嬉しい言葉を頂けるとは、望外の喜びです。いや、札差の後ろ盾を得られるとは、本当にありがたいことです」

そう言うと、新之介が青戸屋の手を取ったものだから、天下の札差は心底驚いた顔をして、その手を解く。

「え？ ですが賛同しない者が出たのです。話は、ご破算となったのでは……」

「はい、大竹殿の協力は、得られぬようです。しかし、この計画を止めるとは申しておりません」

皆の顔が、二人のやり取りへと向けられる。青戸屋がうめいた。

「ですが……」

「最終的に、全部の藩が抜けられれば良いとは申しました。しかし、全部の藩に手を貸して頂けるとは、端《はな》から思ってはおりません」

元々、お手伝い普請から免除されている藩があるのだから、全ての藩から力を借りられるという訳もない。新之介がそう言うと、今更思い出したとでもいうように、部屋内の面々が「ああ」と声を漏らした。

「尾張藩・紀州藩・水戸藩・加賀藩が、お手伝い普請を言いつけられることは、ないですな」

「老中などの要職についておいでの方々も、心配はござらん」

さて、どこまでを要職というのかなと言い、柘植と頼母が口元を歪《ゆが》めている。赤堀と戸田が言葉を続けた。

「伺候席《しこうせき》が溜之間《たまりのま》の大名も、大丈夫ではなかったか？」

「長崎の警固を任されている佐賀藩、福岡藩も免除であった」

さて溜之間詰のお大名は何人おいででしたかなと、宗春達表坊主《おもてぼうず》が指を折っている。

「十数名というところでしょうか」

多々良木藩のように、続けて普請を指名されると心配する藩は、少なかろう。そう考えると、大名家は二百六十五あっても、実際に次のお手伝い普請の心配をする藩は、大分減る。

「それでなくとも、全てが手遅れとなる期限が迫ってきています。意見を異にする者が出たとして、それを一人残らず説得するというのは、無理な話に思えますね」

「では大竹など不同意の藩は、どうする気だ?」

全部が一度に抜けるから総抜けとなり、お手伝い普請そのものが無くなるという案であった。このまま一部の藩が勝手に動いたら、新之介の思いつきは絵に描いた餅《もち》だ。

赤堀に問われ、新之介は懐《ふところ》から、大きな書き付けを取りだした。広げると、「おお」と声が上がる。そこには藩の名が、ずらりと一面に書かれていたのだ。

「私は藩を、幾つかの組に分けようと考えております」

そして各組ごとに、組の全部が抜けられるよう、手を打っていけばどうか。

例えば新之介達の組は大竹が抜けたから、これよりは五藩の力で、お手伝い普請から逃れねばならない。もっとも既に二藩は逃れているから、五藩で、残り四つの藩をまとめて逃すことにするのだ。

「そうすれば、一緒に大竹殿の藩も抜けられましょう」

まず留守居役組合ごとに分け、更にその内で、幾つかの組を作るのがやりやすかろうと新之介は考えていた。いつも酒を飲み、騒ぎ、よくよく気心の知れた者同士であれば、一つの目的に向かって動きやすい筈だ。

すると、確かに考え方としては面白いと言ってから、大越が首を傾げている。

「このような緊急時に、己の藩だけでなく、人の藩のためにも働けるものかな」

己の心の内に、そのような余裕が生まれるだろうか。口では立派なことを言えても、いざとなると己が藩一つの為に動き、逃げにかかるのが、人の性《さが》というものではないか。

「つまりですな、そのようなことができると、信じる留守居役がいるかという話になる」

するとその時戸田が、ふっと笑みを口元に浮かべ、手を上げた。「何だ？」皆の視線が集まる。戸田がゆらりと立ち上がった。

「実は、我が大洲藩も岩崎殿の久居藩と同様、既に次のお手伝い普請をやらなくとも良いとの、約束を頂いておる。ざわつくな、まだ話の続きがあるのだ」

戸田は、最初にお手伝い普請から逃げる機会を摑《つか》んだのは、多々良木藩であったと口にした。

「だが間野は……間野殿はな、己の藩では無理だと判断したのだ。すると直ぐに、我らへその機会を回してくれた」

多々良木藩の財政は逼迫している故、目の前で他の藩が抜けるのを見るのは、辛《つら》かった筈であった。それでも新之介は、留守居役仲間の藩を逃してくれたのだ。

「間野殿は、そういうことのできる男だ。だから私はもしかしたら、総抜け、できるかもしれぬと思う」

寸の間、部屋内に静けさが広がる。ここで岩崎が続けた。

「どうせ皆、老中が我ら江戸留守居役を呼びつけるまでの間、普請から逃れようと、必死に働くのだろうが」

そして、必ず逃げ切れると思っている藩は、幾つもないに違いない。新之介の案に乗るのも、悪くはないではないか。

すると、御身の藩は安泰だから勝手を言うと言って、大越が苦笑いをした。

「それでもなぁ、他にこれという考えがある訳でもない。つまり、やりたい気持ちになってくるではないか。しかし、怖い話だ」

大越が言うと、新之介は札差と表坊主が付いているからと言って笑った。

「おお、私達も数の内なのでございますね」

宗春が笑ったが、札差と懇意になる機会ではあるので承知と、笑いつつ言った。

「表坊主方、目が笑っていない」

岩崎に指摘されると、宗春らが今度は間違いなく破顔一笑する。青戸屋の方は腕を組み、大きくため息をついた。思いの外大きな話に巻き込まれたのが、分かったのだろう。

しかしここで、新之介に思わぬ援軍が現れた。何と、千穂が話を廊下で耳にしていたのだ。千穂の目が青戸屋を見つめる。

「お願いです。青戸屋さん、皆様を助けて差し上げて下さい」

千穂はもう……もう、新たな浪人達を目にするのが、嫌なのだと言った。頼るべき藩も住まいも無くなり、広い江戸を彷徨《さまよ》わねばならなくなる者の姿は、己や母や父と重なるのだ。父はそんな境遇になったあげく、病を得てあっさりと亡《な》くなってしまった。

「私は今、母上の医者代を稼げるか、日々心配しております。藩が潰《つぶ》れたら、多くの人が、そんな暮らしと向き合わねばならなくなります」

それは、口で言うほど簡単に乗り切れるものではないのだ。

すると青戸屋が急に姿勢を正し、千穂と向き合う。そして、一世一代の大仕事を成す前のように、酷《ひど》く緊張した表情を浮かべた。江戸の大尽といわれ、吉原の大門さえ閉めることができる男が、おなごを前にして総身を強《こわ》ばらせていた。

「千穂さん、千穂さんが頼まれるなら、この青戸屋、お手伝い普請からの総抜けに手を貸してもようございます」

つまりその、と言ったところで、青戸屋の言葉が一度つっかえた。顔が赤い。それでも青戸屋は何とか、喉《のど》につっかえていたことを、口にすることができた。

「事が成就《じょうじゅ》したら、私の嫁になってはくれませぬか」

二度と、妾《めかけ》という言葉は使わぬという。

「あの……」

正面から〝嫁〟と言われたのは初めてだったのだろう、千穂が僅かに頰を染め、目を見開いている。

「多分他のおなごが、羨《うらや》ましがるような話には、ならないでしょう。親戚《しんせき》、店の者、いや、知らぬ者からすら、山と嫌みを言われると思います。よみうりに有りもしないことを、書かれたりするかもしれませぬ」

おまけに青戸屋は、随分と年上だ。それでもいいかと言われ、千穂は寸の間黙り込んだ。

するとここで返答をしたのは千穂ではなく、新之介であった。

「ああ、これは有り難い」

新之介は藩の上役に無謀なことを言い、勝手に借金までしている。事が失敗に終われば、どうなるか分からぬ身なのだ。いや、こんな企てをしたからには、早々に冥土《めいど》にいる兄と対面する羽目になるかもしれない。

「でもこれで兄に会った時、千穂さんのことは心配無いと言えますね」

「安心したいから、勝手に返事をしたと言われるのですか」

千穂に思いきり睨《にら》まれる。新之介はぐっと唇を噛《か》んでから、頷《うなず》いた。すると今度は千穂が、紅を塗った唇を噛んでいた。

「……分かりました、では嫁に参ります」

「ほ、本当ですかっ」

青戸屋の声が裏返った。

5

「青戸屋で、誰にどんな嫌みを言われても、逃げたりは致しません。私にも武家生まれとしての覚悟がございます」

ただし。

「約束は約束でございます。青戸屋さんが協力し、この度の計画が成就致しました時には、ということで」

「千穂さん……」

寸の間言葉を失ったかのような新之介の側《そば》で、青戸屋が一筆書いても良いと言い出したが、千穂が必要はないと首を振る。青戸屋は十は若返った表情をして、拳《こぶし》を握った。

「こうとなったらこの青戸屋、間野様を支えてみせますよ。なに、この身は幕臣方相手の札差でございますが、大名貸しをしている御仁にも、知り合いなどおりますし」

「は？　青戸屋は大名貸しとも繋《つな》がっておるのか」

札差と大名とは縁が無いと、青戸屋には目もくれなかった者も、慌《あわ》ててその面へ目をやる。

「大名貸しまで絡《から》んでは、どの留守居役も〝総抜け〟するというこの話から、簡単には抜けられないだろう」

しかしと岩崎が言い、腕を組んで新之介を見つめる。

「金の魅力と、先々の評判というもので縛っても、やはり全《すべ》ての江戸留守居役を、同じ一つの事に向かわせるのは難しい」

留守居役達は二、三百石取りの者が多く、藩の中では中程度の身分の者だ。藩主と江戸城内で側《そば》近く接し、老中や目付とも話す機会のある留守居役が、身分高き藩士の世襲でないのは、藩の存続を賭《か》け、行動し考えねばならぬ立場だからだ。実力のある意志の強い者でなければ、藩を危機に陥《おとしい》れかねない。つまりは皆、一筋縄ではいかぬ者達であった。

「皆で総抜けするという考えをこのまま進めたとする。するといつかそのことを利用して、己の藩だけは助かりたい留守居役が現れるぞ。その一人に足をすくわれるかもしれんぞ」

「有り得ますね」

「新之介、それでもやるのか？　皆で事に当たれば怖さが減るかな？」

「まさか。頭痛の種が増える気がします」

しかし一旦《いったん》言い出したからには、何と言われようが、新之介は総抜けに賭けてみるしかない。元々他藩のように、幾つかの選択肢が残されている訳でもなかった。

「まあ総抜けの話が漏れ失敗したら、我が多々良木藩が真っ先に責任を問われますな」

つまり、まず間違いなくお手伝い普請《ぶしん》を、言い付けられることになるのだ。そしてそうなれば、多々良木藩の命運は尽きる。

「その時は、この間野、皆様とお別れでございます」

言い出しっぺの多々良木藩は、確実に責任を取ることになる。だから意を決して、皆も力を貸して欲しい。新之介は集まった面々の前で、深く深く頭を下げた。

そして。

「我が藩は、総抜けに力を貸す。大竹殿のように、我が道を行かれる方は、ここで部屋を出られよ」

岩崎の声が静まった部屋の内で聞こえ、消えていった。だが、新たに部屋から出て行った者はいない。互いにちらちらと視線を交わした後、苦笑を浮かべる者が多かった。新之介が、ぱっと身を起こす。とにかく、明日があるかもしれぬと、考えることができるようになった。

「これは……これは、賛同が得られたと思って、よろしいのですね、かたじけないっ」

とにかく事を始められる。新之介は一瞬、身を震わせた。ほっとし、それから気持ちが高ぶってくる。

「では間野殿、早々に事を始めるぞ」

一つ、腹をくくったような息を吐いた後、岩崎が、先に広げた、藩名がずらりと書かれている紙を引き寄せる。皆でその紙をのぞき込むと、新之介は真剣な表情で筆を取った。

「江戸留守居役達は、一人で幾つかの組合に入っていることも多いが……どう分ける？」

「この度の組分けは、伺候席を同じゅうする者達の組合、同席組合を基本に分けてゆくのが、よろしいかと」

ここで意見を出したのは、栗屋であった。それが一番重複が少なく、数を摑みやすいからだ。

「では、同席組合で分け、組を作ります」

将軍家の親族が詰めた殿席《でんせき》、大廊下の方々、及び黒書院溜之間《たまりのま》詰の大名家は、留守居役組合を作ってはいないが、こちらはお手伝い普請とは関わりがない。

外様《とざま》の国持ち大名などが控える大広間《おおひろま》、五位や無官の外様などが詰める柳之間《やなぎのま》。詰衆《つめしゅう》などの譜代《ふだい》大名が集まる雁之間《かりのま》。譜代で無城の大名達の菊之間《きくのま》。それぞれの留守居役組合の面々の名が、紙の上に書き出されてゆく。留守居役の者達が、せっせと筆を走らせる新之介へ、注文を出した。

「老中方や要職の方々、それと佐賀藩、福岡藩を、ちゃんと省けよ」

ここで新之介が筆を止め、留守居役達を一体何人ずつに組分けしたらよいか、首を捻《ひね》って周りへ問う。するとまず大越が答えた。

「大広間席組合は、今二つに分かれている。その内で話が回るようになっているゆえ、そのまま組にして良いのではないか」

そちらへの伝言は、長州藩の江戸留守居役栗屋与一右衛門と大越がやると言い、大広間席組合は片が付く。柳之間組合へは、我らからこの話を伝えると岩崎が請け合った。そしていささか不機嫌そうな目を、横へと向ける。

「江場殿、雁之間へ伝える役は御身がやってくれぬか」

幸之助に乗せられ、老中にお手伝い普請のことを尋ねたことを、岩崎は面白く思っていないらしい。素直に頷いた江場の向かいで、菊之間へ話を持ちかける役を、宗春達が買って出た。それから青戸屋を見て、にっと笑う。

「我らの協力を覚えておいて頂きたい」

「ああ、表坊主方はしっかりしている」

新之介は苦笑を浮かべた後、各組は、全員でお手伝い普請から逃れる案を、急ぎ考え、決めて欲しいと言った。確たる日は不明だが、早、噂《うわさ》となってしまった印旛沼の話が正式に伝えられる前に、事を成し遂げねばならない。持てる人脈、知った噂、金子など、とにかく考えられる限りの手を用いて、一日も早くお手伝い普請から逃げるのだ。

「その時、守って欲しいことが一つだけ有ります」

ここで新之介が、皆の顔を見た。

「たとえ大竹殿のように、全く協力しない者がいても、同じ組になった者は、必ず全員逃《のが》れて欲しいのです」

他の組が一斉に逃げる中で、ばらばらになった組があると、そこが取り残され、お手伝い普請を引き受けることになりかねない。ただでさえ、先に逃げた組の方が有利となる話であった。そして。

「全ての留守居役方が、一々報告のために集まると、目立ちます。だから各組で方法を決めたら、各組の判断で取りかかって下さい」

しかしと言い、新之介が皆の目を見た。

「お手伝い普請を逃れるやり方を決めたら、文でいい、その方法を必ず私に一報下さい」

同じ人物に、嘆願が集中したのでは拙《まず》いからだ。

「重なった場合は、双方の組合にお知らせします故《ゆえ》、話し合って頂けますか」

ここで栗屋がにっと笑い、時々この万八楼へ報告に来ようと言い出した。ここなら千穂に会いたい青戸屋が、まめに来ているに違いないからだ。新之介が頷いた横で、当の札差が赤い顔をしている。

栗屋は組分けへ目をやると、組の者達に話を通すまでもなく、まず一つの計画を口にした。

「私には少々当てがある。以前当藩の医者を紹介し、大枚《たいまい》を都合したことのある方が、今要職におられてな。その方に、話を聞いて頂くことにする」

さすがは年に一千両を使えるとされる者で、余裕のある態度であった。栗屋は皆に頭を下げると、組の者を集め話をすると言って、帰っていった。

「我らも話をしに戻らねば。しかしこれから皆を集めるとなると、夜中に馬を飛ばすことになるかの」

仲間となる者達があっさり納得するかどうかも、分からない。これからの話し合いが大変だと言い、大越が、宗春達が、江場が、険しい表情を浮かべつつ部屋から出てゆく。さて己はどうしようかと眉間《みけん》に皺《しわ》を寄せたその時、新之介は突然襟首を摑《つか》まれ、ぐいと後ろへ引かれた。

「おい、一人で何渋い顔をしているのだ」

この先は、組合が一つになって動く時だと言われ、新之介は仲間を見て、一寸惚《ほう》けたような顔をしてから頷く。支えがあるのは嬉《うれ》しい。だがどうやったら組の全ての者が抜けられるのか、新之介達にはまだ全く当てはなかった。

6

江戸留守居役は、藩の金子《きんす》を湯水のように使い、豪遊する輩《やから》である。

江戸留守居役は、それを恥とも思わない、厚顔《こうがん》な連中である。

江戸留守居役は、盛り場などで騒ぎを起こし、幕府にも自粛を言い渡される程の者達である。

つまり大店《おおだな》の息子であれば、とうに勘当されている筈《はず》であり、放っておけば各藩を潰しかねない金食い虫と称される者達なのだ。しかし、他藩を相手に折衝せねばならぬ時、そして幕府を相手とする場合、居てもらわねば藩が困り果てることになる存在でもあった。

留守居役達は、散財の果てに掴み取った、各藩の表向きとは違う本音と、気心の知れた深い付き合いの人脈を持っている。留守居役の間には藩を越えた結束も時にはあり、それは当主の死亡や不祥事により、藩の存亡がかかる事態となったとき、すがる寄る辺となる生命線でもあった。

そして、その頼りの命綱が時として、絹糸どころではなく、鋼《はがね》でできているということもある。十日の後、新之介達柳之間の組は、再び万八楼へ顔を揃《そろ》えた。そしてそこで早くも他の組の留守居役から、先陣を切って一報がもたらされたと、新之介が報告する。

「栗屋殿の組が、早お手伝い普請から逃れたとのこと」

一同は寸の間黙り込むこととなった。

一つ息を吐き、まず口を利《き》いたのは、今日も当然のような顔をして座に加わっていた、青戸屋であった。

「毛利の栗屋様は実力者でございますな。お手伝い普請から抜ける方法が決まったと知らせておいでになるのと、無事に大広間席組合の組が丸ごと抜けたとの知らせが、同じ日に来るとは」

総抜けしたいと話してから、まだいくらも経《た》ってはいない。それはいっそ羨《うらや》ましいとも感じる程の、手際《てぎわ》の良さであった。新之介など、今日の集まりに持って来て欲しいと、権兵衛に言われた菓子を用意している間に、他藩からの文を貰《もら》ったのだ。己との差に頭を垂れる姿を見たからか、岩崎が小さく笑っている。多分

「栗屋殿は前回の会で既に、当てがあるとおっしゃっていた。多分今回のお手伝い普請今回のお手伝い普請について、手を打とうとしていたところだったのだろう」

となれば、共に抜けることとなった大広間席組合の面々は、幸運を拾ったことになる。羨ましいと言って軽く笑った平生に、青戸屋が真剣な顔を向けた。

「早、一組抜けました。余所《よそ》にどんどん抜けられ、この柳之間組合の方々が追い込まれないうちに、こちらも手を打って頂かねば」

総抜けできなければ、千穂の顔がそっぽを向く。いや、元許婚《いいなずけ》千太郎の弟が身を破滅させたとなっては、千穂とて嫁入りどころではなくなる。青戸屋はまことに分かりやすい理由を述べた上で、己が座を仕切り、部屋内の面々に何か案を見つけたか尋ねてきた。

「おい、何でお主がそれを言うのだ」

「おお、赤堀様には、良き案がおありで」

「い、いや、まだだ」

顔をしかめても、名案を持っていないと立場が弱い。

「大竹様は早、ご自分の藩が抜ける為の良きってを、見つけられたようでございますよ」

何とこの料理茶屋で相手を接待し、話を進めていたと聞き、留守居役達は「ほう」と言って、顔を見合わせた。

「なるほど、己一人ならば抜ける当てがあったので、大竹は、総抜けが嫌であったのかもしれぬ」

これで新之介達は、あと三藩抜ければ良くなったのだが、先を越されると、何とはなしに気が焦《あせ》った。

すると青戸屋はここで、己には考えがあると言い出した。そしてもう一人、予定外の客へ手招きをしたのだ。

「おやこれは、先の集まりにもおいでであった江戸城台所方の……そう、権兵衛さん」

首を傾《かし》げたのは平生で、青戸屋がどうしてわざわざ留守居役でもない、小禄《しょうろく》の者を呼んだのか、分からないという顔付きをしている。以前『甘露《かんろ》の集《つどい》』に顔を出したことのある岩崎と戸田は、表向きの力関係だけでは語れぬ集まりを見ているせいか、青戸屋が考えを口にするのを、黙って待っていた。

「表坊主方《おもてぼうず》が、私に『甘露の集』のことを話して下さいましてな。いや、御坊方は親切だ。会のことは、皆様ご存じですね？」

それによると、『甘露の集』には高位の武家方も顔を出しているらしいと、青戸屋は語り出す。ここで岩崎が口を挟んだ。

「確かに奥御右筆《おくごゆうひつ》などが、会に参加されている。だが志賀様には、既に私と戸田殿が力を貸して貰っているぞ。これ以上は無理だ」

青戸屋はにっと笑って首を振った。

「私がお会いしたい会のお方は、奥御右筆ではございません。冬菊《とうぎく》先生といわれる方で」

ここで青戸屋は、事情通なところを見せた。冬菊はさる武家の、妾腹《しょうふく》の五男であるようだと告げたのだ。

「生家は身分高き方のようですな。冬菊先生ご自身は、町人である母方の里で育てられたとか。今はお歳《とし》をめされ、俳諧《はいかい》の師匠をされておいでだ」

何不自由のない暮らしではある。だが複雑な生まれ育ち故、色々思うところもあるようだと、青戸屋は語った。岩崎がさっと強い視線で青戸屋を見る。

「それはそれは。我らが若き頃から、今の今まで分からなんだ冬菊先生のことを、青戸屋は簡単に摑んだというのだな。本当の話か？」

岩崎は口元を歪《ゆが》め半眼となっている。だが青戸屋は、不敵な笑いを覗《のぞ》かせた。

「江戸留守居役をなさっていれば、おわかりでしょう。知るということには、価値があるのでございます」

そのことを承知している者は、対価を支払える者に伝えようとする。

「例えばこの青戸屋は、大名貸しをする商人と、繫《つな》がりがございます」

言われた途端、新之介は大きく目を見張った。青戸屋が話を聞くのと交換に約束したのは、大名貸しから借りている金子の、支払いの猶予《ゆうよ》か、それとも金利の引き下げか。それこそ、岩崎が一年に受け取る禄よりも大きな金額が、冬菊の名と絡《から》んだようであった。

「我らが若い頃、何も聞き出せなかったのも、むべなるかなという話だな」

自嘲《じちょう》気味に話す岩崎の横から、新之介が口を出す。

「その話をまず青戸屋へ取り次いだのは、表坊主の方々でしょうか」

青戸屋が、大名貸しと繫がりがあると知っている者で、冬菊の知人となると、多分宗春達だろうと思われた。あの者達であれば、大名家の内情も冬菊のことも、よく知っている。借金のある大名家と大名貸しの間を、取り持つことすらありそうなのだ。

だが新之介の問いには笑い声が返ってきたのみで、青戸屋はさっさと、権兵衛のことに話を戻した。

「このお人は『甘露の集』で、冬菊先生と親しくされているとのことでして」

互いに長く会に入っている上、菓子の話で気が合ったらしい。冬菊は権兵衛を自宅へ呼んだことがあるというのだ。

権兵衛が新之介を見た。

「私は青戸屋さんから、間野様方を冬菊先生宅へ連れてゆき、話ができるよう取りはからって欲しいと言われまして」

ここで権兵衛は一旦《いったん》話を止め、対価の話を始めた。満足する支払いがあるのなら、骨折りをするというのだ。

「これはそのっ、お代が必要なのですか？」

てっきり青戸屋が幾ばくか払うと思っていた新之介は、印旛沼へ行ったおかげで、がくりと減った紙入れの中身を心配する。しかし権兵衛が欲しがったのは、金子ではなかった。

「私の望《のぞみ》は、間野様の妹君が作る、あの柿菓子の作り方でありまして」

「へえ」と岩崎が間の抜けた声を出した横で、新之介は思わずほっとした思いで頷《うなず》いた。

「ああ大丈夫、必ず持ってくる」

するとと権兵衛は新之介に、今日は菓子を持参したかと聞いてきた。話が早々に熱を帯びたので忘れられていた菓子が、風呂敷《ふろしき》の中から取り出される。権兵衛は芋菓子を確かめた後、これを持って冬菊に、まず挨拶《あいさつ》へゆくことを勧めてきた。ここで青戸屋が皆に顔を向ける。

「あのですね、先々冬菊先生を頼るなら、対価はこの菓子一つでは、済みますまい。それでもこの組の皆様が、揃ってご承知なさるなら、話を進めます」

お手伝い普請から逃れる為、本気で冬菊へ働きかけるか否《いな》かを聞いてきたのだ。あちこちへ手を伸ばす暇も金も無いから、この人選が新之介達の運命を決めることとなる。

「間野と赤堀殿と平生殿が決めろ。私と戸田は精一杯、それを助ける故」

先に抜けた立場の二人の前で、残った三人が視線を絡ませた。迷うのは本当だが、他に当てがない。他藩の組に先を越され続ける前に、急がねばならなかった。

新之介達は一寸目を見合わせた後、揃って頷く。そして新之介は青戸屋をちらりと見てから、冬菊へ渡す菓子の包みを手に取り、膝《ひざ》へと乗せた。

7

冬菊の住まいは、万八楼からさして遠くない神田だそうだが、大きな屋敷ではないので、大人数では迷惑だと権兵衛が言う。よって新之介はまず権兵衛と二人で、挨拶に向かうこととなった。

権兵衛と舟に乗ると、神田川へと入りしばし西へゆく。新之介は舟の中に落ち着くと、気に掛かっていることを口にした。

「冬菊先生は気さくな方に見えたが……その」

もし菓子を気に入って貰ったとして、お手伝い普請《ぶしん》のことに口を出せる力が、冬菊にあるのかと尋ねたのだ。すると横に座っていた権兵衛が、小さく笑った。

「冬菊先生はある大家のお生まれだとか。ですが妾腹故、屋敷に引き取られず、養子のお話も上手く纏《まと》まらなかったようで」

それ故にただ大人しく、一生を過ごすこととなった。

「ご兄弟はそのことをご存じで、気の毒だと思われているようです。今、本家の御当主は、甥御《おいご》様の代になっているようですが」

青戸屋が、残り三つの藩ならば、冬菊がどうにかできようと推察していたから、間違いはなかろうと権兵衛は言う。

「そうか、青戸屋がそう言ったか」

ならば是非にも話を聞いて貰わねばと、新之介は大事そうに風呂敷に包んだ菓子を抱え込む。奥御右筆の志賀ですら、一度に頼めるのは二藩がせいぜいであった。だが今回は、三つの藩を一度に救えるとしている。余程のつてがあると思われた。

（もしかして冬菊先生は、御老中のどなたかと繋がりがあるのか？）

今の老中の人数は六人。冬菊という俳号だけを聞いても、特定の繋がりが思い浮かぶ訳でもないが、それでもあれこれ、頭の中に考えが浮かんでは消えた。

そしてそのうち、舟を新し橋の近くで岸に寄せて貰い、新之介達は川から上がった。ここから幾らも離れていないと言われ、指を差された方へ向くと、道の先に瀟洒《しょうしゃ》な門が見える。

岸辺から一歩踏みだそうとした、その時であった。背後から突然声が掛かったのだ。振り返って、新之介は目を見張る。先だって怒って帰ったきり、万八楼の集まりにも参加しなかった大竹が、新之介の直ぐ側《そば》にいた。

「これは偶然ですね」

さてこの辺りに用なのかと、新之介は大竹に笑いかける。だが留守居役仲間は新之介に急ぎ近づくと、真面目《まじめ》な顔で問うてきた。

「どこへ行くのだ？　御身らの組は、既にお手伝い普請から逃れる算段がついたのか？」

まるでもう、新之介達とは袂《たもと》を分かったような言い方に、新之介は眉尻《まゆじり》を下げる。

「これから話を聞いて頂く為、さる御仁のお屋敷へお訪ねするところでして」

「御身ら、やはり総抜けをする気なのだな」

新之介は、ここでふと大竹の顔を見つめた。早くに総抜けの話から抜けた大竹が、聞いていないはずの『組』という言葉を使ったことに、気づいたからだ。

「大竹さん、どうして知っているのですか？」

もしかして大竹はあてにしていたことが駄目になり、今になって話に加わりたいと思い、新之介を捜しに来たのだろうか。

「大竹さん、今からでも我らと行動を共にしたいですか？」

新之介がそう話しかけた時であった。大竹の表情が、急に険しいものと化したのだ。

「某《それがし》は大丈夫だ。そのやりようには、反対だと言ったであろうがっ」

しかし、新之介が妙なことを言い出したせいで、己は留守居役組合の中で浮いてしまった。それが腹が立つと、大竹はそう言ったのだ。

「へっ？」途端、目の端に見えていた権兵衛の顔が飛ぶように消える。ついでに空まで見えなくなったと思ったら、一寸の後、新之介は頭から神田川へ落ちていた。

「ひ、ひえええっ」

水の中まで権兵衛の悲鳴が聞こえる。

（突き落とされた？　大竹さんに川へ落とされた！）

慌《あわ》てて水面から顔を出し、必死で息をする。だが水面から見ても、大竹の姿はもう岸に残ってはいなかった。

ずぶ濡《ぬ》れの体が重くて、権兵衛に助けてもらっても、岸へ這《は》い上がるのが一苦労であった。その上風の冷たさが染《し》みる。権兵衛が濡れていない手ぬぐいを貸してくれたが、それ一枚では総身から雫《しずく》がこぼれ落ちるのを、止めることもできない。

するとその時家の門が開き、見たことのある顔が、顔を出して来たのだ。

「いやあ、いつも静かにしている権兵衛さんの悲鳴を聞く日が来ようとは、思ってもいなかったな」

「冬菊先生」

家を訪問する口実、芋菓子は神田川の底に消えたが、運良く家の中へ入れては貰《もら》えた。有りがたいことに、乾いた着物を貸してもらえ、着物は女中が洗ってくれた。家はすっきりとした風情《ふぜい》ではあったが、金が余っているようには見えなかった。

そして一服した後、思わぬ幸運もあった。どうして堀へ突き飛ばされたのか冬菊が知りたがったので、話をさらりと、次のお手伝い普請へと持っていくことができたのだ。

すると冬菊が、新之介を見つめてきた。

「おやまぁ、また印旛沼の普請をする計画があるのか。あそこはもう二度も、普請を失敗しておるだろうに」

またやってできることなのかと、冬菊の方から言われて、新之介は口ごもる。とにかくその普請から逃れる為、江戸留守居役達は今皆、必死に動いているのだと言うと、冬菊が笑った。

「おや、ならば御身は何用で、神田にいたのだ？」

いきなり核心を突く問いを受け、新之介は姿勢を正す。

（岩崎殿であったならば、話術をもってうまく交渉できるところかもしれない。青戸屋だったら、その財を見せ、駆け引きをするのだろうな）

だが新之介には、どちらも無かった。それでも、本心冬菊とお手伝い普請について話したい。もう、先に奥御右筆の志賀にかわされた時のようなことは、ご免であった。

特に今回は新之介の肩に、他の留守居役達の命運も掛かっているのだから。

新之介はずいと身を乗り出す。そして、これ以上ないほど正直な心の内を口にした。

「ご承知とは思いますが、昨今藩財政はどこも酷《ひど》く苦しゅうございます」

例えば多々良木藩には、続けてお手伝い普請を引き受けるだけの余力が、もう無い。持ち合わせが無い上に、これ以上の借金が無理なのだ。多々良木藩へは誰も、大枚の金子など貸してはくれない。戻ってくる当てが無いからだ。

「ほう、それで？」

「よって、どうしても、どんな手を使いましても、我が藩は次回のお手伝い普請を避けねばならぬと、思い定めました」

しかし状況は厳しい。他藩にとっても今回のお手伝い普請は、きついものであるから、なおさらであった。だから。

「ならば総抜けをしようと、思い立ちました」

「は？　総抜け？」

「お力を、貸しては頂けぬでしょうか」

数多《あまた》の藩士と、その家族をお救い下さいと言われた冬菊が、呆然《ぼうぜん》とした表情となっている。新之介が、全《すべ》ての藩がお手伝い普請の候補から外れる計画を話すと、寸の間黙り込んでしまった。そして、障子からの柔らかい光を受けた身が、ふるりと震える。

その後、辺りに響く大声で笑い出した。

「面白い。これは面白い企てだ！」

だが笑い続ける冬菊へ、是非に協力をと告げると、笑みはさっと引っ込んだ。冬菊は新之介の顔を覗《のぞ》き込み、あっさりと告げる。

「あのなぁ、この老いぼれがどうして、全ての藩を幕府の普請から、解放してやれるというのだ？」

だが、新之介は引かない。ここで諦《あきら》めては、後が無かった。

「冬菊先生のご実家が、頼りになるお方だということは、耳にしております」

「ほう、どこの誰なのかな？」

「札差の青戸屋が、大名貸しの名を出して、聞いて参りました。我らが仲間には、表坊主方や、この権兵衛さんがおります」

すると、冬菊の表情から笑みが消える。今まで余裕を持ちあしらっていた相手に、正面から向き合わねばならなくなって、不機嫌になったかのようであった。

「いやいや、権兵衛殿がこのような手合いを連れて来るとは、心外だな」

よき付き合いであったのに、何故《なぜ》に我へ迷惑を掛けるのかと問われ、権兵衛は正直に答えた。

「いや、欲が出ましてお恥ずかしい。実は、本心気に入った柿菓子の作り方を、教えて頂く約束でございます」

すると冬菊は眉間《みけん》の皺《しわ》をゆるめた。他人が聞いたら腹を立てるような理由でも、身分を越えた菓子の集まりを支えている冬菊には、納得がいく話であるようだ。

ここで権兵衛が冬菊と向き合う。

「今回の話を聞かれたら、お腹立ちになるとは思いました。ですが私は冬菊先生が、長年の望を叶《かな》える絶好の機会ではないかとも、思ったのです」

「長年の望？」

「先生、嘉祥菓子《かじょうがし》のことでございます」

「あ……」

冬菊が寸の間動きを止める。そしてじきにその頬には、赤味が差してきた。新之介が僅《わず》かに首を捻《ひね》った。

（嘉祥菓子？　どこぞで聞いたような）

確か江戸留守居役となるとき、心得ておかねばならないものとして、兄の書き付けの内にあった気がする。

（そうだ、江戸城大広間で、大名、旗本達へ菓子が下される日があった）

嘉祥の儀式。確か六月十六日であった筈《はず》だ。江戸留守居役に成り立ての新之介は、まだその日に当たったことがないが、大層多くの菓子が供されるとあった。恐ろしく沢山の菓子が、江戸城の大広間に並ぶのだ。

（しかし菓子の名が出ただけで、冬菊先生はこうも表情を変えるものだろうか）

一国の運命を揺るがすお手伝い普請。その大事と菓子が、何故にどうして繋《つな》がるというのか。

冬菊は黙ったままでいる。それを権兵衛が、食い入るように見つめている。目の前での菓子の話が、己の命運を握っていることだけは分かり、新之介は二人の様子を、ただ静かに見ていた。

第八章 黒雲

1

爽《さわ》やかな季節の蒼天《そうてん》の一日であった。

人々は広小路の、見世物見物などに繰り出し、町は賑《にぎ》わっているという。遊ぶにも稼ぐにも良い、明るい季節がやって来ていた。

だが新之介《しんのすけ》はここのところ、そういう世の理《ことわり》、そして華やかさとはとんと縁の無い毎日を送っている。己の嫁すら決まっていない独り身であるにもかかわらず、他人の縁談の為に、走り回っているのだ。

今日も、江戸留守居役達の集会所と化している万八楼《まんはちろう》の二階で、人と会っているのだが、その用向きはやはり縁談であった。新之介は主《あるじ》の伺《し》候席《こうせき》が、同じ柳之間《やなぎのま》である江戸留守居役の一人、久保田《くぼた》新田《しんでん》藩の大内太郎作と膝《ひざ》を寄せ、大事な報告をしていた。

「本当ですか、本当に本当ですか。本当だと言って下さいまし」

前のめりに身を乗り出す大内へ、新之介は笑みを向けた。

「本当ですよ、頼まれていた縁談が見つかりました。我が妹の、茶の湯の師匠の姉上が一つ、良き縁を持ってきて下さいました」

「おお、おお、おおっ！」

大内は期待を込めた目で新之介を見たが、しかしその縁談は、己の為のものではなかった。新之介が探してきたのはある町人の、出戻ってきた三十路《みそじ》娘の再縁先、つまり町人と町人の縁談であったのだ。

「それで新之介殿、お相手は……はい、はい、裕福な大工の棟梁《とうりょう》とな。それは上々のお話で。なに、相手にはもう親御方はおられぬと。それならば家風に合わぬと、舅《しゅうと》や姑《しゅうとめ》から文句が出ることもないですな」

大内は、「これならばまとまる！」と言い切って、涙を流さんばかりの顔となった。

「間野《まの》殿、この縁談一つで、我らが組の六藩はきっと、印旛沼《いんばぬま》のお手伝い普請《ぶしん》から逃れてみせまするぞ」

「本当ですね？」

「前回お話ししたように、縁談を求めている娘は、佐竹《さたけ》本家久保田藩へ金子を融通している大商家の、妹の嫁ぎ先の娘なのです」

どういう所で聞き込んだのか、大内は久保田藩二十万五千八百石と縁のある大商家が、出戻った若くもない姪《めい》を案じていることを摑《つか》んだのだ。

「佐竹本家の入っている五藩の組は、主の伺候席が大広間であります。共に大藩ばかりの組でして」

よって使える財も大きいのにものを言わせ、既にお手伝い普請から逃れる算段を付けているのだ。新之介が帳面に目を落とす。

「佐竹本家からはその旨《むね》、報告を頂いております」

大内は頷《うなず》くと、身を乗り出した。

「実は、早く逃れた本家の久保田藩には、己が藩の為に確保しておいた〝当て〟が、残っているようなのです。出入りの大商家から一言あれば、縁戚《えんせき》である二万石の久保田新田藩の為に、動くことが可能だと思いましてな」

そこで大内はその大商家へ貸しを作る為、良き婚礼話を紹介しようと思い立ったのだ。本家の久保田藩江戸留守居役関口半八は、狙《ねら》い通り乗ってきた。目出《めで》度《た》く縁談をまとめれば、久保田新田藩がいる組をお手伝い普請から逃す為、力を貸すと約束してくれたらしい。

「勿論《もちろん》、当初は我らの力で何とかするつもりでござった」

しかし、思わぬ所で大内達の組は、行き詰まった。組には六人の江戸留守居役がいたにもかかわらず、大商家の姪へ、納得する縁を持っていくことができなかったのだ。

「焦《あせ》りました。皆で代わる代わる、幾つもの縁談を持って行ったのに、姪御がうんと言いません」

その内娘が以前、舅や姑にいびられ、それで離縁になったことが分かってきた。こだわっていたのは、姑と舅の存在だったのだ。だが義父母が邪魔だからと、婿《むこ》の親を殺してしまう訳にもいかない。なかなか条件に合う縁談は、転がってはいなかった。

「そこで我らは、総抜けを決めた御本人、間野殿へ相談を持ちかけた訳で。いやぁ、この忙しき時期に快く力を貸して下さるとは、気の良い方だ」

（そりゃ、力を貸しますとも。全部の藩に抜けて欲しいのなら、お前が手を貸せという本音が透けて見えましたからねえ）

互いに本心が喉元《のどもと》で止まっている新之介と大内は、一寸《いっすん》目を見合わせると、わははと共に声を上げて笑った。縁談を頼まれた新之介は、ってのってのってを頼った果てに、とにかく大内のため、舅と姑抜きの縁を見つけたのだ。

「これで我ら六つの藩が抜けられます。間野殿の計画にも協力できましたな」

この度の印旛沼お手伝い普請が、本当に総抜けとなったならば、新之介に対する周りの評価はどんと上がるに違いない。そう口にした大内が、にやりと笑みを浮かべる。

その時であった。隣の間から、いきなり大きな声が聞こえてきたのだ。

「八十石？　それでは話になりもうさん」

「落ち着かれよ。どうしても、この家に養子に行けと言っている訳ではないのだ」

耳にしたのは、隣で他藩の留守居役の相談にのっていた岩崎達の声で、話が難渋している様子に、新之介が顔を強《こわ》ばらせる。すると、大内はさっさと笑みを苦笑に変えた。

「だが総抜けは、なかなかに難しいことではあるようですな」

立ち上がり軽く礼をすると、己はこれより縁談を早く、大商家へ伝えてやらねばならぬと言い、さっさと帰ろうとする。

（己の藩が助かったら、他人の揉《も》め事に巻き込まれるのはご免だとばかり、消えるのか）

いっそ見事なばかりに、己が藩中心の行動で、新之介は舌をまくしかない。どの留守居役も、新之介が提案した総抜けに、協力するとは言った。言ったが、それは新之介に従うことではないと、きっぱり態度で示してきて、誠に分かりやすかった。

すると隣の間の障子が荒い音を立て、足音が先に遠ざかっていくのが聞こえた。大内も帰ってから隣へ顔を見せると、仲間の江戸留守居役、戸田と岩崎が、うんざりした様子で座り込んでいた。

「やれやれ、大家のぼっちゃまは考えが甘い。是非に養子先を探して欲しいと言っている割には、勝手な条件を出してくるのだから」

岩崎が疲れたようにため息をつく。戸田と岩崎は今、帝鑑之間《ていかんのま》と柳之間の組合を一つずつ助ける為、若年寄《わかどしより》や大目付《おおめつけ》と縁のある家の息子を、養子にやろうとしていた。

「さっきの声の若造が、何と言ったと思う？　相手の家に多き禄《ろく》は望まぬと言った口で、我ら留守居役と同じ程、つまり二、三百石も有れば我慢するとぬかしたのだ」

縁組をまとめる前に、ちょいとその男の首を絞めたくなるという岩崎へ、新之介が苦笑を向けた。

「態度の大きい男ですね。そういえば私の客であった留守居役殿も、きちんと頭を下げず、当然だという顔で帰りましたが」

口元を歪《ゆが》めた岩崎の横で戸田が、大内が消えた廊下へと目をやり、ため息をつく。

新米留守居役の新之介に仕切られるのが、何とはなしに面白く無いのかもしれない。いや、それならばさっさと、別の手でお手伝い普請を抜ければ良いのだが、それができない己を思い、留守居役達は虚勢を張っているような気もした。

「やれやれですな。だがこういう縁組一つで藩の命運が変わると思うと、それがまた怖い」

「お二方とも、一休みしてください」

新之介は文机《ふづくえ》へ広げた紙に筆を走らせ、久保田新田藩など六つの名を消した。とにかくお手伝い普請から抜けた藩が増えたのは、嬉《うれ》しいことであった。

（大内殿ときたら、私がこの件をやりおおせるか、測っているような目であったな）

だが、新之介は江戸留守居役として名を馳《は》せるために、今回の荒技を言い出したのではなかったから、そんな思惑を耳にしても、笑わずにおれない。大体、もし失敗したら、藩は消滅、己は明日をもしれぬ身となるのだから、名誉も実績も関係がなかった。

（何とも、色々な考えの御仁がいるものだ）

その時、新之介は文机からすいと顔を上げた。ひやりとしたものを首筋に感じたのだ。すると廊下側の障子が開けられていて、そこからこちらを見ている目があった。

「おお、青戸屋ではないか。どうした、廊下に立ったままで」

顔を見せたのは、お手伝い普請の一件に、首までどっぷりと浸《つ》かる羽目となった気の毒な札差《ふださし》で、この男もここのところ、江戸留守居役達の集う万八楼へ入り浸っている。声を掛けられた青戸屋は、部屋へは入ってきたものの立ったまま、いつになく怖い表情で新之介へ近づいてきた。

「間野様、先だって私自身が、札差という立場を大いに使って、冬菊《とうぎく》先生というこれ以上ない〝つて〟を、お教えした筈《はず》ですよね？」

なのに、だ。

「なのにどうして総抜けを言い出した肝心の間野様が、まだお手伝い普請から逃れていないのですか？」

おまけに青戸屋は、他にも驚くような話を、万八楼の者から聞いていた。

「何と間野様はここの所、余所《よそ》の藩がお手伝い普請から逃がれる為の、手伝いをしているとか。岩崎様方と共に！」

札差は仁王立ちをし、何をやっているのかと、眼前の新之介に迫る。しかし新之介は唇を引き結ぶと、江戸でその名を知られる札差を、必死で見つめ返した。

2

「何と言われようと、我々は必要なことをしているのだ」

ここで岩崎が珍しくも、二人の間に割って入ってくる。

「青戸屋、印旛沼のお手伝い普請を中止にするには、二百六十五藩全《すべ》てが総抜けすることが必要なのだ」

「それは承知しております」

「しかしな、間野の案は良案だが、そんな行動など必要のない藩も中にはあるからな」

岩崎が言った理由もあり、新之介は己の考えを皆に伝えたとき、実は大いに不安であった。正直なところ、仲間達が各伺候席にて江戸留守居役達へ話したからといって、どれ程の賛同を得られるものか心許《こころもと》なかったのだ。

しかし提案は、各藩から気が抜ける程あっさり受け入れられた。それは、言い出しっぺの新之介が驚く程であった。ここで青戸屋が頷く。

「五つ六つの藩で組となり、まとまって抜けるというお話は、他藩の方々にとっても、都合の良い話であったのでしょう」

組の内の誰かが強き縁を持っていれば、それを頼りに他藩も、お手伝い普請から逃げられるやもしれないからだ。その上、もし総抜けが駄目になったとしても、全ての藩が関わっているとなれば、特定の藩だけが幕閣に目をつけられることはない。だからか、各藩の江戸留守居役は、唐突な案を出した新之介の、お手並み拝見という気になったのだろう。

　ここで青戸屋の口元が、笑うように歪む。

「まあ他の江戸留守居役の方々は、いざとなれば総抜けの話など、知らぬ存ぜぬで通すおつもりかと思います」

　しかし、だ。話を言い出した新之介達は、気楽な立場とはいかない。総抜けの計画がばれれば、幕閣から睨《にら》まれるのは多々良木《たたらぎ》藩であった。とにかく多々良木藩はいち早く逃れておかねば、後が怖い。そして、これだけ多くの藩が関わっているから、どこから話が漏れるということは、十分考えられた。

「分かっている」

　新之介もそのことは重々承知していた。

　しかし、だ。

「私は発案者なのだ。だから弱き立場の組へ、手を貸さねばならない」

　すると青戸屋は新之介へ、「ふんっ」と、手厳しい言葉を返してきた。

「間野様、それは既に抜けて余裕のある藩が、言うべきことですな」

　多々良木藩はどの藩より、一番心配な所なのだ。そこの新人江戸留守居役である新之介が悠長なことをと、青戸屋に正面から言われ、一寸首を縮《ちぢ》こめる。最近青戸屋は新之介に対し、遠慮が無くなってきていた。

　ここで青戸屋は、冬菊先生のってはどうなったのかと、尋ねてきた。

「間野様は冬菊先生と会われた筈ですな。確かその折、先生から菓子が食べたいと言われたと、聞きましたが。差し入れたのですか？」

「ああ、その、菓子なんだが」

　新之介が首を振ると、青戸屋は大仰に肩をすくめた。

「何と！　まだなのですか？　間野様は少々頼りない……いえいえ、お忙しいようでございます。ならばこの青戸屋が一肌脱ぎ、早々にその菓子をお届けしましょう」

　ところがこれを聞いた岩崎が、含み声で笑い始めた。そうして、やや意地の悪い顔で首を振る。

「青戸屋、馴染《なじ》みの菓子屋へ行っても、冬菊先生が食べたい菓子は見あたらないぞ」

　岩崎にまあ座れと促され、青戸屋がようやく座に落ち着いた。だが戸惑いの表情を浮かべているので、横にいた戸田が助け船を出した。

「冬菊先生が所望《しょもう》した菓子というのは、六月十六日嘉祥《かじょう》の日に作る、嘉祥菓子なのだ」

　厄除招福《やくよけしょうふく》を願い悪疫《あくえき》を祓《はら》う、特別な品のことなのだと、戸田は説明する。

「それは……嘉定喰《かじょうぐい》といって餅《もち》を食う、あれのことですか？」

確か町では、十六文で餅十六個を買って食べるのだと言い、青戸屋はいささか戸惑っている。だが岩崎は、青戸屋が心得ておらぬことがあるとは珍しいと言って、首を振った。

「冬菊先生は武家の血を引いていると、青戸屋、お主が教えてくれたのではないか。勿論先生が執着しているのは、容易《たやす》く町中で買える、あの餅菓子ではないさ」

嘉祥の祝いは平安時代初期からあったらしい風習で、禁中《きんちゅう》で続けられていたという。三方《みかた》ヶ原《はら》の戦で破れた家康公が、嘉定通宝を拾い、大久保藤五郎が献上した菓子を口にしてから運が開けたことによって、今では吉例として、江戸城にても年中行事として続いている。

「千代田の城では六月十六日に、嘉祥の儀を盛大に祝うのだ。大広間五百畳に、二万個を超える菓子が並び、大名・旗本へ下される」

冬菊がこだわったのは、その菓子であった。青戸屋が益々、困ったような表情となる。

「つまりそれは、嘉祥の祝いの為に、特別に作られるものなのですか」

新之介が、説明に加わる。

「元々江戸城で出される菓子は、御菓子師が承っている。柱となる御菓子師大久保主水《もんと》の菓子などは、千代田の城へ収めるのみで、町中では売っておらぬのだ」

食べたくとも、町人では食べることなど、まず叶《かな》わぬ品だと言われ、青戸屋は目を見張った。

「ならば……お城の台所方の方に、入手を頼むなどしなくてはなりませんかな。その菓子を手に入れる手配は、済んだのですか？」

「それも、無理なのだ」

「はい？」

「言ったであろう、祝いの日に作るものなのだ。平素頼んでも、はい分かりましたと、作って貰《もら》えるものではない」

ここで戸田が、言葉を継いだ。

「私は間野よりも、長く江戸留守居役をやっておるがな。正直な話、嘉祥菓子が何種類あるのか、承知しておらぬ」

菓子を頂く大広間へは、勿論《もちろん》主の大名のみが行くものであった。嘉祥の日、主が違った菓子を頂いたことがあるから、幾つか菓子の種類があるのは、分かっている。しかし大名家が一回に頂ける菓子は、一種類のみだ。以前と同じ品だったこともあり、確たる種類の数は、摑《つか》めていなかった。

「青戸屋、冬菊先生はな、その嘉祥菓子を全種類、食べたいと言われたのだ」

「間野様、全部、ですか」

「もし嘉祥菓子を一時《いっとき》に味わわせてくれたら、お手伝い普請から、組の残り三つの藩を逃して下さるよう尽力する。先生はそう約束して下さったのだ」

「何でまた、菓子など……」

青戸屋が言いかけて、口をつぐむ。しかし、言いたいことはようく分かったので、新之介は眉尻《まゆじり》を下げ青戸屋を見た。

「確かに変な話だな。お手伝い普請が関係したこの時であれば、大枚《たいまい》を貰うことも、御子を、どこぞの武家の養子にして貰うこともできる。大名相手にかなりの我儘《わがまま》が、今なら通るのだ」

天女が目の前に現れて、何でも願いを叶えてやると言われたようなものであった。ところが冬菊ときたら、その奇跡の一時に、珍しい菓子が食べたいと言ったのだ。

「何とも欲がないと言いましょうか……いや、〝甘露の集〟に加わっているものとして、面目躍如《めんもくやくじょ》というところでしょうか」

それにしても分からぬとこぼす青戸屋へ、我は分かるような気がすると、何と戸田が言い出した。

「おや戸田殿も、金子《きんす》よりも菓子が好きであったのか？」

岩崎が目を見開くと、留守居役仲間は首を振る。

「冬菊先生は、一度に三つの藩を逃すことのできる家の、妾腹《しょうふく》の御子だとか。つまり兄上は、嘉祥菓子を食べられる御仁だと思われますな」

しかし、だ。冬菊は菓子好きであるのに、その甘味を口にすることはできない。それは毎年一種類のみ、大名、旗本に下されるものだから、当然、家を離れ町中で暮らす冬菊の所へは、回ってはこないのだ。

家を継げず、養子にも行けなかった冬菊が、一生食べることの無い大久保主水特製の甘味。それでも、大久保主水の菓子ならば何でも良いと言えば、俳諧《はいかい》の弟子である武家や、表坊主《おもてぼうず》や江戸城台所方の面々が、一つ二つ、何とかしてくれるかもしれない。

しかし幕府から大名家へ下される嘉祥菓子となると、きちんとした儀式の中に組み込まれているもの故《ゆえ》に、なかなか勝手はできなかった。ましてや一度に全種類の味比べをするなど、これは大名でもできない体験なのだ。つまり武家を継いだ冬菊の兄でも、無理なことだと思われる。

「成る程……。そこが肝要な話なのですね」

新之介が小さく息を吐いた。冬菊は既に高齢で、今では敬われ、心やすき暮らしをしている筈であった。傍《はた》から見れば、羨《うらや》ましがられる立場だろう。

だがそれでも、心の奥底に沈め、隠し、目を背けて見ないようにしている思いが、あったのかもしれない。死ぬ前に叶えたいと思ったのが、金でも地位でもなく嘉祥菓子を食べることだということに、新之介は生涯口には出せないで来た、冬菊の心のうずきを感じた。ここで岩崎が、青戸屋を見る。

「それで今、赤堀達と表坊主達が、嘉祥菓子について調べている所なのだ」

その間に岩崎達はせっせと、事の成就《じょうじゅ》に必要な相談に、のっていたというわけだ。

「あいつらも、そろそろ報告に来てもいい頃だな。我も、世間知らずのぼっちゃまの相手より、嘉祥菓子を調べる方が良かったわ」

岩崎が真剣にこぼしたので、一息入れるために、甘味でも持ってこさせようと新之介が言い出した。だがひょいと廊下へ出ようとしたその時、万八楼の階段を登ってくる足音が聞こえてきた。耳慣れた音が近寄ってくると、するりと障子が開く。青戸屋が振り向いた。

「おお赤堀様。噂《うわさ》をしますれば」

赤堀の後ろから表坊主が二人、顔を見せ笑いかけてくる。そこへ、後を追うように平生《ひらお》までが顔を見せてきた。こちらも一人ではなく、おずおずとした顔の江戸城台所方権兵衛《ごんべえ》が、後ろに控えている。その背後の庭で、緑濃くなった庭木の上を、明るい日差しが白く光り、きらきらしい。

皆をさっと部屋内へ入れると、新之介達は円を作って座った。それから嘉祥菓子についてまず話を聞く為、皆黙って赤堀へ目を向けた。

3

翌日、上屋敷内の奥座敷に顔を出した新之介は、多々良木藩藩主、浅山日向守隆正《あさやまひゅうがのかみたかまさ》の御前にて平伏していた。そして己の殿と、とんと嚙《か》み合わぬ会話を繰り返していたのだ。

「新之介、そちが決めた嘉祥菓子を取る為、私に菓子へ飛びつけというのか？」

冗談かのと日向守が聞いてきたので、新之介は真剣そのものの表情を主に向ける。

「江戸城大広間で飛びついて頂きたいなどとは、申しておりません。菓子を蹴飛《けと》ばされては困ります。殿、嘉祥の儀ではただ、素早く動き、目当ての菓子を手に取って頂きたいのです」

「今年に限って、難しいことを言ってくるのぉ。おい新之介、菓子が大好きなお前が、食べたいからではないだろうな」

若い日向守から、からかうように問われたが、新之介は大真面目《おおまじめ》に首を振った。

「殿、その菓子は当藩に足りぬ、金子の代わりとなるのでございます。つまり、昨今の菓子は、〃つて〃にも、金子の代役にも化けるのです」

しかし、真剣なその言葉を聞いても、日向守は扇子を手に、楽しげな表情を浮かべたままだ。ここで新之介は、ぐっと眉間《みけん》に皺《しわ》を寄せた。

「殿がその菓子を取れるかどうかで、我が藩が、印旛沼のお手伝い普請から逃れられるか否《いな》かが、決まるのでございます」

こうとまで言い切って初めて、日向守の表情がすっと真剣なものになった。だがその斜め向かい、下座に控えている江戸家老本庄平八郎《ほんじょうへいはちろう》の表情も、同時に変わった。本庄は今日も、新之介へ不機嫌な眼差しを向けてきたのだ。

「間野、お前は殿に、あれをしろ、こう振る舞えと命令する気なのか。正気か？」

「命令など、とんでもないことでございます。先程申し上げました通り、嘉祥の菓子があれば、我が藩は、〃つて〃に助けてもらえるのでございます」

新之介は必死に、事の次第を話し始めた。

「〃つて〃となる御方は、嘉祥菓子と引き替えに、多々良木藩の入っている組を、お手伝い普請から逃すと、約束して下さってます」

その話は確かなものなのだが、問題は今話に出た、嘉祥菓子のことであった。思うように手に入らぬ可能性があるのだ。

留守居役仲間の赤堀達が、江戸城台所方を頼り調べてくれたところによると、嘉祥菓子は六月十六日、江戸城大広間にて、八種類出されるそうなのだ。部屋内に並べられる膳の数、千六百以上。菓子には、長方形に平たく伸ばして切餅《きりもち》にした熨斗《のし》操《くり》、平たく伸ばした麩《ふ》である煮染麩《にしめふ》、串《くし》に挿した団子金飩《きんとん》、しんこを練って平らにし、丸めたあずき餡《あん》をのせた阿古屋《あこや》、しんこ菓子の寄水《よりみず》、大饅頭《おおまんじゅう》、羊羹《ようかん》、それに鶉《うずら》形の餅菓子鶉焼がある。

「これを大名方、旗本方が一種ずつ頂くとか。他の留守居役より、こうと聞きましたが、殿、実際の嘉祥の儀は、これで正しゅうございましょうか」

「そのようなものだったな。いや、私は家を継いで数年、嘉祥の儀に出たのはまだ二回のみなのだ。そうだな、山ほどの菓子が並ぶ間で、儀式は盛大に行われた。初めて出る時は、式の前に予行を行ったぞ」

御給仕をする中奥御小姓衆も、儀式の習礼をしていたらしい。それでも日向守は一度目、式の最中一人目立った失敗をしないよう気を配るのに、精一杯であったと言った。

二度目は菓子に目をやることもできたが、周りと合わせ順に菓子を頂いてゆくので、じっくりと菓子へ目を向けるゆとりなど、無かったという。

「私が手にしたのは、確か最初が金鈍、二度目が煮染麩であった。大饅頭や羊羹があるのなら、そちらを頂きたかったのう」

「菓子は……選べると聞いたのですが」

新之介が日向守へ問うような眼差しを向けると、僅《わず》かに考えてから頷《うなず》いている。先程言ったように、菓子を頂くのには順があった。ご身分高き方々から始まり、四位《しい》以上の者は、まず三人ずつ揃《そろ》って出《い》ずる。帝鑑之間の衆は、五人で出でて菓子を頂戴《ちょうだい》するのだ。

その時、余りみっともなくうろつき、迷うようなことは無理だが、目の前に菓子の載った折敷《おしき》が幾つか有れば、取る品を選べるようだとのことであった。

「それで間野、私にどの菓子を取ってきて欲しいのだ？」

日向守が気軽に新之介の頼みを承知するのを聞き、江戸家老の本庄がしかめ面《つら》を浮かべる。だが新之介が口を開いた途端、藩主も江戸家老も揃って目を丸くした。

「実は、菓子は八種全部欲しいのです」

全てが揃えばきっと、次のお手伝い普請から抜けてみせると新之介は言う。しかし、

「は？」

これにはさすがに日向守も、眉尻を下げた。

「おい、いくら何でも、私一人で八つの菓子を、頂くわけにはいかぬ」

絶対にそんなに多くは持ち出せない。日向守に言い切られ、新之介は深く頷いた。

「やはり無理でございますよねぇ」

本庄に「阿呆《あほう》」と言われ、新之介は急いで言葉を継いだ。

「分かっております。しかし殿、お一人では無理でも、何人かでやれば八つとも、何とか取れるやもしれません」

新之介達留守居役の組は、それぞれの藩主に、別の菓子を取ってきてくれるよう、頼むことになっていると聞き、日向守がほっとした表情となる。江戸留守居役達はそうやって、組の皆の力を合わせ、お手伝い普請から抜け出す算段であった。

ただ。

「何だ？」

「殿、我ら江戸留守居役の組には……今、五名しかおりません」

大竹があの様子では、その主に協力を頼めはしないであろう。すると日向守が、脇《きょう》

息《そく》の端を扇子でとんと叩《たた》いた。

「ふむ、ふむ、ふむ。間野は藩の一大事を、何とかする為に動いておる。だから、藩主としては力を貸さねばならぬが」

だが、そもそも五つしか菓子が集まらないのでは、その〃つて〃を掴むことはできないのではないか。その言葉を聞いた新之介は、心づもりを口にした。

「今、他藩の頼み事に力を貸し、貸しを作っております。その返礼として、今年の嘉祥の儀で頂く菓子を頂戴できるよう、頼んでいる所であります」

「そうか。だが他にも問題はあるようだな。間野も分かっていよう?」

「はい。殿や他藩の御藩主のお力添えが有りますれば、菓子を八つ以上集めることはできるやもしれません。しかし八種類、全ての菓子を取れるかどうかは分からぬ。そういうことでございますね」

「それぞれ別の菓子を取るよう、留守居役達が打ち合わせることはできようが……実際にどうなるかは別の話だ」

日向守によると、嘉祥の儀は、江戸城内の儀式としては、緩い感じがする方らしい。しかし、その式にもまた、身分の差というものが、確かに存在するのだ。

大広間では身分の高き方々から、菓子を頂戴することになる。多々良木藩藩主日向守の伺候席《しこうせき》は柳之間、位は五位なのだ。早くに菓子を頂くことはない立場であった。

「間野の仲間は、柳之間の留守居役組合の者だから、その主が菓子を頂く順番は、私と似たり寄ったりだな。その時、例えば一、二種類の菓子が既に無かったら、どうするのか？」

たまたま菓子のどれかが先に、無くなることは有り得る。仮に残っていたとしても、数多《あまた》並べてある菓子列の後ろの方にあったら、手に取れはしない。

その言葉を聞き頷いた新之介は、絞り上げられるような胃の腑《ふ》の痛みを覚えていた。

「何とかする為に、菓子を分けて下さる藩を、なるだけ増やすようにしております。御味方の藩主方が増えれば、自然と種類も増えましょう故」

主の扇子が、ぱちりと鳴って閉じた。

「後は、やってみるしかないのか。成否は当日にならねば、分からぬということだな」

「殿、できますれば、殿には一番に人気があり、親しき旗本方にまで回らぬであろう菓子を、確保して頂きたいのですが」

表坊主によると、先年の人気菓子は羊羹であった。

「やれやれ、つまり私は、その羊羹を確保すべきなのだな？」

平伏した新之介へ、日向守がため息をもらす。

「うーん羊羹とは。大丈夫かのう」

日向守曰《いわ》く、前回の嘉祥の儀では、人気の品を先に取ろうとする者がいて、大広間は人の列がかなり乱れ気味であったという。

「何しろ、長くかかる儀式だからして」

三人ずつ、五人ずつと頂いてゆき、五位の大名達へ順番が巡ってくる頃までには、随分と時が経《た》っていた。いい加減じれもしようし、気のゆるみも出るというものであった。

しかし日向守は「何とかしよう」と言い、口元に笑みを浮かべる。

「だが藩の命運が、羊羹一つに掛かっているとは、恐れ入った話だ。まあ、我も大久保主水の羊羹なら、食べてみたいが」

「殿、多々良木藩が生き延びたあかつきには、江戸城台所方に羊羹が手に入らぬか、頼んでみます故」

藩の先々の為に、この度は我慢して欲しいと願う。

「おや、間野は菓子を扱う江戸城台所方と、早くも知り合いとなっているのか」

日向守はそう言うと、間野らしいと言い笑う。その様子を、家老の本庄が苦い表情で見つめていた。

とにかく話が終わり、新之介が殿の御前から下がった、その時であった。それを待っていたかのように、本庄が廊下をゆく新之介の後を追ってきたのだ。そして日向守には聞こえぬ所で、不満を向けてきた。

「間野、今日の言動、殿に対しまことに無礼であった。お側《そば》にいることが多いからと、たかが二百石取りが、何を勘違いしておる」

留守居役となってから、振る舞い、言動、腹に据えかねること多しと、本庄は言葉を重ねてくる。

だが今日の新之介には、江戸家老の不満をゆっくりと聞きなだめる、その余裕が無かった。胃の腑の痛みが、いよいよ事危うしと訴えていたのだ。

(我らが組の五藩以外、どれ程の藩が、頂いた菓子を融通して下さるか、確証がない)

新之介が顔をしかめる。数藩ごとにお手伝い普請《ぶしん》を抜けるという案は、存外的を射たものであったようで、既に結構な数の大名家が、印旛沼のお手伝い普請から逃れられたと、新之介へ連絡を寄越していた。

余裕の出た大名家からなら、嘉祥の菓子を譲って貰《もら》えるかもしれない。だが拙《まず》いことに嘉祥菓子は、頂いた後の使い道が決まっていた。

どの大名家でも、江戸城から帰った後、今度は家臣達を集め嘉祥の儀を執り行うのだ。公方《くぼう》様から頂いた菓子は、家臣らの前に飾られることになる。新之介達はそれを欲しいと言っているので、事は簡単では無かった。

（大丈夫だろうか）

本当に、八種類無事に手にはいるのか。新之介は、きりきりと痛んでくる胃の腑の上をさすった。だが……ふと顔を上げ前を見る。気が付くと、廊下で声を荒げていた本庄が、文句を言うのを止《や》めていた。

（喋《しゃべ》りすぎて、疲れたのだろうか）

よく見ると、本庄は唇を噛《か》みしめ、何やら見たことのない表情で新之介を見ていた。

「……先だって、私と斬《き》り合い寸前までいった後だ。お前がまた殿と私の前に、図々しく顔を見せてくるとは思わなんだ」

しかし、それでも新之介はやってきた。そして、本庄が癇癪《かんしゃく》を起こすだろうことを、またまた口にしたのだ。

「間野は馬鹿《ばか》なのかと思うた。それとも殿のお側にいれば、また庇《かば》ってもらえると考えているのかと、腹も立った」

だが。

「お前が目通りを願い出てきた時、殿はおっしゃったのだ。間野には、斬られても言わねばならぬことが、あるらしいと」

日向守は先程、もの柔らかに話していたが、いよいよ新之介が追いつめられていることを、察していたらしい。

「だから菓子を選び、取って欲しいなどというお願いを、あっさりと承知して下さったのですね」

有りがたい、とつぶやいた新之介へ、本庄が問うてきた。

「確かなことなのか」

「はい？」

「菓子が集まらぬと、我が藩が印旛沼のお手伝い普請を、言い付かることになるのか？」

そして……本当に、本当に多々良木藩には、そんな事態に直面した場合、それを凌《しの》ぐ余力が無いのか。真実、江戸幕府始まって以来初めて、藩として破綻《はたん》してしまうというのか。

浪々の身となったら、藩の皆はどこへ行けばいいのか。

問われた新之介は、〝今更〟という言葉を、呑《の》み込んで言わなかった。しかし軽く、何とかなるなどと言って、事を誤魔化《ごまか》すこともできなかった。

「御家老様、そのことについては真実を、もう何度も申し上げております」

本庄はこの多々良木藩上屋敷の誰よりも、財政について承知していなければならないはずの立場ではないか。いや無能では無い故《ゆえ》、行き詰まった財政も、大きな借金のことも、帳面上では分かっていたのかもしれない。

だがそれは本庄にとって、年々紙の上で書き換えられてゆく数字であり、これまで何とかなってきた、いつもの心配に過ぎなかったのだ。

既に江戸留守居役が使う金子すら底をついていても、奥向きや藩主のための金子は、特別な扱いを受けていた。上級の武士達も禄《ろく》は削られていたであろうが、身に感じる打撃は下級武士のそれとは違う。故に本庄には、切迫した実感が伴ってはいなかったのやもしれない。

だが。

（だが、殿まで危機を感じるようになっては、もう待ったなしだ）

ここに来て、現実が多々良木藩全体に襲いかかってきていた。見れば江戸家老の表情が、蒼《あお》く、硬くなっている。手が小さく震えている。もう全《すべ》てから逃げられぬのだと、その総身が告げていた。

今回お手伝い普請を言いつかり、藩が破綻したら、藩内の者達から怒りと共に追及されるのは、多分江戸家老だけではない。その声は若い日向守に、国元の家老に、そして江戸留守居役、新之介にも突き刺さるだろう。

ここまで日が過ぎても変わること無く、また、万の声で言われるのだ。どうして兄の方が生き残ってくれなかったのか、と。

(いよいよこの身も危ういということか)

静かに頭を下げると、新之介は本庄の眼前から、声もなく立ち去った。

4

「止めろ、止めろ、止めさせろっ」

「酒井の方々も、小笠原《おがさわら》の方々も……ああ、よして下されっ」

万八楼の二階で、制止の声など座を盛り上げる三味線の伴奏だとでもいうかのように、盛大なる殴り合いが繰り広げられていた。

殴り殴られ、喚《わめ》き叫んでいる者達、長尾と月岡は、共に小笠原家の藩主を頂く、小倉藩と小倉新田藩の江戸留守居役であった。対するのは出羽松山藩と庄内《しょうない》藩の加藤と黒崎、こちらは酒井家の血筋を主に持つ藩の、留守居役達なのだ。

四人はどちらも帝鑑之間の留守居役達であったが、今回お手伝い普請から逃れる為、作った組の所属は違う。今日は、黒崎達がお手伝い普請から逃れたという報告をしに、万八楼にいる新之介達の所へ顔を出して来た。そこへ、長尾らがなだれ込んできたのだ。

「一体どうしてまた、料理屋で諍《いさか》いなど始めたのですか」

新之介が聞いても、四人は殴り合いを優先して、話などする気を見せない。すると岩崎と赤堀が、摑《つか》み合いをしていた月岡と加藤の首根っこを背から摑み、同時に足を払った。二人は見事に畳の上へひっくり返り、その音に驚いたかのように、他の二人も動きを止める。新之介が大きく息を吐いた。

「とにかく争いは止めて下さい。ここは聞番《ききばん》茶屋なのですよ」

接待の場である料理茶屋で大喧嘩《おおげんか》などしたら、明日どころか今晩のうちに、江戸中の留守居役達の間で噂《うわさ》になりかねない。

「皆でお手伝い普請から総抜けしようとしている時に、喧嘩は止《よ》して貰えませんか」

頼むように言う新之介の言葉は、平素であれば言下に否定されるようなことは少ない。どこかのんびりしたその言いようは、強い反発を招かないからだ。

しかし今日ばかりは勝手が違った。喧嘩に割って入った新之介達、江戸留守居役仲間へ、長尾らはきつい視線を向けてきたのだ。

「黒崎達がこす辛いやりようをしたからだ。聞かれよ。出羽松山藩と庄内藩は、小倉藩を含め六つの藩が抜けるための〝つて〟を、途中で我らから、かっ攫《さら》ったのだぞ！」

ところがこの長尾の言葉を聞いて、黒崎が吠えた。

「馬鹿を言うではない。幕閣へ顔の利《き》くその御仁とは、我が庄内藩こそが、平素より親しくして頂いていたのだ」

「冗談を言うな。そのお人はこの長尾の知り人だ」

「長尾殿、ふざけないでくれ。我らが庄内藩はとうから、そのお人を〝つて〟として使うと、そう間野殿に届けてあるのだぞ」

どんな手段を使ってお手伝い普請から逃れるかは、各藩、あらかじめ新之介へ知らせることになっている。頼りとしてきた〝つて〟を使う気でいた小倉藩の長尾達は、既にその御仁が他藩を助けていたことに、今日になって気が付いたと言う訳だ。

「鈍いことをしているから、今頃吠えることになる」

加藤に言い捨てられ、月岡が言い返す。

「出羽松山藩は、同じ組の庄内藩に縋《すが》ってばかりの腰抜けだ。だから庄内藩が他藩の〝つて〟に手を出した時も、他の〝つて〟を用意することもできず、黙ってその尻馬《しりうま》に乗ったのであろう」

途端に加藤の目がつり上がり、拳《こぶし》が握られたものだから、岩崎が先にぽかりとやって、拳を下ろさせた。すると今度は、反撃だとばかりに月岡が腕を振り上げたのを、赤堀が面倒くさそうに背後から羽交《はが》い締めにする。一旦《いったん》双方動きが取れなくなった訳で、これで事が収まるかに見えた。

だが、まだ気持ちは収まらなかったらしい。動けなくなった月岡に代わって、今度は長尾が湯飲みの茶を黒崎へ浴びせたのだ。真《まこと》に良き狙《ねら》い方で、顔から茶を受けた黒崎は、寸の間の内に〝落ち着き〟という大事な言葉がこの世にあることを、忘れたらしい。

またまた双方を止めにかかった新之介は、ため息を漏らした。

「止めて下さい、止めなさい！　長尾殿の組へは、何か良き策がないか、この新之介達も考えます故」

「ほう、何を考えるのかな？」

「勿論《もちろん》、それは……ひああっ」

突然新之介が、鶏の断末魔のような声を上げたものだから、一寸の内に部屋内が静まる。視線がさっと、振り向いた格好の新之介が見つめる方へ集まると、誰もが息を呑んだ。

「その、どうしてこちらに……」

皆の声も裏返っている。新之介の視線の先に立っていたのは、老中水野《みずの》出羽守《でわのかみ》忠成《ただあきら》、その人であった。

「今宵は万八楼で、知った御仁から馳走《ちそう》になっておったのだ。そうしたら、珍しくも他の部屋から派手な声が聞こえてな。何があるのかと、顔を出してみたわ」

にっと笑った顔に、落ち着いて話すその声に、ずんとこちらを押してくるような迫力がある。新之介は思わず一歩後ろへ下がりそうになったが、必死に足先に力を込め、その場に留まった。

（ここは……私が事を収めなければ駄目だ）

例えば岩崎なら、新之介よりもぐっと上手《うま》く、話を誤魔化してしまえるかもしれない。しかし、この度の印旛沼普請からの総抜けは、新之介が言い出したことであった。岩崎はその前に、既にお手伝い普請の話からは抜け、新之介達の助けに回っている。そのことは皆が、承知しているのだ。

その男を頼ってばかりいては、新之介は他の留守居役達の信頼を得られない。ひいては、いつの日にか見返りがあることを期待して、菓子を融通してくれることも、無くなるように思われた。

新之介は精一杯落ち着いた笑みを浮かべると、老中へ騒いだことの詫《わ》びをした。

「申し訳ございませせぬ。我ら、酒の席での余興で、熱くなりまして」

拳遊《けんあそ》びに夢中になって声を立てたと、新之介が頭を下げる。だが、相手は幕政を預かる老中であり、とてものこと簡単に扱える者ではなかった。早々に引くつもりも無いようで、廊下から部屋内へと入ってくる。そしてとても楽しそうに……そうとしか思えない表情をして、新之介の顎《あご》を、手にした扇子にてくいと上げてきたのだ。

「最近のぉ、御身ら江戸留守居役達が、何やら動き回っておる」

江戸留守居役というものは、以前から騒ぎ、嗅《か》ぎ回り、あれこれ知り人に頼み事をする者達であった。しかしその頼み事が、とみに増えてきているという話なのだ。

「しかも不思議なことに、この度は己が藩のことだけを、頼む者がおらぬそうだ。まとめて五家、六家のことを頼んでくる」

頼まれる方も、一度に動けば済むことなので、つい数家分の願いを引き受けてしまう。だが噂を集めてみると、そうやって随分と多くの約束がなされているようだと、老中は口にした。

「誰か、まとめ役がいるようだ。そうでなければ今回に限り、留守居役達が同じように動く訳がない」

さあてそれは誰だろうなと言い、老中は手にした扇子に、僅《わず》かに力を込めてくる。新之介の心の臓は、近火《ちかび》を知らせる半鐘《はんしょう》の音のように、思いきり早く打ち始めた。老中の目が、疑いを宿しているように見えて仕方がない。

「その者は何を考えているのであろうな」

聞かれても、はい、こういう子細でございますなどと、言えはしない。さりとて聞番茶屋にて、いきなり老中から質問を受けるなどとは想定の他で、上手い言い訳など咄嗟《とっさ》に思いつかなかった。

(お、落ち着け、落ち着け、落ち着け、落ち着かなくては……)

とにかく何とかこの場を、凌《しの》がねばならない。ここまで皆で揃《そろ》って頑張ってきたのだ。もう少しで全員、印旛沼のお手伝い普請から抜けられる目処《めど》が、つくかもしれぬ。今はそんな微妙な段階であった。

(なのに)

どうしてよりにもよって今宵、老中がわざわざ聞番茶屋に、現れたのであろうか。

（分からぬ。気の利いた言葉も……御老中が来られた訳も）

何が、どうして起こったというのか！

（言い抜けろ！　新之介、何とかしろっ）

思う先から、頭の中が真白になってゆく。顔が火照《ほて》って、赤くなっていることが分かる。周囲の江戸留守居役達の視線が、己に集まっているのが感じられた。不覚にも涙がこぼれ落ちそうになる。そんな醜態を演じたら、事が全て終わりとなる。だが言葉が出ない！

（私は……）

「御老中様、あれあれ新米江戸留守居役が、御老中様を前に、身を固くしております」

その時であった。お手柔らかにという言葉と共に、扇子に指がかけられ、すいと新之介の顎から外されたのだ。息が楽になる。老中の視線が外れ、目が横を向いた。その先にあったのは、岩崎の笑顔であった。

「おお、美男の留守居役もおったか。いつぞや以来だの」

「御老中様には、我ら留守居役はいつも、お世話になっております」

岩崎がゆったりと大きく礼をすると、座を支配していた緊張が、一気に解けてゆく。

他の留守居役達も、つい今し方の諍いなど忘れた顔で、揃って身を折った。新之介の口から、ほっとした息が漏れる。ついでにまた零《こぼ》れ落ちそうになる涙を、ぐっと堪《こら》えた。まだ老中は目の前にいるのだ。気を抜ける状況ではなかった。

しかし。ここで場を収めたのは、やはり岩崎であった。

「御老中様、本日はどちら様とご一緒であられますか」

岩崎がそう聞くと、老中は若年寄の名を挙げた。その名を承知していたとみえ、ではこれから某《それがし》もご挨拶《あいさつ》をと言い、岩崎は老中の背を押すと部屋から連れ出してゆく。

(あ……余裕だ)

障子の向こうへ二人の姿が消えるとき、新之介の目には、岩崎の口元に僅かに笑みが浮かんでいるように見えた。

5

老中達が階段を下る音が聞こえてくると、新之介は畳にへたり込む。他の留守居役達も、一斉に座ると、平生と戸田が目配《めくば》せをし障子を慎重に閉めた。身を低くし声をひそめ、それでも我慢できぬらしく皆は話し出した。

「わざわざ御老中が、この万八楼へ顔を出すとは。今までこの闘番茶屋で、御姿を見かけた者はいるか?」

赤堀の言葉に、加藤が首を振る。月岡が顔をしかめた。

「勿論料理屋であるから、御老中がお見えになることに、不思議はないが」

しかし。江戸留守居役などに接待されたのならばともかく、連れが若年寄というのは、いつにない話であった。つい今し方まで争っていた江戸留守居役達が輪を作って、状況を推し量り始めた。

「……御老中は、我ら江戸留守居役へ、疑いの目を向けておられるように見えたが」

黒崎が、ちらりと新之介の方を見てくる。ここで加藤が、「ふん」と息を吐くと、部屋の外へと目を向けた。

「まあ、そろそろ御老中が、江戸留守居役達が妙だと思われても、不思議ではないな」

最近数多の藩が次々と、次のお手伝い普請から逃れる確約を取り付けているのだ。勿論、勘定奉行や大名貸しなど、それぞれの〝つて〟を使ってはいるだろう。

しかし、最後にお手伝い普請をする藩を決定する力を持っているのは、幕閣の者達であった。だから話は否応《いやおう》なく、老中達へと集まる。数が増えれば、不審に思われずに済むはずがないのだ。

「だが、な」

ここで口を開いたのは、戸田であった。眉《まゆ》を顰《ひそ》めると、仲間の留守居役達、平生と赤堀の顔を見る。

「御老中は今、間野に絡《から》まなかったか？」

まるで今回の総抜けの首謀者が、新之介だと承知しているかのようであった。そう見えたのは己だけかと、戸田が渋い表情で言う。平生は新之介へ、優しげな顔を向けた。

「間野、心配するな。先程はたまたま、お主が最初に口をきいたので、御老中が絡まれたのだろうさ」

確かに今回、総抜けの話を持ちかけたのは新之介だ、だがその新之介は、江戸留守居役としては、新米の一人なのだ。多々良木藩の窮状もあり、成り行きで事のまとめ役のようになりはした。しかし普通に考えれば、新之介がそんな立場になるなど、あり得ない話だった。

「江戸留守居役として、諸事こなせるようになるには、長い時と経験が必要だからな」

「大枚《たいまい》を使ったという体験もいるぞ」

長尾が混ぜっ返し、座にやっと、小さな笑い声が戻ってくる。真実、江戸留守居役は経験の長い順に尊ばれる。腕の立つ留守居役は、急には育たないが故《ゆえ》に、藩を生かすための大事な財産とも呼べるものであった。

「大丈夫だ」

平生がぱんと新之介の背を叩《たた》いた。頷《うなず》くと、また笑い声がおきた。こうなったら飲み直そうと戸田が言い、部屋の周囲に避難させておいた銚子を、皆で中程へ集める。肴《さかな》を並べ酒を酌《く》み交わすと、総身から緊張がほぐれていった。

ここで長尾が「ああ」と、さも嫌そうな声を出した。それから黒崎と加藤両名の方を向くと、手を差し出したのだ。

「終わったことは、しょうがない。まあ、一発は殴れて良かった。御身らは、何か良い話を拾えたら、我らが組の方へ教えてくれ」

それで今回のことは終わりにすると言うと、黒崎達は寸の間顔を見合わせた後、

「承知」と言い手を握り返す。

「やれやれ、やっと諍《いさか》いが収まったか」

さて、これから小倉藩達が抜ける為の〝つて〟も、同時に探さねばならぬなと、戸

田がほっとした顔で、新之介へ話しかける。

いや、話しかけたつもりであった。

「あれ、間野はどこだ？」

戸田が首を傾《かし》げた途端、皆が周りを見回す。日頃親しいとはいえぬ留守居役達が揃ったので、隣に馴染《なじ》みの顔がいなくても、誰も気が付かなかったらしい。

新之介は、一寸のうちに部屋から姿を消していたのだ。

「間野、どこへ行くのだ」

新之介が呼び止められたのは、万八楼の一階、奥まった間へと続く廊下であった。聞き慣れた声に振り返ると、廊下に馴染みの姿が立っていた。

「これは大竹殿」

聞けば大竹は今日己が藩を、お手伝い普請から逃してくれた者の接待に、来ていたらしい。客人を駕籠《かご》まで送ったところだという大竹に、新之介はにっと笑いかけた。そして、先日神田川へ放り込まれて以来ですねと言うと、臆《おく》しもせずに近寄ってゆく。

「あれは酷《ひど》いやりようでしたよ」

正面からぺらりと言ったので、却《かえ》って怒りなど無いように聞こえたのだろう、大竹は僅かに目を見開いてから、苦笑を浮かべた。

「お前は、相変わらずなのだな」

そこで、先日は済まなんだと言ったから、大竹は一応、悪いと思ってはいるようであった。それからあっさり話題を変えると、大竹は顔を奥の方へと向ける。そして、これ以上は先へ入らぬ方が新之介の為であろうと、そう言ったのだ。

「それはまた、どうしてです？」

岩崎が御老中と共に、若年寄へご挨拶をしに行ったので、この機会に新之介も紹介をして頂こうと思ったのだ。しかしそう言うと、大竹は声を出さずに口元を歪め、笑い顔を作った。困っているかのような、哀れんでいるとも思える、そんな笑みであった。

「おい、岩崎がどうしてわざわざ、挨拶に行ったのだと思う？　今奥の間で、御老中、若年寄と共に、何やら話し込んでいるのだろうよ」

さて、どんな密談中なのだろうなと言うので、新之介は顔をしかめた。

「密談とは、穏やかでない言い方ですね。まるで岩崎殿が……」

「まるで岩崎が、今回お手伝い普請から留守居役達が総抜けすることを、密告しているようだろう？」

いや、岩崎はとっくに老中達へ総抜けの話を、伝えている筈《はず》だと大竹は言う。だから今、新之介が奥へ顔を出しても歓迎されぬに違いないと、そう言い重ねてきたのだ。

「大竹殿……どうして岩崎殿が、そんなことをするというんです？　久居藩は既に抜けている。藩を守るために、御老中へ取り入る必要など無いのです」

「新米留守居役は甘いな。今、この料理屋の奥にいるのは、御老中水野出羽守様だぞ」

恩を売れるのであれば、是非に、どんな僅かな恩でも、売っておきたい相手であった。久居藩も他の数多《あまた》の藩同様、大いに藩財政が心許《こころもと》なくなっているのだ。

出羽守の考え一つで、今回だけでなく、これから暫《しばら》くの間、お手伝い普請から逃れ続けることができる。そういう約束の下に岩崎が、他の留守居役達全《すべ》てを出し抜くつもりでいたとしても、大竹は驚かぬと言った。

「江戸留守居役というのは、腹の読めぬ生きものなのだ。そういう意味でも、気の良い間野は間違いなく、まだ新米だな」

御身など、簡単に御老中へ人身御供《ひとみごくう》に差し出されるぞと言われ、新之介は目を大きく見開く。間違いなく岩崎は、何か秘密を抱えているのだと、大竹は断言した。

「信じられませぬ」

　そう言いはした。だが、もう奥の間へと行けなくなっている己を知って、新之介は唇を噛《か》む。どうしようもなくなって、踵《きびす》を返し二階の部屋へと戻ろうとした。すると、その手を大竹に摑《つか》まれたのだ。

「御身には、もう一つ言っておくことがある。この話は、先日の神田川の件の詫びだと思ってくれ」

　しかし、嬉《うれ》しいばかりの話ではないがと言い、大竹は新之介を側《そば》に引き寄せる。そして、その耳元に小声で、話しかけてきた。

「覚えているか。以前聞いただろう。一度だけならば、お手伝い普請から逃れられる手がある。そういう話をだ」

「あれは……でも、そんな話は夢物語だと言われた気が」

「本当に手はあるのだ。だがな、今使うと、お前さんは家老に斬《き》り殺されるかもな」

　しかもと、大竹は言った。

「藩だけは安泰になるかというと、そうでもない。多々良木藩などがその手を使えば、やはりいくばくもしないうちに、藩も立ちゆかなくなるかもしれない」

　だが、ひょっとしたら上手《うま》くゆくことも有り得る。とにかく今回に限り、目の前の危うさから逃げることはできるのだ。

「聞きたいか？　教えてやるぞ」

新之介は大竹を見つめ、万八楼の廊下の隅で、呆然《ぼうぜん》と立ちすくむこととなった。

6

しばし後、新之介が万八楼二階の部屋へと戻ると、やっと落ち着いたかと思えた部屋内は、また興奮に包まれていた。

いないうちに、部屋へは他藩の組から、お手伝い普請《ぶしん》から抜けられたとの知らせが、二つも、もたらされていたのだ。おかげで長尾と月岡の落ち込みは激しかった。こうも多くの組が抜けてゆくと、まだ〝つて〟すら確保していない己達は、落ちこぼれてゆくのだと嘆き、銚子の中身がほされてゆく。

新之介と平生、赤堀の三人も、徐々に取り残されてゆく格好になったおのれらを感じ、焦《あせ》りを覚え始めている。

するとそこへ、のんびりとした顔付きの岩崎が帰ってきたのだ。驚いたことに、廊下で出会ったのだといって、表坊主《おもてぼうず》の宗春と高瀬が共に顔を出してきた。岩崎達は、部屋に漂う怖いような緊張を感じたらしく、訳を尋ねた。

「抜けた藩が増えたと？　嬉しいことではないか。間野、御身にとっては嘉祥菓子《かじょうがし》のことを頼める藩が、増えたということなのだぞ」

岩崎の言葉はその通りではあったが、事実と気持ちは添わぬこともある。新之介が正直にそのことを口にすると、岩崎は遠慮無く頭を叩いてきた。

「今回の総抜けでは、どういう訳か間野が、事の中心にいるのだ。都合の良い時だけ新米の心持ちでいて、どうする気だ！」

数多の目が己へ向けられていると聞くと、それだけでずしりと肩に乗るものを感じ、新之介は益々地面の中に、めり込むような気分になる。とにかく、お手伝い普請から抜けた組へは早々に、嘉祥菓子を融通してくれるように頼めと岩崎に言われ、新之介は頷いた。

すると、その会話へ長尾達が首を突っ込んできた。それは今回の総抜けと関係があることかと聞いてから、二人は首を傾げた。

「嘉祥菓子とは、一体どのような〝って〟なのです？」

長尾達は新之介の出した、総抜けの案に乗ってくれているのだから、問われれば答えぬ訳にはいかない。正直に、八種類の嘉祥菓子と引き替えに、お手伝い普請から逃れる心づもりを教えると、長尾達は目に光を灯したようになった。

「それは近々ある嘉祥の儀の、菓子のことだな。そうであった。あの日、数多の菓子が大広間に並ぶ」

　ここで月岡が新之介の腕を掴み、頼み込むように言ってきたのだ。

「なあ、その嘉祥菓子、もう一組揃《そろ》えたら、我らも逃しては貰《もら》えぬだろうか」

　聞かれて新之介は目を見開く。しかし冬菊先生とはいえ、三藩逃すのが精一杯であろうと思われた。幕閣の一員でもない御仁が、三藩も逃せるというだけで、凄《すご》いことなのだ。更に五藩逃せとは、新之介にはとても言えなかった。

　ところが。ここで表坊主達が、驚くようなことを口にしたのだ。

「嘉祥菓子を全部揃えるのでございますか？　なんと冬菊先生は、そんなものをご所望されたのですか」

　〝甘露の集〟の一員である二人の表坊主達は、大層羨《うらや》ましげな表情となる。こちらも冬菊同様、嘉祥菓子を目にすることはあっても、口にする機会のない立場であった。ましてや八種類を一度に味わえることなど、この先も無いに違いない。一生、無いだろうと思われる。

　しかし、冬菊はそれを食べるというのだ。

「なんとなんと、羨ましいことで。心底、本当に羨ましいことで」

　宗春はしばし考え込むような格好をしていたが、じきにちらちらと、長尾達を眺めるようになった。

「それで、御身様方は本当に、八種類の菓子をお取りになれるのでしょうか？」

聞かれた長尾が、組には五つの藩が入っていると答えた。だから、菓子の載った折敷は五つ、まず確保できる筈なのだ。

ここで黒崎や加藤が、縁があった藩であるから、己達も嘉祥菓子集めに協力しようと、そう請け合ってきた。黒崎達の組には、藩が六つ入っている。そして小笠原家の血筋には、縁戚《えんせき》の藩がまだ三つばかりあるから、その分も期待してよいと言った。

すると、宗春達が意を決したかのように、二人に寄っていく。そして、こうとなったら必ず顔見知りの、高位の者に話を通してみせるから、嘉祥菓子を八種揃えるという話、何とか実現させてはくれぬかと、そう言い出したのだ。

「これはこれは……」

思わぬ話の流れを見て、新之介は寸の間、呆然としてしまった。確かに長尾達が何とか、総抜けの方法を見つけるのは嬉しい。しかし、だ。彼らが己達と重なる方法を取るとすると、事は複雑になるのだ。

小倉藩へ力を貸す藩が増えれば増える程、新之介達の組が助力を願える藩が減る。ただでさえ不確かな菓子集めの話であった。一人でも多くの助力をと願っていただけに、新之介は真剣に、心細い思いを味わっていた。

(何故《なぜ》、あっと言う間にこんな話になったのか)

側にいる赤堀や平生をみると、二人には他につてがないのか、複雑な表情を浮かべている。

だがここで新之介は、思わぬものを見てしまった。ちらりと視線を向けた時、岩崎の口元に、寸の間微《かす》かな笑みが浮かんだのを、目にしたのだ。

(岩崎殿? 何で……)

先程大竹が口にしたことが、今更ながら頭を過《よ》ぎる。

(岩崎はとっくに老中達へ、江戸留守居役達の、総抜けの話を伝えているだろう)

(老中へ恩を売れるとなれば、是非に売っておきたい)

(岩崎の久居藩も他藩と同様、大いに藩財政が心許ないのだ)

疑念が鎌首《かまくび》をもたげると、それはあっさりと増殖し、恐ろしいものに化けてゆく。

新之介は膝《ひざ》の上で、拳《こぶし》を握りしめた。

だが新之介が心の内の迷いを、口には出せないでいる間に、表坊主は万八楼のいずこかへ消えた。そして戻ってくると、誰とどんな話をしたのか、嘉祥菓子八つを貰う条件で、小倉藩のいる組をお手伝い普請から外すと約束したのだ。

「す、素早い」

頼る先は、あっと言う間に減ってしまった。新之介達の組に協力を約束してくれたのは、己達五藩を入れて、今十一藩だ。本当ならば、誰かが菓子を取れなくても大丈夫なように、八種類の倍、十六家の力が欲しいところだが、集まっていない。新之介達はこうなったら、これまでの心づもりを練り直し、もう一度、藩主に取って貰う菓子の順番と頼れる先の確保を、考え直した方が良さそうであった。

（もし……もし万が一、それにしくじるようなことがあれば、私は大竹殿の言葉を思い出すしかない）

だがあれは、多々良木藩にとって、余り有りがたくない提案であった。新之介にとっては、間違いなく身の破滅となりそうな、そんな話であった。

だから今まで、留守居役仲間は新之介に、聞かせなかったのだろうと思う。しかしそのことを、新之介だけが承知していなかったという事実からして、己はまだ江戸留守居役として、本当に信頼されてはいないのだとも思う。

その新之介が、今回の総抜けを仕切っているのだ。破綻《はたん》が生まれても不思議ではないというものであった。

（参った）

二階での酒盛りは終わることとなった。万八楼から、ほっとした顔の長尾達や、憮《ぶ》然《ぜん》とした赤堀達が駕籠に乗り散ってゆく。新之介は話があるからと言い、他の留守居役達を先に駕籠へ乗せ、万八楼の庭先で岩崎と二人の、僅《わず》かな時を作ってもらった。

「どうした、間野。先程までに散々話をしたであろうに」

軽く笑って応じる岩崎に、新之介は単刀直入に問うてみることにした。あれこれ思い煩《わずら》っても始まらない。秘密を抱えたままでいるのも不得手なのだ。

「岩崎殿にお聞きしたい。御身は、御老中方のお味方であるのか」

言われた岩崎が、大きく目を見開く。だが腕を組むと、直ぐに何ともいえぬ笑みを面に浮かべ、新之介を見てきた。

「やれ、間野は面白いことを言い出すのう」

一旦《いったん》は冗談ごとでも聞いたかのように笑ってから、しかし岩崎はそんなことを言い出した訳を、直ぐに問いただしてきた。噂《うわさ》を聞いたと言い口ごもると、その話をした者の名を、新之介へ確かめてくる。

強い視線に答えを押し出されるように、大竹の名を出した。すると岩崎は唇を歪《ゆが》め、

「やれ、大竹か」と言うと、新之介へその綺《き》麗《れい》な顔を寄せ、こう問うてきたのだ。

「私は間野の面倒を、長くみてきた者ではないか。おい、どちらを信用するのだ」

新之介の必死の提案を断り、組から抜けた大竹か。

それとも、ずっと力を貸してきた仲間の、岩崎か。

「考えるまでも無いことだな」

言い訳も説明も何もない。ただ、己の方を信用すべしと、余りにもあっさりと言い、頭を小突いてくる。新之介は困ったように少し笑って謝った。

だが。それでも何がしかの、消せない記憶が頭に残ってしまっているのだ。

(岩崎殿は先程、老中と親しげに話していた)

今日、新之介がいる席へ表坊主達をわざわざ連れてきたのも、岩崎だ。そのあげく、ただでさえ心許なかった嘉祥菓子の件が、一層難しくなったのは確かな事実であった。

たとえ腹の内では長尾達を歓迎したくなくとも、新之介は総抜けを言い出した大本なのだ。別の藩が新たに嘉祥菓子に縋《すが》るのを、止めることができないと、承知していたに違いない。

(岩崎殿は、この成り行きを見越していたのか?)

それ以上の問いを呑《の》み込んでいると、岩崎は帰ると言い、先に駕籠《かご》へと乗り込んでしまった。それを見送る新之介の心の内の空には、黒雲が湧《わ》き立ってくる。そこには不安という風が吹いている。

（じきに、嵐《あらし》が来るのだろうか）
総身を震わせるような思いが、新之介を包み込んでいった。

第九章
明日はくるか

1

困ったことに、時は止められなかった。

待って欲しいと頼み込み、代わりに賄賂《わいろ》を渡すことも、時が相手ではできない。まだ暗い払暁《ふつぎょう》前に目覚めた新之介《しんのすけ》は、真に厄介なこの事実を知り、ため息を一つ漏らした。

「ああ、嘉祥《かじょう》の儀《ぎ》の日が来てしまった」

新之介の迷いと、弱気と、焦《あせ》りと、疑いを抱え込みつつ、日々はあっという間に過ぎてしまったのだ。

（勝負の一日が始まるのか）

今日が多々良木《たたらぎ》藩と、そして新之介の、命運を左右する日となるのだ。布団《ふとん》の中から出るのが辛《つら》い気がして、新之介は寸の間、固まったように動かないでいた。

しかし藩主の登城日には江戸留守居役たる者、主《あるじ》が登城する前に江戸城へ向かわなければならない。我と我が身を布団の中から引き抜き、新之介は朝焼けの中、城へ入った。だが、かなり慣れてきた城中の贅沢《ぜいたく》な廊下を歩きつつも、ついため息がこぼれる。

（いい加減腹をくくらねば）

ここまできたら藩主達に頑張って頂き、嘉祥の儀に出される菓子を八種類集めるしかない。そして疾《と》く冬菊《とうぎく》へ届け、多々良木藩を印旛沼《いんばぬま》お手伝い普請《ぶしん》から救うのだ。それしか道はない。分かっていた。

しかし。

（もし、しくじったら……己の身一つが滅びるだけでは済まないな）

そう承知しているだけに、不安は付きまとう。すると、何度も何度も繰り返し頭に浮かぶ考えが、また襲ってきた。

（やはり私ではなく、頼りになる兄上に、生き残って頂いた方が良かったのだ）

一つ首を振ってから、江戸城中で留守居役達が詰める蘇鉄之間《そてつのま》へ顔を出すと、先に来ていた他の留守居役達へ目礼をする。共に印旛沼のお手伝い普請から総抜けを目指している留守居役達は、朝の挨拶《あいさつ》と共に目配せを送ってきた。

皆、今日多々良木藩が嘉祥の儀にて、何を行おうとしているのか、よく心得ている。多々良木藩の組と小倉藩の組が抜ける為、菓子集めに力を貸す藩も多かった。

（ここで我らの組が抜けられぬことになれば、総抜けができなくなり、他藩に迷惑をかける）

事を言い出した張本人、新之介がそんな間抜けを成すなど、許されることではなかった。

松平外記《まつだいらげき》が刃傷沙汰《にんじょうざた》を起こしたのは、四月の二十二日のことであった。あの件で力を貸した松平頼母《たのも》に、印旛沼普請のことを教えて貰《もら》い、その後新之介は、総抜けを思い立った。今日、六月十六日までに、既にほとんどの藩が、次のお手伝い普請から逃れている。

（後は嘉祥菓子を集める二つの組と、柳之間《やなぎのま》のほかの一組だけだ）

だが柳之間のそちらの組は、もうほぼ、大丈夫だと聞いている。事が成るかどうかは、今日の菓子集めに掛かっていた。気合いを入れ直してから座ると、新之介は己が背に数多《あまた》の視線を感じた。

（見られている。試されている）

多々良木藩の命運と共に、今、新参の江戸留守居役の器量が測られているらしい。

その重さ故《ゆえ》に、畳の中へのめり込みそうになる。

新之介は儀式用の装束《しょうぞく》の包みを膝《ひざ》の上で抱きしめ、熨斗《のし》操《くり》、煮《に》染《しめ》麩《ふ》、金飩《きんとん》、阿古屋《あこや》、寄水《よりみず》、大饅頭《おおまんじゅう》、羊羹《ようかん》、鶉焼《うずらやき》で八つと、小声で菓子を確認し始めた。もし事が上手《うま》く運んだら、なけなしの金をはたき、万八楼《まんはちろう》で仲間と祝おうと、心に決めた。

（頼むからそうなってくれ……）

思わず袴《はかま》を手で握りしめたところで、城内で頼みとしている表坊主《おもてぼうず》の宗春が、蘇鉄之間へ顔を出し日向守《ひゅうがのかみ》の到着を告げる。新之介は急ぎ藩主を迎えにゆき、表坊主の部屋にて、多々良木藩定小紋《さだめこもん》の長裃《ながかみしも》に着替えてもらう。そのとき日向守が、脇《わき》で控えている新之介へ声を掛けてきた。

「それで？」

「はい？　何でございましょうか」

「今日、例の菓子を全《すべ》て集める目処《めど》はついたのか。本当に、大丈夫なのか？」

新之介は、僅《わず》かに唇を噛《か》み間を置いてから、若い藩主を見上げた。

「協力をして下さる藩は、また増えました」

まずは旗本の松平頼母、それに栗屋のいる長州藩、そして長州藩が声を掛けてくれた、毛利家縁《ゆかり》の清末《きよすえ》藩と長府藩だ。

「これで四藩でございます。更に、先だって大商家への縁談を紹介した久保田新田藩《くぼたしんでん》で五つ。久保田新田藩は、久保田藩にも話を通して下さいました」

これで六つ。

「二本松藩、安中藩《あんなか》、須坂藩も今日の菓子を、我らに渡して下さるとか」

二本松藩の大越《おおこし》、安中藩の江場《えば》、須坂藩の柘植《つげ》、この三人の留守居役は、青戸屋幸《こう》之助《のすけ》の口車に乗り、城中で次の普請のことを話してしまった仲間だ。そして、その件で迷惑を被《こうむ》ったことをたてに、三藩から菓子を貰う話を取りつけたのは、赤堀であった。

「殿、つまり我らが組の五藩と合わせ、十四藩が協力することとなり申した」

「十四藩か。菓子を取りそろえるには、微妙な数だな」

菓子の種類は八つ。倍の数とはいかなかった為、頼まれた菓子を、必ず手にしなければならない藩が、二つできてしまった。

「一つは、私が総抜けを言い出しました関係上、多々良木藩が羊羹を引き受けることとなりました。人気の品と聞き、取りにくかろうと、どの藩の方からも、取りたいとおっしゃって頂けず」

申し訳ございません、お願い申し上げますと、新之介が日向守へひたすら頭を下げる。もう一つは赤堀の新発田《しばた》藩が、金飩を確保することになっていた。

「総抜けをすると決めてから日も経《た》ち、他藩が今回のお手伝い普請から抜ける目処は、既に大概ついております」

数組まとめて抜けるという案が、功を奏したようであった。後は、嘉祥菓子で抜けると決めた組の成り行き次第と聞いた日向守が、肩衣《かたぎぬ》をぐいと引き整える。

「我が藩の明日が掛かっておる。今日は何としても、羊羹を手にいれねばならぬな」

藩主達が手に入れた菓子は、一旦この部屋の隣にある小部屋へ集められると、新之介が日向守へ話した時であった。襖《ふすま》が開き、表坊主の高瀬が素早く入ってくる。何事かと見れば、手に新之介宛《あて》の書状を携えていた。

「これは……なんと、青戸屋からか？」

城中に書状が届いたのに驚き、新之介は急ぎ文面に目を通す。途端、片眉《かたまゆ》が上がった。

「何事か？」

新之介は直《す》ぐに書面を畳むと、問うてきた日向守へ笑みを向ける。

「先に金子を融通して貰った、札差《ふださし》からでございます。お手伝い普請から無事に抜けられました時は、宴を催したい。そういう申し出でございます」

「おや、気の早い」

その後支度の整った日向守を、廊下に出て息をついた。伺候席《しこうせき》へと送る。新之介は、今日の首尾を握る主に頭を深々と下げてから、廊下に出て息をついた。そして蘇鉄之間へと戻りつつ、懐《ふところ》から先の文を取り出すと、ぐっと唇を噛む。

主には咄嗟《とっさ》に誤魔化したものの、それは剣呑《けんのん》な言葉を含んだ、急ぎの文であった。

〝岩崎様と御老中が、最近度々会われているとの話を摑《つか》みました。今日の嘉祥の儀に、何ぞ支障があるのではございませぬか〟

青戸屋は、無事嘉祥菓子を集められるか、今日の次第を気にしていた。心配が、文面からにじみ出ている。

〝事を成して下さいませ。今回の総抜けには、私の嫁取りがかかっております〟

「気に掛かるのは、千穂《ちほ》さんのことか。青戸屋ときたら、正直なことだ」

新之介は息を吐き、思わず声を漏らす。すると医師溜脇《だまりわき》の廊下で、その言葉を聞きつけた者がいた。

「おや間野殿、余裕だな。嘉祥の儀の日に、青戸屋の嫁の心配か？」

聞き覚えのある声に目を向けると、嫌みなほど整った顔が、目の前にあった。

「これは岩崎殿、おはようございます」

こちらも柳之間へ、久居《ひさい》藩主を送った所に違いない。新之介はさっと辺りに目をやり、人が近くに居ないことを確認すると、岩崎の耳へ顔を近づけた。程なく嘉祥の儀が始まろうとしている。あれこれ策を弄《ろう》している間は無い。正面から聞くだけであった。

「青戸屋から、書面が届きました。岩崎殿と御老中が親しくされていることを、心配しております」

新之介は真っ向から、岩崎の怪しい振る舞いを問いただしたのだ。だが岩崎は一寸《いっすん》目を見開いた後、怒りもせず、それどころか上機嫌で新之介の顔を覗《のぞ》き込んできた。

「我を信用しろと、そう言ったであろうが」

「釈明もなく、ただ疑うなと？　勝手な言い分だと、思われませんか？」

「嘉祥の日の朝になって、あれこれ細かいことを言っても、始まらぬだろうに」

それにと、岩崎が嫌みな顔付きをした。

「間野、お前さんの良いところは、素直なところだ。他に美点が溢《あふ》れている訳でもないのだから、そこの所は大切にせぬとな」

言いたいことを言って背を向けた岩崎へ、思わず強く問いただしそうになったとき、他藩の藩主達が廊下に姿を現した故に、言葉を呑み込む。新之介は、お手伝い普請からの総抜けを目指しているのだ。同じ組の、しかも先達に当たる江戸留守居役と言い合いをしている所など、見せられたものではなかった。

新之介は仕方なく、大人しく蘇鉄之間にて、しばしの間ただ待つこととなった。

(それにしても、やはり岩崎殿は最近、思いきり胡散《うさん》臭い)

ちらりと部屋内にいるその姿へ目をやる。先だって水野老中が現れた時も、考えてみれば岩崎は妙に親しげであった。勿論《もちろん》、江戸留守居役は、有力な幕閣の接待をすることも多いから、顔見知りであっても不思議ではない。ないのだが……。

だが、だがだがだが。

心配が塊となり、暗雲へと育ってゆく。

2

嘉祥《かじょう》の儀《ぎ》は無事に、いつものとおりに行われるのだろうか。日向守は、他藩の藩主達は、割り当てられた菓子を、ちゃんと手にできるだろうか。集めた菓子を己が運び損ね、江戸城の廊下にぶちまける場面が頭に浮かび、新之介は手を帯の上辺りに当てた。

(あ……胃の腑《ふ》が痛い)

早く、無事に事が終わってくれぬものか。腹を押さえ顔をしかめていると、気を利《き》かせたらしい宗春が、茶を運んで来てくれた。だがその顔に浮かぶ笑みさえ、微《かす》かに己を笑っているかのように見えた時、新之介は自身に、深いため息をつくこととなった。

菓子を渡してくれると約束した藩のうち、まず一番に身分の高い長州藩藩主が、手にした阿古屋を、御坊主部屋脇の小部屋へと届けてきた。その頃になると、新之介は居ても立ってもいられず、蘇鉄之間から抜け出し、御坊主部屋に入り座っていた。大きな儀式の日故か、表坊主達は出払って姿もない。

新之介達五人の留守居役は、柳之間が伺候席の藩の集まりで、藩主の身分も似たり寄ったりであったから、菓子を頂く順番も同じ頃になり、間があいた。よって阿古屋の後、なかなか増えない菓子を、新之介はじりじりとした思いで待つこととなった。菓子は徐々に集まってゆく。そのうち宗春が、十個は来ていると言い、並べられた折敷《おしき》を指し示した。

「皆様、きちんと届けて下さったようでございますね。七種、ございます」

新之介が、菓子の前に座り込んだ。

新之介達がここまで集められたのだ。もっと多くの協力者のいた小倉藩らの組は、すでに揃《そろ》っているに違いない。あと嘉祥菓子一つで、総抜けは成るのだ。

「あと一種……殿の分の羊羹だな」

他の柳之間の藩主は既に、菓子を届けてくれているのに、日向守が遅い。新之介が亀のように首を伸ばし、廊下の方へ顔を向ける。

小倉藩達の組に、協力を求めれば良かったのかもしれない。しかしこちらの組の方が、数が少なかったので、それは小倉藩の組に借りを作るということであった。

(岩崎殿達は、良い顔をされなんだ)

何しろ相手の数が多かったので、引き替えに、この後何をどう頼まれるのか、分からなかったからだ。

(しかし、いざとなったら……)

新之介が思い詰めた、その時であった。

廊下を走る足音が近寄ってきたのだ。いつにない、ばたばたと刻むような音を聞き、新之介が思わず立ち上がる。さっと開けられた襖の向こうにいたのは、菓子の載った折敷を手にした、日向守であった。だが。

「と、殿?」

長袴《ながばかま》姿にもかかわらず、部屋へと飛び込んできた日向守の、表情が引きつっていた。新之介はさっと目を折敷の上へ向ける。載っていたのは、どう見ても羊羹では無かった。

「大饅頭だ……羊羹が取れなんだ」

立ちつくす日向守の声が、かすれていた。すぐに新之介の前に座り込むと、急《せ》いた口調で何があったのかを語り出す。

「嘉祥の儀は長くかかるゆえ、柳之間の藩主達のところへ順番が来る頃には、並ぶ列も大分崩れてきていたのだ」

それでなくとも今回は、目当ての菓子がある者も多い。日向守は今日ばかりは腹を決め、見目など気にせず菓子へと駆け寄り、羊羹の折敷へ手を伸ばしたのだという。

「一旦《いったん》は羊羹を手にしたのだ。本当だ」

ところが、ほっとしたのもつかの間。急ぎ部屋から出ようとしたのが災いしたのだろうか、日向守の肘《ひじ》が、通りかかった表坊主の一人と、ぶつかってしまったのだ。

「羊羹が折敷の上で倒れた。いや、外へ落ちてはおらぬ。だがそれを見た表坊主は大いに謝ってな。そして、だ。さっとこの饅頭の載った折敷を取ってくると、羊羹と交換してしまったのだ」

菓子を頂く者、帰ろうとする者が入り乱れている時ゆえ、所用をこなす表坊主ならば、折敷へ手を伸ばせたらしい。「それは困るっ」日向守は慌《あわ》てたが、次の番の者達が進み出て、前を塞《ふさ》がれる。戻ることは無理であった。

日向守はそれ以上、動けなかった。その場を大きく乱すことなく、新たな折敷を取ることはできなかったのだ。

「し、失敗した。取れなかった。新之介、いかがしよう」

日向守の若い声が、今はしわがれて震えている。部屋の隅で表坊主の宗春が、声もなく二人を見ていた。

(何故《なぜ》)

新之介はまず、そう思った。しかし。

(これから、なんとする？)

すぐにそれを考えねばならなかった。それこそ多々良木藩の、留守居役の役目であるからだ。

「殿、何かまだできる筈《はず》です。まだ……そう、小倉藩の組が集めたものの残りとか、他の羊羹を手にした藩が、今なれば江戸城内においでになります」

新之介は日向守から、大饅頭の載った折敷を貰《もら》い受けると、足早に部屋から出た。

嘉祥の儀は続いているのだ。羊羹が人気の品だとはいえ、日向守が一旦は手にしたのだから、広間にはまだ、あると思われた。

(菓子が並ぶ大広間から御玄関へ出る時は、御入側を通る)

虎之間《とらのま》の脇で待ち受けていれば、羊羹を持った方を、見つけることができるに違いない。

(その藩の方に頼み込み、大饅頭と交換をしてもらおう)

顔が引きつる思いの中、新之介は必死に廊下を急いだ。留守居役達の控えの間、蘇鉄之間の前を通りかかる。

その時であった。新之介は突然、大饅頭を抱えたまま足を止めたのだ。部屋から表《おもて》坊主《ぼうず》が一人現れ、目の先を塞ぐように立ったからであった。「えっ?」新之介が息を乱しつつ首を傾《かし》げると、表坊主は無言で新之介の背後、長い蘇鉄之間の廊下の、突き当たりを指し示した。

「あ……」

蘇鉄之間脇に立つ者がいたのだ。新之介はその顔を、よく覚えていた。だがその人が何故今ここにいるのか、全く、どうしても理解ができなかった。それでも急ぎ膝を突き頭を下げる。

「御老中、水野出羽守様《みずのでわのかみ》」

新米の江戸留守居役では、容易《たやす》く接待することも叶《かな》わぬ、身分違いの相手であった。

以前万八楼で偶然出会っていなければ、顔すら分からなかったと思われた。

だが。ここで新之介の目が見開かれる。御老中その人が、手に折敷を持っていたのだ。

（えっ……載っているのは、羊羹？）

どうして、何故に羊羹がここにあるのだろうか。新之介が欲しい、喉《のど》から手が出て摑みたい程の菓子を、出羽守が持っているのは何故なのか。

（御老中はたまたま、嘉祥の儀にて羊羹を手にされたのか？）

しかしそうだとしても、その羊羹を持って、廊下で突っ立っているのは妙であった。

新之介の総身に震えが走る。ちりちりと心の臓が焼かれるような思いと共に、出したくもない答えが、頭の中に浮かんできていた。思いきり唇を噛《か》む。

（事が露見している）

江戸留守居役達が、印旛沼のお手伝い普請《ぶしん》から総抜けしようとしていることを、老中ははっきりと摑んだに違いない。それだけではない、総抜けの為に今日、嘉祥の儀で新之介達江戸留守居役が、嘉祥菓子を求めていることも、知っているようであった。

しかも多々良木藩が、羊羹を担当していることすら、筒抜けとなっている。そうでなければ老中が新之介に、羊羹の載った折敷を見せつけてくる筈がなかった。

(どうして……)

己に問うた時には、もう答えが見えた気がした。足の先から震えが上がってくる。今日菓子を集めることは知られてはいるが、どの藩が何を手に取るかまで、承知している者は少ない。仲間の十四の藩の中でも説明をしてあるのは、新之介達の組の五藩と、松平頼母と栗屋くらいであった。

だが、その中でも老中と親しいとなると、浮かぶのは一つの顔、整ったあの顔なのだ。

やはりあの男は、味方ではなかったのか。

「岩崎殿……」

口に出した途端、横で誰ぞが動く気配がした。顔を横に向けると、蘇鉄之間の襖《ふすま》が開いている。新之介と老中の様子を見ていたらしい留守居役達が、さっと襖の陰に姿を隠した。新之介は歯を食いしばる。

(拙《まず》い……蘇鉄之間の皆にも、御老中が総抜けに気づいたことが、分かってしまった)

多分老中はわざと、この廊下にいるのだと気づいた。つまり新之介が総抜けの中心にいることも承知しているのだ。

老中は未だ一言も口をきいてはいないが、こんなことをされては、たとえ羊羹を持っていても、多々良木藩の嘉祥菓子と交換してくれる藩は見つからないだろう。

多分、今この時、この場からは見えぬ場所の襖が開けられ、留守居役達が何名も走り出しているに違いない。他の伺候席にいる江戸留守居役達にも、今、この場の次第はあっと言う間に広まるのだ。

先程日向守が羊羹を取り損なったのも、偶然ではない気がしてくる。

（やられた！）

岩崎が関わっているとすれば、事がどう転んだか確認しているに違いないと、新之介は廊下の横、開いた襖の向こうへと目をやった。すると蘇鉄之間の中に、寸の間そのすらりとした姿を見かけた気がした。しかし、直ぐに人と襖に阻《はば》まれ見えなくなる。この時老中出羽守が、一旦折敷へと目をやってから、新之介に視線を向けてきた。

「それで？」

突然声を掛けられ、どう返答をしたらよいものか分からず、言葉に詰まる。新之介はただ、呆然《ぼうぜん》と見開いた目を老中へと向けるしかなかった。

（それで、とは、どういう意味なんだ？）

事を、幕閣が摑《つか》んでいるぞということなのか。それとも、この場で謝れということか。何かをすれば、多々良木藩は助かるのか。

(どうしたら良いのだ?)

誰か助けてくれと叫び出しそうであった。だが都合の良い助けなど来る訳も無く、何もできずに寸の間ただ座っていた。老中と目が合った。

そして。

老中はくいと片眉《かたまゆ》だけを上げると、突然踵《きびす》を返したのだ。羊羹の載った折敷を持ったまま、何も言わず中奥の方へと歩んでゆく。直ぐにその姿は、曲がった廊下の向こうへと消えてしまった。

「あ……あの」

新之介は結局、何もできなかった。

3

その後新之介は、ふにゃりとした寒天の上でも歩いているような気分のまま、城中で過ごすこととなった。

老中に去られた後、他にしようもなく、岩崎に事を問いただそうとして蘇鉄之間に入った。しかし当人は既におらず、皆からは静かに目を逸《そ》らされてしまう。いたたまれず、大饅頭《おおまんじゅう》を抱えたまま宗春の部屋へと戻った。

帰ってきた新之介の持つ折敷に、大饅頭が載ったままなのを見て、長裃《ながかみしも》のなりで待っていた日向守が、引きつった顔と共に下を向いた。

「新之介、これから……どうするのだ？」

日向守に問われ、まるでからくり仕掛けの木偶《でく》のように、新之介は顔を上げた。それからこの後の手配をしていく。気力は出なかったが、不思議と何をすべきかは分かった。

「まずは殿、いつまでもこの御坊主部屋にはおれませぬ」

いつものように上屋敷へ、お帰り願わねばならないと言い、宗春に着替えを頼む。

その後新之介は、目の前にある七種類を冬菊へ届け、とにかく、きちんと菓子を手に入れた平生や赤堀の藩だけは、何とか逃がすことができないか頼まねばならなかった。

いや多々良木藩のこととてお願いできぬかと、新之介は冬菊に頭を下げることになる。

問題は、多々良木藩が抜けるのは、多分無理であろうということだ。

（しかし……やるだけやらねば）

総身が酷《ひど》く疲れていた。目の前の菓子を持ち、他家へ行くと思うだけで、膝《ひざ》から畳に崩れ落ちそうであった。

(これから、無理と思われる折衝を、せねばならぬのか)

だがここで諦《あきら》めては、父が、母が、江戸藩邸の者達が、国元に残っている者達が、とんでもない運命に巻き込まれてしまう。とにかく最後まで、あがかねばならない。それが江戸留守居役の役目なのだ。

「殿」

着替えの後、部屋から出て行く日向守に付き従いつつ、新之介は絞り出すような声をかけた。

「上屋敷へ帰りました後、お話が」

「……分かった」

事、ここに至っては、もう遠慮も躊躇《ためら》いもする余裕が無かった。たとえやりたくないことであっても、できることは全《すべ》て、試みなくてはならない。たとえそうしても、多々良木藩の明日は、逢魔《おうま》が時《とき》の下屋敷の庭ほどにも薄暗かった。新之介の将来ときた日には、丑三《うしみ》つ時《どき》の、武家地を通る道のごとくだ。

(己の手すら見えぬ、闇《やみ》の中に居るようだな)

日向守が供の者達と帰るのを確認してから、新之介は深く息を吐き、集めた菓子の折敷を取りに城中へと戻る。菓子は十三個に増えていた。書状を書く余裕すらなく、城から出る前に、新之介は表坊主の宗春へ、同じ組の仲間への伝言を頼んだ。

「これより冬菊先生宅へ参る。七種しかないが、皆の藩だけは何とかならぬか、頼んでみる」

「できましょうか」

それに己の藩はどうするのだと、遠慮もなく確認してくる宗春へ、新之介は「さあ」と言い、僅《わず》かに苦笑を向ける。

どこをどう話が巡っているのか、事が上手《うま》くいったかどうか、表坊主の部屋へ確かめに来る仲間はいなかった。留守居役達は既に事を正確に摑んで、仲間の藩も、己が藩の為に次の手を打とうと、他で動き始めたに違いない。

(多々良木藩も、いよいよ最後の決断をせねばならないようだ)

新之介は、下を向いた。

(己の首を己で絞めたことは、まだ無いが)

きっと痛いであろうし、第一そんなことをしたら、死にかねない。うっかり死んでしまったら、遺体となり棺桶《かんおけ》に入れられ埋められた後まで、馬鹿《ばか》な奴《やつ》であったと、仲間と親戚《しんせき》中からそしりを受け続けるであろう。そんな間の抜けたことをするのは、ご免であった。

なのに。

（参った。私はこの首を、この手で絞めねばならないらしい）

新之介は江戸城から出ると、己も一旦多々良木藩上屋敷へ戻った。菓子の折敷を供の者達に持たせていたのだから、直に冬菊の元へ行くこともできた。しかしその前に一つ、はっきりさせておきたいことがあったのだ。

既に日向守と話をする約束を得ていたので、上屋敷の大広間にて対面することは、易《やす》くできた。しかし日向守と共に、話を聞きつけた江戸家老本庄平八郎もが顔を見せ、殿の御前に控える。その姿を見た新之介は、背中を流れる汗を感じ、ため息を漏らしそうになった。

「間野、その後あの件はどうなった」

日向守に問われ、新之介はまだ冬菊の屋敷へは向かっていないことを、正直に告げる。八つ集めなくてはならない菓子が、七つしか揃《そろ》わなかったのだ。

「新之介、七つではどうしても駄目なのか？」

「正直なところ、七つでは約束を果たしたことにはなりませぬ」

どう頼んでも、多々良木藩までお手伝い普請から逃してくれるとは、とても思えなかった。

「では間野、どうするというのだ」

癇性《かんしょう》な感じで本庄が聞いてくる。新之介は腹を決めると、かつて神田川へたたき落とされた代償に、大竹から聞いた話を口にした。

（この話だけは、したくはなかったが）

口にした途端、どう話が転ぼうが、新之介は切腹か閉門となるであろう。己が阿呆《あほう》に思えたが、それでも藩主を見つめると、新之介はしっかりとした声で話し始めた。

「殿、実は一度だけ、お手伝い普請から逃れる方法がございます」

「は？　まだ打つ手があるのか？」

新之介の突然の言葉を聞き、日向守が一寸呆然とした表情を浮かべた。横手に控えた本庄も、信用の欠けた眼差しで新之介を見てくる。

「それは本当のことなのか？　そんな手があるのなら、各藩がこの度のお手伝い普請に騒ぎ狼狽《うろた》えておるのは、どういう訳だ？」

「それは、利点ばかりがある話では、ないからでございます」

幕府が大名家を、お手伝い普請から外すには、それなりの訳があるのだ。つまり。

新之介は腹に力を込めた。

「藩主が交代する時。それは藩にとって、大変な時である故《ゆえ》に、お手伝い普請から免除されることとなっております」

「間野っ、お主、我らが殿に〝隠居せよ〟と言うのかっ」

本庄が大声と共に立ち上がると、平伏している新之介の肩を蹴飛《けと》ばした。その顔は赤黒くなり、身は震えている。直ぐにもう一度蹴ろうとしたのを、日向守が押し留めた。

「間野、それは本当なのか？」

「はい。正直なところ、私も最近まで存じませんでした」

どの藩でも、藩主の交代などそうそうあるものではない。しかも丁度その時、お手伝い普請を命じられることは、まれだろう。

しかも、その普請が比較的軽いものであるならば、落ち着かぬ場合であっても、受けた方が藩の為には良い。全てのお手伝い普請からまぬがれることなど、なかなかできない話だからだ。

よって、およそめったに聞かぬ話である故に、役に就いたばかりの新之介は知らなかった。多々良木藩では江戸留守居役の交代が続いたから、その話は引き継がれなかったのだ。いや、兄がその手を使わなかったということは、前任者は知らなかったのかもしれない。本庄が吠《ほ》えた。

「殿、藩主のお立場に関する問題でございます。たかだか二百石取りの者が、あれこれ申すことではありませぬ」

それを許したのでは、藩の秩序が保たれぬ。身分というものが、踏みにじられてしまう。なんとしても承伏できる話ではないと、本庄が真っ赤になってまくし立てる。

「本庄、顔が赤鬼のようになっておるぞ」

日向守がここで、苦笑を挟んだ。

「殿、何を笑っておいでなのです。この話を、間野の世迷《よま》い事《ごと》を聞いてはなりませんぞ！」

日向守が怒っていないのを見て、一転、本庄が半泣きの表情となって諫《いさ》めにかかった。白扇を振り、それをも黙らせると、日向守は僅かに新之介の方へ身を乗り出す。

「私が隠居すれば、今回のお手伝い普請は、まぬがれられるということだな？」

「その通りにございます」

菓子が集められなかった。多々良木藩には藩を救うため、これ以上差し出せるものがない。金がなかった。つても無かった。本当に何一つ、残っていないのだ。

「一子《いっし》虎丸《とらまる》は、まだ十の子供だ。政務は私が行うのだな？」

「殿、そうして頂くのが一番かと」

一昨年、虎丸の弟妹三人は、疱瘡《とうそう》で亡《な》くなっている。案じた藩の者が、四つほど上の年齢で届けを出し、何とか虎丸のお目見えを済ませてはいた。

「虎丸を名目上の藩主にすれば助かるか」

ふっと日向守が笑うと、本庄の顔が引きつった。新之介が藩主を見つめる。そして。

「新之介、その話、諾と言う訳にはいかぬよ」

「殿っ」

本庄と新之介の、悲鳴のような声が重なる。ほっとした江戸家老の顔を目の端に見つつ、新之介は袴《はかま》を握りしめた。そこに、落ち着いた日向守の声が聞こえた。

「間野、虎丸はまだ疱瘡にかかっておらぬ」

嫡子《ちゃくし》故に弟妹達とは別の棟で暮らしていて、うつるのをまぬがれたのだ。子が疱瘡に罹《かか》れば、半数は助からぬといわれている。酷い流行の年には、罹った子の八割がやられたとの話があった。

「今、我が子は虎丸だけだ。勿論《もちろん》これからも生まれてくれることを願っている。だが弟妹のように、疱瘡にかかる者は多い」

兄弟も子もいない虎丸が藩主を継いだあげく急死したら、当てのない末期《まつご》養子を願う羽目になる。虎丸はまだ子供だから、ここで藩主の座を譲ったら、そんな心配をする日々が何年も続くことになるのだ。

それだけではない。藩主となれば幼くとも、やはり余人にやらせる訳にはいかぬ用ができる。それが虎丸にのし掛かることになる。

「それであの子は大丈夫なのか。本当に多々良木藩は助かるのか？」

今この時ほっとできても、その決断が明日、多々良木藩の首を絞めるかもしれない。

日向守が、新之介の顔を覗《のぞ》き込んできた。

「今回は既に多くの藩が、印旛沼普請から逃れているのであろう？　ひょっとしたら幕閣は、言いつける大名家が不足して、普請そのものを諦めてくれるやもしれぬ」

まだ助かる道は残されている。今はそちらに賭《か》けてみたい。いや、賭けるしかないと思う。日向守の言葉は明瞭《めいりょう》であった。

「ですが……総抜けを計ったことへの返報として、多々良木藩のみが、お手伝い普請を言いつけられることも有り得ます。そうなったら、他藩分の出費が必要となります！」

新之介は焦《あせ》った。老中水野は、既に新之介の行動を承知しているのだ。だが新之介の必死の言葉を聞いた日向守は、今度こそ声を立てて笑った。

「間野、何を言うのだ。一藩だろうが、数藩の内の一つであろうが、お役目を頂いたら、どのみち我が藩は助からぬのであろう?」

お前は以前、そう言ったではないかと日向守が指摘する。

「つまり負担がどれ程でも、もしこの度のお手伝い普請を申しつけられたら、多々良木藩は、開闢《かいびゃく》以来初めて藩を返上する大名家となる」

数倍でも事態は変わらぬという、日向守のはっきりとした言葉が聞こえた。

「殿……」

ここで黙ってしまう訳にはいかないと、新之介は思った。日向守を説得せねばならない。江戸留守居役ならば、そうするべきなのだ。

しかし、言葉が続かなかった。

(つまり次に、御老中から呼び出しが掛かった時、多々良木藩の命運は定まるのか)

その時は多分、目の前に迫っていた。それでも声が出ない。

(多々良木藩にとっては、丁か半かどころじゃない。もっと分の悪い勝負となるな)

分かっているのに、なんとしても藩主を説得する言葉が、見つからないのだ。

そのまま黙っていると、じきに日向守が立ち上がり、白扇で新之介の肩をぽんと軽く叩《たた》いてから、退出していった。本庄が、安堵《あんど》したような不安に憑《つ》かれたような、そんな表情と共に続いて去る。

直ぐに二人の姿が見えなくなった。何を言っても声が届かなくなったと分かる。二人を止められなかった。新之介は不意に、畳に両の手をつき四つんばいになった。

「……しくじったっ」

低い割れた声が、こぼれ出る。涙も一緒にこぼれれば、楽になるかもしれないと思ったものの、不思議なことに一粒も流れなかった。

菓子を手に入れ損ね、藩主の説得もできなかった。藩と、家と、友の明日が掛かった勝負であったというのに、負けたのだ。

「畜生……」

己の声が遠くから聞こえる気がした。

「だから兄上が、兄上の方が……」

起き上がって大広間から退出しなくてはいけないのに、言葉が零《こぼ》れ出るばかりで、今度こそ我が身が持ち上がらない。涙は相変わらず、流れない。ただただ総身が重い。しまいには、声さえ出なくなっていた。

（しくじった……）

新之介はしばしの間、その格好のままで畳にへばりついていた。

4

「おう、青戸屋。来ていたのか」

しばしの後。己の身を引き摺るようにして役宅へたどり着くと、心配顔の札差《ふださし》が顔を見せていた。新之介は砂を詰めた袋のように感じる体を、何とか客間の上座へ下ろす。

「青戸屋は、藩邸への出入りも容易《たやす》いようだな」

こうして上屋敷へ出入りできるのは、五百両の金子《きんす》を藩へ貸している身だからに違いない。そして驚くことに今日は、その許嫁《いいなずけ》となった千穂が、一緒に顔を出していた。父親と逃げるように藩を去った後、もう多々良木藩へは来ることも無いと思われた姿が、青戸屋という将来の連れ合いを得たことで、またやってこられたのだ。

「よう参られた。久々に来たのだ。親戚の方々や友とも、会って行かれたらいい」

「今はそんな話をしている時では、ありませんでしょうに」

ぴしりと言い返され、目をしばたたかせる。千穂は真剣であった。そして直ぐ、一番に知りたいだろうことを聞いてくる。

「それで……嘉祥菓子《かじょうがし》の件は、いかがなりましたか？」

「しくじった」

間髪入れずの返答に、二人が一寸黙った。

八つ目の菓子、羊羹《ようかん》を取り損ねたことなど、正直に一連のことを口にすると、また息を呑《の》む音がした。そして青戸屋は直ぐに、あれこれ問いただしてくる。

「話に出て参りました、日向守様の持つ菓子を交換した表坊主《おもてぼうず》……御老中水野様の、お声が掛かっている者だったのでしょうか」

後に水野老中は問題の羊羹を手に、蘇鉄之間《そてつのま》前の廊下に姿を現している。

「今思うと、そうかもしれぬな」

「岩崎様は、御老中の方に付かれたのですね」

「確かめた訳ではないが」

青戸屋にそう答えた途端、横から千穂が、思わぬことを言い出した。

「切腹、なさらないで下さい」

「は？」

「浪人でも町人でも何にでもなって、生き延びて下さい。とにかく千太郎《せんたろう》様のように、死んだりなさらないで下さい！」

江戸留守居役という役職に、押しつぶされるようにして腹を切った兄のことが、千穂は忘れられぬらしい。よって青戸屋から多々良木藩危うしと聞き、近寄ることの無かった藩邸へも、必死の思いで付いてきたのだろう。

新之介はここで、小さく笑うことができた。

「もし、です。もしも本当に、藩が立ちゆかなくなったとしても、まだ全《すべ》てを諦《あきら》めるには早いですね」

国替えとなり、たとえ旗本という身分程にまで禄《ろく》を減らされようとも、浅山家が存続するよう計ってゆかねばならない。

また、多くの藩士が召し放ちとなった場合、顔の広い江戸留守居役ならば、他藩とかけあい、仕える先を考えてやることもできる。どんな局面でも、やることは山とあるのだ。

「だがまあ、本当に藩が解体されることになれば、責任を問う声が湧《わ》き上がるでしょう。幕府や他藩との折衝を受け持つ江戸留守居役は、何をしていたのかと」

ついでに斬《き》り殺されることもあろう。だが。

「なに暫《しばら》くは、自ら死んでいる暇などありはしませんよ」

青戸屋が、目を丸くして新之介を見ている。後ろで千穂が、こちらも驚いた表情となった。だがやがて眉尻《まゆじり》を下げ、少し笑みを浮かべると、千穂は新之介を見つめてくる。

「やはり新之介様の方が、お強うございましたわね」

新之介が思わず首を傾《かし》げ、己を誰と比べたのかと聞く。すると千穂は何と、兄の千太郎よりも強い、と言ったのだ。

「はい？　本気ですか、千穂さん」

「もう随分と以前のことに思えますが……実は多々良木藩を出る大分前、私の所へ沢山の婚礼話が来ていた時がございました」

千穂は二百二十石、入江家の跡取り娘であったから、各家の次男、三男から、婿入《むこい》りしたいという話が舞い込んでいたのだ。

「実はあの時、新之介様のお名前もありましたのよ」

「おや、知らぬ間に」

兄の許嫁であった人、花のような容《かんばせ》の人の話に、新之介は寸の間戸惑った。兄は跡取り息子、千穂は跡取り娘であったから、兄嫁になる話がまとまるよりも、次男の新之介が婿に入る方が、よくある話であったに違いない。

だが千穂は、入江の家に他から養子を迎え、己は嫁ぐ道を選んだのだ。

「兄上は様子が良く、立派な人でしたから」

「いいえ新之介様、私が千太郎様へ嫁ぐ気持ちになったのは……支えて差し上げたいと思ったからですわ」

「は？」

ササエテ、サシアゲタイ。

聞いて、畳の上で身が傾く程戸惑った。あの優秀で人望厚く隙《すき》の無かった兄と、そんな言葉がどこで繋《つな》がるというのだろうか。噂《うわさ》を聞いていたのだろう、同じく腑《ふ》に落ちぬ様子の青戸屋を見て、千穂が苦笑を浮かべた。

「確かに千太郎様は諸事おできになる方で、皆にもそう思われておいででした。御自身も自負をお持ちだった。ですが、何と言えばいいのでしょう……そんな風でしたので、かえって危うい所がおありで」

千太郎は何事にも万全であった。いつもいつもそうであったから、万に一つしくじるのを、千太郎が酷《ひど》く恐れているように、千穂には思えたのだ。

「事を成せなかったその時、千太郎様は、ぽきりと折れてしまいそうで」

幼なじみの千穂は不安を感じた。それは日々増えこそすれ、減ってはくれなかった。千穂は千太郎から目が離せなくなり、己なら綿のように、危うい男をくるんでいけそうな気がして、嫁に行くことを決めたのだ。

「でも、私は親と共に、藩を出ることになってしまって。あのお人は私のいないところで、折れてしまいました」

その話を耳にした千穂は、一人町中の長屋で泣いた。そしてやはり、と思いもしたのだ。

だが。ここで千穂の目が、新之介へ真っ直ぐに向けられる。

「新之介様はその点、妙に大丈夫そうで」

「み、妙に？」

新之介と青戸屋の声が揃《そろ》う。

「正直に申し上げますと、新之介様は千太郎様より、しくじりは多かったですわよね」

しかし何かあっても、不思議と新之介の方は、それで煮詰まることが無いように見えた。

失敗談を伝え聞き、案じた千穂が屋敷を訪ねても、新之介はさっさと叱《しか》られた後、既に次の何かをしていることが多かった。兄ほどの評価は付いて回らずとも、新之介にはとにかく安心感があった。

「それに千太郎様のお友達は、競争相手でもある感じでした。新之介様のお仲間は、気の置けないお人達でしたわ」

どちらが良いという問題ではない。だがやはり、泣きつける相手がいるのは、新之介の方だという気がした。千穂が支えずとも、新之介はそういう仲間を持っていた。

「だからって……そのことが元で、私が振られるというのは」

「あら、新之介さんは私が、お好きでいらしたのですか？」

千穂にからかうように言われ、新之介は思わず「うん」と、短く口にしていた。ここで言わなければ、生涯言えぬ気がしたからかもしれない。

直ぐにちらりと青戸屋の方を見たが、既に惑うこともなくなり、天命すら知った歳《とし》の者は、余裕があるのか騒ぎもせず、そっぽを向いている。千穂は……小さく笑っていた。

(これが、長く長く秘めていた思いの結末か)

ここにきて、新之介が関わる全てに、事の終わりが見えてきた気がして、静かに目を瞑《つむ》る。青戸屋が、ため息混じりに話を元に戻した。

「しかし、間野様は良きご友人を多く持っておいでとしても、岩崎殿には、信用という字が欠けていたようですな」

「でもあの方は、新之介様のお友達という訳では、ありませんでしょう。他藩の、同役のお方です」

千穂が首を振る。すると新之介は目を開け、二人に向け、己でも戸惑うように言った。

「いや……私は友だと思っていた」

そう長い付き合いではないが、留守居役仲間は、命と藩を賭《か》け共に戦う友なのだ。

「でも今回のこと、明らかに岩崎殿が怪しゅうございましょう?」

青戸屋に問われた新之介は、少しばかり首を傾げ、己で己に考えを問うてみる。

「確かに岩崎殿は、食えぬ御仁だ」

意地が悪い時も多いし、喧嘩《けんか》っ早い上に、腕っ節は都合が悪い程強い。そういう相手だから、文句を言うのも剣呑《けんのん》であった。その上三味線も上手《うま》ければ、遊びも種々こなす。

更に、滅多にない程の整った面をしているから、おなごでもいた日には、比べられること請け合いなのだ。

「真に嫌みな男だ。迷惑という字が生きて口を利《き》いたら、きっと岩崎と名乗るだろう」

おまけに今回、確かに老中と親しげであった。

「だがあの御仁が己の利の為だけに、仲間の留守居役を、腹を切らねばならぬ事態へ追い込むだろうか？」

そんなことをしたら、それは他の留守居役達の記録や頭の中に残るのだ。裏切りをしない男だと、言うつもりはない。それにしてもこの度のやりようは、あの岩崎らしくなかった。岩崎は馬鹿ではない。断じてない。

「信用しろと正面から何度も言っておいて、裏切る男でもないような」

一見裏切られたかのように見えるのに、それでも、腑に落ちない。

「おやまあ、私はまだ、岩崎殿を信用しているようだ」

そう口にした新之介は、己で己に驚いていた。しかし、偽らざる気持ちであった。

「もし、今でも岩崎殿が信用できる友なのだとしたら、今度のことには、どんな訳があるのか？」

新之介はぶつぶつと、つぶやく。岩崎が関わっている水野老中が、他の留守居役達が必ず気が付く蘇鉄之間の近くで、新之介に姿を見せたのは何故《なぜ》か？　どうしてその手に、羊羹の載った折敷《おしき》を持っていたのか？

「そう、羊羹だ。あれは本当に奇妙なことであった。御老中がわざわざあの場へ、羊羹を持ってくる必要など無かったのに」

総抜けの計画を見抜いたというのなら、早々に江戸留守居役達を召集し、まずは多々良木藩を筆頭に、印旛沼のお手伝い普請を言いつければよい。あのような手間を掛けることはないのだ。

「どうしてあの場に、羊羹が現れたのだ？」

「間野様？」

向かいから声が掛かった気がしたが、新之介は目を見開き、しばし畳を凝視したまま、動かなかった。

畳に使われた藺草《いぐさ》の本数さえ全て数え上げそうなほどに、じっと前を見つめ続ける。動かず、語らず、終《しま》いに青戸屋と千穂が、新之介へ心配げな声をかけてきた。

その時。

「あ……」

新之介が目を見開く。急に腰を上げた。

「新之介様？」

千穂が心配そうな表情を向けてくる。しかし新之介には、ゆるりと話してその懸念《けねん》を、解きほぐす時が無かった。

「私は急ぎ、菓子を冬菊先生へと届けねばならなかった」

それは、忘れてはいけないことであった。何としても、急ぎやらねばならないことであったのだ。そして、そして！

「これが鍵《かぎ》であったか。悪いが青戸屋、直ぐに出かける。今日はここまでだ」

新之介は客達へ声をかけた後、供の者を呼び、急ぎ折敷に載った菓子を、箱に入れ運ぶ用意をするように言いつけた。青戸屋が眉を顰《ひそ》め、新之介の背に声を掛ける。

「他藩も関わっていること故《ゆえ》、冬菊先生の所へ行かねばならぬのは分かります。しかし今は多々良木藩の先を、考えるべきなのでは」

新之介が友の為に動いては、己の藩を守り、動き、交渉できる者がいないことになってしまう。

「大丈夫なのですか？」

だがその声を聞きつつも、新之介は飛ぶように部屋から出かけてしまった。

5

「惣様《そうよう》の留守居役達に対し、出頭を命ずる」

幕府より留守居役へ召集が掛かったのは、嘉祥の儀の後、間もなくのことであった。

幕命や法令の伝達といっても、そのやり方には差異がある。老中御書付に命令文が記され、それが大目付より廻状の形で回されるだけのこともある。だが今回は、江戸城西の丸下老中役宅へ、諸家留守居役が総出せよという命が出たのだ。

「今、これというお達しがあるとは、聞いておらぬ。今日、わざわざこの役宅へ召集があったということは、印旛沼の普請《ふしん》につき、なんぞ決まるのだろうか」

「多分」

留守居役が総出であったため、大勢が集まった役宅内ではざわざわとした声が起こり、時に小さくもなり、波の音を聞くようであった。周りからの窺《うかが》うような視線を受けつつ、黙って座っていた新之介の心に、今朝方上屋敷を出る間際《まぎわ》、添役《そえやく》の杉浦と交わした言葉が思い浮かぶ。

「松平様や栗屋様、それから平生様、赤堀様、戸田様も、当藩を気遣う書状を下さいました」

我が藩はどうなるのでしょうかと、玄関で問う杉浦の声が、いささか震えていた。

「それ以外の藩からは問い合わせも来ないか。つまり印旛沼普請の結果がどうなるか。他の留守居役達は様子見という訳だな」

新之介がしくじったという噂《うわさ》は、既に飛び交っている。だが、本日総抜けが成り、新之介を持ち上げ感謝するのか、事が失敗し悪口を言うことになるか、事が確定するまでは待とうということなのだろう。

「今回の件では、やるべきこと、やれることは全《すべ》てやった。杉浦殿にも苦労をかけたな」

新之介にはもう、打てる手は見あたらなかった。時は来てしまった。金もほとんど残ってはいない。今は役宅へ向かい、御老中よりの申しつけを拝聴するのみなのだ。

「行ってくる」

江戸留守居役となって、気が付けば結構時が経《た》っているが、新之介は相変わらず、駕籠《かご》に乗るのも乗馬も得手では無かった。

（未《いま》だに、宴席での世辞すら板に付かぬ。ああ、何でこんなことを考えるのだろう）

こうして役宅に留守居役が揃っていると、皆の声ははっきりとせず、それが却《かえ》って眠気を誘う。いい加減、疲れているのだろう。

思わず苦笑を浮かべたその時、足音が近づく。留守居役達が上座へ向け、揃って頭を下げた。襖《ふすま》が開き、老中水野《みずの》出《で》羽守忠成《わのかみただあきら》が、若年寄、大目付と共に姿を現した。

（三人で参られたか）

新之介は咄嗟《とっさ》に、〝多い〟と、思った。

（廻状で済まぬ話だから、こうして皆を集めたのだ。重要な伝達がある筈《はず》だ）

何やら仰々しい感じがして、不安が募る。だが新之介の思いなど知らぬげに、簡単な挨拶《あいさつ》の後、老中はさっさと話を始めた。

「総出の時であるから、まずは留守居役諸氏に、申しておきたいことがある」

派手な遊興は口の端に上りやすく、金子を費やすので藩の為にもよろしくない。厳に慎まれよという言葉が老中から出て、これはいつものことと、皆が小さく安堵《あんど》の息を吐く。

だが、次の一言が聞こえると、直ぐに、怖いばかりの緊張に包まれた。

「それから」

しかしこれも、印旛沼とは関係のない話ではあった。幕府へ提出する、書面に付ける付札のことにつき、正確を期するよう言葉があったのだ。

「己の藩に都合の良きよう、勝手に先例を解釈してはならぬ」

再び、留守居役の頭が下がる。

「次に……その先例のことだが」

(まだあるのか)

新之介は、何か奇妙な気がしてきていた。老中はどうしてこう、細かな伝達を言い続けるのだろうか。これならば大目付から書状を回せば済むことであった。それをわざわざ自ら話すものだから、老中が口を開く度に、緊張が部屋内に走った。

(このやりようには、何か訳があるのではないか)

この場がこのまま、終わる訳がない。そもそも総出させることが、妙なのだ。言葉にならない留守居役達の思いが、新之介には手に取るように分かった。

次にまたしても大したことのない、表坊主《おもてぼうず》への謝礼についての話が一つ、言い渡される。細々と注意点が並べられるうちに、新之介は身が重く感じられ、このまま立てなくなりそうな気がしてきた。

(拙《まず》い、こんな時に)

思わず唇を噛《か》んだ、その時であった。老中が何気なく口にした一言が、座を包む。

「ところでだ、最近、印旛沼の話を聞いた者はおるか」

眠気も、少しばかり緩んでいた部屋内の様子も、瞬時に吹っ飛んだ。

(印旛沼のことを、最後に残しておいたのか)

周りから後ろから、老中水野出羽守忠成へ、食い入るような視線が向けられている。新之介が顔を上げ、老中達の方へ目をやると、何が面白いのか、機嫌の良い顔が並んでいた。

老中が、ちらりと新之介を見た気がした。

(これから、印旛沼お手伝い普請が言いつけられるのか?)

(多々良木藩が請け負うのか。一藩で済むのか)

(間野はしくじった)

(いや、特定の藩を呼びつけずに、総出としたのだ。数多《あまた》の藩が巻き込まれるかもしれぬ)

声にならぬ思いを感じながら、新之介は目の端で老中の表情を見続けた。

(多々良木藩の……明日はどうなるのか)

そして新之介の、千穂の、留守居役組合の仲間達はこの後、いかなることになるのだろう。右にいる留守居役の手が、僅《わず》かに震えている。驚いたことに、斜め前に座っている者の口元には、小さく笑みさえ浮かんでいた。

(これは、留守居役の器量が試される一瞬でもあるのか)

藩と藩の間を取り持ち、幕府の意を藩へ伝え、時としてその間で藩の為に行動を起こす。世間からは金遣いのことで悪し様《あざま》に言われ、幕府より何度か、藩主登城時の召し連れが禁止されるような者でありながらも、その存在は時と共に大きくなっている。

生まれは二、三百石という中程度の武士であるのに、藩政にも幕政にも関わりを持つ。何事にも倹約しつつ、並の陪臣として一生を過ごす筈の身が、江戸の中枢《ちゅうすう》で藩の命運を担《にな》うのだ。

(大した身分に生まれなかった者としては、これ以上無いほどに、やりがいのあるお役に違いない)

しかしそれ故に留守居役は、陪臣であり、しかも大した身分でないにもかかわらず、幕閣より咎《とが》めを受けることすらあった。

(それだけの責務を、背負っているということなのだ)

そして今、多々良木藩と、新之介という留守居役が、その運命を決めてゆく。

「印旛沼で、お手伝い普請があるという話であるが」

水野老中は、落ち着いた声で話を続けた。

「どこから流れたのかは知らぬが、その話は、根拠のない噂だ」

今、これと決まったお手伝い普請は無い。そう老中が告げた途端、役宅の部屋内に「おお」という、低いどよめきが流れた。

老中がにっと笑みを浮かべる。

「本日総出に致したのは、そのことをはっきりさせる為である。幕府より言い渡されてもおらぬことを、事実でもあるかのように受け取り、噂に上らせてはならぬ」

気を付けるようにと言われると、「ははっ」と声が揃《そろ》い、留守居役達の頭が、見事に揃って下げられる。

「今後、心して慎みまする」

こちらも役者の振りかと思える程に、老中一同が大きく頷《うなず》く。どちらも、芝居をしているようであった。新之介の胸に、迫ってくる思いがあった。それと共に、もう立ち上がれぬかと思うほどの疲れも、押し寄せてくる。

大目付の一言が、緊張に包まれた総出の終わりをさらりと告げた。

「本日は、これまで」

大目付が、老中達が部屋から退出となり、頭を下げた留守居役達がほっと、緊張の糸を切った息を漏らす。

その時であった。振り向いた大目付が、突然口にしたのだ。

「多々良木藩江戸留守居役、間野新之介」

さりげない、しかしぴんと張った声が、江戸留守居役達の頭上から響く。

「話があるゆえ同道するように」

ざわり、と、部屋内がどよめいた。新之介が立ち上がり、慌《あわ》てて幕閣三人の後を追う。その背を、数多の留守居役達の目が追った。

総抜けを計画した者への賞賛と笑い声は、皆の口元で止まり、奇妙な静けさに化けていった。

6

「ふふふ」

役宅の奥にある一間にて、屋敷の主、老中水野出羽守忠成が、機嫌良さげに含み笑いをしていた。

役目は終わったことになっているのか、座に、既に大目付達の姿はない。新之介は襖のすぐ前で平伏しつつ、老中の顔が己へ向けられているのを感じていた。

嘉祥の儀の日、己がとった行動が、頭をよぎる。あの日新之介は、菓子を持って冬菊の所へ向かう前に、まず老中水野出羽守忠成の屋敷を訪問したのだ。

己の屋敷で、青戸屋達を前にしていた新之介は、突然あることに気づいたのだ。

(御老中は、羊羹《ようかん》を見えるように持っていた。つまり、八つ目の嘉祥菓子《かじょうがし》が手中にあると、私に示していたのだ！)

それ以外に、わざわざ、あのようなことをする理由がない。

(その上で、私がこれからどう出るか、御老中は確かめようとしているに違いない)

そう思い至った故、新之介は冬菊の屋敷へは直ぐに向かわず、老中の役宅へと足を向けたのだ。

出羽守の屋敷に着いた頃には、既に辺りが薄暗くなっていた。とにかく江戸留守居役であったから、門番に門前払いを受けることは無かった。新之介はとにかく、老中役宅の玄関へは、行き着けたのだ。

するとそこへ、若い小姓を名乗る者が、手燭《てしょく》を持って現れた。何用かと静かに問われたので、新之介は総身を奮い立たせ、思い切って単刀直入に、望《のぞみ》を伝えた。

「実は、御老中が本日、城より持ち帰られた羊羹を頂けないものかと、お願いに参りました」

一笑に付されるかと、身を堅くした。どう考えても、こんな用件で、天下の老中の屋敷へ来た者など、今まで居なかったに違いない。

だがここで小姓は、思いがけない返答を口にしたのだ。

「間野殿と言われたな、対価は何か」

寸の間、とにかく話が続いたことに、ほっとした。だが。

(対価……？　羊羹の対価か？　金を出せと言われているのだろうか？)

相手は小姓ではあったが、羊羹と言われて驚きもしないのだから、多分老中から何か話を、聞かされているものと思われる。

（しかし……御老中ともあろうお方が、江戸留守居役に金をせびるというのはおかしい）

それに多々良木藩が窮乏していることくらい、出羽守ならば、ようく承知している筈であった。つまり今の多々良木藩から、老中が金子を引き出そうとしているとは、どうにも思えなかった。

新之介は仕方なく、唯一《ゆいいつ》できる返答を口にしてみる。

「当藩が出せる代物《しろもの》であれば、何でも」

すると、御小姓は楽しそうな笑みを浮かべ、新之介を見てきた。

「承知いたしました」

ならばこちらへどうぞと言い、手燭を持ちすいと立ち上がると、新之介を奥へと誘う。「あ、はいっ」慌てて屋敷へあがり、後を追った。思った通り、屋敷は大層広かった。廊下を何度も曲がる。どんどん奥へと進む。新之介が、また迷子になりかねぬと冷や汗をかき始めた頃、御小姓はようやく足を止め、新之介を控えの間とおぼしき一間へ通した。

入って直ぐに平伏すると、御小姓が「おいでになりました」と声を掛け、滑らかに奥の襖を開ける。その時、聞き覚えのある声が新之介の名を呼んだ。

「おや、来たのだな。廊下で呆然《ぼうぜん》と座りこんでおった故、来ぬかと考えておったが」

「御老中様、夜分に突然参りましたこと、誠に申し訳なく……」

緊張と共に丁寧な挨拶をすれば、顔を上げろと、直ぐに言われる。前を向くと、先程は声を掛けることもできずにいた姿を、再び見ることとなった。

奥の部屋は老中が普段に使う間なのか、掛け軸の絵は趣のある草木であったし、隅には三味線なども置かれていた。座敷の中央近くに、折敷《おしき》に載せられた羊羹がおかれているのが目に入る。

「おお、目が菓子に吸い寄せられておる。ああ、御身が言っておった通りであるな」

老中はちらと横を向き、隣の間と隔てている襖へ、声を掛けた。直ぐに含み笑いのような声がして、また一枚襖が開く。すると、隣の控えの間にいた者が、新之介の目の前に現れた。

「岩崎殿、来ておいででしたか」

やはりと思い、馴染《なじ》みの同僚へ声をかける。だが、総身が震える気持ちにもなった。

「岩崎殿は……御老中と親しくしておいでだったんですね」

「何を今更」

ここで老中が、新之介ではなく岩崎と、驚くような話を始めた。

「岩崎、次のお手伝い普請として、印旛沼の話が出ておったことは、承知しているな」

「はい」

「その話は漏らさずにいたのに、どうしてだか、江戸留守居役達が摑《つか》みおった」

すると財政逼迫《ひっぱく》中の藩が、必死に騒ぎ出した。どういう所かというと、多々良木藩だなと、老中は話を続ける。

「この間野など、仲間を募って、総抜けしようなどと考えよったらしい」

やはりというか、すっかり話を老中に摑まれていた。新之介の額から、汗が流れ落ちる。老中はここで、話を少しばかりそらせた。

「くせもの揃いの江戸留守居役達を、強引に一つの目的に向かわせたとなれば、それはなかなかできることではない」

老中としても、今回の総抜けの首謀者に、興味が湧《わ》くところではある。だから今宵も、新之介を屋敷の奥へと通したのだ。

しかし。

「眼前にいる、この若い若い江戸留守居役が、本当に留守居役達をまとめたのか?

岩崎、おぬしや栗屋など、これはという古参達が、新参を己の影法師に使っただけではないのか？」

間野とやらは、とんと大した男には見えぬと、老中は遠慮もなく口にする。

「おまけにまだ、羊羹を手に入れていない。事を成せておらぬし」

（は、はて……）

ここで新之介は、僅かに首をかしげた。

（御老中はどうして、今回の事を仕切ったのがこの新之介なのか、気にされているのだろう）

罰を下す相手を、間違えないようにしたいのだろうか。だが何となく、妙な言い方が続いている。

すると美男の留守居役は、老中に対し「さあ」とふざけた返答をし、ご自分で確認なさいましと、突き放したように付け加えた。

「私が同じ留守居役組合の仲間を褒めましても、安直に納得などなさいますまい」

そう言ってから、岩崎はちらりと新之介の方へ、視線を向けた。

（あ……）

つまり岩崎は老中に返答をしつつ、新之介へも意を伝えたのだ。羊羹が欲しくば、江戸留守居役としての力量を今、己で見せてみろと、暗にそう言っていた。

（し、しかし）

急にそのようなことを言われても、どうやったら幕政を仕切る老中が満足するのか、新米江戸留守居役には分からない。その時、岩崎が何故《なぜ》だか、部屋の隅に置いてあった三味線へ目を向ける。それから、相も変わらぬ、皮肉っぽい物言いをしてきた。

「間野殿、そのように黙っていて、どうするのだ。藩の命運が掛かっていることくらい、分かっておろう。疾《と》く、自らを売り込まぬか」

「そ、それでは、江戸留守居役について、説明などさせて頂きます」

そうすればとにかく、仕事について、新之介がどれ程分かっているか、確かめられるに違いない。

しかし老中が、酷《ひど》く退屈そうな表情を浮かべた。それで新之介は慌てて、一言付け足すことにした。

「ですが、私の話をただお聞き頂いても、退屈な時となってしまいましょう。ですから……そうですね、お話ししつつ、拳遊《けんあそ》びなどいたしませんか？」

そうすれば、座が盛り上がる。そして拳は、新之介が会得《えとく》した数少ない技であった。

「その、私が拳に勝ったら、羊羹の褒美《ほうび》があると嬉《うれ》しいのですが」

言った途端、これには老中が目を見開く。

「おい、話がずれているぞ。遊びごときで、この大事な一品を勝ち取る気か？」

「ちゃんと、真面目《まじめ》な話も致します。それに遊ぶのも、留守居役の大事な仕事の一つでございます」

留守居役の力量を知りたいと言うのであれば、まずはご覧下さいと言い、新之介はにこりと、人好きのする笑みを浮かべる。

「おお、物は言い様だな」

老中が苦笑を浮かべたのを見てから、岩崎が部屋にある三味線へ、手を伸ばした。ひょっとしたら、その三味線は、岩崎が持ち込んだものかとも思ったりする。

新之介は、拳遊びがいかに上達したか、岩崎がみる気でいるような気がして、腹の底へ力を溜《た》めた。

老中の前では、もの柔らかに笑いつつ、遊びだと口にしている。だがこれから行うのは、遊びという名に隠れた、一種の戦いであった。藩の運命と、総抜けの成否、そして新之介という一人の江戸留守居役の明日を賭《か》けた、関ケ原の一戦なのだ。

手のひらに、汗をかいているのが分かる。

「では御老中様、三すくみの拳などいたしましょう」

それならば特別な道具は必要ないと言い、新之介は楽しげに笑いつつ、すっと腹に力を込める。

「御老中は、いつも拳遊びをされているに、違いありません。遊び方を告げる必要など、無いと存じますが」

「ああ、拳遊びのことは、全《すべ》て心得ておる」

当たり前だという顔で、老中が息を吐いた。

それでも新之介はまず、手で耳を作り「狐」、膝《ひざ》に手を置き「庄屋」、鉄砲を構え「猟師」と言い、三味線の音に合わせ、次々と格好を変えて見せた。岩崎の三味線は達者で、老中はやれやれと言いつつ、引き込まれるように、素早く拳遊びの形を、己も作ってゆく。

老中の仕草を、新之介の視線が食い入るように見て、そして素早く目に留めていった。

(耳を作る時は、ほんの少し両の肩が上がる。庄屋になる時は、肘《ひじ》が下がるな。猟師の場合は……右に少しばかり、身をひねる癖がおありか)

座敷での遊びは、もてなされる側にとって、楽しくなければならぬ。そして江戸留守居役達は、その楽しさを作り出す側の者達であった。

（だから、勝負にこだわったり楽しんだりはせず、留守居役は接待する相手を見なければならぬ）

仲間から、何度も何度も言われた。

（客が楽しんでいるようであれば、それを覚えておけ。僅《わず》かでも退屈や不快な様子があれば、直ぐに次の手を打たねばならぬ）

留守居役達は、藩の者たちからかき集めた金子で、ただ豪遊している訳ではない。その金は何としても、是非にも有効に働いてもらわねばならぬ、大事な金子なのだ。

（はい、ですから客人を見る技だけは、早々に身につけました）

組合仲間の言葉が、心底ありがたいものとして、心内によみがえってくる。

（やれ、ここが御老中のお屋敷で助かった。江戸城内であれば、楽が必要な遊びは、まずは無理だから）

新之介も、ひい、ふう、みと言いつつ構えを変え、じきに、じゃんと高まった一音と共に、双方が構えを取った。

「おお、御老中は狐でございましたか。こちらは猟師、まずは某《それがし》が一つ、勝ちでございます」

そう言われたのが、何となく面白くなかったのか、老中は少し身を入れ、楽と共に遊び始める。すると新之介はその時、仕事の説明ではなく、問いかけをした。老中たる者が、江戸留守居役がどういう者なのか、知らぬ筈《はず》がないからだ。

（そんな話をしたら、退屈されよう。ならば、こちらが知りたいことを、尋ねるまで）

天下の老中と話せることなど、滅多にあるものではない。新之介はまた猟師になりつつ、一に気に掛かっていた話をまず出した。

「御老中、今回の印旛沼のことは、やはり新田目的だけではなく、東国から江戸への、水路の確保ということも、考えておいでだったのでしょうか」

「なに？　そういう話も、仲間内で出ておったのか」

老中が思わず振りを忘れ、顔を上げ膝に手を置いた途端、新之介は次に狐の耳の形を作り、〝庄屋〟となっていた老中を打ち破る。

「間野殿、続けて勝ちもうした」

岩崎の楽しんでいるような声が、聞こえてくる。負けず嫌いなのか、口を尖《とが》らせた老中が、また真剣に身構えた。新之介はそこへ、新たな問いを放り込んだ。

「御老中は、今回お手伝い普請から逃れる為、留守居役達がどのような行いをしたか、ご存じでしょうか。なかなか面白い話がございまして……」

「そ、それはいいが、そのっ、ああ、また負けたではないか」

新之介は笑って、楽しく留守居役の奮闘を語り出す。だが思わず聞き入った途端、老中は更に二連敗してしまう。

「ええい、暫《しばら》く話は止《や》めてくれっ」

老中はいい加減じれたようで、止められてしまったので、新之介は残念ですと言い、しおしおと黙る。拳遊びだけに向き合ったので、二人は互いの動きがよく分かるようになった。庄屋、猟師、庄屋、狐、狐……。三味線の音は楽しげで、そしてどんどん早くなっていく。そして徐々に、老中の顔が強《こわ》ばっていった。

老中となれば、茶屋などで山ほど接待を受けているから、拳遊びは慣れたものなのだ。だが。

「なのに、この結果は何なのだ？」

徐々に声がざらついてゆく。新之介が途中から黙ったにもかかわらず、老中はとんと……はっきり言えば、一度も勝てていなかったのだ。まるで、次に出す手が分かっているかのように、新之介はさらりと勝負に勝っている。

「いつもの宴席であれば、五回向き合えば四度は勝つものを」

老中が、今日ばかりはとんと、気味が悪い程に勝てぬとぼやく。今度こそと気合いを入れ、狐の構えをすると、猟師が現れ、勝負を新之介がさらった。

「ううむ……なんと」

ここで老中がゆっくりと、手を下ろした。ただ、膝の上には置かない。懐手《ふところで》にすると、大きくため息をついたのだ。

「恐ろしい話だ。ここまで勝てぬとはな」

手妻でも見ているようだと、老中は漏らした。ゆったり笑っているように見えて、新之介は多分、死ぬほど真剣に拳をしているのだ。老中のわずかな身の構え、視線などから、次に出す手を読み取っているのだろう。

そしてそのことを、己が今まで気がつかなかった訳が、老中には分かった。留守居役達は、新之介が今示した技を、老中達接待される側が心地よく楽しむ為に、日々使っていたのだ。

「私は拳遊びが、強いと思っておった。そして拳など、少しばかり退屈な遊びだとさえ、考えておったのだ」

だが、一旦留守居役がその気になったら……藩の命運を賭けた羊羹《ようかん》が眼前にあったりすると、老中は勝つことができなくなる。

「怖いな」

政《まつりごと》の中心にいる者として、叶《かな》う限り、全てのことに目を配っているつもりであった。しかし江戸留守居役達は、当たり前のこととして眼前で起こっていることが、実は真実とは違うかもしれぬことを、示してきたのだ。

ただの追従《ついしょう》ならば、己は退けることができると、老中は口にした。しかし、知らぬ間におだてられていることが、今までに何度もあったのかもしれない。

「良き経験をした」

老中がそう新之介へ言うと、新之介はわずかに笑った。

「実は某、留守居役組合の中では、一番遊び方がなっていないと言われております」

それを気にして、屋敷内などで練習を重ねてきてはいるが、相手が同輩の留守居役達だと、まだまだ自分の意のままにはならない。そう正直に新之介が言うと、老中は大きく頷《うなず》いた。そして、目を岩崎へ向ける。

「留守居役達は、拳以外にも、何ぞ遊びの技を持っておるのか？」

「おお御老中、そのようなことを、お聞きになるものではございません。宴席が楽しくなくなってしまいます」

老中ともなれば、例えつまらなくとも、顔を見せねばならぬ席が数多《あまた》あると思われる。どうせなら、これからもそういう席が楽しい方がよろしいでしょうと言われ、老中はぐっと口の片端を引き上げた。

「確かに、な。ああ、拳遊びはやられたわ」

「御老中、総抜けなどという、本当に成せるかどうか分からぬことを言い出したのは、正真正銘、この新参の江戸留守居役でございます」

古参の己ならば、そんな手間のかかることをするより、己の藩一つを疾く逃がすと言い、岩崎は苦笑している。一つ頷くと、老中はまた目を新之介へ向けてきた。

その目つきが、ぐっと真剣なものになっている。まるで己の身の奥まで、見られているかのような眼差しを受け、新之介は総身が痒《かゆ》くなって困った。

「間野、先ほど当家の小姓に、言ったそうだな。羊羹の対価として、多々良木藩が出せる代物《しろもの》があれば、何でも支払うと」

「相違ございません」

新之介は腹に力を込め身構えた。

(何を対価として望まれるのだろうか？　私に……多々良木藩に払えるものか)

寸の間、部屋内では静けさばかりが続いた。新之介の心の臓が、段々早く打つようになってくる。早く……老中が何でもいいから、話してくれぬかと、願うようになった。このままでは、胃の腑《ふ》が口から飛び出しそうなのだ。いや、出かかっている……。

しかし。

驚いたことに老中は、そこから先を、はっきり言わなかったのだ。

「支払いの対価は、後日こちらが指定する」

そう口にすると、あっさり羊羹の載った折敷《おしき》を差し出して来た。

「えっ、頂けるのですか」

新之介が身を震わせるようにして、折敷へ手を伸ばす。するとその端を、老中がさっと押さえた。

「菓子の対価が何になるか、今は詳しいことを言えぬ。それでもこの品を持って行くか？」

菓子を冬菊へ渡せば、多々良木藩は助かるかもしれない。しかし先が見えない不安も、一緒に持ち帰ることになると、告げたのだ。

（冬菊先生の名まで、承知しておいでか）

ふるりと、身が震えるのが分かった。だがそれでも、要らぬとは言えない。

「この羊羹には、当家のみならず、数多の藩の希望が掛かっております。故《ゆえ》に、迷う余地がありゃ申さぬ」

同じ留守居役組合の、仲間達のことだけではない。冬菊のことを知った上で、新之介へ嘉祥菓子が渡されるということは、老中がこの度の総抜けを黙認してくれるという、暗黙の了承のように思えた。ならば何としても、ここで引き下がってはならないのだ。

(払えるものが多々良木藩に残っているというなら、それを支払うのみだ)

事が叶うかもしれぬ時に、支払いを気にする余力は、もはや無い。新之介の頭が、深く深く、畳に擦り着かんばかりに下げられてゆく。

「ありがたく頂きます」

新之介がそう答えると、折敷に置かれていた老中の指が、すいと離れた。ついに、八つ目の菓子を、多々良木藩はその手に持ったのだ。

(羊羹が……手に入った)

総抜けに必要な最後の一品。冬菊が、万感の思いの果て、一生の最後に食べたいと願った嘉祥菓子を、新之介は手に入れたのだ。

7

あの日ついに、全ての藩が印旛沼普請から逃れられるという、老中の意向を得たと思った。嘉祥菓子を疾《と》く、冬菊へ届けねばならなかったから、あの後は、一通り礼を言ったのみで、新之介は老中の屋敷を辞した。

志を達したと思った。しかしそれでも新之介は先刻、江戸留守居役達が全て呼び出されたこの老中役宅にて、本当に印旛沼のお手伝い普請は無しとの話がされるまで、緊張し続けていたのだ。何か、思う他のことが起こりそうで怖かった。よって添役の杉浦にも、まだ大丈夫だとは言っていなかった。

(しかし、とにかく事は成就《じょうじゅ》した!)

だから先程声を掛けられたとき、支払いの時が来たと、新之介には分かったのだ。

「先日は嘉祥菓子の羊羹を融通頂き、ありがとうございました」

役宅奥の一間にて、畳にぬかずいたまま、新之介はただただ礼を口にする。

(さて金も力も無い者を、御老中は救った。対価として何を払えとおっしゃるかな)

今の多々良木藩に、何か支払いに値するものがあるのだろうか。新之介が老中の前で緊張したその時、横の襖《ふすま》がすいと開いた。

「留守居役達は皆、戸惑いながら帰ってゆきましたよ」

楽しげに報告したのは、久居藩の岩崎、その人であった。新之介が隅で手を突いているのを目にすると、思いきり大きな笑みを浮かべる。

「これは多々良木藩の間野殿。この度は皆をまとめ総抜けを成し、ご立派であられた」

これで新之介の名は、江戸留守居役達の間で、知らぬ者の無い程のものになった。勿論《もちろん》各藩主も、既に間野の名を承知していると、岩崎は老中の前も構わずに褒めてくる。

「祝うべきことですな」

するとここで老中が突然、事を成した新之介が羨《うらや》ましい、などと言い出したのだ。己にも気がかりなことがあるのだが、間に入って欲しい大名が言を左右にして、事が進むよう骨折りをしてくれぬらしい。

「それはお困りですな。何とかしなくては」

岩崎は、老中の悩みこそが大事だという顔で、話を進めていく。新之介が首を傾《かし》げた。

(一体何故《なぜ》、対価の話を切り出さないのだ?)

「ですが聞きました所、その仲立ちをして欲しい某藩にも、悩みはおありのようで。ですから、その問題を解決するのと引き替えに、頼み事をするのが上策かと」

「おや、流石《さすが》は経験豊富な留守居役だの。では岩崎は、どんな方法を取れというのか」

二人の会話は、先からの続きのように芝居がかっており、本を読んでいるかのようでもあった。岩崎はその大名の悩みを、こう老中へ説明する。

「その某藩では、ここずっと、どうにも気の利《き》かぬ江戸留守居役が、続いているとのことでして」

留守居役は、藩の対外的な実務を担当する。よって、この役の者が間抜けだと、藩に被害が及ぶのだ。その大名家では、領民が他藩の者と、水利問題で争うことがあった。その折り、今の留守居役が介添え役となったのだが、相手方の介添え役、他藩の留守居役に言い負け、損害を被《こうむ》ることとなった。

また、この度のお手伝い普請の件では総抜けを持ちかけられるまで、印旛沼お手伝い普請《ぶしん》の噂《うわさ》を、摑《つか》んですらいなかった。その上己が藩一つだけでは、どう対処したらよいのか分からぬ有様であった。

「あれでは藩主が、お気の毒であります」

お役について長いのに、それでも江戸城内で、道を失ったりする。主をうまく補佐できていない。某家の留守居役は、使えぬことで高名なのだ。

「それは大変だの」

気が回りすぎて恐ろしい留守居役と、腹の読めぬ老中が、親しげに頷きあっている。

そして老中は、ここで大層優しげに新之介を見ると、芝居のようにぽんと、白扇で膝《ひざ》を打ったのだ。

「おお、今、誰もが喜ぶ考えが浮かんだわ。いや、これは天啓かもしれぬ」

その大名も助かる。助けた老中は大名に、願いを聞いて貰《もら》える。そして新之介は、約束した羊羹の対価を払えるという。

「かくも良き考えは、滅多に浮かぶものではない。いや、いや、良いわ」

「あの、対価とはどんな……」

大名家の話に、いきなり己の支払う対価のことが絡《から》んできたので、新之介は戸惑った。するとここで岩崎が、横からとんでもないことを口にしたのだ。

「懐の苦しい多々良木藩が、御老中へ支払えるものといえば……そう、本日急に名を上げた江戸留守居役、その者だけですな」

「は？」

「間野殿、ありがたいことに、使いでのある留守居役を求める声は、結構あるのだ。だが、腕の良い留守居役を手放す藩は、まずない」

一人前になるのに、時も金も大層かかる。やっと育ったところで他藩に取られては、たまったものではなかった。

「幕府との折衝も任せる者だからな。そして、他に名を知られる程の留守居役は、少ない」

するとここで老中が、思いもかけぬことを言い出した。

「間野、お主は多々良木藩藩主へ、留守居役が言うべきことではないことを言ったとか。それで、お役ご免になると決まったそうだな」

「確かに、江戸家老様のお怒りは買いました。ですが……いつの間に私は、お役ご免になったのでしょうか？」

だが老中も岩崎も、新之介の疑問など意にも介さず、いや、都合の良い時に留守居役を辞めたものだと、にこやかに笑っている。

「辞めた留守居役が他藩へ養子に行っても、差し障《さわ》りはなかろう。その藩で再び、留守居役となることも、あるだろうよ」

老中の言葉が低くなる。

「御身が某藩の留守居役となれば、かの藩主は感謝と共に、私の願いを聞いてくれるだろう」

いや大層良き時に、江戸家老の怒りを買ってくれたものだと、二人が大いに笑う。

「へっ……」

ここで老中は、呆然《ぼうぜん》としている新之介に正面から向き合う。そして、ふっと芝居がかった様子を消すと、静かに語り出した。

「この度間野は、良き働きをした。そのことは私も、本心から認めている。留守居役となって幾らも経《た》っていないとは思えぬ」

しかし、少々詰めが甘くもあったのだ。言われた新之介が、目を見開く。

「数藩まとまって抜けるという考えは面白かった。しかしあのやり方では、こちらも途中で気が付く。そしてな、いくら有力者より頼まれようと、どうでも印旛沼普請をやると私が決めたら、事は覆《くつがえ》りはせぬ」

今回は、それを察した岩崎が、密《ひそ》かに動いたのだ。

「この男が、私の今一番の気がかりが、印旛沼ではないことを、思い出させてくれたというわけだ」

留守居役達を助ける為には、老中の問題を解決し、かつ、江戸留守居役がほっとできる話の筋書きが要る。岩崎は皆に黙って、それを老中に示していた。

「い、岩崎殿、どうして……いや、いつの間にお一人で、そのような動きをなさったのですか」

黙っていたとは、酷《ひど》いではないかと、文句を言ってみる。すると整った顔が、にやりと不敵な笑みを浮かべた。

「御老中は今回の久居藩の働きを、覚えておこうとおっしゃって下さいましてな。いや、有り難い話でございます」

つまり岩崎は、新之介を、いや全《すべ》ての江戸留守居役らを助けると共に、己の藩だけ一つ、特別な点数を稼いでいたのだ。

(何と、強い御仁だ)

新之介は声もないまま、とにかく岩崎に頭を下げる。すると老中が笑い、御身もこのような筋を、書けるようになれと言った。新之介は大真面目《おおまじめ》な返答をした後、すいと顔を上げ、口元をひん曲げた顔を岩崎へと向ける。

「それならば私ごときより、誰より活躍された岩崎殿こそ、さる大名家に相応《ふさわ》しく思われますが」

確かに岩崎には、助けて貰ったようではある。おかげで多々良木藩は生き延びた。じわじわと、そのことが染《し》み入るように得心できてきた。

しかし！　仲間であるのに、己達にその意向を伝えなかったことが、何やら腹立たしい。おまけに己は今、その岩崎達に、いいように動かされ、他藩へ放り出されようとしているのだ。

　すると、老中がにやにやと笑い出す。

「これ、怒るな。間野が本当に使える留守居役か、見極めたい。それ故何も言うなと、私が岩崎に釘《くぎ》を刺したのだ」

　こちらも、煮ても焼いても三枚下ろしにしても、何としても食えそうもない老中が、あっさりと言う。部屋内の二人は、既に新之介の明日を決め、その先、諸方とのやりとりまで思い描いている。文句を重ねたとて、新之介に何ができるとも思えなかった。

「御身には支払いをしてもらうと、言った筈《はず》だ。それが羊羹《ようかん》の対価だ。そういう約束であったな。承知したであろうが」

　問われれば頷《うなず》くしかない。気が付けば、生まれ育った藩、屋敷を去ることに決まっていた。もう話す言葉も思いつかないまま、新之介は二人に、深く頭を下げた。


　御前を退出し、老中の屋敷から帰ってゆく途中も、何故だか新之介の足下はおぼつかない。ふらついたまま、何とか門を出て、待っている駕籠《かご》の方へと歩んでゆく。だがここで、横にいた岩崎が突然、今日は総抜けの成った祝いをしようと言い出した。

「今からですか。今回の件、殿にご報告せねばならぬのですが……」

「お目通りするには、もう遅い刻限だ。とりあえず印旛沼のお手伝い普請の件は、無かったことになったと、書状を出しておけば良かろう」

酷く疲れているとも言ってみたが、岩崎はさっさと使いを仲間の屋敷へと走らせる。

「ああもう、岩崎殿にはかないませぬ」

仕方なく、急ぎ子細をしたためて藩へ送り、共に聞番《ききばん》茶屋へと向かう。老中の役宅という気の張る屋敷から出で、やがて駕籠の内から、馴染《なじ》みの万八楼《まんはちろう》を見た途端、思いがけなく、已は生き延びたのだという実感が湧《わ》いてきた。新之介は深く、息を一つ吐いた。

(とにかく、切腹せずに済んだらしい)

駕籠から降りて地面を踏んだ時、生きていけるのだと感じた。すると、明日のことが気に掛かってくる。茶屋の二階へ向かう途中、前を行く岩崎に問うてみた。

「それで、私はこの後どちらの藩へ、行くことになるのですか」

「間野は馬鹿《ばか》か。これほど状況が見え手掛かりが転がっておるのに、察しが付かぬのか」

留守居役仲間は、相も変わらず口が悪い。

「今の御老中の悩みであれば、将軍家のご婚礼のことかと思いますが」

将軍家斉《いえなり》公には御子が多い。故《ゆえ》に幕閣はその縁組みで、頭を痛め続けている。だが縁組みを求める御子方が多くおわすので、新之介は関わる藩の特定をしかねているのだ。

おまけに直接、縁組みをする藩へ行くのではなく、中に入ってもらう所へゆくらしいから、益々相手が分からない。

しかし、岩崎は容赦が無かった。

「時期と御子方の年齢を考えぬからいけないのだ。いくら数多《あまた》おられても、亡《な》くなったり、既に縁づかれた方もおわすのだぞ」

そこから藩同士の日頃のつきあい、血縁関係などを考えると、候補は絞られる。そして、留守居役の器量を考えれば、答えは出るではないかと、勝手な返答があった。

「岩崎殿は、何で大名家の関係にまで、詳しいのですか」

言った途端、間抜けと言って頭を殴られた。文句を言うと、助けてやったではないかと、大いに恩に着せてきた。生まれ育った藩から、放り出されただけではないかと言い返す。

「まぁ、そうとも言うな。だが、藩もお主も生き延びたのだ。そうであろうが」

岩崎は笑って、新之介をもう一回ぽかりと殴った。

そうしていると、戸田や赤堀、平生が、次々と到着してくる。皆は、良くやったと新之介を褒め、小突き、荒っぽく祝いを言ってきた。

あの後老中達と、どういう話になったのか確認された。事の次第を語ると、呆《あき》れた声があがる。岩崎が赤堀に拳固《げんこ》を喰らった。

それでもほっとしたのか、皆明るい。今日は大酒を呑《の》むと揃《そろ》って宣言した所へ、大竹までが顔を出してきて、何も無かったかのように座に加わり、皆と飲み始めた。

「新之介様、ちゃんと足がついたまま、戻っておいでになったのですね」

廊下から声が掛かったので見てみれば、千穂の姿があった。酒を運んできたのだ。

「おや、まだ仲居をしておいでだったのですか」

「そろそろ、辞めてくれと言っておりますが」

返答をしたのは男の声で、青戸屋が廊下から顔を出していた。流石《さすが》というか、既に、総抜けが成ったことを摑んでいるらしい。札差はその祝いと、己の婚礼の日が決まった祝いだからと、今日は好きに騒いでくれと言い、千穂の方をにこやかに見ている。

新之介は、酒杯を取り掲げ二人に向けた。すると、千穂と婚礼をあげる筈であった兄の顔が浮かぶ。その血まみれの遺体を抱えた日のことは、きっと生涯忘れられないだろう。あの兄の死が、新之介を江戸留守居役の道へと引き入れたのだ。

(兄上、この結果、どうお思いでしょうか)

とにかく多々良木藩を、潰《つぶ》さずに済んだ。己の仕事にしては上出来でしょうと、心の内で兄に言ってみる。

(千穂さんは、じきに嫁ぎます。私は藩を出るようだ。兄上、皆、変わってゆきます)

目の前で青戸屋がのろけを口にしているので、一度、この大物の札差を蹴飛《けと》ばせぬものかと、新之介は思案を始める。生まれ育った藩を出ることには、未だ驚きと衝撃が去らぬが、周りにいる仲間とは、これからも付き合っていけるに違いない。藩政と幕政に、新之介は長く関わることになるのだ。

江戸留守居役は、思った以上の激務であった。思わぬ苦しみも待っていた。しかし、この太平の世の中に、こんな仕事があったとは考えもつかぬほどの、やりがいのある役目であると知った。

(何という世界に、飛び込んだのだろうか……兄上、このお役目、いつか上手《うま》くこなせるよう、なりたいものです)

酒樽《さかだる》と三味線が、部屋に運び込まれてくる。鳥の声がしたので二階から庭を見れば、贅沢《ぜいたく》な料理屋の庭園に、鳥籠《とりかご》が幾つも掛けてあった。その前で、顔見知りの留守居役達とその客が、一句詠《よ》んでいる様子だ。

「はて、面白そうな趣向だ」

己が聞番茶屋でくつろいでいるのを知り、新之介は僅《わず》かに戸惑う。そこへ、杯が差し出され、酒が注《つ》がれた。新之介は酒杯を高く掲げると、生涯の仲間達に笑みを向けた。

主要参考文献

『江戸お留守居役の日記』山本博文　読売新聞社
『江戸御留守居役　近世の外交官』笠谷和比古　吉川弘文館
『大名留守居の研究』服藤弘司　創文社
『天保改革と印旛沼普請』鏑木行廣　同成社
『大名の財政』長谷川正次　同成社
『徳川幕府事典』竹内誠編　東京堂出版
『江戸幕府役職集成』笹間良彦　雄山閣出版
『文政武鑑3　文政五〜八年（大名編）』石井良助監修　柏書房
『文政武鑑4　文政五〜八年（役職編）』石井良助監修　柏書房
『江戸城下変遷絵図集』朝倉治彦監修解説　原書房
『江戸三百藩まるごとデータブック』人文社
『近世風俗志』喜田川守貞　岩波文庫

解　説

立川談四楼

近年、文庫を解説から先に読む人が多いとか。はい、そこのあなたです。気をつけましょう。この解説は物語の結末に触れています。一番いいのはレジに急ぐことで、それからゆっくり小説のアタマから読みましょう。

著者のタイトルには平仮名が多い。ファンならご存知のことですよね。で、『ちょちょら』です。はて、ちょちょら？　何のことかいなと思ってページをめくると、すぐに注釈がありました。「弁舌の立つお調子者。いい加減なお世辞。調子の良い言葉」と。

落語には出てきませんし、あまり耳に馴染《なじ》みのない言葉です。しかしちょちょらという語感は悪くありません。軽くていいですよね。それで主人公がそんなキャラなのかと目星をつけて読み始めたわけです。

冒頭、いきなりパンチをもらってしまいました。主人公間野新之介《まのしんのすけ》は自らを「限りなく並の男」だと言っているのです。兄の代わりに江戸留守居役《るすいやく》を拝命したとも言っているのですが、更に、所属する多々良木藩《たたらぎ》の江戸家老本庄平八郎《ほんじょうへいはちろう》が主君浅山日向守隆正《あさやまひゅうがのかみたかまさ》に間野の人物評を伝える際、「平々々凡々々」と説明したというのです。

平凡でもなく平々凡々でもなく、平々々凡々々です。女の子なら「えー、平々々凡々々？ それってちょちょらでなくヘタレじゃん」と言うところです。意外な主人公像に出食わし少しガッカリですが、そんな男が主人公に抜擢《ばってき》されるはずがありません。何かあるはずです。

と、またビックリ、「兄上は、どうして亡《な》くなってしまわれたのですか」との一文を目にするのです。えっ、じゃ江戸留守居役は兄が亡くなったから？ それって繰り上げ当選てこと？ 少しだけ読者を混乱させる。実に上手《うま》い導入ですね。なんでそうなったかを読者は知りたくなるのですから。

兄千太郎《せんたろう》には許嫁《いいなずけ》がいました。新之介も憎からず思っている幼馴染の千穂《ちほ》です。ところが千穂は、父の入江貞勝《いりえさだかつ》ともども姿を消してしまいます。更なる疑問が提示されました。千穂はなぜ消えたのか。どこにいるのか。そしてそれは千太郎の自死と関わりがあるのか。

江戸留守居役の評判はよくありません。金遣いが荒いとの悪評すらあります。そもそも江戸留守居役とは何をする役職なのか。それは新人いびりという形で、ごく自然に知らされます。新之介の出かけた先は深川八幡《ふかがわはちまん》近くの平清《ひらせい》という料理屋、そこに同じ留守居役組合の者達が集まっています。久居《ひさい》藩の岩崎、新発田《しばた》藩の大男赤堀重蔵、大洲《おおず》藩の算盤《そろばん》達人戸田勘助、岡《おか》藩の年長者大竹伝右衛門《おおたけでんえもん》、臼杵《うすき》藩の剣の達人平生左助《ひらおさすけ》といった面々です。

この連中が新米の新之介をちょいといじめるのですね。「新参を鍛えてやろうではないか」と。三味線が鳴り、狐拳《きつねけん》が始まります。お座敷遊びですね。「耳の横に手をやるのは狐。庄屋に勝つ。胸の前で鉄砲を構える仕草は猟師。狐に勝つ。膝《ひざ》に手を置くのは庄屋で、猟師に勝つ」そんな約束事を教わって参加するのですが、最中、新之介に質問が飛びます。「江戸留守居役がなすべき任は何か、全《すべ》て並べよ」と。負けたらここの勘定を持てと言われてます。狐拳に集中すると答えがおろそかになり、懸命に答えると狐拳に負けてしまいます。新人をいびってるだけですから事無きを得るのですが、ハッと気がつきます。何と読者は狐拳の件《くだり》から留守居役の仕事の内容を理解しているのです。そしてここでは、物語を引っ張る主要人物が紹介されてもいるのです。

それにしても久居藩の岩崎は魅力のある男ですねえ。重要なキャストであることは明らかで、二枚目にして腕が立つのです。うっかりすると主役を食いかねず、新選組で言うと沖田総司、いやイメージとしては眠狂四郎を演じた市川雷蔵といったところでしょうか。でも市川雷蔵は新之介の頭をポカリとやったりしませんしね。

予習は済みました。先を急ぎましょう。文章が軽快で、トットコ読めるのがいいですね。千穂は存外早く現れました。父親は病で亡くしたものの、彼女は長屋で病弱な母親を面倒見ながら、新之介達がよく利用する料亭、新橋の万八楼《まんはちろう》で仲居をしていたのです。千穂は父貞勝がなぜ突然留守居役を辞したのかを知りたがりますが、それはさておき、新之介は千穂に惚《ほ》れています。許嫁であった兄千太郎はこの世の人ではなく、千穂を妻にする権利がありますところがそうはならないのですね。千穂の後見人として札差《ふださし》の青戸屋が一緒に現れるからです。ヤなヤツです。弱みにつけ込み、千穂を妾になどと言い出すのです。でもまんざらの悪人でもなく、役に立ちそうな男として描かれます。

新之介は登城しますが、江戸城は広く迷子になります。ここで表御坊主の宗春と高瀬の知己を得ます。この二人、バイプレイヤーとしてなかなかいい味を出します。甘味が出ますね。素朴な柿《かき》と芋を用いた菓子です。新之介の妹手製のものですが、旨そうです。私はこのシーンを著者の読者に対するサービスと思いましたが、菓子のごとく甘かったですね。〝甘露《かんろ》の集《つどい》〟につながる伏線でした。

読み進むに連れ、問題がより大きく見えてきます。それは各藩の財政逼迫《ひっぱく》です。裕福な藩はまずあり得ず、中でも新之介の多々良木藩の困窮は目を覆《おお》うばかりで、仕事の性質上、新之介はその矢面に立ちます。千穂の父入江貞勝の突然の辞職、兄千太郎の自死、そのいずれもが、そこからきていると読者の理解も進みます。そこに藩が印《いん》旛沼《ばぬま》のお手伝い普請《ぶしん》に指名されたらもうすべてが終わるのです。

新之介には優秀な兄千太郎へのコンプレックスがあり、困るとすぐに「兄上、いかがいたしましょう」などと、亡き兄にすがります。そんな新之介がいつしか留守居役の中心となり、大胆な提案をします。それは全国の藩がお手伝い普請から逃れる〝総抜け〟という奇策です。果してこれが成功するのかしないのか。読者はここで相当なじれったさを味わいます。著者の術中にハマり、翻弄《ほんろう》されているのです。これもまた読書の快感の一つですね。

あの色男、久居藩の岩崎の動きが気になります。妙なところへ出入りしたり、おやと思う人物とこっそり会ったりするからです。味方だと思っていた男が、実は一番の悪党だったなどという展開は小説の中ではありがちで、岩崎はいつも主役を脅《おびや》かすのです。

狐拳にもアッと言わされました。最初、遊びも芸のうち、留守居役には必要なのだろうぐらいに思っていましたが、後半に至ってこんな大きな意味を持っていたとはと、心底驚きました。何しろ新之介の対戦相手は大物中の大物だったのですから。手に汗握る熱戦でした。平々凡々の男がここまで成長したかと胸が熱くなりました。ここで我々読者は、重要なことを学びます。〝接待の極意〟といったようなことです。誠意や真心ですね。人間観察、情報収集と言い換えてもいいと思います。人を喜ばせるにはどうしたらいいのか。その胆《きも》を教えてくれるわけです。

酒ばかり飲んでいる。金遣いが荒い。そんな評判の留守居役ですが、「接待される側が心地よく楽しむ為《ため》に、日々使っている」ことが明らかになります。彼らが何のために誰のためにカネと頭を使うかということです。〝接待の極意〟それはすなわち〝ヨイショの極意〟です。落語界には〝ヨイショはされる身になり丁寧に〟との格言がありますが、それを久々に思い出しました。

岩崎です。はい、この人にはやられました。ハラハラさせられ通しです。まさに娯楽小説の王道をゆく設定です。この先も我らが主人公は岩崎に何かと世話になるんでしょうね。もうそれは火を見るより明らかですよね。

千穂は見ていた。そう言えると思います。一見頼りない新之介の美点を知っていたのは千穂だったのです。千穂はこう言います。「やはり新之介様の方が、お強うございましたわね」と。兄との比較ですが、千太郎は優秀で完璧《かんぺき》主義、それゆえ脆《もろ》いところがあった。一方の新之介はとても優秀とは言えず、まあ並で、しくじりも多い。しかし立ち直りが早いんですね。反省すると、サッと次の仕事にかかる。そして時にもの凄《すご》い集中力を発揮する。千穂はそこを見ていてくれたんです。そう、そこを見てくれなきゃ男の立つ瀬はないのですよ。いい女だな、千穂。

しかし千穂の傍には青戸屋です。私は途中、新之介が次から次へと難事を解決し、ついには千穂を娶《めと》るというベタなストーリーを想像しましたが、ここでも上手く裏切られました。でもまあ、この落着には文句はありません。青戸屋は新之介のお役目のために力を貸してくれることですし。でも、ちょっと惜しいような……。

今、ちょっと書いて思い出しました。作中に使われる「寸《すん》の間《ま》」という言葉です。しばしとかわずかという意味ですが、けっこうな言い回しです。

さてさて。ちょちょらとは一体何だったのでしょう。新之介のこと？　いや他の誰か？　全体、つまりテーマ？　よしましょう、私が詮索《せんさく》するのは。読み終え、振り返り、反芻《はんすう》し、タイトルを考えるのは読者それぞれの大きな楽しみなのですから。

（二〇一三年七月、落語家）

この作品は二〇一一年三月新潮社より刊行された。

畠中恵著
しゃばけ
日本ファンタジーノベル大賞優秀賞受賞
大店の若だんな一太郎は、めっぽう体が弱い。なのに猟奇事件に巻き込まれ、仲間の妖怪と解決に乗り出すことに。大江戸人情捕物帖。

畠中恵著
ぬしさまへ
毒饅頭に泣く布団。おまけに手代の仁吉に恋人だって？　病弱若だんな一太郎の周りは妖怪がいっぱい。ついでに難事件もめいっぱい。

畠中恵著
ねこのばば
あの一太郎が、お代わりだって?!　福の神のお陰か、それとも…。病弱若だんなと妖怪たちの「しゃばけ」シリーズ第三弾、全五篇。

畠中恵著
おまけのこ
孤独な妖怪の哀しみ（「こわい」）、滑稽な厚化粧をやめられない娘心（「畳紙」）……。シリーズ第4弾は〝じっくりしみじみ〟全5編。

畠中恵著
うそうそ
え、あの病弱な若だんなが旅に出た!?　だが案の定、行く先々で不思議な災難に巻き込まれてしまい――。大人気シリーズ待望の長編。

畠中恵著
ちんぷんかん
長崎屋の火事で煙を吸った若だんな。気づけばそこは三途の川!?　兄・松之助の縁談や若き日の母の恋など、脇役も大活躍の全五編。

畠中恵著

いっちばん

病弱な若だんなが、大天狗に知恵比べを挑む！ 妖たちも競い合ってお江戸の町を奔走。火花散らす五つの勝負を描くシリーズ第七弾。

畠中恵著

ころころろ

大変だ、若だんなが今度は失明だって!? 手がかりはどうやらある神様が握っているらしい。長崎屋を次々と災難が襲う急展開の第八弾。

畠中恵著

ゆんでめて

屏風のぞきが失踪！ 佐助より強いおなごが登場!? 不思議な縁でもう一つの未来に迷い込んだ若だんなの運命は。シリーズ第9弾。

畠中恵
柴田ゆう著

しゃばけ読本

物語や登場人物解説から畠中・柴田コンビの創作秘話まで。シリーズのすべてがわかるファンブック。絵本『みぃつけた』も特別収録。

畠中恵著

アコギなのか リッパなのか
―佐倉聖の事件簿―

政治家事務所に持ち込まれる陳情や難題を解決するは、腕っ節が強く頭が切れる大学生！「しゃばけ」の著者が贈るユーモア・ミステリ。

畠中恵著

つくも神さん、お茶ください

「しゃばけ」シリーズの生みの親ってどんな人？ デビュー秘話から、意外な趣味のこと、創作の苦労話などなど。貴重な初エッセイ集。

宮部みゆき著
本所深川ふしぎ草紙
吉川英治文学新人賞受賞

深川七不思議を題材に、下町の人情の機微とささやかな日々の哀歓をミステリー仕立てで描く七編。宮部みゆきワールド時代小説篇。

宮部みゆき著
かまいたち

夜な夜な出没して江戸を恐怖に陥れる辻斬り〝かまいたち〟の正体に迫る町娘。サスペンス満点の表題作はじめ四編収録の時代短編集。

宮部みゆき著
幻色江戸ごよみ

江戸の市井を生きる人びとの哀歓と、巷の怪異を四季の移り変わりと共にたどる。〝時代小説作家〟宮部みゆきが新境地を開いた12編。

宮部みゆき著
初ものがたり

鰹、白魚、柿、桜……。江戸の四季を彩る「初もの」がらみの謎また謎。さあ事件だ、われらが茂七親分——。連作時代ミステリー。

宮部みゆき著
堪　忍　箱

蓋を開けると災いが降りかかるという箱に、心ざわめかせ、呑み込まれていく人々——。人生の苦さ、切なさが沁みる時代小説八篇。

宮部みゆき著
あかんべえ（上・下）

深川の「ふね屋」で起きた怪異騒動。なぜか娘のおりんにしか、亡者の姿は見えなかった。少女と亡者の交流に心温まる感動の時代長編。

池波正太郎著

あほうがらす

人間のふしぎさ、運命のおそろしさ……市井もの、剣豪もの、武士道ものなど、著者の多彩な小説世界の粋を精選した11編収録。

池波正太郎著

おせん

あくまでも男が中心の江戸の街。その陰にあって欲望に翻弄される女たちの哀歓を見事にとらえた短編全13編を収める。

池波正太郎著

谷中・首ふり坂

初めて連れていかれた茶屋の女に魅せられて武士の身分を捨てる男を描く表題作など、本書初収録の3編を含む文庫オリジナル短編集。

池波正太郎著

まんぞくまんぞく

十六歳の時、浪人者に犯されそうになり家来を殺されて、敵討ちを誓った女剣士の心の成長の様を、絶妙の筋立てで描く長編時代小説。

池波正太郎著

黒幕

徳川家康の謀略を担って働き抜き、六十歳を越えて二度も十代の嫁を娶った男を描く「黒幕」など、本書初収録の4編を含む11編。

池波正太郎著

江戸の暗黒街

江戸の闇の中で、運・不運にもまれながらも、与えられた人生を生ききる男たち女たちを濃やかに描いた、「梅安」の先駆をなす8短編。

宇江佐真理著　春風ぞ吹く　―代書屋五郎太参る―

25歳、無役。目標・学問吟味突破、御番入り――。いまいち野心に欠けるが、いい奴な五郎太の恋と学問の行方。情味溢れ、爽やかな連作集。

宇江佐真理著　深尾くれない

短軀ゆえに剣の道に邁進し、雖井蛙流を起こした鳥取藩士・深尾角馬。紅牡丹を愛した孤独な剣客の凄絶な最期までを描いた時代長編。

宇江佐真理著　無事、これ名馬

「頭、拙者を男にして下さい」臆病が悩みの武家の息子が、火消しの頭に弟子入り志願するが……。少年の成長を描く傑作時代小説。

宇江佐真理著　深川にゃんにゃん横丁

長屋が並ぶ、お江戸深川にゃんにゃん横丁で繰り広げられる出会いと別れ。下町の人情と愛らしい猫が魅力の心温まる時代小説。

北原亞以子著　その夜の雪

暴漢に手籠めにされ自刃した愛娘の復讐に燃える同心森口慶次郎の執念の追跡。市井の人人の生きざまを描き上げた七つの傑作短編集。

北原亞以子著　傷　慶次郎縁側日記

空き巣のつもりが強盗に――お尋ね者になった男の運命は？　元同心の隠居・森口慶次郎の周りで起こる、江戸庶民の悲喜こもごも。

お鳥見女房　諸田玲子著

幕府の密偵お鳥見役の留守宅を切り盛りする女房・珠世。そのやわらかな笑顔と大家族の情愛にこころ安らぐ、人気シリーズ第一作。

蛍の行方　お鳥見女房　諸田玲子著

お鳥見一家の哀歓を四季の移ろいとともに描く連作短編。珠世の情愛と機転に、心がじんわり熱くなる清爽人情話、シリーズ第二弾。

鷹姫さま　お鳥見女房　諸田玲子著

嫡男久太郎と鷹好きのわがまま娘との縁談、次女君江の恋。見守る珠世の情愛と才智に心がじんわり温まる、シリーズ文庫化第三弾。

狐狸の恋　お鳥見女房　諸田玲子著

久太郎はお鳥見役に任命され縁談も持ち上がる。次男にも想い人が……成長する子らを見守る珠世の笑顔に心和むシリーズ第四弾。

本所しぐれ町物語　藤沢周平著

川や掘割からふと水が匂う江戸庶民の町……。表通りの商人や裏通りの職人など市井の人々の微妙な心の揺れを味わい深く描く連作長編。

驟《はし》り雨　藤沢周平著

激しい雨の中、八幡さまの軒下に潜む盗っ人の前で繰り広げられる人間模様——。表題作ほか、江戸に生きる人々の哀歓を描く短編集。

ちょちょら

新潮文庫　は-37-71

平成二十五年九月一日発行

著者　畠《はたけ》中《なか》恵《めぐみ》

発行者　佐藤隆信

発行所　株式会社　新潮社

郵便番号　一六二―八七一一
東京都新宿区矢来町七一
電話　編集部(〇三)三二六六―五四四〇
　　　読者係(〇三)三二六六―五一一一
http://www.shinchosha.co.jp

価格はカバーに表示してあります。

乱丁・落丁本は、ご面倒ですが小社読者係宛ご送付ください。送料小社負担にてお取替えいたします。

印刷・二光印刷株式会社　製本・憲専堂製本株式会社

ISBN978-4-10-146191-5 C0193